许辉中短篇小说典藏

幸福的王仁
XINGFU DE WANGREN

时代出版传媒股份有限公司
安徽文艺出版社

许辉，安徽省作家协会主席，中国作家协会全国委员会委员，中国作家协会全国散文委员会委员，安徽大学兼职教授，曾任茅盾文学奖评委。著有中短篇小说集《夏天的公事》《人种》等，长篇小说《尘世》《王》等，散文随笔集《和地球上的小麦单独在一起》《和自己的淮河单独在一起》《又见炊烟》《涡河边的老子》等。短篇小说《碑》曾作为全国高考、高校考研大试题，中短篇小说《碑》《夏天的公事》等被翻译成英、日等多国文字，收入大学教材。作品多次获国内文学大奖。

许辉中短篇小说典藏

幸福的王仁

XINGFU DE WANGREN

许 辉 ◎ 著

时代出版传媒股份有限公司
安徽文艺出版社

图书在版编目（ＣＩＰ）数据

幸福的王仁/许辉著. —合肥：安徽文艺出版社，2018.10
（许辉中短篇小说典藏）
ISBN 978-7-5396-6285-5

Ⅰ．①幸… Ⅱ．①许… Ⅲ．①中篇小说－小说集－中国－当代②短篇小说－小说集－中国－当代 Ⅳ．①I247.7

中国版本图书馆CIP数据核字(2017)第312368号

| 出 版 人：朱寒冬 | 出版策划：朱寒冬 |
| 责任编辑：何 健 韩 露 | 装帧设计：徐 睿 张诚鑫 |

出版发行：时代出版传媒股份有限公司　www.press-mart.com
　　　　　安徽文艺出版社　www.awpub.com
地　　址：合肥市翡翠路1118号　邮政编码：230071
营 销 部：(0551)63533889
印　　制：安徽新华印刷股份有限公司　(0551)65859551

开本：880×1230　1/32　印张：14　字数：340千字
版次：2018年10月第1版　2018年10月第1次印刷
定价：45.00元(精装)

（如发现印装质量问题，影响阅读，请与出版社联系调换）

版权所有，侵权必究

目录

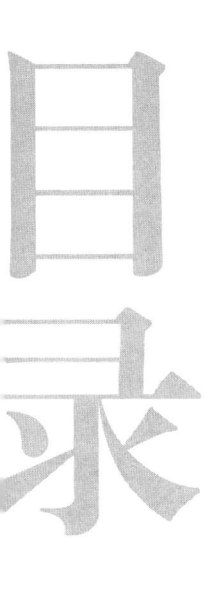

1983 年

库库诺尔 / 001

青春 / 006

1984 年

巴音河边 / 011

在戈壁 / 016

1985 年

对鼠宣战 / 019

1986 年

黄色公告 / 027

三个男人 / 041

神龟 / 044

离婚 / 050

火 / 052

青竹颂 / 054

蛾 / 056

"爱情"故事 / 063

大雪 / 068

夏夜 / 075

1987 年
蝗 / 084

小董饭馆 / 113

哪儿出了差错 / 120

绿池塘 / 128

寻找 / 138

暗房 / 141

1988 年
约会 / 150

老头儿乐 / 156

外滩 / 163

绛红色的笔记本 / 172

扫地猴小传 / 181

1989 年
焚烧的春天 / 192

大屠杀 / 228

女娲补天 / 242

湘夫人 / 244

山鬼 / 246

惊慌 / 248

花圃 / 272

葬礼 / 278

割草的小芹 / 285

火炉·雪的回忆 / 289

1990 年

幸福的王仁 / 315

夏天的公事 / 351

新观察五题 / 387

那个人 / 402

飘荡的人儿 / 408

向周文王致敬 / 434

花园·少女·狗 / 436

我的父亲叫禹 / 439

地球上的隆隆声 / 440

鱼的结局 / 442

1983 年

库 库 诺 尔

他下了火车,可真没想到,这儿是这样一个地方。风使劲推他,叫他打了个寒战,但他很快就适应了。

火车吼一声,从他身边滑过去。这时,他看见了另一边月台上的候车室。

于是他踏着碎石走过去,翻上月台,走进小小的候车室。有两个人面对面地坐在行李上喝酒,中间放了两盒打开的罐头。

售票的小窗关着,他敲了敲,里边没有声音。接着,他用劲敲了敲,木头窗哗啦一声拉开了。一个男人恼怒地把脸凑近窗口,瞪着他问:"你干什么?"

"对不起!"他友好地笑笑,弯下身子,把胳膊肘支在窗沿上。这时,他看见有个年轻姑娘坐在男人身边。她把脸转向另一边,用手理了理头发,又转过脸来,大方地看着他。

"请问,到青海湖怎么走?"他问。

"一直往前走!"里边的男人大叫一声,砰地把小窗关上。窗板差点儿碰着他的鼻子。

他并不恼怒,只是伸出另一只手,用劲推开那扇小窗。

"这儿有吃的吗?"

他用固执的、男子汉的眼光,盯着那个人。他觉得那人屈服了。

"没有,我们这儿没吃的。"

"有商店吗?"

"没有,这儿没有商店。"

他离开小窗,走到候车室门口。票房里的男人把头伸出来看他,又缩回去,用劲把窗户关上了。

他站在候车室门口向外看着。

铁轨的另一边有一排小房子,烟囱冒烟了,冒出的烟被风吹向一边。但奇怪的是这些烟并不分散,倒像一根被折弯了的塑料棍。

"喂,客人,喝一口吗?"

他回过头去。坐在行李上的两个人正看着他,一个块头大些,另一个略瘦些。

他想说什么,但什么也没说。他走过去,闻到一股酒的香味。

"这里没有卖东西的地方。"大块头说。

他们围坐在一起。酒喝完了,大块头从帆布袋里又掏出一瓶。

"我们是蒙古族的,我当过兵。"大块头说,"这儿你来过吗?"

"没有,从没来过。"

他们用餐叉轮流叉午餐肉吃。

"好,你到库库诺尔(蒙古语,意为青蓝色的海,即青海湖)去,你上夏窝子去吗?"

"什么叫夏窝子?"

大块头发出一阵响亮的笑声,略瘦的那个人也笑了。

"什么叫夏窝子?夏窝子就是夏季牧场。"大块头说,"你到高山牧场去,那儿的天和草场都是绿色的,绿得能把你融化掉。"

他们把酒喝光了。他从旅行包里掏钱,他们不要。

"你学什么?"

"我学汉文。现在放暑假。"

他站起来道了谢,然后带着酒气走出候车室。

他一出门,风就扑过来迎接他。风吹乱他的头发,把他的衣领翻过来,抖动他的裤脚。他站稳了。风有点凉。

他找到厕所,在厕所里把秋褂秋裤穿上,暖意是十分明显的。他走出来,顺着铁轨往前走。天气十分晴朗,海拔两千米,阳光很强烈,但并不热。

他顺着铁轨往前走,只几步,就走出了小车站。视野开阔起来,开阔极了!那种雄浑苍茫,是平原不能比的。

高原上十分安宁,除了呼呼的风声,偶尔还有几声鸟叫。那几只高原鸟在远处的草丛中起落。太阳平静地照着,人感觉很暖和。

他想起一首古老的高原牧歌,那是一种粗犷的、苍凉的、人在极度地渴望和孤寂时迸发出来的歌声。他确实听到了一种人的声音,女人的声音——而这又确实不是蒙古族牧民那种沉重的喉音。

他回过头去,看见售票房里的那位姑娘,她正向他跑来。

"你去哪儿?"

她走到他跟前,把一盒旅行饼干塞给他。"你去库库诺尔?你一个人?"她瞪着大眼睛看他。"我是从青岛来的,来修这条铁路的。"她说,"你往那边走,翻过小山坡,然后是几座小沙丘,过去就是库库诺尔。"

她扬了扬手。"晚上你住部队营房,"她说,"走吧,再见!"

他站着看她往回走。她体态健美,果然透溢出青岛风情。走远了,她又转身摆手。他走上山坡。山坡平缓,牧草比铁路边的柔软一些,还有纽扣样的金晶花。

他顺着山腰走。风毫无遮拦地扑他,清理他的每一根毛发。他想,这儿是没有束缚的。人走上高原,心胸就坦荡,就像个真正的男子汉。

太阳像冬天的小火炉,暖暖地照着。风没有污染,但吹得可真利索。

他转过山坡,在草地上坐下来,好像有点发困。有一朵小花碰了他的手。他看着它害羞地离开他的手。他想,这是金晶花。

他捧着一束金晶花,走进沙地。这种花多么小,却有那种诱人的鲜黄色,毫不在乎地开在高原上。

他想,人走上高原,就变得强有力,就变为强者,就坚强。

沙丘结了一层硬壳,但并不陡。他的视野被沙丘挡住。沙丘给他一阵热浪,像接近火炉时的那种感觉。

他爬上沙丘,风没来迎他,前面是一座更高的沙丘。他想,我把它扔了吧——但他没有那样做,他把它举在鼻子上闻了闻。

它内里另有一种美,叫人感到柔弱,是一种阴柔的美。四面都是沙,他看不到草原上那样的景色,听不见高原鸟嘹亮的清唱。他走下沙坡,走到两坡之间的谷地里。

谷地里有一些不大的沙包,有水流过的痕迹。这是哪儿来的清风?带水汽的清风?他四面看了看。快到那湖边了吧?

他抬起头看太阳,只见一片云滑过来。沙地上几丛半枯的骆驼刺吸引了他,他走过去看看它们,接着就往上爬。

但是他觉得并不那么对头。他觉得凉意加重了。他回过头去,看见一条戈壁蛇远远地跟着他。

他心中略微一惊,停了一下,只见那条蛇也停了。

他转过身来盯着它。他看见那条蛇躲在一块砾石后面,把脑袋伸出来看他,吐着蛇芯。

这时,凉意更浓了,天上那片云正在滑过来。他想,我不理它。他侧着身往上爬,但那条蛇像小偷似的,跟着他。

他止了步,恼怒地盯它。他想:我吓它一吓。他拿旅行包挡着脚和小腿,然后大吼一声。

但是那条流氓蛇好像没有听懂。他想:它挺有耐性。那个无赖卧在地上,把头抬起来看他。它一身都是苍灰的颜色,身子短粗,尾巴光秃秃的。

他觉得被这个脏东西缠住是一种侮辱,看着它就觉得恶心。

他想:你是吞不下我的,你图个什么?!

他用旅行包挡住脚和腿,坐在沙坡上往上蹭。他看见那条蛇跟过来。他想:我砸死你!但是沙坡上没有石头。

这时风吹着他后脑勺了,是旷野上的那种风。他想:我一翻身就可以滚到那边去。但是那个流氓蛇更快地爬近来。

他厌恶得要命,恨不能把它砸烂!它竖起它的上身,那肮脏的花肚皮让人看得一清二楚。

"我怕你个龟孙!"他憋得大吼一声。他用手中的花狠劲砸它,同时猛地往后一滚。在一瞬间,他看见它闪电般冲上去,咬住了那束花……

等他醒来时,他看见了那个湖。

太阳很暖地照着,旷野上的风豪放地吹着。他想:这就是那个湖。

他揉揉胳膊,把被沙石割开的皮粘到血肉上去。朝着太阳那面的衣服,已经晒干了。呼呼的风吹得真畅快。

他走到湖边洗去沙尘。湖岸是石质的,他坐在石头上,看着风吹湖水起的波浪。他想:做人难,顽强地做一个人更难。

湖水可真蓝呀,可真广阔呀!风呼呼地吹,吹得真粗犷。

他站起来想:走吧。他顺着湖岸走。风可真野,真狂。

青　　春

　　当了教师,小秦仍然像个孩子,更确切地说,有着孩子般的好奇和好胜心。放寒假了,但离春节还有几天。这段时间做什么呢?要做的事很多,可是该做的他都不想做。他要散散心,要有意义地休息一下,要从乏味了的学校和城市生活中解脱出来。这样很自然地,他就想到了山、水、田园……对!去旅行吧,去进行一次短途旅行。而这样的旅行必须具备以下条件才合适:

　　时间不能长。

　　不能花钱太多。

　　他立刻去翻地图,同时在记忆里搜索。最后选中的地方是县境附近的一片小山区,也就是所谓丘陵。它散布在一个湖的岸边,据说风景尚丽。小秦的计划是登上最高峰后就立即返回。其实最高峰也不过海拔五百米左右。

　　准备是简单的,旅途也很顺利。到达最高峰的时候,已是第二天的傍晚。他就住在山脚下的一个村子里,和农民同桌吃山芋饭,吃白菜、萝卜。第二天上午,太阳升起来,天气不太冷,他告别村民,向山坡走去。

　　怎样的日子呵!无风而且温暖。山坡缓缓地向前伸展,一条干涸了的堆着碎石的溪道,在山坡上逶迤而下。东面和西面,是两道山脊,正面是最高峰。小秦边走边看,三面的山使他的目光受到了限制。往前,几百米外,在山坡的中间,隆起了一道山脊,这道山脊是那样突出、孤独,又是那样瘦削。它一直升上去,升上去,稍稍降一些坡度,又升上去。在它的尽头,最高峰像一个高腰馒头,山脊挑着它。

　　说心里话,小秦有些扫兴。因为他发觉山的形势不像他想象的那样凶险,天气又是这么好,旅行不会出现什么高潮了。他开始攀登山脊,然后顺着山脊上的一条小道往上走。小道是自然形成的,石缝里摇曳着干枯了的长刺的植物茎秆,软韧的刺不时挂在他的裤腿上。不知不觉地山脊走完了,高腰馒头挡在他面前。他停下来,左右打量,才发觉除了往上和退回,没有第三条路可走。他突然感到孤独,他面临着抉择,这是大自然的命题,是大自然对他能否作为一个"人"的检验。大自然造成了一种奇妙的气氛——使人胆怯,使人兴奋,使人感到陷入困境的气氛!山巅有什么?山的背后是什么?而这边除了引渡的唯一的刀刃似的山脊外,就是深陡的山崖,还有这个逼人这样近的带有傲慢俯视意味的大馒头。

　　他不出声地笑了笑,把旅行包摆到身后去,紧紧鞋带,就开始登这高不过二十米的馒头。起初他可以直立行走,没几步他就必须弯下腰,把手扶在地下了。"讨厌,"他说,"泥质的。"这是泥土的地面,地上盖着薄薄的一层冰和雪,枯黄的野草贴在冰雪上,一些小小的碎石片在脚下打滑。接着,不知什么时候起,他只得全身贴地了,他必须靠手和脚来爬行。这是很难堪的,他想。从山下村子里出来的人,一定可以看见他,看见一个人在这样小的山上可笑地爬行。而上空,就是明朗的天,他想,就是明媚的太阳,它从上面将看得更清晰,自己的动作是多么笨,姿势多么丑,多么可笑。而他现在只能想想而已。他不能抬头往天上看。他克制自己不往下边和两边看,以免精神更加紧张。他稍微抬起头,在地面上寻找大石头或凹坑,作为立足休息点。羞耻心消失得一干二净。他没有找到石头或大坑,山头是光秃秃的,只有雪、冰、纤弱的野草和碎小的石块。这些小石块干着一种卑劣的勾当,它们使他的脚和身体不住地下滑。

哦,累了,累了。他张大着嘴呼吸,发出不文明的粗重的吞吐声,腿在发抖,胳膊在发抖。他感到疲劳,额上开始流汗。山越来越陡了。

这时,他听到头顶响起了一只鸟叽叽的叫声。这叫声很柔丽,又仿佛带着一些焦急,带着一些深情。鸟儿很快飞过去了,但是不一会儿,它又出现在上空,叽叽地叫着,盘旋地飞翔。这是一只什么样的鸟儿?他不能仰面去看它,但他忽然觉得他不是孤独的了,他有伴了。意识到这一点,他轻松了许多,可仍然觉得虚弱得要命。汗浸透了衬衫,贴在身上,别扭得很,心跳加速,胸脯的每一次扩张都明显地受到限制。

"休息一下。"他对自己说。

一刹那,他想到了退缩,他甚至准备回头去观察退路。为什么不去攀登更有名的山呢?那样好像比较值。他抬头笑了:人多么会欺骗自己,想找任何理由,来证明想办的任何事的正确。退缩的结果将必定如此,从山上败下阵去,心灵被侮辱,意志之墙被轰然摧毁。

他一动不动地伏着,他的目光能看见两条胳膊之间的一小块地面。冰是那样薄,薄得透明,土是黄色的,碎石块上有黑沙的瑕疵。他把脸伏在手上,脖子显得十分沉重。但是,他忽然——从他的手上——嗅到一股香气。芳香!这个概念在脑子里一闪。他奇怪极了。他看着手,手上除了泥什么也没有。难道——手抓过什么?抓过草。会不会是草?草!他把鼻子贴在草上嗅着。啊,是它!是它们!多香啊!他突然间理解了"香草"一词的含义,真正理解了!奇怪,竟在这样的环境,这样的时候!屈原的作品读过多少次呀,现在好像一下子全明白了。每每读《离骚》,就仿佛嗅到一股隐隐的香气,强烈的冲动撞击着心室,一个灵魂高尚的爱国者的形象,傲然而至眼前,那意志是无比坚强的,花岗岩般坚强。那种坚强无可比拟,即使是最硬的东西。用柔弱的草来比喻纯洁、坚贞,妙到了可叹的地步。那么,这是秋兰?江离?

他仔细观察面前的这些小草。它们都已经枯黄了,棵儿不大,柔弱纤细。假如这时,他想,有一阵风吹过,那么这香气会飘到什么地方去呢?会飘到山的那边去?……他忽然从幻想中惊醒,脚踏空了,身子在下滑,而下面就是深谷。他用力压迫身体,增加摩擦。叉开两腿,手抓住一切……草,泥地……一个条状的石块……他抓住它,把它插在泥里,才逐渐控制了下滑的身体。

他出了一身冷汗。接下去,他聚精会神往上爬。这次很顺利,虽然疲劳仍在加重。多有意思呵,他想,短短的几十米,几乎是难以逾越了。假如在平地,在平时……他想起了小时候,有一天晚上,父母不在家,他要小便。那时正是深秋,风一阵阵从窗外吹过,在落叶的树枝上,制造着神秘的声响。厕所就在前面不远。从窗户里看出去,一片黢黑。间或有沙沙的脚步——也许是幻觉——渐渐地走近。在父母回来之前,他始终不敢走出一步。

那时的几十米和眼下的几十米,究竟哪一个更难征服?

哦,真乏。他想。他的手臂特别是手指,一点劲也没有,嗓子发干。

没有风,山上山下不再能听到那只鸟的鸣声。他想停下来听听周围有些什么声音,但是大脑立刻加以制止。

"不要乱想,不要往后看。"他告诫自己……他突然停了下来,像一架断了发条的钟一样,突然停了下来。

不要往后看?为什么?他想。难道我这样胆怯?这样的鼠胆?他把头伏在手上,自言自语地说:"害怕的人,才不敢往下看,但是,我现在已经不害怕了。"我害怕吗?他思索着。不!我一点也不怕。我要往下看,他想,要留下一个不惭愧的记忆!

他稳住了身体,就把脸向后转过去。

啊,什么样的世界啊!来时的山坡显得远而且清晰,柔滑得像一整块灯芯绒,和谐的阳光使静止的空气显得浓稠起来,是一种纯的、透明的浓稠;越过东面的山脊,能看见一湾湖水,蓝色的、闪耀着光斑的湖水。在湖水、温暖的阳光、淡淡的山岭、纯净的蓝天所组合成的这个世界里,一切,都显得十分轻松,十分明丽,十分丰富,十分恬静,安详温柔,像老祖母一个慈祥的微笑……

1984 年

巴 音 河 边

服务员领我进房间的时候,屋子里已经有了一个男人。

他长得很黑,又黑又凶,个子不高,可是相当壮实,头脸像剔了肉的兽骨。他嘴很大,颧骨和腮骨像焊得疙里疙瘩的粗钢筋。

他坐在又低又矮的钢丝床上。他像一头野兽。

"吃了?"

"还没吃。"

"吃过拉面?"他问。

"没吃过,听人家说过。"

他敦敦实实地坐在低矮的单人钢丝床上。他用两手撑着床沿,上身前倾。

他用两只发亮的猛兽般的眼睛看我。我收拾好了,我们一起走上德令哈①的白杨街道。民族学校的姑娘们结伴去巴音河散步,她们穿得那么鲜艳!

"'你好'怎么讲?藏语。"

"乔得毛。"

巴音河谷很深。我们走进小饭馆,里边桌上的几个人抬起头来。他们是司机,大型进口卡车停在外面。一个瘦高个儿用劲把一根骨头扔在地上。

"两碗拉面,多放肉。"野兽说。

---

① 在柴达木盆地上,青海省海西州蒙古族藏族自治州首府。

我们坐下了。高原可真高。你能感觉到高原的厚实。高原真不纤弱,高原的厚实的高度你能感觉出来。

"你老家安徽?"

"不,我老家江苏。"

野兽翻翻眼看我:"什么地方?"

"泗洪。"

"我们是老乡。归仁①?"他问。

"不,梅花②。"

拉面来了。回民真不含糊,是不是? 回民用手拉面条。瞧她们那样儿。

她们真丰满。她们是高原人。

高原的姑娘个个丰满,肤色好看。太阳晒不黑她们,可太阳晒透了她们。她们白里透红,在西宁也是这样。

里桌的几个人吃完了,他们往外走。那个瘦高个儿撞了我的同伴。

"你瞎了!"野兽低声吼道。

"想打架?"瘦高个儿转过来,他伸出攥骨头的油拳头,在野兽的脖子下晃了晃。

但是野兽站得很稳当,他的拳头刚好够着高个儿。他在高个儿左腮上击了一拳。我听见把宰好的猪从卡车上扔下去的扑嗒声。走在前边的两个人接着扑过来。他们算什么男子汉! 他们三个打一个!

我用下勾拳打一个人的下巴,另一个人退到最里边。

……然后我们走出拉面馆。拉面的姑娘冲我们喊道:"滚,野

---

① 地名。
② 地名。

种!"这顿拉面没吃好,可真遗憾。西北拉面用粗瓷大碗盛,上面有一层热辣辣的羊肉片。

我们往东走,又往南走,我们一直走到巴音河边。

高原的落日火红、耀目、立体,落日的切线丰满而且清晰。我们走到河滩上。

"你明天去冷湖?"

"我去西部探区。我妈在那儿,在冷湖。"野兽说。

我们回到河岸上。这时正是傍晚,天空由各种淡颜色组成,云是透明的,像玉的浮雕。

德令哈城后的山像被挖土机随便啃啮过,也有一种半透明的玉色。德令哈躺在白杨浓郁的绿荫里。

"她干什么?"

"她早死了,"他叉着腰说,"她埋在三号井那儿,那是井喷的地方。"他喘了一口气,眯起眼往河滩上看,"李季写过他们,那可早了,那时我还小。她是个响当当的西北移民。"他用手抹了抹脸,他脸上有一道血痕,"再后来,我就长大了,我今年三十了,"他说,"我在这儿长大,我不想走。我去探区,那在西部。"

"我在大柴旦上过学,后来我到冷湖,再后来我上钻台,又去西部探区。你看,那是托素湖,那儿有天鹅,像雪一样飘。你看不见。你去了才能看见。油沙山那儿有尕斯湖。南边是昆仑山,北边是阿尔泰山。我妈那里更艰苦,可她真是响当当的。"

有几位战士在河边汲水。野兽说:"大柴旦有位姑娘,她并不漂亮,她只不过丰满一点儿。"

"春季和秋季的风沙天气,真是烦死人。"野兽说,"现在是七月,七月的天气好得没说的。"

"假如汽车驶过山坡,你能看到羊在山地啃草。"我们停了一下又往前走。

汽车在黄褐茫茫的戈壁上开,我想,羊儿在远远的平缓的山地啃草。

"后来我成了《柴达木石油报》的记者,但我离不开油沙山。你看这只鹰。"野兽说。

有一只高原鹰在湛蓝的天空盘旋。地上是一匹黑马在奔驰。野兽眯着眼说:"那个纵马的汉子长得可真壮实!那匹马儿跑得也真猛,真凶!在高原上你才能跑得没有顾忌。"

我们又走下河沿,走上河滩。巴音河转了个弯儿。在更远的地方,风劫掠了沙石在大地上奔驰。

"这就是戈壁。"野兽站定了,叉着腰说。

"她也是好样的!她在钻井边干了好些年,她真不含糊!"他说,"可她到底是女人。女人经不起诱惑。女人经不起大苦大难。可我妈也是女人!"

河壁有点陡。我们又走了几十米。河水分成两股,一股大流和一股小流,中间是小小的砾石滩。

"那时我们常在一起。尕斯库勒有一圈盐的水线。你不知道戈壁有多辽阔!"

"可她到底走了!"我们跳过水流中的几个砾石滩,"她去大柴旦了。那个小害人精!"野兽说。太阳差不多全落完了。在戈壁,天是天,地是地,太阳是太阳,都那么清楚,那样大气势!

"人在哪里都能活得好,也能活得不好。妈的!"

我们又走上河岸。几匹马拴在帐篷旁。一匹黑马刨蹄子。两个藏族汉子坐在地上摆弄什么,巴音河水在河谷里流。

"你们好。这匹马可真好。"

"想骑?"

野兽抓住黑马的缰绳。它敌视他,它直昂脖子,它叫得戈壁都震动了。他一纵就上去,他可真像个野兽!他让马儿转几个圈,然后直往戈壁冲去。

巴音河水在河床上奔流。马儿跑成一个黑点。

你这野兽!——我想。我转回身看着德令哈。那瘦高个儿男人,他该上路了。他明天晚上该能约那姑娘了,在大柴旦。

巴音河水还是那样子奔流,能看见有砾石的河床。戈壁也真辽阔。戈壁上有个黑点儿,看不太清。

在 戈 壁

一排坐了三个人,靠窗的是个叫恢复的江南美院低年级学生,他身边的旅伴是个小白脸。

客车出了冷湖镇,开进了戈壁。年轻人又兴奋起来,贪婪地往车窗外看。

"多广阔。但没有植物。"

"跟德令哈那边也不一样,像是更荒凉。"

"也更粗犷。恢复。"

他们像两个丫头片子叽叽喳喳。旁边座位上的黑大个稍微皱了皱眉头,但他并不是不耐烦,他只是好意地看着他们,然后又把目光转到窗外去。

风起了,戈壁的风没有遮挡地横扫,碎沙噼噼啪啪袭击车窗。汽车往东开。汽车裹在沙尘里。

旅客们都不再说话。江南的花儿在风沙的袭击下,浑身蒙了一层尘灰,显得有点蔫。黑大个儿依然敦实地坐着,目光发亮地盯着戈壁。

"画画儿来的?去敦煌?"他突然问。

小白脸和那个叫恢复的一齐转脸看他,他们觉得他很结实,体魄里流溢出来一种力量,使他们不禁有几分敬畏的念头。

"是。你从哪儿来?"

"从北方。跟你们一样,是大学生。不过我自费,你们能报销?"

他笑了笑。他们觉得他属于那种性格坚强的人。他牙齿很白,结实中又相当地清秀。车子拐了个弯,远远的是祁连山,西边是阿尔泰山的峰头。

"多有意思,"黑大个说,"我摇过队,你们呢？没有。你们直接升大学。但咱们同年考上,这都一样。"

黑大个按原来的姿势坐着,一动不动,显得又结实又有力量。车子一个大颠,他们互相碰撞,又坐好了。黑大个说:"记得是秋天,队里的人赶着马车,去公社粮站交红芋干。天全黑了,粮食囤儿有六七米高,用一根跳板搭上去。那时我正胃疼,晚上吃的是干硬的红芋面饼,就着辣椒酱吃,想喝口开水都没有。"

汽车开得很平稳,风沙退进戈壁深处,在远方卷起沙石、翻滚、腾动。不很远的地方泛起了湖水的白光。

"我那时胃疼得厉害,腰都伸不直,一满筐红芋有六十多斤,我看着它,再抬头看晃晃悠悠的跳板,真有几分畏缩,真怕自己撑不住,扛不上去。"他顿了顿说,"但我一咬牙就扛了起来,跟别人一道,一气干完了,干得大汗淋漓,就那样锻炼下来了。"

黑大个嘿嘿地笑起来,但是车一颠,停住了,他们明显地感到了车的倾斜。

"妈的,打炮了。"有人说。

他们一个挨一个跳下汽车。风沙已经消失在远方。太阳出来,戈壁一片灰黄,离公路不远的地方是个小湖。

"哦,真大!"有人对着戈壁伸了伸懒腰。

司机钻到车子下。黑大个把备用轮胎滚过来,冲小白脸他们笑笑。他们互相对看一眼,就走过去递扳手。

"有时候时代就像个大锤,"黑大个把轮胎放倒在地上说,"一下子就把你给砸出来了。"

司机不大跟别人说话,只是嘟嘟囔囔地骂戈壁是野种、鬼胎。他们几个人蹲成一圈,卸下坏轮子又往上换好的。旅客们有的在沙包后边撒尿,有的站着往远处看,有的去采摘植物叶梗。女同志站在车头避风的地方,有时不好意思地往戈壁上的男人们看一眼。七月的阳光把戈壁照得越发沉寂。戈壁很干燥。

"咱们以前都没来过,"黑大个说,"戈壁确实有一种东西,是内在的一种东西,能教会人许多。"

螺丝拧紧了。黑大个把扳子丢下,站起来拍拍手,然后往有水的地方走去。

"瞧,那儿是当金山口,咱们到阿克赛吃午饭。"司机舒了一口气说。

小白脸和恢复看着黑大个走到水仓去。他们看着他结实的背影,想起了旷原上的高仓健。他们觉得确实画不出来他。

旅客们都上车了。汽车颤动了一下,启动了,然后往北转向。

"那儿是当金山口。"小白脸对黑大个说,他觉得跟黑大个好像并不是才认识。

"刚上车的时候,"黑大个说,"我觉得,戈壁也许容不了你们这样的嫩苗儿。可我又想,"他说,"自个儿愿意到戈壁来,哪怕是走一趟,也就说明了问题。"

又过一段时间,汽车已经消失在云遮雾障的当金山口。

1985 年

对 鼠 宣 战

我们分到了一套新房子。

这套房子使用面积不算很大,但是所处的位置很好,离菜市、商业中心、邮政局都不算太远,在缺房户很多的情况下,能分到这样的一套,也就十分不赖啦。

拿到钥匙的当天傍晚,我就和妻子迫不及待地去看新房。新房在一楼,一打开房门,就嗅到一股干燥的石灰粉的味道和一楼特有的那种凉气。向阳是一室一厅,靠北是厨房和卫生间。后门是通公共楼梯的,前门外边是一大片(相当大一片)空地,这片空地将来也是要盖宿舍楼的。站在前门口,视界开阔,向阳的两个房间采光、通风良好,在城市里,能找到这么个环境,那的确是不容易的!空地上零零星星长着十来棵杨树,在仲秋的尾声里,随着微风不断地向长满了野草的大地上飘洒些米黄的秋叶。看着自然界的这些景象,能让人心里边充实、满足、沉静许多。

在以后的几天里,我忙着准备乔迁新居。先把新居里里外外清扫一遍,然后买了十五公斤苹果绿涂料,把墙壁涂饰一番。新居里用水方便,供水和冲水设备完好无缺,看起来各方面都相当使人满意。在忙碌之余,对着几个房间看一遍,只能摇摇头,自言自语道:还有什么可说的呢!

接着,就选了个风和日丽的星期天,把家搬了。搬家整整忙了一天,到黄昏,帮忙的几位亲戚都回去了,我和妻子也实在累了,我们商量好:今天就这样啦,明天再慢慢地、细细地拾掇吧。我们坐在三人沙发上,沙发正对着前门,从敞开的门里能看见暮色渐渐染浓了天空,长满野草的空地上,传来几声深秋的未蛰虫的鸣声。妻子把孩子搂在怀里喂奶。暮色一层层漫上台阶,远远的灯儿都亮了,新搬来的邻居家里传来一阵阵炒菜的声音。突然,一个黑影在门边一闪,又顺着墙角,穿过我们的脚间,一下子跑进厨房去了。妻子惊呼起来:"是老鼠,一只老鼠!"我们追进厨房,可是哪儿还有它的影子。我把老鼠可能藏身的地方,比如厨角、煤球堆、杂什堆等等都搜查了一遍,没有发现它的踪迹。妻子说:"算了,让它待一晚上吧,明天收拾东西的时候,把它赶出去就是了。"也只好这样了,我疲倦地想。我们早早就上床休息了。在这样新的环境里,我们谈了许多以后的家庭规划。

　　第二天我们继续整理东西,但是我们立刻就发现,妻子放在桌子上的一袋向日葵子被嗑了个精光。向日葵子是放在一个信封里的,信封呢,在最下边的地方,被咬了一个小洞,老鼠就一个一个把子儿咬开,把仁儿吃掉,在信封旁边整齐地留了一堆壳儿,仿佛昨天晚上有个客人来过似的。令人叹为观止。

　　"它倒讲究艺术。"我对妻子说。

　　"哎呀脏死了!"妻子叫起来,"得赶快想办法把它撵走!"

　　想办法把它撵走?硬撵?拉开情面?叫它知趣些?这口气颇像对待一个不受欢迎的厚脸皮的来客。当然,我同意了妻子的建议,我同样不想把它打死在我的新房子里,免得它脏了这套房子!于是,我们策划了一番:把其余的几个门全关紧,只留下后门大开着,以便给那位不速之客留下一条可以溜走的不难堪的道路。接着,我们就小心翼翼地整理杂乱的大厨房,我们重新把煤球摆好堆紧,把杂什条理化,把锅呀、菜篮呀等等放到合适的位置上去,可是我们一直没有发现那只老鼠。

　　它躲哪儿去了呢?一直到夜晚睡在床上,我们才突然发现美好的生活里掺进了一丝儿不愉快,这全是那只老鼠带来的,那只老鼠给我们干净漂亮的新房子投下了一片暗影,给我们的乔迁之喜带来了些许劣兆,使我们感到很不高兴、很不舒服、很不自在。

"也许它走了,"妻子说,"昨儿晚上它吃饱了,又换了一家。"

"也许还在,"我猜测说,"又换了个房间。"

"又换了个房间?"妻子抬起上半身,盯着我问,"又到了卧室?"

我没有回答,说实在的,我也不知道,否则的话我跟它就是同谋。这以后我们不再说话,都想着这件事。到了深夜,一阵啃咬的声音把我们吵醒。我们瞪大眼睛看着黑暗,把耳朵竖起来细听。是咬橱子或沙发的声音?啪,电灯亮了,两个黑影一闪,一切又都重归寂静。

"瞧,还不止一个。"

"把情人也带来了!"

我们互相看着点了点头。

第二天上午,我检查了写字台,立刻恼怒地叫了起来:"那两只奸淫的鼠类!它们把我写字台的抽屉当作了情场!"这可以看得出来!一目了然!一本新到的月刊和一本双月刊上杂乱地躺着七八颗黑灰色的鼠粪,一本稿纸上胡乱地洒着些液体,另外几个抽屉里布满了老鼠的脏脚印,看着简直令人作呕!我以后可怎么工作,怎么再使用这些稿纸、信纸、信封、笔记本、钢笔、便笺、日记本、杂志、新书、自由夹、胶水、大头针、印泥……我还怎么把这些可能带有鼠疫细菌的信封、信纸、稿纸、邮票寄出去!让它们把鼠疫传染给邮递员、收发员、编辑、印刷工人、会计、读者,最后再扩散到全社会去吗?!

如果说我开始还有姑息的念头,那么可以说,我现在很坚决了。

我把抽屉捧给妻子看,妻子厌恶地扭过头去,不停地摆着手:"倒掉,全倒掉,脏死了!"

我站在她背后说:"咱们得想办法!"

这天太阳很好,阳光晒得暖烘烘的。我们忙碌了一个上午,都有些累了。我点着一根香烟,靠在前门上,眯起眼看着楼前的一大片空地,茂盛的野草此黄彼青,此疏彼密。妻子抱着小毛毛走过来说:"那两只老鼠不小。"

我问她:"你怎么知道?你看清楚了?"

"我觉得不小。"她说,"你看这野地。是野老鼠。"

"是这么大一片野地养出来的!"我把烟头向外扔去,"是野种!"

第二天早晨醒来,我们发现昨晚上疏忽了放在饭桌上汤盆里的一整根猪排骨失踪了。

当妻子告诉我这一消息时,我几乎是跑着到厨房的。我站在饭桌前一句话也说不出来,我简直要气疯了。我真没想到它们如此猖狂,如此无情,一点儿脸面也不给人留,未免欺人太甚!

我带着预感拉开抽屉,果然在写字台最下边的抽屉里发现了那根骨头。它被啃得精光,像一根白骨,赫然摆在文具盒的一个钢笔档里。它们竟有如此精确的数学头脑,看着令人悚然。

无论如何,我们得消灭它们,得向老鼠宣战!

我和妻子开始想对策。我想起在街上,好像在什么地方有卖老鼠药的。但是妻子说老鼠药不好,因为老鼠死了以后你不容易找到它们的尸体,它们就会在房间的某个角落腐烂、发臭。我又提议去买两副老鼠夹子来,妻子也觉得太不安全,而且脏。那么,我们养只猫吧,猫叫几声,就能把老鼠吓得全跑光。

没想到,猫的行情也太俏了。一只小猫,市场上卖五元,况且自己未必一次就能把它养活。看看,对那些不在我们脸面前公开活动、但暗中威胁着我们的东西,我们松懈到了什么程度,以至商人都已经忘记了要到这个生僻的领域大捞一把了。那么,到亲戚朋友家找吧,一时半会儿也找不着,而且妻子听人家说,猫很脏,床上、桌子上都爬,有点好吃的它们全能偷光,也传染可怕的疾病。我的假期结束了,重新投入繁忙的事务中,对这件事的注意力也就不能那么集中了。我们唯一的办法就是:每天把能吃的全锁到橱子里去,每天早晨把抽屉桌子门边被啃下来的木渣清扫一次——做了老鼠的仆人。

也许是一种社会感应吧,单位里突然接到一份向老鼠开战——大打灭鼠人民战争的文件,在我们单位里掀起了几次灭鼠的浪潮,第一次是:文件来了以后,爱国卫生运动委员会把夏季库存的滴滴涕拿出来,分给各个单位。要我们用棉花球蘸着药水抹到老鼠的舌头上去吗?!第二次是:单位开会研究灭鼠办法,因为单位里不存吃食,是没有鼠类常驻的,所以单位里不用向老鼠宣战了。这时有人提议每人发五元钱的灭鼠费,让大家自己想办法去。这个提议立即得到大部分人的响应。钱发了。说实话,我不稀罕这几个钱。

老鼠们还在!我没忘记它们!有时我怒气冲冲地想警告它们:我是个记仇的人!我请它们记住!

一个星期后,我出差到省城,意外地在个体户的小摊子上发现了几只弹性巨大的老鼠夹。我立刻毫不犹豫地买了一只,然后小心翼翼地用几层纸包好,放在文件包里的文件中层,带回了家。

回到家的这天晚上,我们全家都过得很坦然、很沉着、很踏实,因为我们总算找到一件武器,能够进行正当防卫了。

吃饭的时候,我特意留下一小段带肉的鱼骨。吃完晚饭,妻子在水龙头旁洗刷,我们的嫩皮肤的小毛毛在童车上呀呀地玩耍,我把鼠夹拿来,掰了掰弹簧,硬得真要命啊!

"报上说,田鼠已经占据了埃及的尼罗河河谷,"妻子说,"这消息可信不可信?"

"我看可以相信,"我把鱼骨夹上去,"但是数万人的扫荡大军已经开了进去,如果不仅仅是大造声势,这下子够它们受的啦。"我离开座椅,蹲下,把装了诱饵的鼠夹小心地推到饭桌下去。鼠夹像个黑色的幽灵,慢慢滑到黑暗中去。可以想象,在没有人看管、操纵的情况下,它守在黑暗中,稍有触动,就会立即发作。我站起来拍了拍手:"明天早晨就可以见分晓,咱们看电视吧。"

可是效果明显得出奇。我们关了各个房间的灯,刚刚在电视机旁坐下,厨房里就传来啪地一响和金属碰撞地面的声音。

"打中了!"我跳起来,冲出卧室,拉开电灯。一只老鼠吱吱叫着,向我冲了一下,然后跳着消失在墙角。另一只淡灰色的老鼠被鼠夹夹住了脖子,连一滴血也没来得及流就死了。它可真长、真肥。它的臀部丰满甚至有点儿臃肿,粗壮的尾巴直挺挺地拖在水泥地上。它的小脑袋平贴在鼠夹的诱饵板上,像一只狗在夏天把下巴搁在凉爽的树根上一样。它的明亮的小圆眼睛睁着,看不出有丝毫埋怨、忧虑或快活的情绪。

"它太性急了点。"妻子在我身后摇了摇头就走开了。

"也许是罪有应得。况且它们已经猖獗到了什么程度。"

我找来长柄夹,把死鼠取下来,扔到垃圾箱里去,然后把烧得通红的煤球放在鼠夹上烧一会儿——我想这可以杀菌消毒——然后再装上诱饵,推到饭桌下面去。

当我洗完手脱了衣服钻进被窝的时候,妻子用商量的口吻对我说:"咱们能不能采取别的办法,比如把它们赶出去,赶到外边去,赶回野地里去?那样行不行?"

"你怜悯它们了?你怕得罪它们?"我问。

妻子半晌没说话。

"可是我们把它们赶到哪儿去? 赶到邻居家?"我问。

"打它们太脏了,"妻子叫起来,"想想都恶心。"

"确实是这样,"我刻薄地说,"如果只是发几个钱给别人,那当然好,又轻松,又做了好人了。可是像这样的脏事,谁干了,就沾了一身,招人嫌恶。仔细想想,倒真不如把它们推出门去,把这个负担推给别人去,反正别人不管,咱们又何必麻烦,还使老鼠们感到莫大的不快。"

"我不是这个意思。"妻子开始嘟囔了。

早晨我们醒得很早。我起来走进厨间,发现果然又打到一只。它几乎把大半个身子全钻了进去。我怀疑它是自杀,为了奸夫或奸妇而自杀。但我没把这个想法说出来。当我把死鼠扔掉后回到房子里洗手的时候,妻子宣判似的说:"你破坏了生态平衡。"

我对妻子笑了笑,我们互相争执惯了,彼此都争强好胜。

我没说话。她又说:"它们也是生物链的一个环节。"

"谢天谢地,"我用讥讽的口气说,"我们可真不想要这个带菌发臭的环节。"

"可是我总觉得我们采用的这个办法有点过分,有一种原始的粗暴。"不知道她是从哪本书上背来的,"能不能想一个更完美的办法? 比如说,有超声波驱鼠仪就好了,据说在二十分钟内老鼠全都得逃之夭夭,像谁下了命令似的。"

"又回到昨晚的争论上去了。"我说着打开前门,阳光一涌而入,早晨的太阳使人清醒、爽快、振奋。"把它们赶到哪儿去呢? 赶进这片草地?"我指着前方,几个孩子在草地中间的一小块平地上踢足球,红红绿绿的外套和秋衣扔在旁边。我眯着眼看孩子们。我想:在人们一眼看不到的那些石块下、土洞里、草棵间,就藏着那些啮齿类小动物。如果它们不侵害人类,怎么会出现那些不愉快的事情呢! 这时候,我似乎觉得妻子的想法不是完全不能接受的了。世界那么复杂,各种观点和结论都在变化和出新,一个问题从两个角度看就会得到两种甚至两种以上的结论,如果能够多设想一些自己不能体验的处境,对事物的理解也许能更全面些。但不能没有原则。在这件事情上,我觉得我们面临的现实逼迫我采取更有道理、更有效的措施。

我和妻子互相体谅了,可是思想并没有统一,争论也会随时爆发。我们坐下来吃早饭。从这天起,我们就诀别了(但愿如此!)我们的那些看不见的、在地下和黑暗的地方生活着的邻居。

1986 年

黄 色 公 告

　　三郎从列车中部 7 号车厢挤回来,又回到原来的位置上。他抬起手腕看看表,八时整,恐怕最少还得站两小时或者整整一宿。穿蓝色中山装把衣领扣得整整齐齐的中年人羡慕地看着他问:"办好啦?"三郎看见他就觉得又闷又热,便把嘴抿起来不慌不忙地一坐:"难说,难说,等着吧。"

　　"这比运牲口的车还不如,"喜欢说点牢骚话的穿"V"形衫的男青年继续对新娘说,"你说说,咱们为了什么? 为什么非要到北京来,这不是花钱买罪受吗?""你该不是后悔了吧?"新娘仍像是窃窃私语似的说话,她的声音混在车厢的嘈杂里,不静心听是绝对分辨不出词句的。"到北京可是我提议的,也是你同意的。既然来了,而且已经来过了,还有什么说的? 你老这么后悔,我可就真看不起你了,你能不能白天黑夜都像个男人的样儿?"她看"V"形衫顺从地点了点头,她满意地,也带着温情地微微笑了笑,但她的头却一动不动。她看左右的人和物,只转动眼珠儿瞟上一眼,似乎瞟一眼就把一切都看透了。这是个很有主心骨的女郎。她不动声色地接着说:"北京人一点儿也不洋气。北京人说到底了也就是咱们家隔壁秀云的水平,北京人说话老是咕咕噜噜的,说不清楚,北京人讲礼貌也太过分了点。"新娘子长得不算赖,高高大大,脸蛋儿也丰满,说起话来不紧不慢。她站在车厢走道里,把穿短袖衫的一只胳膊搭在靠背上,毫不掩饰手臂上一层长长的茸毛。多毛症,三郎想。

"我为什么这样说?我当然有根据。告诉你,我也没见过像你这么干净的男人,一天三澡,你身上能有些什么?你不就是一个街道小厂的工人吗?结了婚就变得这么不正常,你该不是嫌我吧?"

三郎抿着嘴想笑,他连忙扭过脸去,看挂在行李架上一摇一摇的红塑料皮意见簿。偷听别人的私房话固然不好,但谁叫咱们上了这同一辆车,谁叫咱们碰上那个黄色公告,谁叫咱们不老老实实在家里守着老婆孩子,守着咱们自己那个平整熟悉的小环境,反倒像发贱似的出来乱窜。在北京买票比在地上寻找痰迹更难,这算不算首都的一最?你前一天就侦察好,是在前门买呢,还是在西直门买;第二天你起了个绝早,四点钟就起床往西直门售票处赶,连口水都喝不上。倒了三次车,五点钟就赶到了,你还得意扬扬,有十成把握了吧。可一进售票处你心就一凉,买票的队儿已经排到门口,还有数十个想走捷径的人老鼠钻洞似的钻来钻去。你赶紧低三下四地问谁是最尾一个。你老老实实地跟上去,一转眼工夫,又有人在你背后当了牺牲品。你心情郁闷,可不一会儿也就开朗了,反正是公家出钱,再住一个月也无所谓。八点开始售票,你得铁石心肠,跟加队和带票的不良行为做坚决的斗争。一会儿这趟车无票,一会儿那趟车无票。你想买卧铺,后来想,有个硬座也凑合了。可是一个黄色公告,又把硬座的希望也扼杀了。

公告

  127次售蚌埠以远票。去往固镇、宿县、徐州、薛城、滕县、邹县……的旅客,请乘坐119次。无座。

在十字路口,黄色意味着转化和过渡,是中间色彩。这个用黄色粉笔写成的公告立即在售票厅里引起了骚乱,许多人问为什么,许多人表示不能理解。它肯定带有相当不科学的随意性因素,这一点,凡是愿意动一点脑筋的人都能明白。119次是去杭州的,127次是去合肥的,路途远的要带路途近些的乘客,路途近的倒失去了这个义务。而且无座,这是最大的噩耗了,简直是五雷轰顶!短途旅客还算个正儿八经的人吗?还配当个统帅老婆孩子的男人吗?这准是北京市最无知、三辈子没一个读书人的人一手导演的恶作剧,而且肯定没有得到铁道部或者北京铁路局北京列车段甚至北京站的一个最基层头头的批准,这一定是早晨起来就灌黄汤的酒鬼子干出来的,或者是昨儿夜里受了丈夫的窝囊气今天上午拿旅客做出气筒的女人干的,二者必居其一!但它就是宪法,它比人大常委会还人大常委会!旅客们嚷嚷了一会儿只好又平息下来,继续紧挨着前边的人排队,一厘米一厘米往前挪。可不嘛,爱买就买,不爱买顺风溜达去。你没嚷嚷几声,你还摸不透北京,你还不知道北京这道河流过哪些湾湾滩滩。十点半,你捏着无座车票,离开了售票处,你后边还有整整一个连的伸长了脖子的傻瓜!

三郎的目光从意见簿上收回来,瘦精精的离休老干部坐在走道的旅行包上,腰挺得笔直。他面容慈祥,完全是正规军人的作风。一个看样子是农村来的姑娘老实巴交地站在新娘的身后,不时用敬慕的眼光盯着看新娘的威尼斯爆炸式的大卷发和闪闪放光的金色耳坠。一个敞开了衬衣露出结实胸脯的小伙子大大咧咧地坐在茶几上,老是不怀好意地贪婪地往农村姑娘绷紧的肚子和大腿根儿瞅。车一停他就猛转身打开车窗,咋咋呼呼地喝问有没有卖烧鸡的,完了就回转身将两只胳膊抱在胸前,粗声粗气地说:"钱,老子不在乎,转一趟也就来了!"他是说给那农村姑娘听的。可农村姑娘似乎并没有听见。

"对,我觉着现在也不可能。我现在对你还有用,你还觉着新鲜。那好,我告诉你吧,我告诉你北京人怎么礼貌得过火了。"新娘子仍然不动声色地说,"我出了旅社,就走到街面上去了,北京人真多,但没法跟上海比,看见这么多人我脑袋就发炸。我赶紧钻到一家小店里去。我看见了什么你猜猜?我看见了咱们厂生产的糖果,咱们厂的糖果在北京的商店里卖,这真叫我一下子觉得北京好了起来。我想,说不定这一堆是我包的哩,我就再转转吧。我看见墙上挂着一件挺好看的蝙蝠衫,我问:'这是多大的呀?'那个描眉画眼的售货员坐着就跟橱窗里的模特儿似的。她竟不搭理我,我觉得挺难堪,面子上过不去。我说:'你听见了吗?我问这多大尺寸。'这下她活过来啦,慢条斯理地说:'您看不见吗?'我说:'看见了还问你吗?'她说:'您长眼干吗!您长眼留着喘气的吗?'一句话把我气得尿都出来了,可她还是那种慢条斯理的样子。北京人就是这个样子。我想我气也没用,我气不是气自个儿吗?我说:'您耳朵打炮了吧,不然您怎么听不见。'说完我就转身走啦。"新娘子说完,把头伏到"V"形衫的怀里拱了一下,又连忙抬起头,故作镇定地拿眼四下里一扫,跷着手指头按了按头发。农村姑娘的目光随着新娘的后脑勺来回摆动,嘴张得老大。

列车轰轰隆隆地在夜色里不停运行。车厢里的空气越来越混浊,充满了烟草的臭辣、人体的汗酸和各种各样的味道,使人窒息、胸闷、头重、四肢乏力。人太多,连走道里都没有插脚的地方。不知藏在何处的嗡嗡的广播喇叭,有气无力地响着列车播音员的声音:"现在请听歌曲,迪斯科皇后……"三郎开始对歌曲寄予厚望。一般来说,他还挺喜欢听点儿流行歌,但这次太糟糕,喇叭营养不足似的,吞吞吐吐,好像某些一看就腻的国产电影里的人物一样,临死前说呀说呀,有气无力地说也说不清,不说又没个完。他换了一条腿支撑着。感谢父母,感谢上帝,给自己创造了一双还能够应付这种环境的腿。中国人在任何情况下都得具有耐力和耐心,有时耐心是自制,有时却是被强加的。

"北京补贴七块五毛,安徽呢?"有两个坐着的人开始交谈有关价格方面的话题。"安徽一块五。""这够什么用,简直小家子气嘛。"三郎瞥了他们一眼,在平时,他可能也会加入他们的交谈行列,可现在决不,现在没兴趣,现在是不平等的,他们坐着而他站着。他想,得想个长久性的妥善解决办法,没头脑的八大金刚才老站着。他看见穿蓝中山装的中年人在地板上铺了一张报纸,坐着打瞌睡,他也从口袋里掏出小半张过了时的《今晚报》,铺在坐得笔直的离休老干部的脚边,放松地出了一口长气,也坐下了。

他甚至为他这个新发现、新发明而扬扬自得起来。他开始看各种各样的脚、鞋和裤管。那种扫地的大裤脚少见了,取而代之的是瘦巴巴的牛仔裤。各种变化的速度之快你现在能实实在在地感觉到。他发现底层的空气比中层还好些,还清凉些,可能是热空气比冷空气轻的缘故吧,这是一种物理现象。可不,有许多事物,你没接触它们,就不了解它们,你不了解,很可能就是你的一大缺陷,它们甚至终生都会因这一缺陷而自我毁灭,但你自个儿还蒙在鼓里。

他学着蓝中山装的样儿,闭起眼睛,以假乱真地打着瞌睡。这一招在乘车时使用,简直能收到意想不到的奇效。睡不着,但立刻进入迷迷糊糊的催眠状态。他听见车门嗤的一声,一个北京姑娘唱歌似的说:"上车往里走,没票请买票。"他在人体的挤压中几乎要腾空了,这就是北京的交通系统,北京什么都是第一流,但这个不是。他好容易熬到先农坛站,才找到一块安稳的地方。他在口袋里掏呀掏呀,糟糕,没零钱了,就用这十块的吧。他掏出一张票子递给售票员:"东单一张。""哪儿上的?"售票员问着,眼睛抬也不抬。知道别人准能理解?"五间楼。""一毛。有零钱吗?"三郎再一次老实地把口袋翻了一遍,抱歉地说:"没有。"北京姑娘仍然面无表情,站起来唱着歌似的向人群里说:"小珊儿,你有零瓣儿吗?"

他揣着一口袋一毛的小票子和一大把"零瓣儿"在东单下了车。不错,报上有消息说,金属币又开始进入流通领域取代纸分币了。这么些纸张和金属在六月的夏日里烘得他难受。要不是印上了花纹和图样,他早把它们丢到外交部门前的果壳箱里去了!它们竟能统一这么多人的思想,这就是约定俗成?一路车在哪儿?得找个人问问。一转脸,他看见两个老头,一个提着小竹篮儿,一个提着塑料网袋,正站在人行道上说话,说得正热火。

"您说,这跟什么似的,'刺蹦'?可是刺蹦嘛,就上去啦。"

"您说什么呀?"

"洗澡哇。敢情您不洗澡?这家伙,先前两毛,'刺蹦',八毛啦。"

他挤上一路车,两个天津人挤在他旁边说话。"咱们天津可没恁贵的面,好家伙,八毛钱一碗,嘛呀,不就几片榨菜吗。""北京倒是不看多少小野报,天津的小野报,多啦,三毛,五毛的,骗人哩。"三郎在郎家园下了车,两毛四分钱买了一块糕点啃着,两毛钱买了一瓶汽水喝着。北京真大,坐车跑了几天,见的还是新地方。

"劳驾啦,没法子,没法子。"三郎抬起头来,坐在茶几上的跑买卖的愣小伙子正把一件衬衣铺在地板上,然后放倒身子,头钻到座位底下,腿伸到另一边的座位底下,睡舒服了,只把中间的一截露在外边,肚皮一起一伏地喘气。他这么一睡,影响了好几个人腿的放置,但坐着的人又不好说什么,因为自个儿到底是坐着的嘛。"你注意哪,"一个人开着玩笑,"我们不留神可就踩着你肚皮啦。"说话的人显然耿耿于怀,不好直说,便绕了个弯子。一只手从座位底下伸出来拍着肚皮:"踩吧,软和着哪,谁累了也能坐坐,没关系的,都是出门人。"车厢里似乎更挤了些,入夜了,还有不怕挤的继续上车。中国人多,多得不计其数,多得叫人烦。新郎和新娘已经在行李包上坐下了,新娘把头靠在新郎肩膀上,这是规律。农村姑娘坐在跑买卖青年旁边的地板上,还是目不转睛地盯着新娘的大爆炸卷发和金色耳坠。离休干部闭了眼假寐。蓝中山装大概睡了一觉,现在精神正好,看见三郎眼睁开了,就把头凑过来说:"倒霉的事都让咱们碰上了,平常,咱们这位弄个硬卧是绝对没问题的,"他用手指指离休干部,"高干嘛,理所当然。可在外边谁买你的账?谁认识你是老几?咱们这位呢,也太老实啦,想个办法,找个熟人,也不至于受这份洋罪,连我也陪着。""你们这是去哪儿?""去哪儿?回乡呗。老同志啦,离休不干啦,想回家乡看看,顺便哪,遛遛北京,说起来你怕不信,走南闯北闹了一辈子革命,连北京都没来过,这革命不是白闹了吗?我倒不是说什么,我是说老一辈子人都老实过分了。刚才你看见啦,我说咱们也去登记吧,行就行,不行算啦,可老人家想着省几个钱!我呢,是组织上安排的,出了问题,我不好交代哪。"三郎点点头,什么也没说。这位中山装,可怜。本想出来玩玩,想不到竟跟着老头子受罪。老家伙还能有什么油水?——是替中山装想的。

二十一点。三郎重新把眼闭上,重新走上去北京广播学院的路。梆子井,这是个很好记的地名。这名字不错,这名字有一种现代派的内涵。他下了三百一十二路车,在梆子井下车,然后走大约四百米,就是北京广播学院。中央电视台播新闻的杜宪就是从这儿毕业的。"找谁?"看大门的中年人问他,"她是你同学?登个记,你往前走,找八号楼,研究生都住那儿。"当他坐在女研究生宿舍里的时候,一丝熟悉的感情浮上心头,这是做大学生的时候获得的。她见了他,简直像见了男朋友一样。虽然在大学里他们接触得并不频繁,但在北京,你能在人山人海中找到几个熟悉的面孔?"你似乎白了些,也胖了些。"三郎喝着她的银耳汤说。她太热情了,你就是撑死了也不能拒绝。"是吗?这是沾了莎士比亚和孔尚任的光,我研究他们。你结婚了?有了孩子!你比在大学里变化多了,又黑又瘦,记得在大学里你显得挺年轻。孩子拖累?想象不出来。可我很轻松,我还是一个人,也不打算谈,我想独身。但是在中国谁能理解这个。在北京,大年龄姑娘的问题特别突出,噢,可不是嘛。像我们这样的,你看,我今年已经三十二岁了,论文今天下午才交给导师。想结婚,就得先谈朋友,谈朋友就得有时间,没两年行吗?最少也得一年,没一年时间我绝对不放心,我可不想凑合。一年时间!一年里我能干多少事呀,我能看多少书,写多少文章呀!就算一切顺利,成了,结婚了,又得生孩子,不生可不行,在中国,特别讲究这个,不仅要生孩子,你还得生个男孩,不然你就有气受了。生了孩子再把他带大,又得赔进去五年八年,甚至更多,我赔得起吗?可这是现实。不承认现实你就是最不现实的了。这不是雨果时代,不是李白、雪莱的时代。想想看,我们的时间都耽误到哪儿啦,都耽误在农村啦。我十七岁下放插队,那有的是时间,生个孩子该多好,多美,那时候身体好,精力旺盛,有的是时间,孩子也不用求爹爹拜奶奶找人带,我自个儿就把他带大了,现在也该有十几岁了吧,也该到考大学的年岁了吧,那我就完美了,再想干什么就干什么,谁也不会说我。唉,一步跟不上,以后你就永远落后。从来没有像在北京这样的时代感,节奏很快。我们也得承认现实。在大学里的时候,你知道,我什么不要强,什么不争个头几名?可是到了北京,跟人家一比,你自个儿就退缩了。在安徽,你可能是最好的,连省委书记都知道你,想娶你做儿媳妇,可是到北京你试试,北京在各个方面都是第一流的,都是最高水平,你到北大,一级教授多的是,出过几十本书的还是讲师、副教授,哪儿能显出你?在北大、清华,你就可能是最末一名,信不信?当然也可能是第一名,因为总得有第一名。但是首先在年龄上你就比不过人家。广播学院有个小姑娘,最近到德国攻读博士学位去了,她多大,你猜猜,不对,你太保守,她才二十岁!她是蹦着到学院来,又蹦着到德国去的。德国的博士是真博士,咱们这儿没那么好的条件。想起来是不是有点悲哀?人家二十多岁就能拿到博士,咱们三十几了,研究生还没毕业。你不能不承认这个现实。你走在学院里边瞧瞧,你看都是些什么样的姑娘,十六七岁,十七八岁,可咱们在这个年岁都干了些什么,连孩子都没生,这是不是个大错误?所以我老想有些事情光凭不服气是不明智的,不服气实际上就是不能正确估量自己、正确估量别人。反正一步错了,要么步步都错,要么就走捷径。走捷径当然得付出代价,要么就不结婚,要么就抓紧时间,结婚生孩子,反正都有利有弊。我觉得倒不如趁现在一身轻,多跑些地方,多看点东西,多学点东西。工作单位我联系好了,七月份我就到江南大学去,那儿离上海近,况且又是古城,各方面条件都不错,一年以后定了讲师,我还有机会到美国去进修几年,为了这个想法,我被折磨得神经都过敏了。别以为我会留在美国,不会的,绝对不会,到那儿你毕竟是外国人,算局外人。有时间你去看看北师大和中国作家协会的咱们那两个同学,来一趟不容易,尽量跑跑,多看看,多谈谈,多感受一下北京的最新潮流。你说对不对?"

三郎似乎从这样的交谈中真的感觉到了生活的底流。有时候一个人走马观花到一个地方转悠,见到的都是表面的东西,这些东西是没有深刻的内涵的。但是一接触生活的内层,那种吸引强烈得不得了。他听见哇的一声,他睁开眼睛,看见农村姑娘已经把肚子里的食物吐了一地,然后精疲力竭地把头靠在一个男人的腿上,闭上眼睛似乎要昏昏睡去。许多坏人就是利用这样的机会吧?唉,这也算封闭造成的一种结果吗?你虽然有质朴的本质,但你到外边都是多么不适应。有人拿了张白纸盖在呕吐物上,其余的人昏昏沉沉地打着瞌睡,新娘站起来,犹豫地看着车厢连接处,然后下了决心往车门挤去,看样子她是忍不住了,女人事多。新郎现在是一个人,他一回头正迎上三郎的目光,于是毫无缘由地笑着点点头:"好像在哪里见过你。""是吗?"三郎有些惊讶,他把身体往前倾了倾,想仔细辨认出对方是谁。"你在蚌埠工作?""不,不是,我在宿州市工作,"三郎说,"但我生在蚌埠。""那我看错了,对不起。"新郎有点不好意思,他伸手拉开地板上的一只中型旅行包,从里边抓出一把糖果,塞在三郎手里。"别客气,这是喜糖。"三郎笑着收下了,剥一块放到嘴里,甜丝丝的水果味在舌头上爬着,舌头像植物的根须。"恭喜啦!你们是旅行结婚?""旅行结婚,也捎带任务。""捎带任务?这样好,这样车旅费能报。""那个次要。"新郎兴奋起来,也把身子往这边凑凑,"你能猜着她干什么的?你猜不出来,她是厂长!出乎意料吧?是街道食品小厂,当然不值得吹嘘,街道厂名字本来就不好听,就低人三等嘛,可我倒不觉着什么,在哪儿干都得看你干出了什么,看你有没有能耐。实话跟你说吧,在哪儿,没有一帮人你就干不下去。她接厂长的时候,有几个人老想让她栽一下子,有一次她在办公室里就有个人闯进去关了门,威胁她。可她坐着没动,冷言冷语说了一句:'我是松福的人了,什么事我们都干过(你别笑话,现在年轻人都这样。当然我是松福),你敢动我,他能把你全家都剁了。'就这么几句话,你能想出来她是个什么样的人了吧。不是我夸她,她真有本事,是个巾帼英雄,我只能当个配角,全听她支配,我情愿嘛。你要是找个确确实实能让你服气的人,你也免不了这样。我们有一帮想挣血汗钱,想靠自己救自己的弟兄们,我们就靠这个干上去了,没有这个还真不行,没这个,人家摸摸你的裤子,你这个人就完了,因为你毕竟是个女人。我们可都是正派人,但有人不正派,不真干,你不能不防着。老实但不能无用,我信奉这个。我们这次到北京,你猜我们买了什么?算了,你猜不出来。我们把全北京的糖果店都搬来了,这又是她的怪想法,她老有新点子冒出来。我们得研究研究,人家都使了什么坏水骗了那么多消费者。这是笑语。"他突然发现新娘子又回到他身边,便闭了嘴,有点幽默地向三郎点点头,把身子撤回去了。三郎也笑了笑,改变了一下坐着的姿势,屁股已经麻木,只有大脑在活动。空气混浊。小两口开始依偎在一起打盹儿。车轮咬着钢轨,一圈,一圈。快十点了。无涯的夏夜。

劲松区也不好找。不是不好找,是不知道719楼在东口还是在西口。等三郎终于找到719楼5门的时候,他发现她已经站在楼梯口等他了。

"不好找吧?不过这还算简单的。北京很大,无奇不有。"他们进了屋子,面对面坐在两张床上。他觉得她比在大学里更有风姿。她穿着泡泡纱短袖衫,毫不拘泥地斜靠在被子上,饱满的小腹和被紧身裤束得很紧的大腿以及小腹底部都轮廓鲜明地显示出来了。"北京住房也很紧张,我这地方三个人合住。我觉得你是老了些,你昨天给我打电话我就听不出来是谁,我所知道的野村三郎可不是这种味道,你瞧,我还记着在大学里同学们给你起的这个日本名字。你平常那么刚强,而且还像霍元甲那帮人一样讲义气、重感情,再加上你有一种自然而然流露出来的才气,所以有不少女孩子都钟情你。不,这绝不是虚构。我想电话里的这个声音怎么是筋疲力尽的呀?你们小城的人,是不是在气质上就比较差?也许是。你这次来得对,在一个地方待久了,思想容易停滞。跳出来,就看见了更广大的世界。所以我真希望你能经常出来跑跑,哪怕需要我为你做出什么牺牲也可以。在神话时代,天和地是不可理解、不可想象的,但是现在地球算什么。到过赤道,到过欧洲、美洲和太平洋的人,对地球会有更具体的概念,他们考虑事物,就从这个更广阔的概念出发。

"有时候,在小地方看起来很神圣,或者说很严重的事情,在北京人看来并不是那么回事,这是另一种现实。所以我觉着我们无论如何得克服狭隘和过分内向的民族特性,重要的是每个人都要向全社会、向全世界开放。实实在在有了这样的感受,才能从一个全新的高度俯视生活现象,你说是不是这样?前天我们去听了一个学术报告,这类报告在北京很多。报告认为荒诞派理论是说人生在根本上是毫无意义的,但人还要想方设法活下去,这就是荒诞。这是一种什么理论?但它毕竟在一个新的层次上告诉我们一些新的东西,有时候,它可以启发你去思考许多问题,或许能得出更符合现实的结论,而不是死抱住传统的过时观念不放。况且我们通过接触,才知道世界上还有另外一些不同的想法,这样当我们重新走访邻居的时候,我们才不至于像个乡巴佬,才能更好地适应这个大家庭。我谈了一个男朋友,他就住在我这上面,五楼。怎么说呢,我今年二十九了,二十多年来,我跟着爸爸跑了许多地方,接触的男性也几乎是一个天文数字了,可从没有一个男人能叫我爱这么长时间,从来没有。但我现在不想结婚,我觉得一个人最美好、最有朝气和精力的这一段时间相当短促,我不能用这段时间去换那个小家庭。可是我毕竟还得结婚,不结婚我在心理上、生理上、道德情感上都不能得到平衡,这是不是很矛盾?是不是荒诞?可许多人不承认这种东西,许多人老认为思想和感情都是单一的,要么好,要么坏,不是白毛女你就得是黄世仁,你别无选择。我觉得这没有必要。也许中国人惯于隐瞒自己的观点,从秦始皇开始就不让人们说心里话,封建社会又特长。你想是不是这样?我想是。北师大,咱们那个研究生同学那儿,你没去吧?噢,去了。他头发都白了,苍老多了,他也面临许多危机,首先是爱人调不来,想进北京简直比登天更难。他只能选择回去。可是回去以后各方面条件怎么能跟北京比?别的不说,信息也慢得多吧,现代人离开了这个还有什么优势可谈。可他到底选择了家庭,他不能抛弃家庭。也许这就是中国人的美德,宁愿丢掉事业。从根本上说,这是中国人的惰性,喜欢稳稳当当,害怕竞争和动荡生活的小农心理在作祟。所以我见了他就问:'你能不能为民族做出牺牲?'他说:'能!但不一定非在北京,不一定非委屈老婆孩子。'他老奢望两全其美。这是不是理想和现实的冲突?"

在新的生活、新的现实面前,三郎又兴奋又迷乱。从小城相对封闭的生活中走出来,接触不同的思想,接触新的生活方式和新的人生观念,使他激动、犹豫、反思、不安和憧憬,甚至在圆明园也是这样。在圆明园,他专门去看残存的大水法遗物。在那些大石头旁边,戴棒球帽,穿毛巾衫和牛仔裤的特别精神、好看的女青年叉开腿仰着脖子和男孩子们一样畅饮冰镇汽水,似乎她们不是在历史的废墟,而是在一个新式娱乐场,连她们的生理特点也无关紧要了。她们都是大大咧咧的,从不小心谨慎、羞羞涩涩。忸怩作态的照相姿势绝无仅有。取而代之的是女青年把丰腴的腿蹬在石头上,把手撑在大腿上,歪着头戴着橙红色太阳镜的现代生活照,英姿飒爽,朝气蓬勃,一接触这些,三郎就感觉自己呆滞了,做什么事情都反应迟钝,简直有点儿老态龙钟。来圆明园之前重温的那一段历史被忘得一干二净,只留下一个空壳。老提它干什么?耻辱的是当时那个时代的人,是他们无能。在大水法面前,神情严肃地回忆历史的荣辱,似乎很有些老夫子气。生活比空谈有意思、有力量得多。三郎长长地轻轻地吁了口气,把眼睛睁开来,把腿伸到农村姑娘的屁股后边,再换一个方式使身体舒适些。他觉得有一种无形的冲力使他兴奋,使他的思想活跃起来。朝气蓬勃的生活比什么都重要,比淡泊的自我满足的生活强十倍八倍。他觉得身体内有一种骚动,有一种不安分。也许家庭使你烦恼,琐事使你疲倦,挫折和矛盾使你沉郁,但这都没什么,生活就是如此。关键是你得有分寸地超脱,你得用一种现代人的、含有幽默成分的大度去对待生活,把眼光放远些,不必一味地一本正经,不必过分沉重、忧郁。关键还是开放!每个人的心灵的开放!

这时,沉默了许久的广播喇叭突然响起来,并且显得话音清晰。

各位旅客:

  为了缓解列车座位紧张的状况,丰富大家的旅途生活,我们和餐车举办音乐茶座,每人四元五角钱。刚才已经登记过的旅客,请到列车……

三郎站起来,活动一下麻木的屁股和双腿。蓝中山装睁开眼睛向他点点头,又垂下头去。老干部已经趴在自己的大腿上睡着了。新郎和新娘不知从何时起又开始了窃窃私语。农村姑娘面带痛苦,紧闭着眼睛。跑买卖的青年仍然露着那段一起一伏的肚皮。红皮意见簿微微地晃动着。奇怪,竟然留恋这个地方了,这也是惰性?三郎拿了自己的包,转身往列车中部走。他嘴里叫着:"劳驾,劳驾。"每一步都走得小心翼翼。列车还在夏夜里奔驰,一日千里。

三 个 男 人

三个男人走进农场部的时候,已经没有合适的位置供他们占用了。

他们三个人,一个是市政府办公室老毕,一个是宣传部老马,一个是民政局小何。

太阳停在下三点的位置上。天空没有一片云彩。下乡帮着收麦的机关干部,又饥又累又渴。早一步回来的人,已经在场部大院的棚子里和大树下吃喝起来,有几位吃喝完毕,靠着墙和树干抽着烟。

有人跟他们打招呼,但没有合适的位置给他们。

他们往水壶里灌满开水。胖子老毕拿草帽一个劲扇。

"老毕,我看咱们走,"老马说,"乡里边最凉快的地方不在这儿,在场上。"

三个男人出了院子,在阳光下,往麦场走去。

他们在麦垛背阳的地方坐下来。他们啃干馒头,嚼重庆涪陵的袋装榨菜,喝农场烧的白开水。他们拿眼望着前面,前面不远的地方,就是三里湾。三里湾是个平缓的、卵石沙砾的浅水湾。他们看不见全部河面,只能看见转了弯儿往东流的河水。在三里湾的那一边,是一大片收割得零零星星的麦田,远处是一两个村子。

"能抽烟吗?"市政府老毕问。

"最好别抽。"

"看起来,你对农村很熟,"老毕说,"你常下农村?"

"我是在农村长大的,我家就在农村,"老马说,"我还在这块地方待过两年。"

小何也吃完了。他靠着麦垛,从书包里摸出一本小册子看。

"这是一片相当有意思的土地,"老马说,"两千多年前,陈胜、吴广就是在这个地方起义的。"

"我在这里的时候,有许多上海姑娘插队在村子里,"他伸出一个手指指着远方,"你看前面那村子,你能看见吗?"

他们尽力往远方看,前面是三里湾,更远的是村庄。

"其中有一个姑娘,叫什么我记不清了。我认识她,但不很熟。她后来被公社分管知青工作的老黄诱奸了。"

"这样的事,我也听说过,"老毕看着老马说,"我总觉得心中一凉。这近似传说,像梦。"

"比如,"老马说,"你是分管知青的,你对她说,招工的时候让她走,她总会考虑的。这也真没办法。"

他们放开身子躺下去,麦秸干而且脆,身子压上去噼啪作响。年轻人小何还靠在麦垛上,眼睛朝远方望着。

"后来,上海姑娘回到村子里,她拼命干活,傍晚收工她在三里湾洗了脸儿,坐在卵滩石上,坐呀坐呀,坐到星星都上来了,她才扛起锄头,嘶哑地哼着歌儿回村。她结实能干得像一头小牛。看着真叫人心酸。"

"她心里边也难受。"老毕翻过身来说。

"她当时真可怜。"老马打个哈欠,伸伸双臂,"不过她到底坚持下来了,她后来考上大学了。"

麦秸的干香味直往人身上脸上扑。四处连麻雀的吵声也没有。

小何把书放在麦秸上,拿出毛巾,站起来往三里湾走去。他走得摇摇晃晃,在阳光下一歪一歪。老马抬起脑袋看着他。

"小伙子失恋啦,"他说,"姑娘甩了他,他挺消沉。"

"为什么甩?"老毕迷迷蒙蒙地问。

"为什么？这我不知道。反正总有个原因。在什么时代就有什么原因。不过,相比起来,这又算什么。"

老毕不以为然地哼了一声。宣传部老马又躺下去。

年轻人在三里湾洗了脸。他站在水边,往水里,往水流来的方向、流去的方向,眯起眼望着。

河畔有几分爽意,他朝后走了几步,把毛巾顶在头上,在卵滩石上坐下来。

三里湾的流水,像春潮一样清凉、纯澈。

他坐了一会儿,长长舒了一口气,又走近水边,撩起水洗脸、洗胳膊。然后他带着轻松的神情回到麦垛边。他们已经睡着了。

神　龟

　　一九八五年七月二十六日晨五时二十一分三十秒六，A城两个退休工人骑自行车钓鱼经过僻乡河僻乡桥。当时天已放亮，四周的一切都能看得清楚了。他们来到僻乡桥上，下了车，想歇口气儿抽支烟，也顺带着看这僻乡河是不是一个适宜钓鱼的所在。他们擦着火柴，把两个白花花的脑袋凑在一起，像国产惊险故事片中两个接头的地下工作者。他们点了烟，把腿蹬在桥栏杆上，把脑袋伸到桥外边，想仔细观察一番。但是这一看就把两个老头子吓得啊哟一声惊叫起来。幸而他们之中一个是老年性气管炎，一个耳朵背，都没跟心脏病挂上钩，否则准出人命案子。原来，在桥下边的河水里，有一个估计可能有房间那么大的圆家伙，几乎把不算窄的小河占去了一半。他们定了定神，放大胆子，再次把头伸出去看个究竟，啊哈，原来是一只大寿龟。大寿龟的身子沉在还算清的水草繁茂的水中，只露出脊梁最高处，头缩在壳里，露出一个鼻尖尖，前爪扒着岸边的水草和烂泥，像个心平气和的老头儿，一动不动，养着精神。

　　两个老头儿有些慌张，也有些兴奋，活了几十年，从来没眼福见过这么大一只神龟，这也算是个吉兆，也算开了眼界啦。他们憋着气瞪着眼瞅，其中的一个还蹑手蹑脚回到自行车边，把花镜摸出来戴上瞅。轻点，别把它给惊了，把它给惊了说不定咱们得吃不了兜着走。弄不好神龟一怒把石桥给踢打翻了，那A城的交通事业发展不上去，可就赖在咱们身上啦！……

　　晨六时，发现神龟的消息不胫而走，传到了僻乡乡政府，传到了A城各处角落。经过僻乡桥的这条县级公路,是连接A城和B城的一条近道,但因为路面坎坷、狭窄,所以一般司机在三岔路口把方向盘一打,就走稍远的那条好道了,这儿相对来说显得冷清。发现神龟的爆炸消息像一阵秋风,把暑热烤炙下的人们从各个角落吹来了。《A城耸人听闻报》记者胡,第一个骑自行车赶到现场。他骑车之疯狂、急速,已经达到风驰电掣的程度了,只一眨眼工夫,已飞车来到僻乡桥。他伏在石桥栏杆上像鸭子一样把头伸出去,目瞪口呆地盯了两分钟,待激动的心情稍微平静,即轻手轻脚取出包中的照相机,并不征得对方同意,就咔嚓咔嚓连续偷拍了两张,然后飞身上车驰到较近的僻乡乡政府院内,直奔办公室去给报社打电话。

"喂,哪一位?吴总,爆炸性的,我亲眼看到,快来人取照片,我留守,消息要封锁,独家……"

咔嗒,电话被摁断了,僻乡乡长项致福正式向他宣布:经乡政府紧急会议研究决定,任何人报道神龟、观赏神龟、呼吸神龟呼吸过的空气,接触神龟身边的流水……都得与"神龟造福于人类有限联合公司"签订合同,得到批准后才能行动。

记者胡大惊失色:"我是继发现人之后第一个赶赴现场的,你们何时成立了这个公司?"

"向你宣布这个重大决定前一秒钟,"乡长笑容可掬地说,"神龟出现在我乡间土地上,是我乡人民的光荣和骄傲,我们代表全乡四万人民,有权把它作为集体所有的财富,开发利用,造福乡里,造福人类。"

"你们这是破坏新闻自由……"记者胡沮丧地嘟噜道。

"咱们联合吧。"乡长坐下来诚恳地拉着记者胡的手说,"有关神龟的报道我们给你们独家发表,但是你们必须立刻报道联合公司成立的消息,并免费为我们做一版广告。"

……他们谈妥了。

上午十时,神龟周围地区已是人山人海,男女老少,各色各样。河堤小树林下边的空地上,新设了"自行车、摩托车寄存处"和"机动机收费停车场",自行车寄存车辆五分,比 A 市多一分。几个摆茶水摊的为了争一块好地方,差点打将起来,在"神龟造福于人类有限联合公司"人员的调停下,才避免了事态的继续扩大。联合公司在神龟周围设置了警戒线,任何人不得擅入。远远的小树林边,有一个求神水的妇女向神龟叩了一个响头之后,战战兢兢地从河中灌满一啤酒瓶水,珍藏在怀中,诚惶诚恐地走向家去。

上午八时半,A 城百货公司在与联合公司签订了条约并付了款以后,选一块平地,装上喇叭,开始了"神龟造福于人类商品展销会",展出的商品有,今天上午八时推出的新型"神龟"纸餐盒、新型"神龟"圆领衫、"神龟"妇女卫生用品、"神龟"系列婴儿睡帽、"神龟"狗肉罐头等等约一百个品种,高十五层的"神龟"小酒楼图纸设计已经完毕,现正在组织进料,预计九月中旬即可完工投入使用,届时来一睹神龟神采的人都将有一个舒适的归宿!硬纸神龟纪念章在黑市中每个售价三分五厘,就这还买不着疯抢哪。与神龟合影,立等可取,永恒不老的"神龟照相"开张以来,生意兴隆,现在已经记不清拍了多少张了。没有登记号的《神龟》小报第一期在两个小时内猛销了四十六份,内容有:《神龟大奇案》《神龟秘史》《神龟与阴阳人争夺白发苍苍的少女》……第二期将于一九八五年七月二十六日上午十一时出版,请不甘寂寞的记者注意!注意!

上午八时三十二分,推迟出版的《A 城耸人听闻报》出售了,头版是几乎要撑破版面的两大幅神龟照片,图片说明:独家新闻!二版一个整版都是僻乡"神龟造福于人类有限联合公司"的广告:

神龟在我城范围内出现,是我城经济振兴的一次极好机会,大家不必再去寻找经济规律,不必再去劳心费神,这里有我们所希望的一切!勿失良机!勿失良机!机会是生命,机会是金钱,机会是克敌制胜的法宝,神龟将竭尽全力为用户服务。神龟代表了中国现代经济的最新潮流,神龟将为四个现代化添砖加瓦!

神龟造福于人类有限联合公司总经理(享受副科级待遇):项致福。(大幅标准脱帽半身照略——笔者注)

至上午九时,A城已经人人尽知神龟的发现,街头巷尾议论纷纷。《A城耸人听闻报》权威专栏编辑老夸加以综合概括,大致以下数种:

据联合国教科文组织的一位华裔神龟专家考察后说,神龟年龄已有四千零三十年五个月了,恐怕是大禹治水那会儿被冲来的(大禹治水离现在大约有四千零三十年)。

一个养蚯蚓赔了一万元的僻乡农民孤注一掷把房子卖了要求在"联合公司"入股,经理不同意,他就要冲破封锁线与神龟直接谈判。

据科委的一位大学生估算,神龟毛重二百一十四斤,因为龟背露水面那一部分重七十一斤三两,根据冰山原理推算,三分之一露出水面,三分之二沉在水底,所以龟重二百一十三斤九两,四舍五入,约重二百一十四斤。

八时六分一秒,神龟进行了一次深呼吸,因为它会气功,所以很少有人看出破绽。

神龟在沉思。

神龟想念爱人。

马季和姜昆将乘飞机火速赶到。

上午十时,《A城耸人听闻报》出版增刊,除报道了以上消息外,还有两则简讯:

> 本报讯:A城新成立的"神龟发现专科委员会"今天上午九时半召开第一次全体会议,会议一致决定,承认退休工人韩金岭、路朝东的神龟发现专利。同时决定授予他们"神龟发现一等奖",奖金待赚了钱之后再补发。
>
> 又讯:新成立的"神龟造福于全宇宙旅游公司"已经购买了获神龟发现专利和神龟发现一等奖的退休老工人韩金岭、路朝东的神龟发现专利权,购专利权的款子也将于赚钱后付给。他们如果不要,也不一定勉强。旅游公司还聘请了业余律师保护公司的合法权益。

报纸一经问世,立刻在社会上引起轩然大波,更多的人拥到僻乡桥头看热闹,有一些机灵的青年知道"神龟造福于人类有限联合公司"没有购买专利权,是不合法的,即煽动大伙儿冲破封锁,带领人马逼近神龟观看,他们人数太多,联合公司的人阻挡不住,只好溃败。公司总经理项致福气冲冲地骑上自行车,迎往路上找即将来到的旅游公司的人评理去了。观看的人开始还有几分畏惧,屏住呼吸往水里瞅,见神龟没有动静,就叽叽喳喳议论开了,说神龟架子未免太大,表情太严肃,甚至有点自命清高,自命不凡。议论了一会儿,有个小青年吹了一声口哨,有个小伙子敬了神龟一句国骂,见还没有动静,围观的人胆子大了,而且越来越不满意神龟的"龟默",开始起哄,向龟身上投西瓜皮,投"神龟"牌狗肉罐头盒,继而有会拳术不怕死的伸手去摸它,后又有"神龟杂剧团"的一名丑角一个筋斗翻到神龟身上,做了个大幅度的亮相,这一行动带有煽动性、启发性、教唆性,大群观众立即一拥而上,嬉笑声、哄骂声、欢呼声席卷田野!

上午十一时,A城"防止神龟污染委员会"的一辆大型面包车开到僻乡桥头,当众宣布:接B城动物表演团电话,此龟系此团途中猝死弃于水中之龟。为防腐烂发臭污染城乡,现立即运赴火葬场火化。因此事而造成的精神和语言污染,另行消毒处理。

十一时半,僻乡河畔又恢复了往日的宁静,僻乡桥还是僻乡桥,僻乡河还是僻乡河,夏天的太阳照样晒得耀眼。

离　　婚

"真可怜,毛头那孩子天这么凉了还躺在草地上。"

男人把报纸从眼前移开,放到沙发上,目光柔和地盯着她。她围好围裙,走进厨房。

厨房响起了水的哗哗的声音。男人慢慢站起来,他穿着紧身纯羊毛白背心,更显出了腿的颀长和健美。他把双手插在裤袋里,走出家门,一直走到大操场上。

暮秋的晚凉渐渐漫上来了,夜色潮湿而且有一点寒气。

他看见了那孩子。那孩子仰面躺在返潮的草地上,一动不动,望着浓暮的天空。

他年轻英俊,身材高大。站在暮色中的大操场上,就像一个优美的雕像。他跨着大步走到那躺着望天空的孩子的身边,那孩子翻了个身,侧卧着,噘着嘴,用沾满泥巴粗糙的小手搓弄书包的带子。

"你怎么不回家?"

他蹲下来,看着那孩子。那孩子噘着嘴不说话,像一条被遗弃的小狗。他侧着身躺在他健美的、颀长的两腿之间。

"你进不去吗?你爸呢?"

那孩子还是不理他,但是有两颗清亮的水珠儿,在眼角,渐渐地聚集长大。孩子用肮脏的手背,使劲在脸上抹了一下。

他想给孩子说两句,但是不知道该说些什么。他伸出健美修长的大手,在孩子的小平头上摩了几摩,轻轻地,然后他说:"咱们走吧。"

他领着那孩子。暮色中,一个身材健美高大的男青年,用手牵着一个瘦小的孩子。那孩子像条倦怠的小狗崽子,跟在男人的后边走。

一接近灯光,暖意就涌上来包围了。

"你饿吗?"女人像妈妈一样躬着身问。但她不是妈妈。

那孩子噘着嘴,鼓着腮,看着她,一声不吭,然后倔倔地走到方桌边,拉开书包,拿出本子和铅笔。

温暖明亮的房间里重又回复了安静。男人坐在沙发上,手里捏着《人民日报》,眼睛却看着孩子。

他看见那孩子把头伏下去,呜呜咽咽地哭起来,连肩膀都抽搐了。他的心一酸。但他坐着没动,让那孩子哭。

日光灯明亮地照着,孩子哭累了。

厨房响着煎鸡蛋的声音。女人不时伸出头来,看一眼做功课的孩子。男人在看报纸……

火

头脑还清醒,是吗?想走回家里,想走回老婆的被窝里去,去做一次愉悦的……可还是倒在猪圈的粪坑边了。

冷风一吹,胃开始火一般燃烧翻腾,头痛得似乎要爆炸……滩河在哪儿?清凌凌的冰一样的滩河水呀!

于是一咧嘴,酒和各种动物的尸沫,都冲泻在嘴边的粪土上……

司梦的星在天幕闪烁……一条饿狗窜过来,吞吃了全部酒和肉的秽物,然后兄弟般躺在嘴边睡去。

你走过来。村庄像薄衾里一个寒梦的弧线。一种声音哼唧着。

你打开手电,一切都在光环中被解释了:人半醒,狗还醉着。

你抱着他。月亮何时挂上初冬的夜空?它是半弧,还不是完美的构想。冬夜里的一灶火熊熊燃烧,老婆还忙忙碌碌等着男人。砸门的声音这般洪亮。村庄都睡了吗?滩河你在哪里?你低着头喘息。你想。

拖一条狗那样你把他扔在灶门口。转过身来你看见那一对感激的目光。女人这样年轻!就是当着他的面睡了她,他醉在梦乡也不会知道!

喝了蛋汤吃了贴饼,一支烟制造着家庭气氛。哦,钱也有了,粮也有了,可这儿僻,寒天除了睡女人养孩子喝酒打牌,有什么事情干,男人可真无聊哪!原来这样。

你听着女人梦一般的絮语。你愿靠在麦草上,醉鬼把呼噜打得山摇,干干的刺槐枝在火里烧得噼噼啪啪。你想这漫长的无边际的夜吗?这也许正是繁殖的好时节,女人的皮肤里都积聚了厚厚一层脂肪。待来年春天、冬雪消融、莺飞草长的日子,选一个晴朗的天,我们再出洞狩猎,用滩水边打磨的石头,带回一只小公鹿,架在火上烧烤,我们围着它歌舞,那一定十分美丽!

第二天一早,你吃了女人做给你吃的白面汤和更白的馒头。男人还睡着。你告别了农妇走出大门。唉,春天忙得要死,秋天累得够呛,冬天却闲得发疯。你一边走一边想,回去就寄几本《人民文学》或者《小说选刊》来,也许能解决那个农民的问题。你走过猪圈,猪哼哼着,狗酣睡,只有肚皮还在起伏。夜霜铺了它一身。

青　竹　颂

　　报纸记者林杉急匆匆地往山那边赶去。他是第一次到大别山采访,下午从公社启程的时候,办公室的冉秘书脱不开身陪他,告诉他翻过青竹岭就到青竹村,一上一下不过二十五里地。可林杉跑到现在还没有见着人家。

　　过了山头,一路往山下奔去。左边是大山,山坡上长着青青的竹子,漫山遍野的。右边的溪流,溪水是蓝碧碧的。刚才来了一阵云,下了一场雨,山道并不滑,倒显得更干净了,路两边的山草拥着山路,把林杉的两只鞋和两个裤管打得透湿。

　　看不见太阳,恐怕太阳也该落到山后头了。山里边天黑得迅捷,一眨眼,就觉得光线暗淡多了。重重叠叠的山影和林影,你推我,我推你,挤挤撞撞,推推搡搡地往山路上逼近。林杉心中着急,三步并作两步走,也顾不得看山间的景色了。山路却并不匆忙,慢慢悠悠地缠着山腰,左右拐弯,像等人的年轻姑娘有意无意甩弄着飘带。

　　突然,在越来越朦胧的前方显现一块石头,石头不大,倒挺圆滑。石头上坐着个老头儿,黑黑的脸,大凹眼,粗手粗脚的,腰上挂着一把锋利的砍柴刀。

　　林杉离着老远就大声问:"麻烦啦,到青竹村怎么走哇?"他一边说着,心中有些害怕,一边脚下加快,一步不停地从黑老头的身边走过去。

　　"不远啦,前边就是。"老头上下打量他一眼,瓮声瓮气地说。

　　在深山里可不是玩的,得提高警惕。林杉这样想着,简直就要跑起来。可是后边的脚步声愈逼愈近。林杉猛然转身,毛发直竖地大喝一声:"想干什么!"

黑老头嘴里说着:"你等等,你等等。"直扑过来,扑到林杉的脚下,在他脚上摸起来。刹那一阵钻心的疼痛,林杉禁不住啊哟尖叫了一声。黑老头却已经站起,手掌心里捧着几个黑乎乎、鼓囊囊的肉蛋蛋。

"山蚂蟥,可厉害呐!"

他咧开缺牙的嘴笑起来,笑起来了一脸老皱纹。

林杉在大队会计家住下来以后,好好地用热水洗了脚,真不得了,鞋帮儿都给血染红了,三天后,他离开大别山,回到报社,见人开口必谈的,就是这段奇遇。

蛾

下了车,往家里走,越走越近,心里既兴奋又担忧。兴奋什么呢?兴奋的是他感觉到有什么在等待自己,比如一个温馨的酒足饭饱的秋末的暮晚,或者是贤惠的妻子,或者是想起来就野火熊熊燃烧的如狼似虎的……说不清楚,总而言之说不清楚。明摆着有一种渴望,难道那么单一,单一到只是为了一次夜事,或者只是想得到一次不要自己动手的酒足饭饱和在柔软的沙发上悠然地抽一支带过滤嘴的大前门香烟?那么担忧呢?怕再为一件小事或琐事顶撞起来?怕再搞得大家都冷冰冰的不愉快?怕自己的一腔兴奋兜头泼上一缸冷水,一切愉快的想象、打算、感情和肉体的发泄都化为乌有,或转化成相反的因素?唉,他在植有冬青的人行道边站住,他的心思使他腻烦。他想家庭为什么都是烦恼之事?就因为家庭,你得无缘无故耗费多少心思和心血,得引起多少不愉快、勉强和对情绪的控制,而家庭的吸引力又在哪里呢?他又想,为什么自己在想家的时候总是连带着想起床上的事,或者是当渴望着房事的时候才念及家的必要、必须和好处?这像自己在感情上恬不知耻地骗了谁。他有点萎缩。

说不清楚,是的。他感觉到说不清楚。总而言之,说不清楚。

他带着一身不愉快坐在长途汽车的软垫上的时候,他想一辈子都不回来了!都不回这个家,都不再想起这个小城市!车一奔驰,他的注意力就转移。他开始忘记烦恼、吵嘴和不愉快,把自己封闭在思考的圈子里。在一个更小的城市下了车。他得在这儿转车到农村去。

售票口周围闹哄哄的,全是农民在推着挤着喊着。他插入人堆,想显示一下他城里人的优越性,他想要拨开硬挡在前面的人,但是立刻招来抵抗和恶狠狠的白眼,无理可讲。他重又退回到推挤的人群之外,把手插进衣袋里,摸了摸自己珍爱并引以为自豪的市民间文学研究会会员证,他想把这个牌子亮出来,或许能使农民们和售票员在吃惊之余恭恭敬敬地给他以方便,我是研究你们的嘛。他立刻又觉得毫无意义,真正无聊。他转身走开了,几个农村学校的女学生,背着书包站在破旧的门边看着他。

只过了二十分钟,售票口又寂无一人了,他想起来就觉得可笑,农民们过分老实和认真的性格还是改变不了,开放的深度也只是相对而言吧。但是自己的作为又说明了什么?他买了票,在吱吱嘎嘎的木椅上坐好,那几位农村的小姑娘就坐在他的右边,她们都只有十七八岁,皮肤红润,并不白皙,她们不时往他这边瞥一眼,那种眼神和举动,也完全不是城市姑娘的那种含情脉脉、眉目传情和恰到好处的挑逗。有一位姑娘身材比较苗条,脸庞也秀美,看见她,就想一句话,即美,他想,这是对的,是有道理的,如果再这几年、十几年,这位农村中学的女学生结了婚,生了孩子,操持着家务,那她恐怕就会和许多赶集的极其普通的农村妇女一样,再也不会有多少闪动的光彩,不会有多少吸引人的东西。而她的结局十有八九会是这样。

上车时又起了一阵喧哗与骚动,他不去争抢,结果在车尾占了个位子。客车开出小城,开上汴河大堤,沿着栽满法国梧桐的平坦的柏油路行驶,近大闸了,上游的水从闸里挤压而出轰然的喧哗声中直灌进来。

一个戴硬沿大盖帽的小男孩突然从座位上站起来,手指着窗外直喊:"撒鱼的,撒鱼的。"他的稚气的喊声把全车旅客的目光都吸引到堤下。不错,是个撒鱼的,看不见他的脸,只能看见他的背影,他站在喧哗的大水边,穿着黑色的橡胶服,像一只大些的野鸭子。身材比较苗条的女中学生用不大的声音对同伴说:"这不是'的'字结构吗? 撒鱼的,开车的,是吧?"

他惊讶而欣喜地再一次从背后打量她,他开始感觉到他发现了些什么。什么? 说不清楚,总而言之说不清楚,也许是生活吧,也许是生活的另一个方面吧? 他开始感到了一些暖意,一些暖烘烘的意思。在乡村,大概更需要家族,更需要恩恩爱爱和互相体贴。他开始设想为了赌气而在外边有外遇,开始设想和她接近。他望着她的眼睛,农村中学生的大眼睛,然后用一种农村的而不是城市的朴实无华的方式,去和她亲热,去拉她的微微发红的、多肉的手,去搂抱她的农村姑娘的丰厚的腰肢,去摸她的沾有庄稼和田野青草气味的饱满的双乳,去蹂躏她的有些笨拙的身体。……但是结果呢? 结果有了孩子,有了家族,她成了一个普通的赶集的农村妇女,大部分神秘的新鲜感都已经变得平平常常,花儿已经催开,浓香渐渐淡薄,各种家族关联着的,与理想和事业矛盾的烦恼和琐事拥挤过去,那个时候怎么办?

他找出一支烟来抽,把火柴杆从窗口扔出去,扔到的砂村子盖起来了许多红色的瓦房,但村里的泥路却又脏又烂。

他在黄湾下了车,他愿意再回头去看那辆车和趴在窗口目不转睛地盯着她,"的"字结构,他想也许自己已经给她留下美好的记忆了,何必要破坏这种好印象呢? 如果一个人毫不邪恶地留给别人一些美好的东西,使别人幸福,那自己也是幸福的呀!

秋末的天气开始好起来,秋雨已经在昨天傍晚止住了,难以觉察的风吹了一个晚上,吹了一个上午,田野里又可以走人了。他在旅社住下来以后,就开始着手完成一篇未完的文章,第二天上午,他走出旅居的小屋,走到田野小河边长满芳草的小路上,换了一个新的环境,文章写得顺手,他的心情好起来。黄湾中学有一个面向田野的很大的操场,因为刚下过秋雨,再加上学生都放秋忙假了还没到,所以操场上连一个脚印也没有。他在操场边缘的草丛中看见一蓬蓬小的蓝色的野花,他突然萌发了一个愿望,就是挑一朵寄给妻子,是表示和解,还是表示共同创造美好的生活,他说不清楚。他又突然想,还是过几天再寄,寄的话也要寄含苞待放的,反正田野的野花多得很,要是能让妻子也来看看就好,能和妻子一起来就更好。

旅社里很安静,因为这是个比较偏僻的地方,所以住旅社的人寥寥无几,他自己占了一个房间,白天到这地区赶时髦,到乡里和社员家中采访,晚上伏在桌子上写东西。有时候他上午起了床就写,写完一章以后他去街上农民用帆布搭的小吃店去吃素菜包子,然后他走到街上,秋天的阳光很好,他不由自主就漫步到田野里,什么也不想,只是感受温和的阳光的拍打。路边的一丛丛野草都渐渐枯而柔韧了,脚踏过去,秋蝗如星似迸。在他的脚边,有几只"黑油子"一闪,接连着钻进一蓬狗尾草旁边的土洞里。

他轻轻蹲下来,蹲在土洞的北部,这样,阳光仍然可以射在洞口上。在蹲下去的时候,他听到自己的关节咔吧咔吧响,肩背处的肌肉也有些酸胀,唉,很长时间没有舒展了。

他屏住呼吸,眼睛看着洞口,几个洞像青蛙弧,上半部是个平面,最宽处有四五厘米,不知为什么,他觉得它们一定还会出来的,田野很安静,汽车在用劲看才看得到的地方爬着。在稍远一点闪动着斑斓的亮色的秋野里,一位捧着书本,穿大红外套的姑娘,吹着简单的口哨,把雪白的羊儿赶了又赶,赶到长着短草的斜坡上去,三两个更小的小男孩蹦蹦跳跳地喊着"放羊的,念书的,念书的,放羊的",从冒着绿草儿的地上跑过去。阳光照着闪闪发亮的野三色菜的叶片,照着用翅膀唱歌的长脚蜂,阳光照在姑娘身上,幻化成绚丽的音符,她仿佛是流畅明丽的音符组成的。

他想,她是那位"的"字结构吗?不过,是或不是又有什么呢?当生活展示它积极向上的一面时,又有什么不是美好的呢?他低下头来,他是两支互相能碰到、互相探询的细细的黑须子,摸索着伸出来,一个圆脑袋,犹犹豫豫地向外移动,阳光更加温暖,田野间的郁闷开始滑向生活的边缘,这只大个儿的黑油子抵御不了诱惑,匆匆爬到洞外,在狗尾巴草旁边,用劲蹬了蹬长满强国富民的硬刺的后脚,刹那,洞子里碰头绊脑地挤出几个腊老似的褐脑袋,他惊讶地数着,一、二、三、四……十二只,总共十二只,它们爬出洞穴,分散在狗尾巴草和左边的一根马齿苋的近旁,一齐迎着阳光张开翅膀。翅膀洪成一片透明的帆,在流动的阳光里快乐地航行。他目瞪口呆,心灵受到了震动,大自然造物总是好像蕴含着什么寓意,他站起来,走回旅社,他开始怀念妻子和孩子了,他想妻子一切好处,想起她的温柔、体贴、能干,他想起家族的不可替代的好处,有什么理由不去维护这种美好,有什么理由不用美好、和谐去占用一时的烦恼和挫折呢?他感觉到了心灵的孤独。

……快到家了,他有些不自然起来,他暗暗稳住自己,实际上也没有人特别注意他,从热闹的街道拐到僻静的中上去,往南,再往东,好了,到了,这是一幢四层的宿舍楼,因为是上班时间,所以整幢楼都静悄悄的。他站在自己家的门前,伸出手来,轻轻叩了叩。没有任何回音,她还在生气吗?今天也不该休假吗?他又叩了叩,声音重点,这次他相信确实没人了,他有些扫兴,甚至突然冒出一丝怨怒,有一种愿望破灭感,他把手伸到口袋里去,换出钥匙,旋转,门打开了。

屋子里收拾得相当干净,卧室、客厅、厨房的地板都拖过了,散发着一股清新气息。他把门关上,把旅行包放在地上,在沙发上坐下来,他点着一支烟,抽了两口,又站起来特意把烟灰缸拿来放在身边,这是前所未有的,从前他抽烟总是把烟灰和烟蒂乱弹乱扔,而且从来也没有意识到不合适。城市的阳光除了显得局促一些外,和农村的没有两样,阳光从窗子泻进来。城市明亮,不管怎么说,这是自己的家,一走进家就有一种稳定感,就有一种踏实感。他站起来,来回走了几步,这时他看见了摆在电视机旁边的青瓷花瓶,在几朵以假乱真的塑料花中间,活鲜鲜地开放着三五朵从田野里寄回来的带着秋天的阳光、泥土、青草、树叶和风的混合气息的小小的蓝色的野花,里面一定是放上水的,否则花儿绝不会这么鲜灵。他又发现花瓶下边压着一张纸条,他伸过头去看了一眼,是写给他的。"回来后你洗澡休息休息,别去乱跑了,孩子想你,我们上街给你买好吃的去了。"他读出了声,然后又小声笑骂道:"好嘴,你怎么知道我今天回来。"他立刻恍然大悟了,妻子准是在每天出去的时候,把这张纸条压在花瓶下边等他回来。他在烟灰缸里掐灭了烟头,真正心情舒畅地张开双臂伸了个懒腰,找点事情做吗?他彻底地洗了脸,又走到小小的书房里,书上已经有了一层灰尘,这地方他是谁也不许动的,这是他的禁地,东西该怎么放他有自己的规律,所以妻子从来不碰,孩子也从小就被教育不碰,他想起来了,书桌还是收麦的时候清理过的,到现在已经过了两个季节了,他把袖子卷起来,把一摞书搬到椅子上去。哦,真的脏了,一摞书和另一摞书之间的空隙里堆着一层尘灰,其间还夹杂着死去的苍蝇、蚊子,他找来抹布把脏物全部抹出去,当他搬弄最后一摞书的时候,他发现在平常看不到的书桌和墙的夹角,伏着一只三张邮票那么大的蛾子,它看上已死去,变成了一具"木乃伊",但是它身上漂亮的花纹依然醒目。他突然记起来了,那是夏天吧,一只漂亮的他从来没有见过的大蛾子,在他摊开的窗前飞来飞去,在他的书桌上飞来飞去。他用眼睛跟着它,多漂亮的一只蛾子,它在干什么呢?哦,它是在产卵吧,它把卵产在窗外的花茎上,产在窗边的墙上,这么漂亮的蛾子,还要把如花时光耗费在责任、义务和更新换代上,似乎是不可思议的。也许生活和幸福就包括了这些内容吧?! 他站在桌前深思了一会儿了,当他把僵蛾丢进放垃圾的窗口里的时候,小孩子的奶声奶气和妻子开门的旋转声,清脆地响起来了……

"爱情"故事

去年冬天我到乡村去做徒步旅行,走到沱河转弯的土地上的时候,我的情绪开始异常起来,因为这一块地方我特别熟悉,白天坐车或用别的方式走过这些地方不算数,夜间我也曾数次躺在运槐叶粉的马车上,一边无聊地妄图解释星星排列的奥妙,一边和赶马车的小报子闲拉,不是吹的,车轮碾过的每一块砂姜我都熟知,更不用说乡野夜晚的那种气氛了。我沿着沱河走了一个下午,傍晚才赶到乡间的一个小小的枢纽小集——沱河集。我在点煤油灯的小饭馆里吃了晚饭,就摇摇晃晃衔着烟站起来去找住宿的地方。在外边晃荡惯了,也许对什么事情都无所谓,都不担心。你是个男人,你就可以甩着手游遍全世界。这是我的真理。在乡间,哪怕是在到处是野狗的野地里,我也能毫无顾忌地把包儿往怀里一搂,身子一蜷混过去一夜。我按着小饭馆里的好心人指点的方向,一直往集子外走,快走出集子的时候,就看见一家大门上挂着块招牌:住店。在一刹那,我感觉我已经走入古本《水浒》的黄脆纸里,除了手中没有哨棒和朴刀,我还缺什么呢?这种幻觉只是短暂如流星的一闪,一辆载重汽车疯疯癫癫、拧着车身急驰而过,差点使我刚才的想法成为"遗念",我惊出了一身汗,转身一跳,跳在大门里,"畜生"两字还没骂出来,就有一个女人的声音在身边响起:

"同志,住店?"

这声音同样又吓我一跳,我毛发直竖,转身怒目而视,原来并不是"女人",却是个瘦了吧唧、小鼻子小眼的半截"老大爷"。我点点头,抹一把额头,定了神,才跟着他往里走。

这种店我住得多了！果然不出我之所料,又是一间偏房,又是几张笨里笨八的木床。这种地方脏、俗、简单,但相当便宜,我踏在门槛上,两个土头土脑的农村中年汉子斜歪在床上,抽着烟,斜着眼看进来的人;一盏十五支光的小灯泡挂在门框上,给两个屋照亮。靠墙的地方垛着七八个大苘捆,我估计他们是卖苘的农民,他们卖的苘肯定是"青皮三号"。

"两位是哪里来的?"

"南乡。你是——?"

"北乡的。潍河北的苘阵大着哩!"

"大着哩!价钱掉多啦。"

"今年?去年发财!"

"去年发财?今年发小财。今年的苘价没玩意?明天……毙人……"

"毙谁?谁出的岔子?"

"小媳妇。二十来岁。店东说的。狠哇!明儿不瞧瞧,再走?"

"瞧瞧?瞧瞧!又有什么瞧的。怎么啦?"

"杀夫之罪,河湾的场子都选好啦。"

"公审。哪个庄的?小黄庄的?黄丽芬?"

"黄丽芬?!咱们也记不住姓名儿,怕就是黄丽芬,俊俊俏俏的小媳妇片子!"

"那就是她,俺想问尿尿在哪里尿?"

"都行,就是别尿人家锅里。"

这一夜我没睡好。跑了一天,脚都跑破了,在往日,就是有人来耍弄我,我也决不会把眼睛睁一睁的,但今天晚上我没睡好。也许是上床时和农民的谈话影响了我,其实那又有什么,在乡村待过三年五年的,再正经的假正经也能把那样的事儿、那样的传说,唾沫四溅地对你说上一晚上,而且都是大实事儿。一九七六年我在农村的时候,就见过一次,两个人,在猪圈里干上了,像这神货,爹娘兄妹都觉得把脸面丢尽,那时正是仲春,猪圈的旁边还开着一树白杏花,天空也蓝得跟沱河水似的,到处都暖洋洋的,是绝好绝好的春天。男人被打得趴在猪圈里不能动,一头一脸全是猪屎、全是血,一条腿还一蹬一蹬地疼挛,看了叫人呕吐。偷汉的女人被丈夫一家吊起来打,屁股上的肉都打烂了翻了出来。后来,那汉子成了瘸子,不过干活又都在一起了,谁也不搭理谁,谁也不再提过去的事,简直无聊极了。我还听人讲过一九七五年的一件事,一个软蛋男人的老婆让人家偷了,这男人骂,骂过了,还偷;这男人没办法,因为他打架打不过那汉子,那汉子家兄弟四个,个个粗壮无比。软蛋男人就哭着去求,求那汉子可怜他。那汉子爽快,承认这事,也不为难他,说:你给介绍一个,俺跟你老婆,就断。听说后来这软蛋男人把亲妹子嫁给了那汉子,两家又成了亲戚,来来往往,和睦得很。这是在偏僻穷困的乡村,男人想女人得不到女人也不很有希望得到女人的一件趣闻。另一件事更加惊心动魄。那是我一九七五年到黄湾写先进知青材料时,一个总爱在晚上找理由上我房间的小饭馆老板的小媳妇(二十一二岁,叫黄丽芬)告诉我的。那时黄湾还有好多大块的空地,一到晚上四野连灯火都见不到,因为村庄都离得很远,而且农家为了省灯油,吃了晚饭就吹灯上床,孩子睡觉,男人吃烟,女人就着灶里的余火纳鞋底、补衣服。那女子换亲换到丈夫家,这个地方所谓换亲,也就是两家的女孩子互换,小媳妇的丈夫人还好,也肯干,就是说话有点问题,只能说单个的词,不能说成句子。

"偷汉的女人,心狠着哩。"

"咋个狠法?"那时太阳才落下去不久,门前的大路上早没了人影、车影。往远处看只能看见黑黝黝并且越来越黑黝黝的田野了。黄丽芬靠在门框上,腰上系着小白围裙。

"说起来话长啦。"她眨巴着眼睛看着野地,装模作样地叹了一口气,说,"俺们这地方一年还看不上两回电影,可这件事儿,倒比电影还好看哪。这个女人只有十九岁,模样儿挺俊,结婚不到一年,就跟旧相好的勾上了。勾上了就勾上吧,又想变成名正言顺的夫妻。"

这故事听起来吓人,至今想起来也毛骨悚然。眨巴眨巴眼过了一年,女人说,俺想回娘家过天把,俺想让你也去,替俺娘拾掇拾掇烟筒。两口子抄小道就回去了,乡间的小道、近道都是在田野里、沟底下踩出来的。到了娘家拾掇好烟筒,吃了酒和肉,女人说,俺们歇吧。这时天已经全黑了。男人忙活一天,挺累,上床就睡着了。十九岁的小媳妇一见他睡熟了,轻手轻脚爬下床,从门后边拿过来事先准备好的三齿抓钩,二话没说,对着男人的脑袋就是一下子,一下子刨出三个窟窿,窜出来的污血溅了她一头一脸。这响动不是一般的响动,惊醒了小媳妇的亲娘,娘在隔壁说:"丫头,什么响?"小媳妇说:"娘,别怕,俺把他给刨死了。"做娘的不能相信,推门进来一看,当时就吓瘫在地上。小媳妇说:"犯法俺一个人担着,娘想救闺女一命,就听俺的指派。"点着灯,端了水来,用旧棉花一星一点擦干血迹,在窟窿眼里塞满棉花,然后往头上扎了白毛巾,看上去脸色苍白并不痛苦,绝不像被抓钩儿刨死的。第二天庄里人都知道××家的女婿半夜得急症死了,小媳妇号得鼻涕一把泪一把,婆家来了人,把尸首抬回去,定了日子就要埋葬。可是天底下还有那样的好事之徒,小媳妇的亲舅舅看出了点毛病,把外甥女唤到里间屋,喝问道:"头上的毛巾怎么不拿下来?"小媳妇知道舅舅看破了,止住哭泣,极镇静地说:"是俺杀了他,舅舅你看着办吧。"说完坐进了自己的房子里,再也不哭一声。后来公安局来人把小媳妇和奸夫一齐抓去,听说那男人吓得软了,十九岁的小媳妇一脚把他踢出去好远,骂他"孬种"。

这都是好些年以前的事了,但是现在我为什么一猜就猜着是黄丽芬犯了法呢?难道我在那么多年前和她进行了几次十分肤浅的接触,就像我住黄湾结识的那么多人一样,就对她有什么预感了吗?难道我仅仅知道她没有跟上初中时好上的同学结婚,就对她有什么怀疑了吗?我说不清楚。但是有一点我可以肯定,在那些一年看不上两场电影,除了干活、吃饭就是睡觉的地方,永远会有这类事情发生。我翻来覆去一夜都这样想。

早晨起来我提了包就上小饭馆去吃饭,吃饭的时候,集子上的人渐渐多起来,而且大家似乎都带着一种异样的满脸开花的表情,连小饭馆那个掌勺的男人也东张西望,老朝外边看。饭毕,我就吃着烟,踏着软软的冬麦田,插上小路一直走到沱河边上去,一直走到那两个农民说的那个河湾去。有几个孩子在堤上堤下一会儿露头一会儿缩头,别的人也都还没有来。但我想他们肯定会来的,这对大家都是个教育。

黄丽芬现在是什么样子呢?我坐在堤坡上,让太阳晒着,吃着烟,望着清凌凌的河水,不知道该想些什么才好,因为该想的、该说的似乎在这样一种晴和、宜人而又即将有悲剧发生的矛盾日子里,都失去了它们的分量和必要。又过了一会儿,已经近十点了,还是没有动静,连那两个农民也没来,我有些怀疑,犹犹豫豫地走回集上,人比刚才更多了,我突然想到今天是逢集的日子吧,真是该死、好笑,差点耽误了我的行程,我彻底醒过神来,对昨天那两个农民的话,我也不能完全有把握肯定了,也许是我过度疲劳而产生的幻觉呢。我有点笑话自己。理顺了包,在油锅前买了两个糖麻团,一边吃,一边往东走,我得一直走到江苏的洪泽湖呢!

大　　雪

　　这也是一九七几年的一个故事。

　　那时候小林是一个非常普通的小县城里一个非常普通的家庭的一个普通的孩子,高中毕业就下放,下放在离县城不算远的一个村子里。那时候虽然同是下放学生,但上海、北京等大城市来的,名声似乎就好一些,办起事情声势也大一些,但是小城镇下来的学生呢,就很该着下放似的,都把小城镇的下放学生视为准农民。如果真有得力的关系,日子就有盼头,也有人照顾照顾你,但你碰巧是没来头的,又是小城镇的,那你就得自个儿谋生存去。王小林到农村干了两年以后,别人都想着法儿招工上调,他呢,他也试过,可他家的亲戚朋友都是等而下之的下里巴人,他连几瓶酒都送不出去,于是想明白了,干脆在农村找一个,结了婚,弄两间小房子,打持久战了。况且他认为小城镇的人跟农村人没有多大区别,不就是一个点电一个点煤油灯的差别吗?

　　秋后结的婚,回家过了几天,其实家里更差。王小林的兄弟姊妹多,他排行老二,下边的弟弟妹妹还有七个,他们这种小市民家庭又注定了住处不宽敞,十来口人,挤在三小间旧房子里,晚上睡觉都没法睡。他们回家的那几天是在地上搭的铺,夜里小弟弟迷迷糊糊坐在床沿撒尿,尿星子溅了王小林和他老婆一脸,但他们都没吭声,就是这个条件嘛,为这件事,王小林对他老婆感激不尽,在以后的日子里加倍疼她了。

　　过了几天,王小林两口子双双回乡下,父母不留他们,他们也不怪罪父母,京剧《红灯记》里唱道,穷人的孩子早当家,这话有点道理,条件不好的人家的孩子,从小就养成了不奢望的习惯,不能靠着大人,就得想法儿靠自个儿,这似乎是平民生活的一种规律。

  他们买齐了锅碗瓢勺,到了乡下,正正经经地住进自个儿的小窝,开始了新生活。越是条件差,夫妻如果能相互疼爱,就疼爱得越厉害。他们平常跟农民一样,靠挣的工分过日子,放了工他们也打点杂食。老婆在家中做饭、喂猪,王小林就上老滩河边上砍青草,他算过了,一响午他砍四十斤鲜青草,晒成了,就是十多斤干草,积攒大半年,就是几百斤,五分钱一斤卖了,也卖几十块钱,能办几件像样的事儿了。他们还学着社员的样子,在屋子的前边,盖了一个小小的猪圈,喂了一头当地种的土猪崽子,到年底,也能卖一个价钱。盖猪圈的土坯,是他们两口子春上的时候,在老滩河边上脱成的。那晚上已经上床了,老婆忽然有了这个主意,老婆搂着他,凑在他耳朵上说了,有一刹那他的心血翻滚,感觉到一种温情。两个人就爬起来,穿了衣服,把灯也点着,正当初春,他们知道老滩河的水已经干下去了,他们在河床上脱了坯,过十天半个月的,就能收回家,用这些不花钱的建筑材料垒个猪圈,就更像过日子的人家了。他们提了马灯走到外边去,初春的夜还挺凉,乍从被窝里出来,身上的各处都颤抖抖的。王小林说:"把门锁好啦。"两个人都穿了棉袄,挤在一堆往老滩河边上走,一路上断断续续地说贴心的话儿。就这样他们用了几个晚上的时间,脱了几百块坯,在老滩河的河床上整整齐齐地排列着,虽然粗糙,但也十分好看。庄里的人都在心里夸他们两口子能干,他们也实实在在因为这点小事业得意了一阵子。再过一些日子,干了的土坯被运回来,像模像样地垒起了一个猪圈,并且乘着初春的好太阳,上集抱了头小猪崽,两个人天天瞧着,殷勤地喂养它,心里头满足得不得了。剩下的土坯,他们在小灶屋的夹道里,垒了一个很有模样的鸡窝,但那一阵子正在不准养鸡鸭的风头上,鸡窝也就一直空着。

收工以后的时间他们还种蔬菜。两个人把房前屋后的地都开出来,种上豆角、四季梅、辣椒、南瓜。晌午天很热的时候,老婆在锅屋里做饭,王小林就钻到地里,摆弄他的瓜儿豆儿。他戴一顶很旧的破了边的草帽,站大太阳下,把四季梅的须子理到一个他认为更合适的地方去,要么他就用一柄三角形的草铲子,蹲在辣椒棵里或者茄子棵里,一点儿不漏地把地皮铲起来一层,把草星子都铲得干干净净。在他铲草的时候,太阳很毒辣地直晒着他的脊梁,晒得很干、很焦。他能感觉到肚皮底下湿漉漉的,但脊梁上就好像背了一筐火炭。他这时候不想什么,只是一股劲地铲着,好像他有一种劳动和受苦的癖好,他已经把周围的一切都忘了,他只有那种为自己的老婆、为自己干活的沉实、满足的心情,直到老婆从屋角转过来喊他:"吃饭啦。"他才站起来,喘一口气,走到老婆身边,他们两个才一同走回到屋子里去,吃老婆已经在桌子上摆好的饭和菜。

到了秋天,日子过得更加有味道了,那时候砍了高粱,刨了花生,起了红芋,因为红芋的数量比较大,所以在地里就分给各家,让各家自己运回去。运回去以后,堆在屋门口的空地上,堆成一座小山。吃了饭,月亮上来了,两口子都拿了擦刀,面对面坐在条凳上,把红芋擦成片儿。猪在前边的圈里哼哼,猪现在已经长大了,再过过,就能卖了。干草也在空地的一角堆起来了,堆成一个敦实的"小馒头",还有一股干土味散发出来。串成串儿的辣椒红红地挂在屋檐下边,让太阳和风去把它们弄干,赶集的时候也是可以卖个好价钱的。两个人擦着红芋,一直干到下半夜露水上来,才回屋歇息一会儿,也有偶尔例外的时候,那时候王小林就走过去摸摸老婆越来越显的肚子,说:"屋里睡吧。"他们的心里也就全涌起一股依依恋恋的情绪,老婆就站起来,两个人一边往屋里走,一边小声小语地说:"肚子……怕不能……那事……"进了屋,门也就关上。

一阵北风把冬天送来,这时候各家都把能储备的吃、烧的物件备得差不多了,如果不遇着挖河,那也就没有更要紧的事。风一阵阵尖锐起来,像磨着的刀子。雪不知不觉开始飘落。在飘大雪的日子,什么活儿也干不成,就缩在家里干干零碎的事儿,站在门口望着下雪的天空嘟噜几句。

这一年的雪特别猛,好像从来没见过这么猛的雪,好像从生下来到现在也没有过,或者说没有感觉到过有这么大、这么猛的雪,只一个晚上,就把眼睛所能看得到的地方全厚厚地盖起来了。过了一天,到傍晚,老婆说:"那猪……怕受不了冻。"于是王小林就套上靴子,走到门外去,走到猪圈边去。中午来喂过一次食,猪好好的,还挺能吃,现在则躺在舍的一个角落里打呼噜。王小林站在圈外看着,看了一小会儿,雪就落了他一肩。他又觉得落大雪的天并不那么冷,那么让人受不了,不都说么,下雪不冷化雪冷。他就是觉着猪孤零零地一个躺在圈里,有些不忍心,他开了圈门,走到圈里去,弯着腰钻进猪舍,蹲在猪的身边,用几个手指头搔搔它。那猪就把粗硬的睫毛抬起来,又落下去,很快活地哼几声,他能闻到猪圈里的那种气味了,那种气味并不干燥,也不难闻。他揪揪猪的耳朵,嘴里叽咕着:"起来,起来,家去,家去。"他费了好大的劲才哄着把懒洋洋的猪弄起来,弄到圈外头的雪地里去。老婆一直站在门槛上等他,猪有些胆怯,小心地用嘴拱雪,不肯往前走,王小林就一边向它说些好听的柔和的话,一边推它的屁股。他们都笑得很清脆,很满足。这雪下得可太大啦,下得有点邪门。王小林讲。

猪在灶旁的柴火堆边找了个位置,心安理得地睡。到了夜晚,村子里就更没有一点声音了。王小林家的房子在村边边,离二顺子家的房子也还有四十多米远。吃了饭早早地熄灯上床,老婆说:"你听听,他在肚里直踢俺,这个孬种。"两个人依偎在一起,很温暖。门闩得也很严实,猪在外屋打呼噜。王小林迷迷糊糊地说:

"等雪停了,俺上家里去一趟,叫准备准备,不能在这里生吧。看样子这雪还得下。"老婆只把他搂得更紧,他们不去想别的事,只想着两个人在一起恩恩爱爱弄成的一个活的东西,这个家庭能够这样子一步一步按照主人的愿望走下去,他们就没有其他要求了。他们觉得别的东西都不存在,都没关系,这样挺好的。

后来雪果真停了,而且连太阳也出来了,王小林就按商量好的出了家门。老婆一直送他到门口,说:"早点回来。""晚不了。"他挥了挥手,就艰难地踏着很厚很厚的雪,一直翻过老滩河的堤岸,进城了。

从他们住的村子到县城,总共是三十来里地,都是乡间的土路。王小林走到村外,走到老滩河边上。雪比他想的还大,真让他吃了一惊。过滩河的时候,他找不到哪里是常走的那一道水埂。那道水埂只有半米来宽,走不好就跌到水里去了。雪地里连一个人的脚印子也没有,太阳照在雪上反射得眼花。他一直走到将近中午才走到父母的家里。他有些为难地说:"怎么生呢?乡下?""就回来生吧,保些险。"吃了午饭他上街买东西。还得一个来月才到生的时候,不能来早了,来早了怎么住到生的时候呢,太不方便了。走到街上,他突然在十字路口碰上一个中学同学,他一拳捶在王小林的肩胛上:"听说你要养孩子了,你这速度真快,晚上咱们聚聚吧,上我家,咱们有个同学……"他摇摇头,他猛然听到一声小孩子哭,同学还在说,"咱们有个同学刚从北京回来,咱们听听他的小道,外边可热闹啦。"他使劲拒绝了,他也觉着自个儿太不入流,他有些脸红,可他不为别的,他的心思全在老婆身上,在自个儿的那个小家子上,他不想参与别的事。

这么耽误耽误,回到父母家里,已经快四点钟了,母亲说:"住一晚再走,天好像又要变。"他也有些累,但把老婆一个人扔在家里,这是他想都不敢想的事。他把买来的东西全塞在帆布包里,从馒筐里抓个冷馒头拿着,往回赶。

他从早晨出来的时候,就有一种不安心的直觉,有一种预感,他的心里冷不丁会冒出一串颤抖。在他走了近三分之二路程的时候,天色晴了,狂风也骤然而起,迎面堵截他。当时深及半膝的积雪的羁绊,让他走得很累,雪色也晃得他头痛,附近连村子也没有,平常上工到这来干活,都得走近十里地嘛。当那股风扑过来的时候,他有一种颓然的泯灭感,因为风速太高,呼吸是绝不可能的,他仰面翻倒在雪地里,翻倒在自己刚才制造的脚印里,一刹那什么也不太记得了,只有上午的一团红日在头顶晃动。

他只躺了一会儿,暴露的皮肤感觉到了雪的温厚。风就这么不停地从他身上和脸上驰过去,也许就那么三分钟、五分钟,又戛然而止。王小林有些狼狈,他慢吞吞从地上坐起来,手一划拉,抓住了摔在雪地里的帆布包。他有些发愣,似乎还没明白是什么样的一件事,可他立刻就发现,茶盅那么大的雪团,又开始落下来了,稠密得连空气也短缺了。他感到胸中有些憋闷,在他从地上爬起来的时候,他很窝囊地骂了一小句:"娘拉稀的。"

于是他抖抖雪,继续往前走,其实这时候抖雪毫无作用,但他觉得做一些习惯性的动作,胆子能大一些,能把一些担心冲淡些。周围的一切都模模糊糊呈混沌状,因为有雪,所以近旁的东西也还看得见。在匆忙中他绊了一下,忽然听到一声嘤啼,他惊叫一声,迎着新起的一股风往前奔去,他觉得自己的害怕和原先的直觉已经吻合了。他跟跟跄跄跑了一小段路,重又跌倒在雪地里。

只一眨眼他发现他原来就是在滩河堤下跌了一跤,雪虽然还下得那么大,但确实很柔和,在雪地里绊倒是常有的事,其实一切都很平常,并不像他想的那么严重。他站起来摆摆腿,腿就跟干活干累了的时候一样,大腿和小腿好像是用一个金属零件接起来的。他爬到老滩河的堤上,又半跑半走地一直冲到河滩里。过了河,他像被人打伤了的一只野兔子,拐着,不知是哪条腿拐着,连蹿带蹦地往家奔。景象更熟悉起来,村子里没有一丝人声,他也不知道是几点,或许已经是半夜了,那些茅草房里连半点光亮也没有。他一直拐着过了墙角,从正面看见窗户里亮着的昏黄的灯光,他才真正吁出一口气来。

然后王小林一歪一歪地走过去,敲了几下,靠在门框上,等着。他准确无误地听到一声床响,又听到老婆略带惊慌、惊喜的声音:"谁?"

"我。"他干脆利落地回答了,嗓音当然很焦。就着雪光,他倦倦地盯着木门上那些隐隐约约的蛀痕……

夏　　夜

　　夏夜。在火车站的候车室里，人越来越少。剩下的一些人，看样子想在这里留宿过夜。候车室正中的墙壁上挂着的电钟，时针和分针都正指向十二点。在两针合并的一刹那，从外边走进来一个少妇模样的人——这是可以看出来的：要是个大姑娘，她准趾高气扬、娇娇矜矜地往里走，其实她骨子里虚得很，她只能以不容人靠近的冷漠来掩饰她的有限；要是个厚脸皮的娘们儿，则一眼就能从她那无所谓的油条架势中看出来；而她呢，她介于两者之间，完全是一种无所谓又有所谓的眼神、表情和步态。这位少妇一走进候车室，就发现各种各样或打量或无聊或观赏或啃咬撕扯、或细细舔食的男性旅客的眼光往她身上溜，往她身上刺，撕她的衣服、裙子和红三角裤衩。他们是闲极无聊。她这样想。她不屑地迈着步子往里走，一直走到一个人少的角落里，走到另一个扎着不平衡的马尾巴头发、穿紧绷的白色牛仔短裤的年轻女子身边坐下来，所有的目光才戛然而止，然后慷慨地移开。候车室还是候车室。

　　"您上哪儿？"

　　"我不上哪儿，我接我的男朋友。你呢？"

　　"我接我男人，他十二点四十到。"

　　"他也是。这么巧！"

　　"就是。说不定他们能在车上认识。你怎么来这么早？"

　　"来晚了我一个人害怕。"

　　她们就谈上了。女人们都是见面熟。她们总得有伴，没有伴她们就觉得孤独，觉得害怕，觉得不安全。电钟嘀嘀嗒嗒地走着，不时有一阵不凉快的夏夜的热风吹进来。一个面容倦怠的中年男人煞有介事地倒背着双手,沉思着来回踱步。两个农民模样的青年人压低了声音划拳,粗糙的手指头一伸一缩。一个胡子刮得精光下巴酸青的大学生类型的小白脸,捧着一张小报颠来倒去地看。一个裤腿卷到膝盖的睡觉的男人把光脚丫子放在另一个男人的头上,那另一个男人张着嘴打呼噜。高高的吊灯发出奄奄一息的昏暗的光,给人以一种憋气的感觉。一个黑黑叽叽的脑袋从东边那个门伸进来,小里小气地喊了一声:"有吃瓜的唄?又甜又脆的大西瓜。"看着没有反应,黑脑袋便又缩回去。外边响起了嘭嘭嘭的柴油三轮的声音,又猛然止息。一听到这种声音,人就不由得想,准是哪根气管裂了!一个睡得迷糊了的半大男孩子,像得了夜游症似的猛然站起,歪歪斜斜走到墙角的水龙头边,很有耐心地伸出手去接一滴一滴的滴水,接满了一捧就全抿到脸上去。一列货车驰过了,全速前进,根本没有稍缓的意思,整个候车室都为之颤动。两个坐着打盹的干部模样的人睁眼看了一看,把怀中的黑皮包搂得更紧,又睡去了。一个小女孩尖声喊一个刚从外边进来坐到她对面的男子:"爸爸。"男人笑笑点点头。她的母亲脸儿通红,一把捂上她的嘴,赌气地说:"爸不在,爸死了,爸把咱们忘了。"

"可不是,"少妇接着刚才的话题说,"男人们一听说开放,乐得连魂都没了,全一窝蜂跑到外边瞎撞去。这下子可对了他们的脾气了。他们拍拍屁股走了,可给咱们女人留下了什么?给咱们留下一个能把你缠死、磨死、累死,让你死又死不掉、死又不愿死的家。孩子你得带吧,家里的各种事你不干谁干?你结婚了没有?""没有。""你以后会知道的,只要你是个女人,你就躲不过去。我在报纸老看到美国啦、西欧啦什么的,家务劳动都自动化啦,可咱们这儿都是最原始的,你想买个电饭锅,老年人还总是嘟噜,说他们那时候怎样怎样,好像你不累死累活地去干家务,你就不是贤妻良母。这么一想,我真愿意交几毛钱车费。到美国去,到资本主义国家去,在那里我至少可以不干家务,可以腾出时间来上我的函大了。当然这只是说说,资本主义国家已经不像几年前听起来那样高高在上了。再气再恨,可一想到丈夫,想到家,心里边又有了酸溜溜的感觉。咱们就等着吧,等到咱们的这个家庭都自动化了,咱们就完美了。这叫两全其美,是吧?"业余时间我上函大,现在已经混过去两年了,还有一年时间我就能得到一块牌子,我们有些人叫它护身符。但我哪儿有时间?你看看,从一早醒来,我就开始忙,而且从睁眼的那一瞬间,心里就堵满了乱糟糟的、目不暇接的感觉。我起来的时候大概只有四点半,可我昨天晚上是几点睡的你猜猜,昨天晚上十二点才睡。我轻手轻脚爬下床,唯恐把孩子弄醒了;我下了床连脸也来不及抹一把,就推着车子上菜场去;每天都在这时候去,晚了不行,晚了人就多了,我买了半斤青椒,一块冬瓜,七个西红柿。买了一小块猪肉,四两,当然大部分都肥,没熟人你根本甭想吃瘦肉,所以我在想,肥肉都是替咱们这号人长的。可在菜市里,我连咕噜一声的时间也没有,我看看表,都已五点四十啦,我像个刚得手的小偷一样,匆匆忙忙从菜市里往外跑。但是我在拐角处一眼就看见了一车嫩玉米棒子,就想起了女儿,她爱吃这玩意儿,我就顺带问了一句:'这个怎么卖?'做母亲的就老这么心细,老想得那么多,实际上,当母亲有什么幸福可言!累极了的时候,不也总感到孩子是个大负担,不也要恶言恶语臭骂一顿吗?唉,人就这么贱!有人说孩子大了,上幼儿园了,当娘的享福了。鬼话!我从来不信。你想想,孩子上幼儿园了,你得天天接送,再往后你得考虑她上小学、上中学。考不上大学还得操心她的工作;考上大学了不在身边,你可怕她被拐骗了,这以后你还得想着她的恋爱婚姻,她有了家有了孩子你还操心她的劳累冷暖。所以结了婚以后你就绝对不可能再有省事省心的时候,除非你一命呜呼到火葬场去占个位置。卖玉米棒儿的是个又黑又瘦的老头,他说:'两毛四一斤,小孩子最喜欢吃的。'这老家伙比鬼还精,他怎么知道我有孩子,他趴床底下看了、听了？你别笑,可我还是想买。我拿起一个撕去皮儿,那嫩生生的玉米粒儿叫我非买不可。就这么着又耽误了五分钟。等我心急火燎赶到家的时候,老远就听见孩子哭着喊着:'妈妈……'这味儿你现在体验不到。我把车子一扔,连跑带奔到了床前,一把把女儿搂在怀里,原先的怨气也都不知跑哪儿去了,我想:没有孩子我怎么活！这时候也许才能体会到家庭和丈夫、孩子的好处。

"你看,时间就这么吝啬,从结了婚有了孩子以后,就老是匆匆忙忙,老感到时间不够用,而且你想不到会有多少意外的烦恼琐事！可是回过头来再想想,咱们都瞎忙些什么？听说国家领导人他们,每天连几点几分干什么,连上厕所得走几分钟的路都计算好了,安排好了,可人家忙是为了国家大事,咱们忙为了什么？咱们忙是为了本可以免掉的家务琐事。报纸上老说要妇女解放,我现在明白过来了,咱们等不到！首先咱们就没从家庭事务中解放出来,咱们还得现实点,让女儿去享那份福吧。可是你忙完了家庭还不算完,中国女人悲就悲在这个地方,要是有人跟我说,你把家里的事干完了,其他时间你就进入共产主义,那就是把我累死了我也情愿,那我干得绝不比任何一个女人差。可是不行,你还得想法儿去挣一口饭吃。我忘了谁说过,人是机器。那时我真能举出一千条少女的、姑娘的理由来反驳他,可我现在知道,人的确是机器,女人特别是机器,是机器的机器,是超级机器,是可供男人快活的、可以用来点缀社会的、代表了机器发展新潮流的理想的多用机器,是机器之最！我当然不是反对所有的男人,作为一个女人,她不可能反对所有的男人。而只可能反对某一类男人。我反对的是那种叫我看了就恼火的男人。比如我们营业点那个主任,他就是个让人恶心的秃头男人。他什么都管,甚至不准我们上班穿裙子。他说他一看见女人的白胖腿,心脏病就要发作。他为什么这样横?说起来可笑,他不让女人穿裙子就因为他老婆死了,可他又不愿意再花钱买个机器。他老打年轻女人的主意,所以我们都得防着他,免得大意了让他占了便宜。上个月搞承包,说好了多挣多得奖金,可现在都过二十天了,连奖金影子也摸不着。也是的,兑不了现你干脆甭说,免得丢人现眼。钱不钱的那算什么,可下次你就是把天说方喽把地说长喽,谁还听你的。机器也还有充电、大修的时候哪,我有时老想,别把咱们女同志耍急了,耍急了有男人们的好看!现在是什么时代?现在是最讲信誉的时代,是最讲科学的时代,谁想要耍滑头,想从别人身上捞点什么给自己用,别愁,总有人站出来治他们,他们的吃饭家伙也可能给砸了,一个营业点是这样,一个县,一个省,一个国家也是这样。当然,如今我们国家那些领导人是没的说的。就连咱们这些小百姓都实实在在地感觉到,他们是新中国成立三十多年来最少封建意识的一批人,不然,我这些废话也不敢说出来,这是真的。这儿有些热吧?还有二十分钟,咱们出去走走,你瞧对面那几个男人,老拿眼朝咱们身上抠,好像他们一辈子就没看过女人。"

她们站起来,穿过候车室走出去。现在小说里往往写一个只有一群男人的地方突然出现一个漂亮的年轻女人,引起极大的骚动,好像这样一写就是写的深刻的人性,以此为时髦。可是这两个女人从众多男性旅客群中走过去的时候,旅客们却没有落入本文开头那样的俗套,这与她们的预想有极大的出入,所以两个人似乎都有某种程度的扫兴。这也是人的正常感情吧。她们走出候车室,来到室外的小广场上。天还是燥热,晒了一天的水泥地面,热量散发不出去,人一挨近就烤得皮肤发干,身上就冒汗。少妇掏出一方小手帕,有一下没一下地在脸上扇着。牛仔短裤手里甩着一把香喷喷的轻罗小扇。起了一丝小风,远天有闪电一亮一亮,也许什么地方在下雨。她们走到广场尽头,这里是刚拆迁过的一大片空地,一堆一堆红砖整齐地摆在路边。又是一幢漂亮的新建筑!几天不来,你就甭想再认识原来的地方。但一定要策划好,免得又像解放路,排山倒海般全拆了,全盖了新砖房,可到最后资金不足,脏脏乱乱地停了半年,像粉碎性骨折一样看着就叫人不痛快。白色牛仔短裤把白嫩丰满的腿往砖块上一蹬,吁了一口气说:

"他走的时候我跟他闹了一场,可我觉得不能全怪我,我跟你一样,上班的时候不能穿时髦的衣服,更不能穿这条牛仔短裤,我在农林部门工作,我们好歹也算是政府的一个部门,可咱们这是个以工商业为主的市,所以农林部门只管一个很有限的小圈子,农业部门的任务就是为城市人民生活服务,主要是提供副食品,像肉呀、鸡呀、蛋呀、蔬菜呀什么的,所以人家都不太看得起,觉得土气,所以我说好歹也算政府的一个部门,我是中专毕业被分来的。我家就在这里,父母亲都在这个地方工作,所以根据那个哪来哪去的倒霉原则,我又回到这个地方来了,我一直觉得,人只能做出努力,但不能保证结果。我这样说肯定不是虚无主义,不是宿命论,不是谋事在人成事在天的翻版,当然你也可以那样认为。我说我们不能保证结果,只是说我们个人没有能力去应付这么广大、这么复杂的千头万绪的社会,谁能?毛主席那么神通广大还出了'四人帮'呢,何况咱们小字辈。来了就安下心来干吧,好在咱们还不跟郭靖似的那么笨,你看过《射雕英雄传》吧?听说黄蓉最近自杀了,也就是蓉儿,是吧,真想不到,一年半载的,也就适应下来了,但这叫什么适应呀,简直是逼你就范!一杯茶,一张报纸,这就是堪称楷模的工作作风。像我们这样野气十足的年轻人,这样的工作简直是活受罪,是慢性自杀。你上办公室,就得循规蹈矩地坐上一天,装成最老实的样子。当然女同志也可以有所例外,在适当的时候突出一下子，活跃一下子，供大家欣赏，调剂精神，但也必须碰到人家全高兴的时候；如果有一个人情绪不佳，你就可能面临'行为不检点'的流言。不过也不全是这样，我说话就老绝对，一说出来就容易使人误解。有时我想，这些绝境是不是咱们女同志自个儿想出来的，自个儿猜疑出来的，是千百年的封建意识不自觉地影响着自己，这些意识恐怕在胎教时期就进入大脑，根深蒂固了。为什么咱们就不能装着没见，气气他们？实际上我分来的时候他们就不高兴。他们本来想要个男的，可他们没如愿，接收了我这个废物，他们是这样认为的。可我比他们哪个差？在工作方面，他们哪一个不是次品、不是废物？可就因为我是个女的，所以我永远没有能力，也没有发言权和竞争权。我谈的朋友在郊区农技站工作，而且是初中生，就凭这一点，在咱们许多人都以门当户对（当然也包括学历）为时髦的时期，我的举动也有了传奇色彩。嘿，我不在乎，我看得开。我要找个各方面条件比我都好的男人，我只能当配角，当他的漂亮丫鬟，用得着的时候对你亲热几分钟，用不着的时候给你一口饭吃，让你自个儿生存去。我不，我得找个表面看来不如我，却有潜力的男人。我希望他老能爆冷门，老有刺激我热爱生活的新成就、新举动，总而言之，我希望他是个热门货。我这样要求不算过分吧？人干什么总得有个目的，我不喜欢坐在家里当贤妻良母。当然我得生孩子，但我生孩子也有另一种想法，不仅仅是尽一个义务，也不仅仅想在精神上有点寄托，我生孩子也是想体验一下波波折折不平静的生活。不错，这是我现在的想法，我还没结婚，结婚以后会怎样想我还不能预料。我朋友是怎样一个人，你现在多少可以揣摩出来了吧。我们在性格上几乎是同一战壕里的人，他长得说实在的，不漂亮，黑，但还算结实。对爱人的外形我倒不十分挑剔，只要他具备最基本的男人的条件就可以了，这我已检验过了，您不在意吧？我觉着您也是开朗的人，这些我往下再告诉您。他是个什么样的人呢？他有个座右铭放在桌上：'男儿不能流芳千古，也要遗臭万年。'当然他绝对不会去干坏事，绝对不会，你就是把福尔摩斯请来，也找不到这样的动机。有时候挫折太多了也能使人成名，他说的就是这个意思。比如中国足球队，在失败中不也有了名气吗？总之我们就这样，凑合起来了。我们谈了两年了，现在还没有结婚，不是不想结婚，是没到结婚的程度。这样说也许很矛盾，反正我们之间不会感情破裂，所以我们没有危机感。想来想去，我们之所以现在能'维持'下去并且将来也可以'维持'下去，是我们都还可以'利用'对方。我们都想干出一番惊人的事业来，我们可以互相帮助，这是不是最宝贵的？我认为这是最宝贵的。正像您刚才说的那样，男人有男人的事，女人有女人的事，女人比男人更难，女人根本没有喘息的机会。我只跟您说，因为咱们以前不认识，下一次还不知道什么时候能再碰面，后来，我就跟他那个了，反正我们早晚都得那个，况且又是双方情愿的。男人真是得天独厚，他们干什么事好像都理直气壮。他忙，这我知道，我支持他，他为了自个儿的事业，而他干出名堂来我也跟着沾光。谁愿意自个儿的男人、自个儿的男朋友是个窝囊废，是个光知道吃饭拉屎的动物！可他们也得知道咱们女人没闲着，他也得领咱们的一份情，他也不能老摆大男子的臭架子。有些男人老觉着女人是个负担，女人得靠他们活着，老想招之即来，挥之即去。这样一想，我就伤心，我再要强，也是个女人。要是我们之间没有那回事，我也就不往这方面想了，我现在老有一种上当的、被人欺负的感觉。我有时想，真不该托生个女的，因为女的生下来就比男的低三分，光是生理特点就够应付得了。我这样想是不是封建思想又在作怪呢？是不是我们有自卑感？实际上在两性生活上我们是平等的，谁也不吃亏不占便宜。我想我是真心爱上他了，所以我才对他的一举一动都考虑得很多。他人不坏，就是不注意女人的感情。在这个矛盾里,我始终不能决断,如果我想要拢住他,我就得全心全意为他服务,就得完全牺牲自己。否则我就决不能使他满意,我们就可能告吹,这是我最不愿意的。想法是想法,现实是现实,谁又能肯定说我不能成为撒切尔夫人、居里夫人式的人物?你看,说起来我就恼火,为什么叫撒切尔夫人、居里夫人?她们还得依附男人。她们还是机器。"

她们一边说着,一边开始往候车室走,因为这时候离列车进站只有五分钟。她们走过广场,夏夜的风已经渐强起来,开始驱散暑热了。夏夜的风吹着女人丰腴有魅力的大腿,夏夜的风把女人的裙子吹贴到丰腴有魅力的屁股上,这就使得夏夜更有魅力了。她们逐步走近灯光,然后消失在候车室的忙乱的人群中。

又过几分钟,下车的旅客开始走出候车室。少妇一只手提着个沉重的旅行包,一只胳膊挽着丈夫的胳膊,说笑着登上一辆小三轮,疾驰而去。过了一会儿,白色牛仔短裤也挽着男朋友的手走出来,走到了广场上,她的不平衡的马尾巴扫在男青年的肩膀上。她忽然想起了什么,停下脚步,用目光往四面找了一找,然后有点遗憾地把嘴凑在男青年耳朵边说着什么,同时往前走去,一直走进城市的深处去。也许忘记了问对方的姓名和地址,唉,这是多大的疏忽!男人一出现在眼前,就又记起男人的好处,就又觉得男人是不可缺的了,从某种意义上说,男人也变成了她们的工具,也成了机器。

在两个女人大肆"攻击"男人的地方,子夜和黎明交替着。

1987 年

蝗

那块荒地到底是谁发现的？是市电台记者张明吗？不能这么说吧。那块地摆在市中心，摆在全市各族人民的眼皮子底下，摆在老老少少、男男女女几十万人民群众的脚底下，涉足它的人不下几百万人次、几千万人次，见过它（哪怕一眼）的人——加上旅客，加上这几年死去的几千口子人，加上曾经在这儿工作，后来因为老婆分居、参军入伍、支援边疆、考入大学、流氓犯罪、出国考察未归、提升调离……而离开的人——保守地粗略地算来，恐怕得有数亿，面对这样的事实，怎么好说这块荒地是省辖 W 市广播电视局所属的电台的一名其貌不扬、身高一米六五、略壮微黑，三十一周岁零四个月的普通记者张明一个人发现的呢?!

《公开报》一九八五年六月二十九日第一版右下角，波浪形花边装饰，标题为二黑，正文为小五宋，字数二百九十九（标题也算!）。按照国家出版总署规定的一九八五年开始实行的稿酬标准每千字六至二十元，结合《公开报》实际，可得稿酬两元伍角整。

这块地要闲到什么时候?!

市中心望花大酒楼后、集资路西、太平洋新村东、陈明圣瓜子及杨有才采石场赞助贸易市场南，有一块平均长度约两点五华里，平均宽度约两华里的不规则荒地。一到夏季，杂芜丛生，有花有草有小灌木，也有一些木本植物，虫鸣蝗跳，纷纷争争，好不热闹。荒地中还有一些零星洼地，积水数日，水即变质,蚊虫产卵孵化,附近居民为避其骚扰,阳历三月中旬,最早的春节次日,即开始安装纱窗纱门。这块地所处位置极好,商业价值极高,在城市用地极其紧张的今日,为什么不能尽快地利用起来,或辟为公园,或建成商业中心,为社会主义建设聚敛资金,为城市人民做点好事?! 这块地要闲到什么时候,要荒到何年何月?! (本报通讯员、市电台记者张明)

张明住在西市区河南道三马路十一条七号一幢居民楼的二楼上,十二平方米的斗室,一张书桌一张床,就挤满了。因为他到现在还没结婚,所以领导无数次地说过,张明是全市人均住房面积较高、本单位人均住房面积最高的一个!

那天晚上喝得有七八分醉,他们走到集资路上的时候,大概已经有十点钟了,他走得有点歪斜,还逞能说:"晓晴,我没事,你回去吧。"晓晴两只手交叉着放在身前,袅袅婷婷地走着,也不搭理,只是拿两只大大的冷静的笑眼看他。

"你能说服我吗,记者? 我陪你走是奉我哥哥的命令,我得完成任务。"

"我没醉,这个晓林知道,我跟晓林是一块儿混出中学,一块儿混到乡下,一块儿混到工厂,又一块儿混到上边来的。可这么几年,咱白混了,人家混上个副局长,咱混上个什么? 咱连个家也没混上!"

"你住口!"晓晴轻轻喝道,"你真醉了。我平日十分尊敬你,甚至还有点崇拜,可你一喝酒我就改变看法。你何必老对那些不值钱的事情耿耿于怀,你该考虑的大事多着哪!"

"是婚姻大事吗?"他嘿嘿笑了几声,"我确实不急,我得碰上个十全十美的,我才考虑,你看,我就这么顽固。"

"恐怕你一辈子也碰不上。"声音有点冷。

"是吗?"他醒酒了,摇摇头,用手抹一把脸,"咱们走到哪儿啦?"

原来已经走到荒地了。集资路上偶尔有一辆解放卡车或红色两节车厢的公共汽车驶过。行人寥寥。

"我就写这个,"他指着荒地说,"我早想写它,可又老思前想后,老怕捅了娄子。可我现在不怕了,我想反正我也混不上去,我老不得志,还何必背着包袱,怕这怕那?今晚的酒让我明白一个道理,就是每个人都得摆脱岳飞的愚忠思想,摆脱盲从,说一点不考虑自己前途但对社会有益的诤言,反正不怕什么,谁能开除你的人籍?试试吧,先干起来再说。"

他转过身来对着晓晴,看着她的带有政府色彩的冷静的大眼睛。背后是一个黑黢黢的荒地。

六月三十日,星期天。全城似乎掀起了荒地热,因为在这一段时间里,世界上既没有奥运会,也没有类似苏联战斗机击落朝鲜客机的事件,既没有中国在巴基斯坦建立了一个军事营地的未经证实的外电报道,电视台也还没有炮制出新的《上海滩》,所以全市民众都把目光集中到荒地上来了,这也是人类"趋光性"的一种表现。

报社、电台和张明本人接到了大量信件和电话,这些信件传递之快,肯定是寄信人将邮件投入黄帽子邮筒的缘故,但也不尽然。邮政局分拣科一位姓纽的工作人员七月底曾告诉报社实习记者,这一段时间他看到写有"《公开报》编辑部收"字样的邮件,立即优先处理,毫不犹豫。读者和市民的反应之快、反应之热烈出乎一切人的意料,这种趋势似乎预示着将在 W 市造成比南极长城站还要南极长城站,比"渤海一号"还要"渤海一号",比"二王"还要"二王"的新的地震般的轰动。

天津市航天器驱动尾翼单向螺纹螺丝七厂一位采购员打来电

话说:看了贵报二十九日的短文,第一个感觉就是搬去了心中的一堆杂芜。我常来往于天津市和W市之间,对W市感情极深,把W市看作我的第二故乡,对W市的成就与不足时时挂在心上。荒地在市中心,面积又如此之大,这在全国数十个大中城市中都是极罕见的。

W市百货公司曾纪来信:从商业观点看,荒地所处位置极佳,如能利用起来,建成大型商业网点,据初步计算,每年每平方米可收入人民币十三万二千七百六十九元四角一分,这个数字是惊人的,普通人难以想象。(可靠性相当高。又及。)

一位以不透露姓名、工作单位、住址和性别为条件的读者寄来一个排球:这个排球是今年香港超级女排赛中,中国女排在打败了所有对手时,在赛场当场签上了所有参赛队员姓名的那只球,价值连城,珍贵无比。现寄上。你们是真正的女排!当之无愧!

一位自称是弗洛伊德的学生的心理学研究者来电:我每天都从荒地走过,关于荒地的事情我很早就在大脑中分析过并作为信息储存起来了。张明为什么要迫不及待地说出别人想到了但是没说出的东西?据我推测,这可能与恋母情结有关系。

W市文化局公函:尊敬的编辑部全体领导和同志们,我们敬佩你们,你们勇猛地向不合理现象开了响彻云天的一炮。这一炮开得好!开得及时!开到我们文化系统全体职工的心里去了!我们热烈地期待着,我们殷切地盼望着。在华东地区、华北地区最大的文化中心建成之日,你们是理所当然的、无可非议的第一批客人!

一位字迹歪七扭八的个体户来信:能扩大小商品市场吗?我非常担心。

太平洋新村七号楼三门五单元一家人来信:我们是长期的受害者(当然也是受益者)。太平洋新村不太平,太平洋新村也在世界风雨的波峰浪尖上挣扎,春天,我们带着孩子,在大草原一样的草地上漫步,心里别提有多畅快了,但是一到夏天,各种小虫子就叮得你在草地上不能玩一分钟。特别是从去年夏天开始,荒地上的蚱蜢多起来了,有一次一只蚱蜢还跑到了八楼上,把我们家漂亮窗帘卜的一只猫眼咬掉了,今年才刚到五月,蚱蜢就开始到处跳了。我们希望这块地能变成一个儿童乐园。

园林局花圃场李书记来电:我找总编,总编不在?副总编呢?副总编去荒地了?那儿发生了什么事?群众集会?还有负责人在吗?告诉你?你贵姓?姓牙?牙买加?雅加达?请你转告报社全体同志,我们苗圃场、我们园林局全体职工向你们、向张明同志,表示最崇高的革命敬礼!你们是我们的代言人。我们决定送给报社每人一盆君子兰,送给张明同志两盆君子兰。这不是小事,这是一件破天荒的大事,是我们园林局领导召开紧急局长办公会议郑重讨论决定的,钱由局里出70%,我们出30%,我们希望你们继续发表文章,大造舆论,待荒地建成全国第一流的园林之后,我们将发给报社每一位工作同志一个特别参观证,来去自由,绝不收费!

一封署名"部分群众"的来函:希望有关方面立即行动起来,干脆利索地做点好事,不然的话,下一次机构调整,我们将采取果断行动……

××大学中文系一女大学生来电:我是偶然途经贵市的,我明天就将启程去合肥。我非常喜欢有开拓精神、有创新精神的年轻人,我也喜欢冒险。积极参与社会事务,这也是社会进步的一种表现。看了贵报的文章后,我又亲自去荒地转悠了一遍,张明同志能发现并说出别人熟视无睹的东西,此人必定不凡。他是一个发现者!我非常愿意和他谈谈,请你们转告他,今天(三十号)晚上七时半,在荒地边贸易市场,从东边数第三个棚子下,我等他。不见不散。

本市一女青年来信:张明同志,你真了不起,真英明、真伟大,你发现了一个奇迹!现将我的情况函告如下:某女,二十七岁;未婚,高中文化程度;长相白净;见异思迁,崇尚时髦;身高:增之一厘米则高,去之一厘米则矮。有话则长,无话则短;工余学习《公开报》上的大好文章,或聆听市广播电台的全套精彩节目(征婚广告除外);若有意请来信并附近照寄望花大酒楼南两千米秫秸胡同迷你商店收转。附寄情绪不好时拍的照片一张。

本市一退休干部在病床上来信:张明同志,你要冷静,要适可而止,要留有后路,谨防被人利用。

国家安全部门"无所不包宏观研究所710信箱"一位研究人员来电:任何一个微不足道的局部都可能引起空前的对人类的灾难,当然我是泛指,希望W市领导注意……

市南农药厂广告科急电:张明同志,发现了荒地这是你的专利,我们开了一小时三分零五秒的厂务会议,决定征得你的同意,在荒地边缘的某个地方,搞一个大型除草剂广告,价钱方面亏不了你,你定个时间,我们协商一下?顺便问一下,你本人要除草剂吗?新产品,国内首创,价格优惠,百用不厌……

W市北郊文化分站业余武术培训班一位学员来电:现在社会上广泛流传张明是一位拳术高超的武星,面如重枣,耳如蒲扇,眼如铜钟,发功地动山摇,收功掀起飓风,会螳螂腿、猴拳、武当拳、少林拳、来去无形拳、印象拳、熊拳、封顶拳、扫腿拳、意识流拳、玉环步鸳鸯脚、大写意拳、敬酒罚酒拳、来而无去拳、战上海、似醉非醉拳、狗拳、荒诞派……请你们告诉他的地址,我们必备厚礼,上门拜师去也!

……

望花大酒楼楼顶的旋转餐厅是国外和国内最新建筑艺术、工艺、机械技术的综合体现。从空中看下去,它的顶部是由一个很大的凸起的十字形标记组成的,这样可以给外星人一个明显的信息,它的含义是和平、自卫、救助危难。大厅四壁是由超轻高硬度玻璃镶嵌而成,厅内相当豪华,光线柔和明亮,通风极好,但感觉不到空气的流动。张明和晓晴找了个位子坐下来,每人要了一杯冰镇牛奶,要了一小盒冰淇淋,一边看窗外的市景,一边吃。

"实际上你是动心了吧。"晓晴仍然用平静的口气说,"那么多漂亮的姑娘追你,你简直要飘起来了吧,很好嘛。"

"我确实不当一回事,"张明眼睛盯着外边和下边,天空的颜色很好,很温柔,"女性是事业的大敌,古往今来的历史有力地证明了这一点,我要建立功勋,这才是男人,才是现代的男人,也许是走极端的男人。我没有勇气去承担对女性和家庭的义务,我想浑身利索地为人类多干点事。"

"那倒不错,可你也有求女人的时候。"仍然是冷静的声音,甚至还有一刹那的冷笑,但有一丝女人的委屈开始掺和进去。塑料吸管缓缓地在两个纤巧的手指间旋转着,一滴牛奶滴落了,发出轰的一声巨响,滴落在塑料餐布上,迸散开去。大厅是这么静吗?

"咱们走吧。"晓晴站起来走向电梯,这使张明感到措手不及。她生气了!这是一瞬间明白过来的念头。哪儿冒犯她了?是自己错了吗?想不出来。他无可奈何地笑笑,推开奶杯,站起来加快脚步追上去。女人怎么能理解男人献身社会的想法!天!

他们一前一后才走出酒楼,张明立刻被一群聚集在一起的中年和青年人认出,他们一拥而上,把张明包围起来,闪光灯一个劲地乱照,无数只胳膊一齐伸到他的眼皮子底下。有几个人为了一睹张明的风采,甚至攀到大酒楼三楼的窗户上,把身体吊在半空中眯着眼瞅。张明心中焦急,轻轻推开几只横在眼前的胳膊,想解释一下,说明自己确实没有时间,但他的话还在嘴里就被热情的甚至有点狂热的氛围堵回去了。他只好从衣袋中摸出钢笔,一边瞅机会往前挤几步,一边在递过来的各种本子上画自己的名字。

"说说你的预感。"

"你现在每月工资增加多少?"

"你是个勇敢的人!"

"听说你平均每晚与七个青年姑娘洽谈。"

"大西洋底来的人。"

在一片喧嚣声中,一个人二话不说猛然把张明扳倒,脱去他的鞋子,说要留作永恒的纪念,有一个人撕去了他衬衫上的口袋盖,全场乱哄哄的,嘈杂极了,交通堵塞,停在街上的各种车辆据说多达二十万零五辆,直到晓晴把交警引来,张明才摆脱围观。他赤着脚,全身已经水淋淋了。

六月三十一日,《公开报》用第二版的整个版面,发表了部分读者的来电和来函,在 W 市引起了更大的轰动。集资路上,每天每时每刻,都保持有数千群众,指点评论,大肆张扬。荒地西边太平洋新村的高层宿舍楼上,住户纷纷打开窗户,将脑袋伸出来,居高临下观察荒地,还有的家庭特意去商店买了儿童望远镜,轮流举至额前,观赏不已,几天的工夫,连孩子们也对荒地上靠边部分的植物、水洼和其他东西了如指掌了。市第五十六中学初三〈二〉班的两名男同学还因为争执集资路边一棵树南边三个枝还是北边三个枝而动起手来,最后由女教师来评断,还是南边三个枝而北边三个枝前天断了一个。市内各中小学纷纷自发地开设了生物和地理课(微观地理),教师结合荒地讲解,效果极好。市职称评定委员会下文规定,没有荒地知识的,不予评定职称。贸易市场和望花大酒楼也因此生意兴隆起来,日营业额一般都比往日增加七成。好事的旅客不再躺在旅馆的单人床上翻小报了,他们纷纷拥往荒地,这瞅瞅,那看看,每天一到上班时间就到报刊门市部去买《公开报》。这纯粹是小报贩子的灾难,他们纷纷卷起铺盖出逃,不出十天,小报及报贩已经在W市绝迹,比中宣部的一个文件效果更快、更好,听说有一个死心眼儿的多撑了几天,结果身上不名一文,沦为W市一九八五年的第一个新生乞丐,一星期后得到家人的资助,才仓皇离开,结束了这个短命的新纪录。在这种情况下,有人从最新的全球角度考虑,呼吁要保持生态平衡,要保证任何事物、任何存在都要能在人力所及的情况下生存下去,并传说有一个"小报生存活动委员会"的民间业余组织正在积极筹划成立。当然是自发的。

市委和市政府也正在发生一场危机。市委书记兼市长王冠同志,因结肠癌趋于恶化,正在市立医院做切除手术。手术情况一般,术后神志忽好忽坏。从社会和政治的角度考虑,他的病情列入机密范围,不准外传。市委办公室和市政府办公室曾联合下文,要求全体干部正常工作,约法三章,不听、不信、不传有关王冠同志的病情发展,谁传谁负责,谁传谁就是违背了党的纪律。能够接触王冠同志的只有市委、市政府的几位领导同志和市委、市政府办公室的几位有关同志以及医生。

六月三十日上午术后,省委常委、省委组织部长刘西之同志代表省委、省政府专程来W市看望王冠同志。两人是抗日战争时期的老战友了,都是已故彭雪枫师长的部下,是当时的小鬼。两人一见面,就紧紧搂抱在一起,王冠同志躺在病床上泣不成声,老泪纵横,在场的人无不感动落泪。王冠同志紧紧握住刘西之同志的手,摇晃着,哽哽咽咽地说:"我的工作没有做好,我对不起党,对不起人民,请党处分我吧。"

刘西之同志说:"老王啊,你的成绩和贡献党是知道的,人民也是知道的,你不要想得太多。我这次代表省委、省政府来看你,希望你安心养病,争取早日康复,再回到工作岗位上去,我们大家都等着你。在你养病期间,市委和市政府将组成集体领导班子,由刘岩松副书记和史超常务副市长代为主持两家工作。荒地的事,他们也会尽快地妥善解决。你能早日康复,这不仅仅是你个人的事,这是党的需要、人民的需要,也是你亲属的需要!"

一九八五年六月三十日上午,市委宣传部部长碰头会议研究决定,市委机关报《公开报》目无党纪、目无领导,擅登蛊惑性文章,给市委、市政府的工作造成了极大的被动,总编辑林帆及分管编务的副总编辑杨扬立即停职检查,停职期间报社正常工作由政论部主任代管。

一个电话,召集了《公开报》部室以上领导干部,宣布了决定。

"是市委的决定吗?"林帆问。

"宣传部代表市委在文教部门行使权力。"

宣传部认为这是合情合理的,肯定会得到市委领导的支持,可以先斩后奏。

三十日下午,市委办公室电话通知宣传部:省委业已决定,王冠书记生病住院期间,市委工作由刘岩松副书记主持,市政府工作由史超副市长主持,实行集体领导,分工负责,各就各位,不得有乱。在省委常委、省委组织部长刘西之的领导下,市委各位书记、市政府各位市长联合召开紧急工作会议决定,荒地事件没有结束之前,报社领导班子保持稳定,要允许报社就这一问题发表群众意见,展开争论,但不得发表毫无根据的耸人听闻的书架子式的文字。宣传部应在大政方针上予以指导。

瞠目结舌。当然必须立即执行!

人事斗争,林帆胜利了。

七月一日,市委在高度现代化的亚洲大戏院举行了隆重的规模宏大的庆祝活动。市委、市政府领导的小车鱼贯驶过集资路时,他们看到了荒地周围聚集的大量群众,有好多看热闹的人,有关心荒地前途的。市领导说:"我们不能熟视无睹啊。"

七月一日晚,市委书记、市长联合办公会议讨论决定:成立有市委办公室、市政府办公室、市政府计划委员会、城乡建设局、环境保护局等单位参加的"望花大酒楼北、集资路西、太平洋新村东、陈明圣瓜子及杨有才采石场赞助贸易市场南空地合理开发利用领导小组",领导小组下设办公室,简称"空开办",由城乡建设局李球局长兼办公室主任,立即着手调查空地现状,制订开发计划,争取在最短时间内将规划提交市委、市政府研究。

这次会议的会议纪要立即交市电台全文播出,《公开报》也将在七月二日用一版的全部版面刊登全文。

晓晴是在集资路上找到张明的,张明已经化装成一个络腮男子。那时太阳行将落西,四面都是熙熙攘攘的人。

"我要请你吃饭。"

"是你哥还是你?"

"当然是我哥。"晓晴忍不住笑起来,"我请你干吗? 我有钱没地方花了是不是?"

"你说话老这么刻薄,真无可奈何。说正经的吧,查到啦?"

"查到了。这是从大事记上摘抄的,这些暂时还保密。"

"你放心,我决不想把你挤下政府办公室机要秘书的宝座,大学生同志。"

他们走到一棵梧桐树后边,开始翻着笔记本。

一九八三年十月六日。第二十三次市长办公会议。……正在兴建的太平洋新村东边,要留下相当面积的一块土地,市政府在财力情况许可的情况下,兴建文化娱乐设施。……

一九八四年三月二日。第五次市长办公会议。……商业局要求在太平洋新村东,望花大酒楼北建商业网点的报告……市政府已另有规划,暂不考虑……

一九八四年九月九日。第十七次市长办公会议。……原则上批准文化局、市总工会、市妇联、市文联要求在集资路西、太平洋新村东兴建文化中心的报告,待具体规划报告报来以后再认真研究决定……

一九八五年二月二十八日。王冠市长会见美国加利福尼亚州公共园林代表团,王市长表示对与美方合作在 W 市兴建游乐或园林一事很感兴趣。会谈后,王市长与美国客人驱车至望花大酒楼,从旋转餐厅上俯瞰了他们构想中的园址("构想"这个词显然是从党和国家领导人关于收回香港主权的有关谈话中借来的)……

"够了,多枯燥,话说了不少,却没有一分钱的行动。"张明把本子还给她,"咱们还是走走吧,你吃了吗?"

"没吃,你还去不去我哥家?"

"不去了,你哥的意思还不是替他园林局鼓吹鼓吹,说实在的,我也想能有个中国式的迪斯尼乐园,趁着都还年轻,玩玩。可咱们了解这片荒地的价值吗?咱们掌握了几个有科学价值的数据?咱们知道是该建乐园式的园林还是建文化中心、商业网点?这个不是咱们的任务,咱们的义务就是让大家都想起来这块地方还有个没利用起来的空间,咱们能让它不闲着无聊光长野草蚱蜢咱们就算尽了义务了。"

他们走到馄饨摊子旁,吃了一碗馄饨。安庆人的手艺还真不错,安庆人在 W 市真是无孔不入哪,他们也看了这几天的《公开报》?

在贸易市场的边边,有个戴眼镜书生模样的人正举着一沓照片对过路行人喊:"喂,买喽,勿失良机,张明文章的形象化注释,春、夏、秋、冬各景都有,荒地建设以后再也看不到啦。家乡观念。历史文物。爆炸性新闻。一套四张,每套一元。时髦的文明。美喽。"

他这一喊真聚拢了不少人。张明和晓晴也走近要了一套翻看。果然是春、夏、秋、冬四种不同的景色,而且拍得不错。春,是荒地万物复苏野花星点的全景,显然是从望花大酒楼上拍的;夏,画面的上半部是蓝天白云,下半部是野草野树,这个恐怕是昨天才拍的;秋,还是草,还是蓝天,单调;冬,雪景,背后是太平洋新村。张明买了一套。生活可真是五花八门呀!老天!

七月四日下午,好奇的群众和外地来W市的旅客开始进入荒地。由于荒地上各种草木纠结在一起,根本没有插脚的地方,所以进入荒地的五百余人,只是在荒地的边缘活动,他们采摘野花野草,摘取树叶,捕捉蚂蚱,作为留念。一些不能进入荒地的妇女老人,受好奇心和故土感情的驱使,出钱购买从荒地中带出来的花草和蚱蜢,然后当作珍品带回家中。到了傍晚,一批敢死队员在人群中自动产生,他们每人配备一把从水果店买来的长柄水果刀,轮番沿一个缺口向纵深突击,他们砍倒荒草,折断灌木,填平道路,每一个进去了又出来的突击队员都带着一身一脸的伤痕,鲜血淋漓,惨不忍睹,从他们在昏迷之前说出的断断续续的词句分析,草丛中蚱蜢很多,一见人就扑上来猛叮猛咬,极其厉害。这就更增加了揭示故土奥秘的刺激性。到了夜晚,有人提议接一支电灯过来照明,继续冲刺,但由于通过附近的电线都是超高压的,万一失事,在场的数千群众将"毁于一夕"。人们悻悻然议论纷纷。一辆过路的解放牌汽车的司机显然是个好事之徒,看到人们的急切心情,感动得热泪盈眶,立即发动汽车,将车头对准荒地,一开大灯,全场欢声雷动,敢死队员立即穿上长袖衣裤,扎好头巾冲入荒草丛中,破荆斩棘。当时在场的人全体一心,要吃的馄饨挑子马上挑来了,要喝的冷饮摊上马上送来了几瓶汽水,全部免费供应。热烈场面一直持续到解放牌电力耗尽而又后继无车的时候。

W市旅游公司是个比外国人还精明的单位,七月四日,他们连夜拟定了专门旅游项目报告,打通了有关部门。第二天上午,即雇用了一批临时工,在荒地四周围上了带刺的铁丝网,设置了门票处,火速到香港采购了一批防护衣,并且在《公开报》上刊登了广告:

  本公司开设的"八五年大探险"新型旅游项目,向国内国外各界开放,内容丰富惊险,刺激性强,对人的神经系统、大脑系统、呼吸系统、肌肉、骨骼、目力、听力、嗅觉、触觉、第六感觉、观察力、分析力、想象力、应变力、模仿力等等均有极好的治疗和锻炼作用,老少咸宜,欲玩从速,过期不候。
  每人每张门票五角,有带香港标识的网眼和防护衣出租。

探险的队伍中,大部分都是青年工人和大中学生,男女都有。他们绝大部分都带伤归来,得到了锻炼,但也有少数青年人一时误入迷途,造成比较严重的后果。七月七日下午,一对男女中学生被大雨阻于荒地,在避雨过程中,他们感情冲动,即于荒草中媾和,被凶猛的笨蝗咬破阴茎和女性外阴,中毒糜烂,被送往医院做切除术。这实在是一个大悲剧!消息传到学校和家长耳中,年轻人无不好奇万分,睁着眼打听细节,成年人无不义愤填膺,要求旅游公司做出赔偿,并保证今后不再发生类似事件。《公开报》上刊登了《救救孩子!》和《不该切除的切除悲剧》的抨击文章。但因为人们探险心切,没有掀起更大的民愤。最后旅游公司免费开放一天,并规定五毛钱只能探险两小时,超过时间即派工作人员找回并罚款,事件才平息下去。

七月中旬,连降大雨,这似乎给W市的全市总动员的热情兜头泼了一瓢冷水,许多人上不了街,只能在办公室里、在家里谈论,《公开报》又热门起来。气候湿热。省报来的一位记者想借多雨的机会采访张明,重点了解他发现荒地的思想基础,想把他当作新一代青年的楷模来宣传。

第一次约见很顺利,两个人谈了一个多小时,后来被闯进来坐着不愿走的一位"心情迫切""慕名而来"的"渴望新发现"俱乐部的女青年会员打断了。

问:您是怎样成才的?

答:自学成才。主要的靠书本,重要的靠社会,首要的靠自己。有强烈的发现意识。

问:您发现荒地的动机是什么?

答:很复杂,似乎难以说清。

问:当时的想法……

答:有成名的欲望,有自我表现的意识,有探险的好奇心,也有尽社会义务的责任感。

问:您有吊读者胃口的逸事吗?

答:我这个人很一般,我现在还没结婚,甚至还没有正式谈女朋友。

问:您对由您引起的这场风波有什么预言?

答:顺其自然。当然希望最后圆满解决。

问:您今后打算怎么干?

答:如果有可能的话,再掀起几股逆流。流水不腐嘛,我信奉这个。

第二天再找张明,四处打听也找不着。他好像失踪了。

七月二十日下午,市长及市政府其他领导联合召开工作会议,听取"空开办"的情况汇报。"空开办"主任李球因病请假没能到会,由副主任、市计划委员会秘书马成三代为汇报。马成三没有拿出"空开办"的处理意见,只摆出了"市园林局、市文化局、市商业局、市旅游公司、市供销社、市乡镇企业局均积极要求得到空地使用权"的事实,请市领导研究决定。这个球踢出去了,"空开办"的人都长呼一口气。市主要负责同志在接下来的会议中批评了"空开办"怕得罪人的办事作风。这次会议从下午一直开到晚上,由于各位领导的意见分歧太大,所以未能形成任何决定,王冠市长病情不好,市委书记和市长的重新任命看来是势在必行了,关键时刻,谁也不能轻易树敌,谁也不能轻易弃友。这个难以解决的、棘手的、搞不好就丢掉政治前程的、给每个人以危机和机会的万恶滔天的问题,数日后将以市委、市政府联合报告的形式,上报省委、省政府。谁叫 W 市是省辖市!

天气温湿,完全不是往年夏季那种大雷大闪、烈日当空的气候。这种湿热的天气使许多人因为不适应而生出多种皮肤病,婴儿大部分都长了蚂蚁痱子,全身排满了红色的大疙瘩,少数没能保证清洁并及时治疗的,痱子转而溃烂,孩子中毒发烧,被送往医院抢救。大人们也感到四肢乏力,浑身不适。机关、企事业单位请病假的人次超过历年,有极少数单位出勤率只有 30%,个别体弱的妇女因为心虚干呕而昏倒在工作岗位上。老年人心脏月发病率也创 W 市历史最高纪录,但救治成功率仅为 8%,频繁的救护车的刺耳嘶鸣更使人的心脏和神经受不了。市政府发布紧急通知,要求各单位酌情减少工作时间,切实做好防暑降温工作,各医疗部门进入高度待命状态,一旦发现病人,要以最快的速度给予救治;市政府还决定从地方财政中拨出二十万元紧急防暑降温专款,对高温作业单位、夏季饮料生产部门和防暑条件太差的单位进行专项补助,并将在市区的几个特殊区域——老干部居住区、幼儿园、养老院、国家重点建设项目"九十年代民用航天基地"室外作业区,实行免费凭牌冷饮供应。这些措施,基本上控制了暑疾的大规模扩展。市民采取一切积极措施,消极地盼望着能够平安度过湿热天气,这种天气导致人的注意力都涣散了。

七月二十九日,沉默了许久的《公开报》突然用近一个版的版面全文刊登了本报通讯员张明的长篇散文式报道,这篇报道不啻为夏日里的一道炸雷,立即又将趋于沉静的W市卷入动荡的漩流中去。W市市民在办公室里、在车间里、在门市部里、在冷饮室里、在马路上、在家中,反复阅读这篇报道;人们相遇交谈的,也都是有关这篇报道的话题。现将这篇报道摘要刊录如下:

……由于天气湿热,到荒地中探险的人大大减少。草丛中、树丛中更加湿热。我一踏进这令人窒息的湿热的荒地,脑海中立即产生了瘟疫流行的可怕念头,我努力控制了这样的想法,一步步深入荒地的深处。荒地里长满了各种野草,有大量的扒根草盘根错节,有大量的到处可见的那种单基的野草;有蛇床子,也就是野胡萝卜,开着白色的盘状的花;有大蓟,这是一种多年生直立草本植物,高可达一米;有旋复花,益母草,有野苋菜。木本植物一般也并不高大,而且都是常见的树种,像刺槐、家槐、柳楝、杨等,还有许多灌木来填补野花野草和木本植物之间的空间,攀爬植物又把这一切缠绕、纠结在一起,难以撕开、扯烂。荒地中还有许多洼地,盛满了混浊的雨水,树叶和草根在水中泡烂了,散发出一种苦涩味。我想这水、这味一定都是有毒的。这些地方从来没有人来过,因为能到这个地方的人不会是一般安分守己的中国城市人,更不会是农民,而只可能是极少数有足够的知识、有足够的头脑而又勇敢果断的年轻人和深山里的药农。荒地中的动物单调得让人吃惊,只有一种,那就是蝗虫。蝗虫成了荒地的唯一统治者,而且我认为它们的身体内已经聚集了足够的能量,能够在当前这种适宜的环境中随心所欲地大量繁殖,并啃灭其他生物。我曾经躲在一株苦楝树后目睹了一只鼠灭亡的全过程,那是惊心动魄的,但愿这种景象不会扩延到人类的头上:一只带黑色条纹的灰色田鼠小心翼翼溜出石块下的洞穴,东张西望地想找点水喝,它触动了一株野草,一眨眼间,几乎是人所反应不过来的瞬间,就有两只蝗虫扑过来叮在它的头上。它仓皇至极,吱吱叫着,极力想要甩掉它们,可是没有成功;于是它用头往草棵上、往灌木的枝梗上猛撞,企图撞飞身上的仇敌,但是结果适得其反,一刹那就有数百只蝗虫飞来扑在它的身上,反复撕扯、咬杀,把它的毛一撮一撮咬尽,把它的皮一寸一寸咬烂,蝗虫多到使老鼠想奔跑都不能移动一寸的地步。那种血淋淋的场面令人毛骨悚然,直到最后老鼠只剩下几根光骨,悲剧才宣告结束。我在荒地中奔走不能进食,因为我一拉开面罩把食物送到口中去,就极有可能遭到无所不在的蝗虫的突然袭击,我嘴角的一个烂块至今没有愈合,想起来就丝丝作痛。在这种情况下,我有了新的预感,虽然我现在还说不清楚到底将发生什么事。我的女朋友每天在约定的时间约定的地点送吃的给我,并且为我治疗受到毒蝗叮咬的创口。我走访了太平洋新村的居民,有意识地询问关于蝗的问题。他们在日常生活中没有特别注意,但在我的追问中他们回忆起来了。单个的蝗飞入居民家中是常有的事,但是七月以来,蝗的数量明显增加了。七月二十五日晚,有一队蝗飞上五楼,叮在一户姓杨的居民窗户上,利齿啮咬的咯吱声清晰可闻。纱窗咬开以后,飞蝗散入各个房间,啃咬各种物品,主人手疾眼快关上卧室大门,半个多小时后,蝗群才轰然离开。为此我又数次深入荒地,静伏下来,观察蝗的繁衍和活动。荒地蝗的繁殖在近期达到了近似疯狂的地步,一只雌蝗把尾部插入温湿松软的泥土之中,不到十个小时,这批蝗卵即可孵出,加入大繁殖的行列。幼蝗的纷纷出土并长成数以千计,甚至比蚂蚁还多,看到这种景象身上就有一种被撕咬的战栗感,简直可怕极了。这是一种凶兆。我回来后立即查阅了有关资料,蝗虫大奔袭的灾难在历史上数次发生,我国从公元前七○七年到一九五三年的两千六百多年中,有记录的重大蝗灾就有七百六十九次。这种历史和现状应该引起我们的极大重视!……

从二十九日中午起,大批群众开始聚集到荒地周围,议论神秘莫测的大片荒地,议论蝗虫,也有相当数量的人怀疑文章中那种耸人听闻的描写和预测,认为那是张明渴望成名的又一新招。

七月三十日,王冠市长因多疾并发而猝然去世。因病魔来得突然,他没有留下任何遗言,但是死而不能瞑目。消息传到市委、市政府机关,人们心中十分沉痛,他是个好人,是个长者啊!
　　天气过于湿热,尸体不能久存而匆匆焚化了。
　　"钦差大臣"刘西之受省委省政府之托,来W市参加追悼会并安排了市里工作以后,立即启程回省。一星期后考察小组将抵W

市考察组建新的领导班子。

在这种情况下,八月二日市领导召开会议,就荒地及蝗虫问题进行研究,决定先由环保局、科委组成联合调查组,查清蝗情,再做决定。八月三日午,约一万只蝗虫飞出荒地,聚集在贸易市场,咬碎了几顶商棚。当时在场群众很多,大家反应过来后,立即冲上去剿灭,地上到处都是被踩烂的蝗尸,散发着令人恶心的气味,其余蝗虫仓皇退回荒地。

八月五日,联合调查组整理出了一份调查报告,提交书记、市长办公会议讨论。调查报告列举了大家都已知道的一些事实,但没有更新的东西,他们建议组织一批人进入荒地喷洒农药,即可控制秋蝗的发展。初步估算灭蝗费用在五至七万元之间。

但是这时意见产生了分歧,焦点仍然围绕在荒地使用权上。注重经济的部分领导说,如果能尽快解决荒地使用权问题,灭蝗费用即可由使用单位提供,一切问题就迎刃而解,但因为荒地使用权的报告已报到省里,省里还没有明确指示,所以以上设想就等于零。持"立即有计划地、有限度地进行试探性喷药灭蝗"看法的另一部分领导人,因为没有强有力的理由,所以也不能马上说服对方。会议最后达成妥协:马上催请省委、省政府给予明确指示,在省里指示没有到达之前,由环保部门小规模喷洒农药控制蝗情。

八月七日上午,一支二十人的喷药队伍进入荒地,喷洒剧毒的"敌杀死",效果明显,凡喷了药的地方,地上都有一层蝗尸。乐观情绪开始在 W 市漫开来,人重新相信了自身的能力,波动的社会重又恢复了平静,人们开始把注意力转移到最新的两伊战争和柯达杯足球赛上去。但是没过六十个小时,八月九日傍晚,一批蝗虫展翅飞上落日未尽的晴朗的蓝天,像一架架小型轰炸机,嗡嗡地飞过集资路,飞向东城,把一片约五亩的将熟的玉米咬了个精光,然后又在天黑前飞返荒地。

这显然是一次大示威,蝗虫产生了抗药性,开始以更加精悍、更加凶猛的面貌出现,繁殖的速度也必将以指数形式增长。八月九日下午,省政府直通电话指示市政府:荒地问题由市里酌情尽快解决,不要出现更大的失策。这天晚上,W市出现了两极分化:大部分普通市民拥到街头,拥到荒地,议论着蝗情的新趋向,提出许多难以回答的、难以预测的属于未来科学范畴的问题,他们自问自答自我否定,没有任何定论,只有猜测和想象。一些机灵的商人开始走进电信局,打电报要求挂钩单位火速运送最新型杀虫剂到W市来,郊区良种鸡场连夜与旅游公司协商,愿意出一笔相当可观的转让费,取得暂时使用权,然后把全场的鸡都放入荒地,让它们去吞食动物高蛋白。另一部分人开给拥向市委、市政府有关领导人家中,一方面为了荒地的使用权,另一面为了新的领导班子的人选,刻不容缓地展开了活动,磋商、排队、交换、告状、默许、力争、推荐、暗示、拆桥、胁迫、攀亲结友、递送材料,设宴请酒等等方兴未艾,一直持续到天明。

八月十日,天气阴蒙蒙的,不时有阵雨洒落地上。气候湿热、发闷。进入荒地喷药的环保局工作人员报告,由于时有阵雨和蝗虫的抗药性,喷药效果极差,药物喷至蝗虫身上,也不能毒杀它们。这一报告给正在讨论荒地使用权问题的联合办公会议带来一片阴影,领导们开始感觉到了问题的极端严重性。会议立即转而讨论杀蝗并决定:立即组织车队连夜赶往四百公里外的B市拉回高效剧毒的新型杀虫剂:中子辐射敌死。这是一种军转农药品,在二十四小时内对人有极轻微的副作用,但对昆虫有特效。只能这样了。

八月十一日,多云。从早晨七时开始,就有成批蝗虫进入荒地附近的街道、商店、饭馆、旅社、市场、居民楼,扑到人们的身上乱叮乱咬,并对木制器具和食品加以损坏。消防队出动了救火车喷水冲杀,市民挥动手边的物件,从空中将蝗虫击落。到了傍晚,蝗虫的攻势才有所收敛。

蝗虫的出现使社会局势动荡不安起来,外地来的旅客聚集在火车站和汽车站抢夺每一张离市的车票;一些歹徒趁乱于晚间砸抢僻静处的商店,被持枪武警发现,当场打死打伤企图抢枪的歹徒各一名。一流氓趁乱闯入市民家强奸了一名熟睡的女中学生,被愤怒的群众推下四楼摔死。市委、市政府于八月十日下午一时发布紧急通知,要求全体市民听从指挥,不得有乱。从傍晚开始,全市公安、武警及其他合法配枪人员,走上执勤点。晚十时,当地驻军派遣一个团赶到W市,协助维护社会治安。省委省政府密切注视事态的发展,并将根据情况采取新的必要的措施。特效杀虫剂正在装车,估计十二日下午或夜间可以赶到。国务院有关部门正式通知对W市的消息实行封锁,外部人员一般不再进入W市,直至形势和缓。

一九八五年八月十二日,这是一个悲壮的星期一。从晨四时许起,无可计数的蝗虫袭击全市每一个角落,在短短的一天里,咬杀了所有生命(动物和植物),将W市夷为废墟。据估计,参与浩劫的蝗虫达五千亿只,如此大量的蝗虫聚集在几十平方公里的狭小土地上,堆积起来可达三米厚,具有讽刺意味的是:葱郁的荒地却完整地保存下来,在一片凋敝的废墟中如一块翡翠熠熠闪光,耀人眼目。数月后,在全国最高立法机关下属的环保监督委员会召开的一次专门会议上,正式将W市废址中的荒地定为"中国历史博物馆馆外纪念地",让后人永远记住W市的悲剧。一九八五年九月三十一日,有人从废墟中发现一本密封后淹入剧毒农药中、署名张明的笔记,内容在自然科学院昆虫研究所主办的《蝗虫》双月刊上披露,才使人们部分地窥知了那场浩劫。

(笔记摘要)

我昨天睡得晚,二十三点四十分才从外边赶回来,下过一场阵雨以后,天气开始晴朗了,夜空中缀着星星,月亮被楼房挡住,但光辉照耀在城市上,朦朦胧胧,景色很美。这个夜晚如此平静,如此美好,倒使我产生了一种不祥的预感。晚上我走访了荒地周围的一些住户,他们都有一种感觉,都感觉到荒地中好像有一种隐隐的骚动,给人一种无形的即将爆炸的巨大压力,谁也说不清楚到底是怎么回事。到 B 市运杀虫剂的车队还没回来。事到如今,一切预防措施都已经是被动、消极的了,最好的时机似乎已经贻误,党政部门的许多负责人还在为新班子的组建而做准备,他们好像还没有明白外界将要发生什么变故。虽然事态紧急,但他们仍然盲目乐观,自以为采取一般的常规措施就能像平常一样解决问题,他们根本没有应付现代紧急事件的思想准备、知识和魄力。回来的路上,我专程到荒地去了一趟,还有一些人在荒地边漫游、闲谈。环保局和郊区农科站的几位负责人自作主张,组织了近百名工作人员,打算天一亮就进入荒地喷洒农药,尽一切可能控制蝗情。乡镇企业局系统的几部半旧的江淮卡车和杨有才采石场的几部小四轮正可怜巴巴地摇摇晃晃地紧张地往荒地边运送各种农药。我有一种哭笑不得的念头。我找个僻静的地方,一个人站在月光里,静静地注视荒地,我确实感到一种难以承受的压力,要把我压成血肉模糊的肉酱。这是来自心灵深处的带有现代科学预见性的恐惧,还是外界的来自社会或者自然界的压力?我只有一个想法:听天由命。我站在静悄悄的明媚的残月下,突然从心底产生一阵战栗。

我觉得孤独,有一种大难临头却不能抗拒的恐怖感。我赶紧走回到人群中去,然后顺着有灯光、有武警值勤的街道走回家去。我睡不着,洗了澡以后,我站在窗前不知道该想些什么,该做些什么。我想如果这时候晓晴能来坐一会儿、谈一会儿该多好。虽然她平时有一股傲气,但我现在觉得除了她,我身边没有可以倾诉衷肠的人,这时我感到了她的不可失去和宝贵。我找出了这个新的笔记本,签上了姓名,开始写笔记,我觉得也许当我们都不在的时候(我有这种直觉和预感),或者它还能向活着的人提供一点关于一个普通人的心境和行动的信息。现在已经是一九八五年八月十二日凌晨一时了。

八月十二日晨,我在睡梦中被人的叫声和另外一种空气的振动所惊醒,连忙穿衣来到窗口,只见地上和墙上已经落满了蝗虫,晨光熹微的东方正有一批接一批的厚甸甸的蝗群铺天盖地振翅飞来,由于数量太大,整个天空都涂满了浓重的暗灰色,空气发出震耳欲聋的闷雷的声音。我刚一打开纱窗,想看个仔细,就有数十只蝗虫乘虚而入,它们疯狂地扑到我的脸上、身上乱抓乱咬。我忍住疼,把窗户全部关紧,然后与飞入室内的恶蝗展开搏斗,经过二十分钟的苦战,才把它们全部灭杀。我在伤处涂了消毒药水,坐在床沿点燃一支烟,想着对策。室外蝗群飞动的隆隆声和大群蝗虫同时着地的沉重的噗噗声,听起来是非常陌生的,似乎是在另一个星球或者在一片人迹永难企达的不毛之地。大量蝗虫撞在窗户上、撞在铁门上,它们疯狂的无坚不摧的啃咬的声音,听起来可怕极了。幸而我的住室封闭很好,如果有哪怕一厘米的缝隙,也会拥进大量毒蝗,将室内的一切咬为零碎;如果刚才我稍一惊慌,不去关闭窗户而去扑打蝗虫,那我也就完了。刻不容缓,我得想办法保全自己,必要的时候,我也得走出去,看看外边的情况。开始的时候,外边还有人的喊叫声,但是现在什么也听不见,只有咔咔嚓嚓的啃咬声、蝗群的振翅声。窗户上爬满了蝗虫,外边的一切我都看不见。我扔掉烟头,拎出昨天请晓晴从环保部门要来的一桶剧毒农药。我小心翼翼地启开封口,把大部分农药倒入浴盆内,这样使用起来方便,留下的一小部分我准备在必要的时候淹藏我的笔记本,我得千方百计把它保存下来,以昭后人。我用小茶缸把农药浇在门上和门缝上,浇在窗户的结合部上,刺鼻的农药味使蝗群稍微后退了一些,我开始坐下记笔记。

面临危难,一个人的心情反倒平静下来,死也许并不可怕,可怕的是毫无准备的被动的死。我把死在室内的蝗虫聚拢起来,对照书本仔细研究。这些可怕的昆虫每一个都比普通的蚱蜢形体大一倍以上,荒地的极其适宜的得天独厚的自然环境为它们的生存和发展创造了前所未有的好条件,它们能像第三帝国一样突然膨胀并形成侵略的野性。这是许多善良的好人包括领导们想也不敢想的事呀!他们的品种很多,有尖头蚱蜢、飞蝗、负蝗、中华稻蝗、笨蝗等等,咀嚼口器是极其坚硬的黑色突起板块,比一般蝗虫的更加坚硬,形体更粗俗,切断物质也必定更加果断、更加凶猛,令人不寒而栗。我走到窗口去,隔着玻璃看到密集的蝗虫疯狂不安地在玻璃上和铁框上爬动,咔咔地啃咬铁框和砖块,用带盔甲的头撞击玻璃,张牙舞爪地振动硬翅,包住躯体的外骨骼因内部的巨大张力而咔咔作响。我无动于衷,继续写我的笔记。孩提时代在阳光夕照的草地上、河坡上高兴地叫着捕捉尖头绿蚂蚱的情景,油然浮到眼前……

下午一时,蝗虫开始后退了,我不知道是什么原因,也许有人来营救我们了,国家绝不会视而不见的。或者因为中午天气太热,蝗虫得不到水的补充,开始去寻找水源了。我抓住这个机会,决定到外边去冒冒险。我穿上长衣长裤,脚蹬皮鞋,外套一件网眼式防护衣,揣上我的笔记本,然后把农药洒在室内和不与皮肤接触的外衣上,小心翼翼地打开门,走到室外。

(下面是仓促记下的我的印象和与人交谈得到的情况)

天气晴好,阳光照射得很厉害,街道上还有零星的蝗虫在飞动、爬行,整个城市静悄悄的,到处弥漫着一股蝗虫散发的难闻的恶臭味。许多场景极为悲壮。一个赤脚、穿裤头的妇女,一只手紧抱着一个孩子,另一只手紧握着一件破碎的衣服,看来她为了保护孩子与蝗虫进行过激烈的搏斗,在她身后二十多米长的地段,堆积着厚厚一层翅膀折断、头颅扭折的蝗虫,妇女和孩子的身上都已经百疮千孔、体无完肤,血肉模糊。一群公安战士和壮年男性倒成一个圆圈,圆圈中是妇女、老人和孩子。街道上的树木都只剩下一截木桩了,街道边所有的木质设施全成零碎,商店内的食品被抢食一空。还有极大数量的蝗活活把人压死、抓死、闷死的场景;有些尸体只留下一副骨骼。一部分市领导战死在电信大楼里,电信局曾经在开始的一个小时里连续向省里报警并接受中央和省里的指示,市领导刘岩松等也曾通过电话指挥局部地区战斗,但是蝗虫很快就切断传输设施,并攻占了防守薄弱的整个电讯大楼。无线电台的生命更短促,蝗虫的第一次奔袭就把它摧毁了,值班人员还在梦乡。七十多米高的电视发射塔因叮坠的蝗虫数量太多而轰然坠毁,望花太酒楼的旋转餐厅上堆积的数吨重的蝗虫,把最上部的三层全部压塌。市区内的铁路大桥承载量极高,但因极大量的蝗群一齐降落,产生了同频共振而断裂。市民们运用一切手段与蝗虫搏斗,有用衣服甩打的,有用砖头砸的,有放火烧的,有用高压水龙头冲的,有高声呼喊、指挥大家协调行动的,有在室内释放并点燃煤气同归于尽的,有开枪射击的,有自焚以烧死身上蝗虫的,有抛洒农药的,真是悲壮至极!

上午九时,空军部队派了四架装满剧毒农药的大型军用运输机飞临 W 市企图以大剂量杀虫剂一举全歼蝗群。但是大批敢死的蝗虫迎面冲撞飞机,堵塞了发动机,撞碎了驾驶舱,四架飞机全部爆炸坠毁。十时,空军又释放了几十颗悬挂着杀虫剂的的定时爆炸的气球,终因数量少、成功率低而不能奏效。十时左右,陆军防化部队团团围住了 W 市,一边喷洒剧毒杀虫剂,一边步步进逼,企图打开缺口进入市区。但是据目击者说蝗虫的繁殖增长速度大大高于死亡数,无数的蝗虫成批地扑击防化兵,撕咬防化服,成千上万地将人冲倒,然后活活堵压,使其窒息而死,有些地方由于防化兵的顽强作战,死亡的蝗虫堆积成数米高的大堤,超量的化学剂和蝗虫尸体散发的毒素,使人稍一接近就中毒昏迷,成为一道死亡防线。怀着一线希望的少数人只好仓皇逃离,寻找新的庇护所。

极其惨痛!

残存的少数人都在想方设法逃出 W 市,但由于每条街道都堆积了相当数量的蝗虫尸体,郊区还有死亡防线,再加上少量飞蝗的袭扰,所以没有人能够逃出去。这种状况使极少数人绝望了,精神崩溃了,至少有三人坠楼身亡,有数十人冲击死亡防线中毒致死。

下午一时十五分,大批军用飞机飞临 W 市上空,但是它们没有喷洒化学药剂,也许由于不知道蝗群在哪里,也许怕给少数留存的市民造成灾难,它们又飞回去了,只有几架侦察机在空中盘旋。一时三十五分,蝗的数量似乎又有增加,街道上聚拢起来的数千人又陆续散去,去寻找好的保护地,坚持下去。我匆忙赶回家中,关紧门窗,近二时,室外传来了直升机的轰鸣,飞行员用扩音器呼叫市民走出去,以便乘坐直升机离开 W 市。但是我同时又听到更加强劲的振翅的声音,蝗群重返了,没有人敢走出去,直升机只好仓促离开。

我知道这是最后一次考验了。我很坦然,我坐在靠窗的桌子边,一边急促地记下所见所闻,一边倾听室外狂风暴雨般的空气的振动,蝗虫的这种从量变到近乎质变的过程,是极其罕见的,我有幸目睹始终,并且作为一名知情人,我所了解的其中奥秘比其他人更多。我没有去找晓晴,我曾经强烈地有过这个念头。但我知道我不太可能找到她,假如找到了她还不如不找她更好,因为那情景极可能使我悲痛至极,失去理智。我现在唯一需要做的就是把我所知道的一切记录下来,并且妥善保存,以备后人查考,晓晴如果你在,你还在,请你保重吧,多保重吧!我们在和平时期没有确定关系,现在想起来是个多大的遗憾!真离不开你啊!能远远地见你一面,心里也一定会好受得多,好受得多呀!

　　这时,蝗群又使天空变得灰暗了,成群的蝗虫在每一个角落里搜寻可以咬杀撕碎的生命和物质。它们聚集在我的窗上,啃咬、挠抓,面目更加凶狠狰狞,气焰更加嚣张。我冷笑地看着它们,我对它们的凶狠似乎无动于衷。它们之所以能这样,仅仅因为人类的一次小小的疏忽和松懈。我找来一个塑料食品袋和一个装衣服的塑料袋,摆在桌上,以防不测。我端坐在桌前,把眼睛闭上,想想还有什么没办的。这时我看见一具残缺不全的女尸,她空洞的眼窝阴森可怕,嘴唇和脸皮被啃光了,只剩下白牙和粗糙的腮骨。我突然放声冷笑起来,连我自己也不知道为什么。笑声未绝我就伏在桌上痛哭。上百上千只蝗虫开始集体撞击窗户玻璃,一批死亡之后坠落下去,另一批又从远处飞来。咔嚓,玻璃发出裂开的脆响。我大笑了一声,把浴盆里剩下的农药全部浇在窗户上。我看着蝗虫纷纷跌落,心里有一种痛快淋漓的快感。我坐下来,写最后几行字,我将把笔记本用塑料袋封好装进农药桶中,用我手指上的血在桶上涂几个惊叹号,然后把它悬挂在卫生间,关紧铁门,等待和蝗群的最后一搏!有多少话要说啊,但是晚了!记住吧,你们!!!!!

一九八五年八月三十二日二十五时零分,国家新闻发布署正式向国内外宣布,W市已不复存在,新城的选址将在原址以东三十公里处。蝗群洗劫了W市以后,已于十二日晨分为四路,消失在天空中,不能预测它们将袭击哪些不设防的城市或乡村。九月三日举行了全国性的大规模追悼死者的大会,慰藉死者的灵魂。八月十二日被定为世界性的蝗灾纪念日。九日二日晚,省委新任命的中共W市委书记李执和市长孙献玉走马上任,在W市的新址上搭起帐篷,开始了新的大建设。

小 董 饭 馆

我本来是经过小梁乡的,打算住住就走,但不知怎么的,我被小梁乡迷住了。这时候正是秋九月,我走到田野上,走过黄豆地。绊脚草匍匐在小路上,用茎织着罗网,刺蓟的叶缘黄枯了,熊蜂像重型轰炸机嗡嗡地在辣椒园转悠。一只野鹌鹑噗的一声从我脚边弹射出去。我蹲下,看看野鹌鹑刚刚伏过的地方,野鹌鹑的羽毛和爪子都在泥土上印得一清二楚。我抬起头,只听见瓦兰色的秋空中传来一声声叽叽的鸟鸣,却连一个小黑点也瞅不着。淮北平原秋天的那种气韵,在天地间明丽地、宁静地流动着。

但是我万万没有料到,秋雨在夜间不停地下起来了,到处都雾蒙蒙的。早晨我起了床,站在门口看被雨水淋着的梧桐叶的颤动,看因为雨水浸润而变软的土地和道路,心里升起一层懊悔。

既然走不了,心里也渐渐无可奈何地坦然了。小梁乡是个极小的集子,只有一处地方可去,那就是小董饭馆。我每天除了听收音机,躺在床上看书,上供销社买烟,就是到公路边的小董饭馆去,在那儿吃辣椒炒鸡蛋,吃大蒜瓣,吃二十斤一个的切开的发面饼,吃清水挂面。

秋雨连绵,这小梁乡的秋雨唉。我坐在桌子边,望着门外寂寞发冷的公路犯困。这小梁乡的公路是从县城到找沟的大公路上岔过来的,砂矶路面,质量不高,所以到现在还没有正式通长途客车。如果一个人从县城来,在枯河头或者黑塔下了汽车,天快黑了,离小梁乡还有十好几里地。这个人站在通往小梁乡的砂姜路边上,一架手扶子嘭嘭嘭开过来,看都不用看,一摆手:"捎着俺。""上来呗。"手扶子并不减速,路边的人一翻上去了,嘴在车帮上啃了一嘴泥。"咋样?""可以!"指的收成还是指的粮食卖价,话近似黑话,外人猜死了也猜不着这两个素不相识的小梁乡农民的意识流流到哪里去了。绝不会搭错车搭到另一个地方,因为这条路是被小梁乡独占着的。

手扶子颠了半个多小时,前边看见了灯火,那是小梁乡乡政府所在地。虽说是个集子,也就公家的几排瓦房和小梁庄的几间瓦房和草房。四面还都是望不断的田野。"喝一盅。老婆等着?""老婆自个儿能活。"手扶子嘭嘭嘭接近了灯火。"上小董饭馆。"两个人一齐说。熄了火,跳下车,敞开怀对偌大的夜空伸个懒腰,"啊嗬!"雷一般粗野地宣泄了郁积的劳累。一个三十来岁的女人,疲倦的面容有些老气,但能看出来是个俊俏的底子,迎到柴门边,漂亮地说:"沟里边涮涮招牌,喝一盅去家搂孩子睡觉。""管哪!"两个男人粗着嗓子答道。这都是小梁乡的人。

雨间歇的时候,我在小董饭馆吃了饭,回到住处抽一支烟,就锁了门上外边散步。

出小梁乡往北走不多远,是一条古老大河,叫"古大水"。这名字古怪,从来没听说过。我走到河滩上,河道弯弯曲曲,在大地上切割得相当深。站着看,古大水转了几个大弯儿往东流去,有的地方很深,有的地方露出了沙汀。沙汀上长着一蓬蓬茅草。一只落在汀上的小鸟突然尖叫一声,接着一切又都恢复了寂静。河岸有不少地方是直上直下的土岸,零星的土块和沙石不时滚落到水里,发出不大的声响,一个过程就自生自灭地结束了。

河面比较窄的地方有座石桥,长长的一拱,石缝里有很小的树悬空生长着,但绿色和生长在别的地方的树是一样的。桥爪子边有个好看的女孩子择洗着什么。古大水像一条源远流长的河,河面上不时弥漫开一层水汽。我离那姑娘不很远。我发现她长得很黄,没有多少血色,她的年龄看起来倒不大,我估计有十八九岁,她的身材发育得也不怎么理想,很单薄。她一边洗着、择着,一边抬脸朝我这边瞄着,嘴里哼唧着歌子。她唱大声点我就能听得一清二楚,风往我这边刮着嘛。

……看看情哥看看郎,
情哥好像正月里个梅花,
二月里个杏花,
三月里个桃花,
白里泛红、红里泛白人样儿好,
俺郎好像四月里个菜花黄。

我听了她的歌,就一边往那边走,一边迎着尖溜溜的秋风大声朝她喊:

"小董,你洗什么哪?"

她站起来,手里抓了一把苍绿色的东西,扬给我看:

"俺洗苦苦菜哪。"

我鼻子一酸,泪珠儿差点落下来。在我的记忆里,小董家祖祖辈辈没经历过好日子,顺当日子也总很短暂。我看着小董提了个竹篾儿篮子,弱柳儿似的上了河堤,往庄子里走,风往一边压着她。我想,小董这样的闺女,是不该过不上好日子的呀!我走到桥面上。这桥连着小梁乡到黑塔的公路,几个有血气的青年正低着头,迈着大步,上外乡去挣好日子。昨天我在桥上遇着小梁乡的一个厚道农民,上面这个关于小董的故事,就是他跟我说的。我把两只手插在裤袋里,往公路的尽头看着……

暮色从野地里一层层地漫过来,空中的水汽也更浓了些。走近小董饭馆,就有男人杂乱的吆喝声和瓷器碰着瓷器的声音迎着灯光撞过来。饭馆实际上是在公路边搭了几间连起来的大棚子。一架手扶子一边高一边低地歪在中间高旁边低的路边上,一辆平板车像个姑娘似的把一个车把搭在手扶子的踏板上,一只拴在路边杨树上的毛驴硬硬地挺着小便的家伙,抬头凝视着公路的远方。我在大石头上揩着鞋上的烂泥,一个光头一撞撞在我的肩膀上。

"来啦,"他龇牙咧嘴地说,"里边坐,里边坐,弄一盅儿,俺请啦。"

这是个喝醉了七八分的憨厚农民。他个头儿比我低下去一头,三十六七岁,粗实。他亲热地凑到我跟前,从脏兮兮的白衬衫上边口袋里掏了几掏,掏出一包"团结"烟,抽出一根固执地硬塞过来,短着舌头说:

"俺们这是瞎闹腾,您别见怪。今儿个高兴,卖了粮食,兜里边有几个,热闹热闹。"抓住我胳膊,用神秘的声调问:

"小梁乡没见过,县里来的?"

见我点头,立刻高兴了。

"咋,俺这眼力? 不怕你笑话,俺是大老粗哩。俺们小梁乡这七沟八岗的,没出过圣人天子,昨个黑塔区唱泗州戏《济公传》,这个俺好,俺开了俺的机子。"

他拉我去看他的机子,用粗粗的大手拍了拍:"俺开了机子去看,是地区下来的哩,屁,把俺给糊弄啦,俺字儿识得不多,泗州戏,俺懂,家里边的机子,天天晚上唱哩。"

他有些愤愤不平。

一伙人从饭馆里拥出来。一个女人看见驴子的硬家伙,骂了一句:"不正经的东西!"一个男人朝这边喊:"英子爷,醉啦醉啦,哈哈,你不行,你差早啦!"

英子爷斜着眼不屑地大声说:"醉了怕啥。在小董饭馆,醉了怕啥!"又有些留恋地拉拉我的手,"俺住东洼儿庄,不远,古大水

116

边上,得闲去家玩啦。"

见我答应了,他就咿咿呀呀地哼着泗州戏,走到机子跟前去,机子就载着两个男人和几个半大的小姑娘嘭嘭嘭地开走了。毛驴车也悠悠闲闲地上路,一个四十来岁的男人,手里拿着一根柳条儿坐在前边,一个四十来岁的女人和一个十八九岁的姑娘坐在车上,那姑娘的身形儿像小董,她郁郁多情地朝这边看着,一直到暮色吞没了她们。

在秋雨连绵不断地下起来之前,天晴得十分好。乡政府门前不远的电线杆子上挂了一只喇叭,每天转播了外地节目之后,都要放半个小时的扬琴戏。小梁庄的中老年男人和上了岁数会吸烟的老大娘,散坐在喇叭近旁的公路两边,或者蹲着,或者靠一棵被虫蛀得半死了的杨树站着,有滋有味地从头听到底。我也会走到大伙人的圈子里,装模作样地竖着耳朵听。从坐着的地方向外一望,就望见了小董饭馆的灯光。小董饭馆和集子最边的房子相距有三十来米,再往外就是一望无边的田地了。

"小董是哪个乡的?"

随便你跟哪个竖着耳朵听扬琴戏的憨厚农民闲聊,你都能随便提出这样的问话。因为无论如何,小董饭馆在小梁乡是个有点名气的地方。这名气是靠一个惹人喜欢的女人撑出来的。小梁乡本来是个穷地方,没有什么特别的出产,没有什么特别的骄傲,所以跟外人一谈起来,唯一能想起来的就是小董饭馆,唯一能傲着气谈的,也是小董饭馆。

"小董就是俺们乡的。小董家祖祖辈辈也就是俺们乡的。"

说话的人翻着白眼珠子瞪你,那意思明摆着,是恐怕你把小董抢了去,把小董饭馆抢了去。

"小董饭馆的生意不错嘛,恐怕在你们乡是首富,怎么不盖个像样的瓦房?"

又瞪你一眼。不过,跟小梁乡的农民熟了,你就知道小梁乡都是好人,没有半点儿鸡杂狗碎。小梁乡的农民没有溜屁股沟那种假套子。

"瓦房能吃?能喝?能来手?"

胜利地毫不掩饰地哈哈大笑了。递过来一根"春秋"烟。我吸着,有点怀疑。梁乡的农民跟别地方的农民不一样?我又想,恐怕这地方的人穷惯了,穷才保险吧?小梁乡的农民对小董饭馆未免过于偏爱了,小董饭馆摆在大伙的眼前好像是一种标志,天天看着心里才踏实。从他们的言谈中感觉出,如果一旦失去了小董饭馆,那他们准得吃二遍苦、受二茬罪,准得在外人跟前抬不起脑袋瓜子。这地方人穷得真是太古怪了。我嘟嘟囔囔地想。

我弓着腰走进小董饭馆。柴火在土灶里轰轰地燃烧。一个穿土红色上衣、扎浅蓝色蝴蝶花小辫结的十四五岁的女孩子坐在灶前的秫秸上烤火。一只狗蹲在灶前漠然地看世界。我轻轻地踢踢它,然后在靠灶的桌子边坐下来。

"还吃面条?"

"随便吃点,不急。"

"你可是最后一个主了。"

雨又滴滴答答下起来,天色完全黑了,一阵夜风吹来,那只瘦巴狗商量似的望了望我,又走回到灶边,在我的脚侧伏下去。小董去关了门,解开围裙,扑打两下,吁了一口气,拿手拢拢散到额上的头发,也在桌边坐下来。

——一个女人真不容易,什么活都得干,什么事都得应付,城里的女人是怎么过的?

秋雨下得更紧了,打在棚子顶上发出细密的响声。风从隙缝里吹进来,熊熊燃烧的火真温暖。平原的夜静极了,仿佛一切都不存在,只有这几间简陋的棚子,只有燃烧的噼啪响的火,只有眨着眼伏在灶边的狗,只有那个坐在灶前烧火,让火把平平常常却开始显出青春魅力的脸蛋映成红色的小姑娘,才是人类在无边夜的大平原上的寥寥留存。小董像个孩子一样,用两只手掌捧着下巴。她的大眼睛水汪汪像个情窦初开的小姑娘,她的眼角已经有了一些细细的皱纹。她微张着红乎乎软乎乎的小嘴巴,惊讶地听着关于遥远的城市的生活,想熙攘的人群、穿牛仔裤和蝙蝠衫的年轻女人,想五光十色的大商店,几万个疯子围着的足球场和……

——孩子爸在矿上也不常回来?

——不常回来。到寒天跟孩子爸商量了,俺也要买电视机。养鱼的梁秋生家也要买。

夜渐深了。扎浅蓝色蝴蝶结的女孩子已经歪在柴火上睡着了。她一条微黑的正丰盈起来的腿伸着,裤子短了,只盖在小腿上,另一条腿压在身子底下,头发让秋秸弄得有些乱。狗也打着瞌睡……我走出小董饭馆,淅淅沥沥的秋雨洒在我的头上和脸上。好冷呀。我裹紧衣服,往住的地方走。小董一直停在门上看着。漆黑发冷的夜里,只有小董饭馆的灯光,还温暖地从门里射出来。

道路又黏又滑,很难走。黄泥一次又一地脱掉我的鞋。我想,再过几天,就是八月十五了。我的心抽动一下,一股酸溜溜的颤动涌了上来……

哪儿出了差错

青年文学理论讲习班前天结束的,在一块儿混了三十天的天南海北的哥儿们已经走得七零八落了,长长的走廊里空空荡荡,剩下的几个,有的上街购物,有的跟在会上结识的女朋友做最后的"超级告别",有的则收拾东西,楼上显得很冷清。

中午的时候,S大学中文系一年级的女大学生三三两两来到楼上,和剩下的"青年文学理论家"们道别,这三十天里,她们和讲习班的学员一起听课,交往频繁,互留地址,许多人都熟识了。

泗水从食堂里吃午饭回来,刚走上过道,就听见和自己住在一间屋里的马广、赵湖和几个女孩子大声说笑的声音,他立刻刹住脚,站在门外边,进退都不是。

泗水很腼腆,而且天生应付不了女性,和女性坐到一起,就手足无措。在这三十天里,除去年龄稍大些的女学员,他没跟任何一位一年级的女大学生说过话,女大学生们自然也对他敬而远之,疏而远之,从不打扰他,从不访问他,这样倒使他活得挺舒适,挺坦然,心理上毫无负担,更不觉得有让女性忽略了的失落感。有时候她们午睡的时候也来,她们一来,别的学员就都立即起床,兴致勃勃地同她们热烈地谈论,泗水只好装成睡着了的样子,缩在被窝里动都不敢动,脚底板直冒冷汗,难受极了。

可泗水又并不是那种见不得大场面的人,如果是男人在一起谈论什么正经事,或处理生活中的一件什么事,他都能应付自如,很能征服人心,他的长相、身材、言谈举止也都可以,五官端正,一米七五的个子,不胖不瘦,说起话来挺有精神,但他对女性有一种先天胆怯,这病恐怕是治不好的。

他不怎么和女性接触,这并不是说他生理上和心理上不健全,碰上漂亮的有风采的女人,他也会像任何一个男人那样,多看一眼,并且是盯住了看一眼,但他并不贪婪,看过了也就算了,也就忘了,这种天性就使他很超脱。

泗水极端犹豫地在门外站了一会儿,不知该进该退,窘迫极了,他反复抬起手腕,看了数次手表——才十三点四十五分,得到十九点三十分才能离开这里,坐公交车上火车站呢。最后他一咬牙,离开了,他打算在街上,在商店里逛到十九点再回来。

一上了街,走到热闹的地方,时间就过得挺快了,这毕竟是东部沿海最大最繁华的城市嘛,人来人往,商品也琳琅满目的。

十九点十分,泗水回到了住宿楼,刚爬上三楼走廊,正碰上马广略带焦急地从房间里出来,马广一看是泗水,马上过来抓住他,带点埋怨地说:"你上哪里去了,人家两位大学生想见见你,一直等到现在。"

"见我?"泗水立刻傻了,"别开玩笑。"

他惊出了一身冷汗。他觉着这是桩奇案,实在不可想象,立着不愿往前走。

马广一边硬拉他,一边说:"不骗你,人家指名道姓要见你,人家都开始崇拜你啦。"

泗水被这句话弄得很感动,他被马广推到屋里,眼界顿时光辉灿烂,跟以前进房间时的感觉完全两样,坐在床上翻杂志的两位女大学生笑吟吟地往上站了一下,眼光里毫无疑问是女性评判的射线。马广一手搭在他的肩上,一边介绍。

"这就是泗水同志,咱们前途远大的青年文学理论家,你们谈吧,我得去买东西啦。"

他又对泗水说:"待会儿我就不送啦,别忘了,回去给我来信。"

他对女大学生点点头,又拍了拍泗水的肩膀,就出去了。

他们都坐下来,泗水一人独对两员女将,有点紧张,他想笑一下,不料是个苦笑,便连忙说:"哎呀,实在对不起,我七点半就得上火车站去。"

他立刻觉得这句话说得太干涩,太狗屁,连忙又说:"从这里到火车站怎么坐车?"

实际上他心里边一清二楚,真是莫名其妙,泗水一贯最讨厌说废话的。

那两位一年级的女大学生,挺水灵,挺鲜,都不过十六七岁,一位高高的个子,皮肤白皙,嘴唇嫩红,长得很洋气,笑起来使人着迷。另一位身材苗条,娴静,眼睛大大的,像两颗山楂冰淇淋葡萄,很能叫人浑身没一点儿劲,而且她们都热情洋溢,落落大方。

她们偷偷地笑了一下,用手背掩了一嘴。

"坐509路电车,到东海站下车,再走一小段就是了,"嘴唇嫩红的女孩子叽叽啦啦地说,又转脸问眼睛大大的那位姑娘,"是这样走吧?"

"是这样走。"娴静的大眼睛的女孩子腼腆地点了下头。

泗水又哑了。

她们又笑了一下,这种坦白的笑使双方都向不设防迈开了一大步。

"好像每次来都见不到你。"嘴唇嫩红的女孩子问。

"对,我经常出去,有时去买东西,有时去买书,有时去看熟人,有时就转转。"泗水把手摊了一下,表示就这样。

"听他们说,你发表过许多文章,回去可以给我们来封信,谈谈你的生活道路吗?"嘴唇嫩红的女孩子又问。

"咱们互相交流,互相学习吧。"他官僚式地说了这句话以后,

立刻后悔了。听说一九八六年的女大学生可开放了,别让人家觉得你是另一个层次的,看不起你。他连忙补充说:

"回去寄篇文章请你们提提意见,咱们这次没有交谈的时间了,实在遗憾,以后也许还会有机会的。"他把笔记本拿出来,"请你们留个地址吧。"

他发现他在和嘴唇嫩红的姑娘说话的时候,大眼睛的姑娘就一直盯着看他,听他说话,他就趁嘴唇嫩红的姑娘埋头留地址的机会,对她说:

"你们住校吗?"

"不住校,"大眼睛娴静的姑娘轻声说:"我们家都住在闹市区,待会儿正好同路,送送你。"

他们互相留了地址,已经十九点半了。

他们就一起上公交车站去。

大眼睛的姑娘和泗水合提了一个旅行包,一个人抓一个提带,嘴唇嫩红的姑娘背着泗水的牛仔包,里边都是新买的书。

他们像老朋友一样往车站走,大眼睛的姑娘穿着大红的中跟皮鞋,皮鞋式样挺洋派,她走得十分娴雅,嘴唇嫩红的姑娘略走在前边一步,个子高高的,韵调丰满。泗水和她们走在一起感到很美好。别人一定以为是妹妹和妹妹同学的女同学,或者女朋友和女朋友的女朋友哩。

天已经黑了。他们上了车,站在一起,看车窗外的风景。

"欢迎你们到我家做客。"泗水笑着对她们说。

"有机会一定去,你欢迎吗?"

"热烈欢迎!但是你们去的时候,别忘了替我儿子买点礼物。"

两个女孩子都笑起来。

"我买个电子琴送他。"

"我买个遥控汽车。"

她们开心地说。

下车的时候,泗水和她们握手道别,嘴唇嫩红的姑娘手滚烫,大眼睛姑娘的手冷凉。也许她们心情都是一样的。泗水想。

泗水回到家里,每天,这两个女孩子他都忘不掉。他想写一封信去,可是一想,写什么呢?后来他给她们各寄了一本杂志,心里好像踏实了一些。

他并不指望什么。

过了将近二十天,他都有些淡忘了,忽然接到一封信,信封上印的地址是S大学的。他就把信拆开。

泗水同志:

你好!你给我们寄来的杂志收到了,我们感到又突然又高兴,虽然我们在"最后的时刻"才结识,但你给我们留下了很深的印象。

你的那篇大作,我们拜读了,想不到你的文章写得这么出色,你又那么年轻,真是前途无量,我们以后还要向你请教。你能来信告诉你的经历吗?请不要保密。我们认为你为人挺不错的,愿意和你交往,可以吗?

此次S市之行,一定很有收获吧!只可惜我们认识得太晚,没有能够深谈,马广说你很怕女同志,我们看也不见得,你是不是一个性格内向之人呢?向你提一个疑问,你给我们寄杂志的时候,怎么一句留言也没有,难道我们之间无话可谈吗?不过你有一个很大的优点,没有架子!

最近你很忙吧?如果有新作问世能否寄给我们拜读一下?你的儿子一定很可爱吧,一定既聪明又讨人喜欢!

你大概一定埋怨我们为什么迟迟没有回信,主要是学校正在进行中考,比较忙,望谅解,希望在学习上多关心我们这些不成熟的小鸽子,我们想飞得更远更远。

啰里啰唆写了这么多,浪费了你许多宝贵时间。

祝

全家幸福快乐!

小鸽子

泗水忽然觉得这个世界透明起来,他想了好长时间,自己有没有能力来保护这种透明。

从这天起,他就一直想着怎么回信。这封信不好回,回不好就把这种透明的记忆给破坏了。

有好几回他自以为已经思考成熟,连忙坐到桌子前,铺开纸,但写出来的那些话,不是太生,就是太熟,要么就是夹生,根本不能满意。

过了半个月,泗水突然有个机会到S市去出差,他很高兴,可以见面谈谈了,这次一定不会紧张胆怯了,熟了嘛。

他乘了一夜火车。到了。住下了。办完了事。他就决定找她们,但他想还是先打个电话为好,免得她们感到太突然。

他挂了电话。电话的要号音只响了一下,那边的听筒就被拿起来了。"喂。"是一个青年妇女的声音,很甜静。

"是中文系吗?"

"我是中文系,你找谁?"

他说了她们的名字,并告诉对方说,如果不便喊的话,请转告一下,请她们来,然后他报了自己的姓名和住的饭店。

对方几乎已经答应了,但突然说:"喂,是哪个年级的? 一年级? 好像没听说过这两个名字。"

他简略地说了她们的长相特征。

她几乎又答应了,但是突然又喊:

"喂,一年级的指导员来了,我问问他,请您等一下。"泗水白出了一层冷汗,他挺自信地靠在沙发上,等那边说话。

他断断续续地听到话筒里有两个人在对话。过了一会儿,那个青年妇女的声音挺同情地说:

"喂,确实没有,你搞错了没有?"

泗水手里就拿着小鸽子们亲笔留地址的笔记本。他真着急了,喊道:

"这不可能的,请你们一定帮忙喊一下。"

青年妇女的声音怜悯地说:"指导员跟你讲。"

"喂。你找谁?"一个很真诚的中年男人的声音。

他又说了一遍她们的学校、系别、年级、姓名、长相、言谈举止,然后悬着一颗心等对方发话。

沉默了大约十秒钟,泗水感觉到了,与其说对方在回想班级里的那两个学生,倒不如说是在斟酌用什么话回答他。

"一年级总共就两个班,"对方故意用平稳的声调说话,"我是指导员,我可以肯定没有这两位同学。"他用电唱一样的单声道说,"请你再想想,是不是记错了。实在对不起。"

挂上了电话,泗水这时候的心情简直惨不忍睹。这么明白的事情,怎么可能呢? 光天化日之下。

他回到家,立刻写了一封信给她们,按照她们留的地址,一字不漏,一丝不苟。

信发出去了,他有点可怜巴巴地等着回信,有时他又想,为什么要这样呢? 有那个美好的记忆不就够了吗?

十天没有回信,他开始用一种悲哀的心情,继续等。接着他又寄了一本杂志去,没夹信。

就为这件事,泗水有一段时间很蔫,实际上也不是什么大事。

三个多月了,到现在也没有回音。泗水感到地球挺单调,挺没劲。但他每天还是迫切地到办公室去拿信。他觉得这事挺伤人的。也太怪了。一定是哪儿出了差错。

绿 池 塘

婷婷妈在灶后边的一小块平地上脱鸡毛,这是今年长成的第二茬小鸡,嫩得很,做成辣子鸡,顾客全都疯抢,所以这些日子杀鸡、脱鸡毛之类的活儿也就特别多。

婷婷妈坐在小板凳上,腰弯得很酸,她想更快地干完,所以她没有直起腰来歇一歇。

手老泡在热水里,皮都泡白了,也木了,带鸡腥味的水湿气又老扑她的面。她的素花裙子也被水弄湿了一大片,这条裙子还是四年前结婚的时候在上海买的,那时候比较时髦,但现在就能当工作服来穿了。她把裙子往上撩撩,这样一抓,大半个腿就露出来了,但是在这个地方,也不会有人来看的,所以她很放心,也并不在意。

又干了一会儿,一片太阳晒到了她的背上,这是她十分熟悉的。因为每天到这个时候,如果是晴天的话,太阳就该转到西边的屋檐上,太阳的光就会斜射在灶后的这一小块煤渣垫成的空地上,斜射在池塘的死水上,斜射在池地的一小片浮萍上,并且立刻就会有一群群的蚊子逐渐舞起来,一直舞到太阳光在池塘那一边的尾檐上消失,舞到黄昏和夏夜的到来。

到这个时候,也正是婷婷妈干活干累了,把腰板直起来,歇一歇的时候。她一抬头就正好看到池塘里的一池死水,水稠得发绿,在靠近的地方又正好长着一小片绿浮萍,她就把目光放到绿浮萍上,呆呆地看着,歇一会儿。

四年前,婷婷妈还是一个风华正茂的姑娘,她叫李春侠,虽然长相不那么出众,但四肢五官都还算匀称。她的性格和她的长相比较吻合,平常,不那么有特点,在一群姑娘里,你想第一眼就发现李春侠,那是不太可能的。她上完了高中,正巧街道上在这块地方开了一家饭馆,她就上这来了。干了一段时间,经亲邻的说合,她嫁给一个在街道纸箱厂当司机的年轻人,第二年生了个女孩。结了婚生了孩子以后,她更没有特点了,虽然今年才二十四岁,但一般女孩子喜欢的事情,喜欢想的心思,喜欢的爱好,她都不大讲究,她显得很老成,连下了火车到这里来吃饭的有些旅客的目光,也不能使她略微有些反应。这家小饭馆因为在火车站的下边,所以生意好,工作也忙一些,夜间要到十二点以后才关门。因为人手少,营业时间长,两个班,每班都要干九个小时以上,这就使婷婷妈的生活很紧张起来。要是轮到上午的班,婷婷就是个大问题。婷婷今年不到三周岁,长得很像她爸。婷婷爸经常出差不在家,即使在家也不很愿意带孩子,开头一段时间,婷婷妈把孩子交给外奶带,但是外奶在前年年底生病去世了。婷婷的奶奶在自个儿的闺女家里享福,自然也不愿意长时间给儿子带小孩。这样一来,春侠经常急得哭,跟婷婷爸吵架。但婷婷爸是个沉得住气的性子,他并不跟她吵,也不和她骂,在她骂急了的时候,就结结实实给她一巴掌叫她好看,骂得不急的时候,他只是悠然地坐在门前的柳树下,把两条腿架在小板凳上,手里捧着茶杯,望着绿池塘享福。有时他也冒出来一句半句的,把春侠顶回去:"老子在外边苦死累死,来家也得喘喘气。"

婷婷妈坐在床沿上哭,呜呜地哭,但丈夫这句话她是听进去了。她是这种性子,她觉得丈夫讲得有些道理,丈夫在外边忙死累死,开着车看着领导的眼色受着别人的支派,她的气慢慢就消了,哭一会儿,哭累了,就搂着婷婷睡着了,第二天再想第二天的办法。

开始吵架的时候,吵过了之后春侠老后悔,觉得不该骂丈夫,又觉得丈夫打了自个儿一巴掌,一方面气丈夫无情无义,一方面也觉着自个儿不该惹丈夫生气。后来吵得多了,也无所谓了,原来的那种感情越来越淡薄,才知道家庭和夫妻是这么回事,女人都得疼着自个儿的丈夫,这是义务,也是一个女人活着必须要做的事情。这也就像后来知道上班是怎么回事一样,上班就是为了挣钱吃饭,不然谁愿意在那样的地方死干活呀。再往更多的地方想,又觉得很烦、很深,想不下去,就很自然地一天一天,下去了,从本性上疼孩子、疼丈夫,把家里该办的事情办好。

人家都说,在一起时间长了,不容易看出变化。比如小孩,天天看在身边,只知道裤脚又短了,褂头又瘦了,却老以为他没长,感觉上没有什么变化,如果离开了一个月两个月,回来了,看见小孩大吃一惊,都蹿这么高了!丈夫虽然经常待在家里,但不知为什么感觉离得越来越远了。他们住的这几间房子,是公公婆婆留下来的私房。这几间房子在绿池塘的边上,和春侠上班的那个饭馆隔塘相望。刚开始谈恋爱和新婚那时候,塘的四边还都挺整齐,像门前空地上的这棵柳树,那时候在塘四周还有几十棵,他们那时候也还能在塘里洗衣服,甚至在塘里洗一些带皮壳的食品,像土豆、萝卜,但是不知什么时候,他们突然感觉到了绿池塘四周的骚动,这种骚动起初是静悄悄进行的,但是到后来很快表面化了。环卫所的垃圾车在东南角找了个地方,每天都要在那里卸下几十车生活垃圾,垃圾不断向池塘里延伸,现在站在那个地方,已经可以看见饭馆灶后的那一片空地了,以前是绝对看不到的,街道办事处也雇车运土填平了一大块池塘,盖起了饭馆、售货亭和一处小旅社,池塘周围的住户也早就悄悄行动起来,拉来煤渣、泥土和生活垃圾,从自己小院子的边边开始堆起,逐步向池塘里扩展。

丈夫是开车的,有时他们两口子都出动,再请几个苦力朋友,用汽车拉煤渣填门前的池塘。断断续续干了些日子,小院的面积扩大了,丈夫很得意。每天细细盘算进展,把全部精力都放到这上面了。丈夫是知道享福的,在夏天、春末、秋初的日子,他喜欢把躺椅搬到柳树下,泡一杯茶放在身边,面对着池塘,伸长了双腿,脚底下垫着个小板凳,享着福。随着土地逐渐向池塘里伸展,丈夫的躺椅也逐渐地搬远了,有时候春侠洗刷碗筷,把污水端出来倒掉,一抬头看见丈夫不在自己感觉到的那个位置,而是在感觉上挺远的位置,心中就怦地一跳,就会端着盆呆愣半天,许久不在身上的那种女孩子、小姑娘、大姑娘的感觉和体验也会突然复活一夜、两夜,在这一夜、两夜里她是睡不稳的。在这一夜、两夜里她就感觉到生活的垃圾正在填塞她心中的那口绿池塘,拉拉杂杂地难受,平素她又忙又累是感觉不到的。

但是复活的时候是很少的,丈夫的注意力全集中在积蓄上,每月该花多少钱,他心里一清二楚,决不准春侠超过,他每天捧着茶杯躺在池塘边默不作声的时候,心里的算盘早拨过十遍八遍了。丈夫想起一幢小楼,这个主意对春侠的吸引力不是特别大,起了一幢小楼,她也无法去跟朋友们炫耀,也无法请朋友们来坐坐、看看。因为绝大部分同学和朋友都早已不来往了。那时候,碰到同学和朋友结婚,生孩子,春侠就挺兴奋地跑来跟丈夫说,要去送个贺礼,去热闹热闹。但丈夫一听要花一二十元钱,脸皮早冷了,不但不准,还骂她败家。几次碰壁,春侠再也不提这类事了,同学和朋友嘛,自然也无法往来,断尽了。

丈夫要起小楼,这样的想法一点也没问题,如果在另一个家庭,妻子准高兴得不得了,起小楼是一种很大的吸引力,颇能满足女人的虚荣心,另外男人把注意力都集中到这一上面,别的方面让妻子担心的事也就更少了,岂不两全其美。可春侠鼓不起劲来。到什么时候,事情还不得女人做,还不得忙死,买个洗衣机就好了,天天洗那么一堆衣服,又单调又枯燥。她生活得很累。

婷婷妈看了一会儿浮萍,避开了脱鸡的水蒸气的照蒸,呼吸上利索了一些,疲劳的感觉也减轻了许多。入夏以来,也许在生理上不太适应,也许蚊子太多,白天太长,睡眠不好,老感到没有精神,容易疲乏。中午她来上址,街拐角处售货亭里的张大姐喊她:"春侠,春侠,来买条裙子,上海货,才到的,你也该打扮打扮啦。"她走过去看看,裙子不错,各种各样的,有的甚至很出格,但她的兴趣不太大,她说:"穿不出去,老了,赶不上趟啦。"搭讪几句就走了。因为在饭馆里老是鸡味呀肉味呀的,所以在家里烧点好的,做点好的,她的食欲也不特别大。上午她从水产门市部买来几条冻带鱼,丈夫一见着,就喜笑颜开,露出贪婪的样子说:"这个好,这个好,就是别做腥了,我先睡一觉了,醒来尝你的带鱼。"说完他就摇着扇子去睡了。他没有任何爱好,对带女人上街、逛商店、走走从来不感兴趣。好在春侠在这个方面的要求也不强烈,再加上琐事太多,也顾不上闲逛,所以他们总是过得很紧凑,彼此之间话语很少,要干的各种事情倒是一件接一件,安排得满满的,就好像他们活到世上是为了把这些事情全干完似的。李春侠把带鱼放到盆里,拿到池塘边。池塘里的水已经不怎么适宜洗吃食了,但带鱼特别腥,春侠想先在池塘里洗个头遍,然后再用干净水冲干净。她蹲在池塘边,水很稠,很平静,太阳光垂直地照在水面上,气氛很窒息。这时春侠已经很困了,她的眼皮睁不开,婷婷送到街道上办的一家幼儿班去了,下午得求孩子爸去接她。春侠想着就坐在池塘边迷糊了,迷糊了几分钟,她又醒了,站起来回到厨房里,倦倦地把带鱼截成一段一段,放在油锅里煎起来。

　　所以她对脱鸡毛也有一种心理上的厌烦,闻到那味儿就跟反应了似的,心里不情愿干,不过干起来了倒也并不十分反感,完全是一种大脑麻木了的机械动作。春侠把目光从绿池塘里收回来,再伸手去拔鸡毛,鸡毛叭叭地一撮一撮从鸡皮上脱下来,声音很大,很单调。正埋头拔着,赵大姐匆匆忙忙走过来,从灶房的门框里把头伸出来急急地说:"春侠,458到了,上前边帮帮忙。"这是惯例,458一来,下车和转车的顾客就瞅这个空子上饭馆填肚皮,饭馆一时就忙不过来,谁都得上前边帮着去。春侠答应着,使劲站起来,蹬蹬麻掉的腿,一双湿手在围裙擦了擦,就赶紧上前边去了。

婷婷妈走到前边的时候,顾客已经在方桌边坐满了,还不断有提包裹、带小孩的人走进来。这些人因为长时间坐车,所以都显得疲惫,肚子可能也早空了,又露出一副饥饿相,他们围在售票处,使劲把胳膊和手伸到刘翠的面前,刘翠倒沉得住气,不急不躁地卖着。端炒菜的窗口和盛热汤、米饭的窗口都挤满了人,污浊湿热的空气直往人身上扑。苍蝇也在吊扇的嗡嗡声中四方飞旋,以叮人的嘴唇和眼皮当乐事。

春侠不温不凉地吆喝着:"让让,让让。"她从桌上把空的盘子碗筷拾掇起来,端到大盆里去洗。大盆里的水已经变得稠起来,她就把水龙头打开,用凉水冲一遍,这样显得挺干净,况且凉水不停地冲在手上胳膊上,也能使燥热的心愉快一些,使心里的愠火熄灭一些,这种愠火让她昏昏茫茫,干什么都无精打采。这也不怪,自从到了夏天以后,家里和这里都没有能激起兴趣的事情,刚结婚的时候,为了把小家庭搞得兴旺些,心里有规划,有打算,有目标,忙活了一阵子,后来怀孕了,又有了新的希望和目标,孩子生下来了,想象她长到两岁、三岁时什么样儿,同时对哺育小孩也感到挺新鲜。

现在这些新鲜劲头都过去了,钱比以前挣得也多了,生活不算差的,反倒觉得提不起劲头,无聊得很。她看到人家在文化馆的院子里跳舞,看到中学的同学化了妆在街上走,听到一个熟人的事情,她觉得这些事她也能干得不比别人差,只不过现在实在没兴趣。

还有一件事能感觉到许多很微妙的东西。在结婚不久的那两年里,每个星期丈夫都要疼她好几次,她也很愿意,如果碰到丈夫喝了酒,或者碰上春天暖洋洋的日子和赤身露体的大热天,那次数还要多。虽然在夏天天气很热的晚上甚至就在吃午饭前那一小段空闲里,折腾过了弄得身上汗烘烘,但兴趣却是很高的。假若碰到丈夫出差不在家,时间稍长,就自然不自然地要跟别的男人多说几句话,似乎不这样,心里头就不平衡。但这并不妨碍她对丈夫的一片忠心,等丈夫风尘仆仆地从远处回来,如饥似渴地猛扑到身上的时候,春侠立刻就满足了。

从去年秋天到现在,夫妻俩在这方面的要求都淡薄得很,丈夫时常自个儿睡在小床上,春侠每天都感觉十分疲倦,每天除了上班,就是买菜、做饭、带小孩,又没有星期天,生活也没有多少规律,活儿太忙的时候还得加班干。时间长了,春侠从女人的角度想,对不起丈夫,就拉拢拉拢他,两个人贴在一起,并不十分冲动,很长时间也没完成,兴趣早消失到天边去了。

婷婷妈重回到灶后边的烫鸡盆边,在小板凳上坐下,拔了几下鸡毛,精力不能集中,就抬起眼睛看池塘。池塘被污染着,水面还在缩小,垃圾和污水都往绿池塘里倾泻,实际上小饭馆里的脏水和煤渣,也都是流入池塘,倒在池塘里的。因为城市正在搞建设,空间越来越宝贵,所以这看起来也是很正常的事情。李春侠把目光投在那一小片浮萍上,浮萍也只剩这么一小片了;它也终究要消失的,就像池塘一样,取而代之的将是一条最宽的街道或者一个溜冰场。她又想起刚才的偶遇。

顾客走了一茬,又进来一茬,一茬比一茬少。婷婷妈正忙着,忽然听到有个人在耳朵边喊:"春侠,春侠。"她吓了一跳,连忙抬起头看,原来是中学的同学张虹。张虹在学校就比较活泼,又是文艺积极分子,待人也很热情、诚实,那时她们俩是不错的朋友,吃午饭总在一起吃,谁没带饭票另一个就掏出来垫上,毕业后就渐渐地不来往了。张虹的身边还站着一个男的,个头不高,长相也不太气派,但两个人的精神都很好,兴致勃勃的。张虹在李春侠还没有反应过来的时候,就几步跳过来,抓着她的胳膊,在她的肩膀上拍了一下。

"李春侠,不认识啦,我是张虹呀!"

李春侠为自己的反应慢而不好意思,一把抓住张虹,把张虹拉到饭桌后边一个不碍事的地方。

"怎么不认识,扒皮认识你骨头。那位是谁?"

她们转脸看到张虹带来的男人正手足无措地站着,都开心地笑了,但谁也不想去管他,他也就慢慢地自个儿踱到售票处去看菜单子去了。

"咱们别管他,随他去吧。我问你,你怎么显得没有精神,有小孩了吧?"

李春侠脸有点红,点了点头。

"唉,被缠死了,有什么意思,家里家外地忙。你呢?"

"也有了,两个,双胞胎。"

李春侠不知是吃惊是羡慕还是觉得不理解,不禁"啊"了一声,又问:

"男孩女孩?你怎么带的?"

"全是女孩,把他们家的人气死了,那我也没有办法的。孩子生下来以后,我难过死了,他们家不给带,我父母身体又不好,我一咬牙,就请假自个儿带。我在编织厂织线衣,街道办的,老发不起工资,厂长书记都是笨蛋,我一请假就一分钱也没有了,后来好不容易把两孩子带大点,带到一岁半,我就全把他们送农村亲戚家去了,每月寄三十块钱去。他开始不愿送,我说不送你带,我不能把精力全耗在孩子身上,我得过过人的日子,我也是人。"

"那你们多长时间接回来？那不想死了！"

"谁说不想，实在想急了，就买点东西去看看，这都是没有办法的事情，谁不想自己过得痛快点。"

李春侠听了张虹的话，有些吃惊，笑着在张虹的胳膊上拍了一下。

"这么自私。"

张虹也笑了，她笑起来，脸上也有一些皱纹，不过她还是显得挺精神。

"不是自私，春侠你想想，咱们要是把碰到的事全揽下来，全放在心上，咱们不得忙死累死烦死愁死，再说一个人也烦不了那么多事。"

"也是的，"李春侠说，"你们这是哪里来的？"

"爬黄山去了。"张虹得意地叹了口气，"我们俩全是败家子，花钱买罪受，不过也可以看看祖国的大好河山。我们就愿意这么过下去。"

张虹调皮地大笑起来，引得附近几个桌上吃饭的顾客都往这边看。张虹连忙收住笑，说："春侠，不耽误你了，你忙着，我们买几个包子就回去。"她又埋怨地说，"你也不去玩了，有时间去啊，我现在住西关坦克学校对面，你一问就知道了。"

李春侠把他们送出饭馆，目送他们走出好远，才回转身，这时顾客已经寥寥无几，她也就回后边了。

太阳完全落下去了，绿池塘在喧嚣的城市中显得更加幽静，蚊虫也一群群地在黄昏的水面上聚合、群移。李春侠这会儿觉得思绪开始活动了，要是能在头脑里保留一个绿池塘的记忆，永远，就太好了。这一两年几乎把绿池塘的记忆全忘记了，当小姑娘和大姑娘的时候，不是经常在绿池塘边跳绳、踢毽子、读书、交换书签，并且后来，谈恋爱吗？她把目光收回来，像还有什么事情在等着自己似的,三下两下把剩余的几只鸡洗完,站起来,弓着腰,很有劲地把盆里的水哗啦一声倒进池塘里。她随手把盆往地上一扔,对着绿得发稠的水深吁了一口气,搓了搓手,呆呆地。

张大姐店里的裙子不知卖完没有,也不知道多少钱一条,婷婷妈突然想。张大姐也许能掉个价。但是还有许多烦恼的事呢。她又想。还是呆呆地。

寻 找

他们是高考复习的时候相识并相爱的。在一起的日子总是那么幸福,又总是短暂。他考上师范学院走了以后,江云逐渐地把对他的深沉的爱附着到物质上。她时常给他寄些钱、有用的工具书和其他物品。她对他说:寄钱不是为了宠他,是为了他的身体,为了他能更多更好地学点东西。

每学期放假的时候,他们都要在一起玩个痛快。

她带他去认识自己的女友,去亲戚家里拜望,肩并肩在大街上溜达。他们感情真好,每一个认识她的人都知道。

他是个潇洒的男子。

高高的个儿,面孔端正,一头浓密的黑发。他开始留胡子了,嘴唇上形成了淡淡的一撇一捺。江云时常沉醉在这副男性面孔所引发的柔情中……

春天的一个上午,江云在柜台边忙着。九十点钟,邮递员飞车而来,递给江云一封信。

是他来的,没疑问,接过信,江云觉得有点奇怪,厚厚的,挺重。

她转过身,避开人,到一个角落里拆开看。姑娘们都敏感。她看了第一行字,就凭直觉预感到什么。她的呼吸不能自主地发粗,心儿怦怦跳得格外急。她急忙扶住货架,又装作很轻松的样子,把身子倚上去。来不及回味和思索,听到顾客的问价声,她就极快地镇定一下,回到柜台边了。

她心绪不定,一闲下来就发愣。

下班的时候,她去推车子,好一会儿才把锁打开。

她故意绕了个弯,骑到城郊去。明丽的阳光和柔和的春风一接触她,就使她轻松了不少。也许看错了,也许是一场梦,但愿如此!

在一片开花的草地上,她停下来。

四周一个人也没有,一切都可爱、柔和、生气勃勃、充满信心。远远看去,在春天的阳光下,在花和草里,站着四个苗条的姑娘。这像一幅精心构思、绘制的图画,让人觉得美妙。

是风大的缘故,有三张涂满黑字的白纸悠悠地飘落在草地上……

意料之外的事就这样发生了。

江云一天比一天瘦削。她上班来得很早,用一把小笤帚把里里外外打扫得干干净净,接着就擦柜台和货架。她把袖子卷起来,露出丰满的小臂,毫不吝啬力气。卖货的时候,她一点儿也不嫌麻烦。

她所吝啬的就是她的笑,她的好看的小酒窝不容易看到了。但同时她却变得深沉、老成,更像个大人。对他,她也只剩下蔑视。

她了解自己,她不是为了赌气而去攀登高峰。闲下来的时候,她洗衣做饭,帮助弟妹学习,耐心地启发他们。她还为亲朋邻居织各种花纹各种式样的毛衣,她的手很巧,熟人和朋友都尊重她。

到晚上,她拧亮台灯,按着计划看书。当然也有分心的时候。她手捧面颊,呆呆地盯着墙壁出神,在纸上涂一些莫名其妙的符号。如果环境特别容易使人动情——比如春雨夜、秋高气爽的日子或者春节,她就会把脸伏在臂上,无声地啜泣一会儿,连肩头都抽动起来。

过了三十年。也是个很平常的春日。一位慈祥的老太太,领着她的孙子,散步到城郊的草地上。蝴蝶在飞舞,花儿开放。孩子像一只欢快的小鸟,在草坪上蹦蹦跳跳,乐得老太太在后面咯咯地笑。

"当心,别跌倒了!"老太太轻叫道。孙子跑得太快了。

可是,晚了。老太太的话音刚落,小男孩一个跟跄栽倒了……

等老太太小跑着来到近前,一位银发闪烁的老头已将孩子拉了起来。

"小心啊!跌得疼吗?"他说,一手揽住孩子的腰,一手在孩子腿上拍打着。

"谢谢。谢谢爷爷?"她摸了摸孙子的小脸蛋。

"谢谢爷爷!"

他笑了,笑得很甜。

"好孩子,不用谢。"

她向他点点头,准备带孙子走开,这时,他突然问一句:

"同志,这一片有个叫江云的人吗?"

"谁?江云?……"老太太一怔。好一会儿,问:"你找她……"

"想见见她。"他说,一声沉叹。

她惊诧地打量着他,突然向后退几下。他呢,身一怔,也向后退了下。

两人谁也不说话,久久地对视着……

暗　　房

1

　　县委宣传部洗印照片的暗房在二楼最靠东边的一间小房子里,这间小房子原来是做贮藏室的,放文件、信纸、稿纸、文件纸等等杂七杂八的东西,冬天就放夏天用的电扇,夏天也放冬天用的炉子。后来谢评发现了这块地方,跟部长、副部长一说,就改成了暗房,进进出出只他一个人掌握钥匙,别人从来不去打扰他,而且也从来没人去抢他的这种地位或威胁他的这种地位,因为谢评的摄影名气在全县可以说是首屈一指的,别人——包括部长们、同事们以及县里所有认识他的人,对谢评的评价都挺好,认为这个人随和、成熟,没什么架子,办事也周到细致,所以他的境况很顺遂。

　　谢评年三十七八,20 世纪 70 年代初地区农干校毕业生,他这个人有点内秀,上中专时课余喜欢搞摄影,在地方和省里边的一些报纸上发表了几幅作品,于是在毕业被分配到县里以后,就被宣传部留在通讯科搞摄影报道,干了十几年,名声渐增。前年机构改革提拔为通讯科科长,家庭也挺和睦、幸福,俩孩子,一女一男,女孩上初中,男孩上小学,爱人在机械厂当打字员,既能干,又知道操持家务,所以他可以把全部精力放在工作上。除去任务,他还教了几个自愿拜他为师的学生,每天忙忙碌碌,勤奋不息,颇得大家好评。

2

在他收的几个学生中,有这么几种情况:第一,是父母送来拜他为师的,因为父亲或母亲跟他比较熟,关系比较好,就把孩子带来认识他,送点礼品,都是象征性的玩意儿,这样的孩子一般都是在小学、初中或高中上学的孩子,家中文化气氛好,想从小就把孩子培养起来;第二,是慕他的大名,在某种场合认识他之后,经常来拜访他,熟识了,把自己的作品拿来请他评看,并称呼他为老师,久而久之,就成了朋友式的师生关系,这种学生多数都是中学或中等专科学校毕业的学生,白天工作,晚上或星期日、假期来向他讨教。刘晓侠就属于这后一种。

刘晓侠是个挺讨人喜爱的姑娘,中学毕业以后考入师范学校,毕业以后被分配到县直中学当初中教师。虽然当了老师,自个儿才二十岁,又没在社会上摔打过,所以看起来还是个孩子。她说话不太泼辣,但挺大方,个头不高,身材也不特别苗条,脸盘是圆形的,皮肤细嫩,一双眼睛显得很大,很清澈、很有神,镶嵌在一个适当的位置,使她整个人都活了几分。谢评是在一次业余摄影会议上认识她的,当时正巧他们坐在一起,就很随便地谈了一会儿。在交谈的时候,谢评发现她有点紧张,说话时不时因嗓子发干而打住,也许是那种初见名人的人的通病吧,谢评就觉得这小姑娘挺正派,挺老实,对她的印象就挺好。第二天谢评正在办公室里给照片写文字说明,突然有人很文静地敲门,开了门一看,原来就是刘晓侠,是拿了照片来请他指教的。谢评情绪挺好,他们谈了一个多小时,有点成为朋友了,刘晓侠才适当地告辞,这次谈话使谢评对她的印象更好。

3

后来两人就逐渐熟识了,两年过去,天长日久,刘晓侠也逐渐成熟,他们之间的关系,也从纯粹的师生关系逐渐转为朋友关系了。因为这时候刘晓侠二十二三岁,在社会上独立了,在经济上独立了,在思考问题方面也逐渐独立了,况且在有些事情上谢评没办法,还要走刘晓狭的后门呢。但是不管怎么说,刘晓侠对摄影的爱好没有多少减退,她时常来请教谢评的还是摄影问题,他们谈话时的话题也有相当一部分是摄影方面的,所以刘晓侠对谢评,除去朋友、熟人的关系,还有一层尊重的因素,这就使他们的关系既不同于一般的师生,也不同于单纯的熟人、朋友的关系,单纯的社会性的关系。

一般来说,如果刘晓侠没有到地区去看朋友或有其他事,她几乎每个星期都要来找谢评一次,有时是上午,她没课,有时是下午,她也没课,有时是晚上,这晚上大多是星期六晚上,是谢评辅导学生的时间,辅导的地点在宣传部办公室。他的学生还常能来五六个,大大小小,最大的是刘晓侠,先看他们的作品,提意见,谈问题,找办法,然后布置作业,下个星期六交来。谢评干这些事的时候很认真,也很干脆,办公室里气氛很好,笑声朗朗。秋、冬天,到夜间九点钟左右,他的辅导就宣告结束,他送他的学生们出去,一个个叮嘱他们立刻回家,不要到别处玩,然后看着他们全骑上自行车,一眨眼消失在大门外。这时只剩下刘晓侠,他们就在暖和的办公室里,神聊一会儿,或者到暗房里冲印刘晓侠带来的照片,有艺术照,有生活照,有她自己照的,有别人请她代照的。这样的日子过得很平稳,一切都有秩序,有美好的不焦躁的等待和希望。

4

当其他学生走了以后,整个楼里都安静下来,但楼道里的电灯却明亮温暖,使人感到安全可靠。这时他们从办公室的桌子上用报纸卷起一堆底片和其他玩意儿,一同走到过道里,轻松地说着话,一同走完长长的过道,到二楼最靠东的暗房里去冲印照片。他们都走得很有精神,很有劲,嗒嗒、吧吧的两种鞋后跟的声音,在阒无一人的楼道里嘹亮悦耳,走着的人这时心里感到很充实,很美好,很有能力,英姿飒爽。他们从办公室走到最东边的暗房,半分钟也不要,但那种感觉是永难忘怀的。

5

在冬天,他们待在暗房里洗印照片,屋里黑黑的,只有一只小小的灯泡闪着红光,很暖和,比夏季要好得多。夏天他们只同时在暗房里待过一次,时间很短,印好几张急需的照片他们就离开了。夏天在暗房里的时候,谢评突然有了一种要求,一种需要,当时刘晓侠正坐在离他不远的凳子上,她穿着裙子、短袖衫,她的气息不断地传过来,这种气息是完全有别于妻子的另一个女人的气息,这种新气息的诱惑力不断增加,顿时使谢评心跳起来。刘晓侠就坐在那里,她的双腿微微放开,他感觉到她眼神带着犹豫、不安、鼓励和怂恿,但是渐渐地他们又平静下去,很快把照片印完,就离开了。接着在整个夏天里他们再也没有一起到暗房里去过,到秋天了,他们要洗印的照片很多,在暗房里待的时间和次数也更多,但像夏天那一次那样的奇妙的冲动不再出现,代之而来的是一种温暖。有一次刘晓侠听到他的招呼后,把头伸到放大机跟前看,她的头离他的头很近,她的头发忽然有一部分披散下来,落在他的耳朵上和脸颊旁,他没动,但这时他心里正激烈矛盾着,因为他一转身就可以把她搂在怀里,就可以亲吻她,可以跟她干任何事,他知道她决不会反抗,决不会反对的。他的血猛一冲,刹那间又清醒,他连忙站开。在冬天,他们工作完了以后,就坐在黑暗里,说说话,休息一会儿,或者什么也不说,和暗房里的空气融为一体,缓缓地、平静地,在小小的房间里流呀流呀,极其柔静。

6

每个月都有月圆的时候,如果条件具备,比如说正好是晴天,天上没有多少云彩,又正好是辅导的日子,又正好是农历的十五前后,当他们洗印好照片,离开办公室回家,走到台阶上,走到院子里。就正好处在明亮的月光的照耀下和包围中,空气顿时纯澈了,心境也没有一丝儿污染,他们无形之中受到周围气氛的感染而改变了常规,双双推自行车走到街上去,然后再分手。而以往总是谢评先把刘晓侠送走,自己再处理一些结尾事务才走,一方面避免别人的闲言碎语,另一方面他们一起走似乎都不太自然、随便。有一次他们忙了好长时间,都有点疲惫,忙清了以后,他们收拾了东西,一同往外走,刚走到台阶上,他们不约而同都停住了。在院墙的后边,正有一面蛋青色的月亮升起来,升起在淡蓝色一尘不染的天空中,巨大的月盘的旁边是电视台的高入晴空的钢塔和塔尖,月光极其明亮、极其柔和,整个世界都处于月华的强有力的氛围中,天地无声,时间和空间的亘古永存从眼前一直绵延到宇宙的深处去。这些都似乎是可以触摸,可以感觉的,这时似乎可以感觉到自己作为生命在宇宙中的地位和位置,听到生命在宇宙中行走的跫音,周身都被一种巨大的富有哲理的东西抚摸着,责任感、使命感和生命感都被自然地赋予了。他们无言,默默地略含惊讶地并排站在月华中,长久地不自觉地参与着宇宙的创造与静思,过了好长时间才从这种境界中走出来。

7

他们的这种朋友关系、师生关系是很公开的,没有听到任何人过分地议论什么,他们也没有任何其他想法,心地都坦然,光明磊落。刘晓侠的业余摄影技术有了很大进步,在地区的报纸发表了好几幅艺术摄影作品,还有一幅参加了省里的展览。"你感觉挺好。"谢评指着她参加省展的那幅照片说,"印象派的那种用光法是否可以用到摄影里来,当然这是黑白照片,也许从色彩上难以显示出来,"他们走在办公楼前的一小块草地上,"但是可以调动人的感觉,让人感觉到色彩的存在、光线的丰富,这样对人心灵的震动或许就更强烈。"月色淡淡,其他学生刚走,他们就拐到这片草地上,秋草柔韧,秋风泼辣。他们感觉谈话是同一层次的,在这种情况下,各自都想把自己的看法和观点讲出来,因为对方是可以理解的,不会出现属于另一个层次的话题。"有一点挺奇怪,"刘晓侠说,"我怎么老找不准拍那棵树的枝丫的最好角度?""也许是距离太近了,"谢评想了一下说,"距离太近了,对事物的观察反而会模糊起来,况且距离太近了,也不适于调节、调整。""那是不是远点好?""过远就容易冷淡,对你的观察对象的热情就鼓不起。"他每天都加倍工作,有时要奋斗到清晨才休息,心里很充实。晚上他一个人回家的时候,春风拂面,暖意醉人,他会突然想起刘晓侠,这时他就不自觉地站住了,很甜蜜地回想一下,心里充满热烈的想法。有这样一种回忆,是多么美好呵!他就想,世界上有多少可爱的、善良的女性,自己得为她们贡献点什么,得为她们创造点什么,得为了她们而奋斗,他又有点遗憾地想,如果刘晓侠还在这里,能跟她谈谈多好。

接着,他的情绪开始回到正常的水平线上去,又过了几个月,已经是夏天了,天气酷热,工作繁忙,生活单调,得奖的兴奋已经消退,他重新进入相对稳定的状态中,但这已经不是得奖前的那种稳定状态了,而是想再往上走一个台阶却走不上去。他开始焦躁,内心不安、困惑。晚上吃了晚饭,他觉得家里闷,心情很差,多种声响、颜色、气味都让他心烦。他就骑了车子,毫无精神,毫无目的地在城市的街道上转悠。他到电影院门口去看了一下广告,但他并不想看电影,他又开始转悠,他听到街面上的一只喇叭在噼噼啪啪啊啊嗨嗨地武打,他下了车凑过去,但他又走开了,他实在不喜欢多如牛毛的那种香港武打片,当他骑到办公大楼下边,闻到草的气息时,他忽然感到挺孤独,挺冲动,挺偏激。他锁了车子,一步步走到草地上,站着,望着天空,如果这时刘晓侠在身边,毫无疑问,他会拥抱她,吻她,占有她,什么都不顾忌。男人的心理真是危险得很哪,他苦笑笑。他抬起头去看围墙外,天上没有大而圆的月亮,大块的云裂开来,像干旱的板地。家庭有什么不好吗?没有,他从来没有想过要拆散这个家庭,再重建一个家庭,从来没有,现在也不想。妻子不好吗?不,妻子很好,他们很合得来,他也从来没想过要离掉,再找一个。但他现在切实感觉到失去了因为刘晓侠而带来的那种辅助性的生活,失去了生活的那一部分,也会造成心理的不平衡,特别是在这种时候。他低下头,长吁一口气。这块草地虽然很小,却能在干热的夜晚,送来一阵阵清气荡漾的爽意。谢评觉得凉快了一些。就是,夜晚走出闷热的房间,走到无止境的憋闷的子宫似的夏夜的天和地之间,走在一年一度难挨的暑闷里,草地能扩展开绿色的胸脯,层层草的气息像曾邂逅的姑娘,那种激情难禁的喘息,在黑暗中迎接,没有声音,却能扎实地感觉到。于是他又走到铁栅栏边,在他们曾经站过的地方,站住,身子靠在铁栅栏上,回想和刘晓侠的谈话,那种场合,那种感觉,回想五月六月,九月十月的平原,平原上的城市,城市里温馨的夜晚,甚至能扑倒在铁栅栏边,扑倒在新植的草地中间,哭得手脚麻木,哽哽咽咽。总该有这个权利吧,他觉得心情好些了,才离开草地,离开铁栅栏。

11

到了秋末,谢评的心情完全平静下来,他觉得自己已经完成了一种感情的循环,得到了一种新的排列组合,上升了一个层次。他的生活、工作和其他诸事,都开始处在一种有条不紊的位置中,紧张而有情趣,已经没有困惑和厌倦的感觉了。当他在暗房很忙地工作,告一段落的时候,他就停下来,伸伸懒腰,再坐下,这时可能会想起刘晓侠坐在这里的情景。他这时的理智和感情的组合已经趋于合理了。他暗自想,幸而当时没有"造次",没有越出轨道,否则岂不是害了刘晓侠,也害了自己,因为即使有了那种关系而外人全然不知,但从心理上说,刘晓侠还怎么去结婚,还怎么能够不歉疚,自己又怎么再去碰毫不知情的妻子。但那种精神上的相通却弥觉珍贵,那种心灵的秘密会时时成为动力,成为回忆,使人感觉肩上有一副担子,这担子是自己挑起来的,这担子不是负担,不是别人强加的,也不想推给别人。

他开始觉得这种状态是最好的一种,他就愿意长久地处在这种状态中,不遭受什么破坏,不被摧毁。

12

这样的生活是无须计算时日的。一切都很自然地随着生命的进程而去来。一切都很自然。

1988 年

约　　会

　　琪才十九岁,高中毕业就参加工作了。她长得很有风采,不管到什么地方,都是男性注目的对象。她的朋友梅有时会嫉妒,有时她们一起出去,梅看见她穿了一身很漂亮的雪青色的衣服,脸蛋映得更加楚楚动人,就会找个借口,不去了。琪对梅的心思摸得很透。凭什么,凭女性的直觉呗。琪长得丰满,琪为这个挺恼火。

　　刚参加工作不久,她们突然都爱上了写词。

　　开始她们写得很疯,但只是自个儿写写,两个人看看。过了一段时间,她们不知怎么回事就有了一个写诗的男同胞光,她们对光都崇拜得不得了,因为光已经在市报上发过两首短诗了,虽然大家年龄相仿。

　　她们就拼命地写。琪觉着挺好玩,胡乱地写在纸片上,有时她被一本新小说迷住,三天也不写一首,有时候半夜里爬起来写三首四首。第二天早晨就兴冲冲地跑去找梅,把大作塞给梅看,看完了也就忘了。

　　梅写得挺认真,她写在本子上,所以保存得很好。她老是做出一种思考的样子,琪就觉得有点乏味,对梅说:"你别故作思考状啦,好不好?"梅也不和她辩。

　　琪知道梅让光带着到报社找过编辑,心里边有点不高兴,但过后就忘了。她们跟以前一样好。

　　突然有一天,琪在市报第四版的右下角,看见了梅的名字,是一首短诗,后面还用括弧框着一份小字:梅,女,十九岁,现在保险公司工作,第一次发表作品。

琪的心猛一酸,眼泪都要涌下来了,心里酸溜溜的,真难受。好像被人抛弃了一样。

琪有两天没去找梅,下了班就躲在自个儿的屋里,写诗。谁敲门她也不理,装着没听见。

过了三天,琪把写好的诗抄在方格纸上,打扮得很有分寸,脸上有点淡淡的香,自个儿骑自行车到了报社。她很大胆地找到编辑,然后做出一副谦虚的样子说:"请老师指教,我写得不好。"

因为是几首短诗,所以编辑老师马上就看完了。

编辑老师用一分钟看稿子,用两分钟问琪的住址、工作情况、个人情况,用三分钟跟她扯淡。也许是淡淡的香起了作用,他说:"这诗我们用一首,欢迎你经常来玩。"还迫不及待地握了一下她的手。

出了门琪就扑哧一笑,也很得意。怎么着,我自个儿送来的,也能用。

她和梅平等了,甚至更自豪一点。她又去找梅玩了,还和以前一样好。梅就抱怨说:"这几天你上哪啦,老找不着你。"琪的诗也发出来了,下面也用括弧框着一行小字:琪,女,十九岁,现在工商银行工作,第一次发表作品。

过了两天,琪突然收到建设局设计室的一封信,她在建设局设计室没有熟人呀,连忙打开来一看,是一个叫涛的陌生人写来的。

小琪同志:

您好!

接到这封信,您也许觉得挺突然吧。实际上通过拜读您的诗,我已经算认识您了。您的诗热情真挚,才华横溢,我也是个诗歌爱好者,我们今后能经常联系,互相交流诗艺,互相促进吗？

  热切地盼着您的回信！祝

  创作丰收,生活愉快。

涛

  看字迹而且凭女人的直觉,琪就知道涛是一位男同胞。她很激动,心怦怦直跳。开始她还憋着没向梅透露这个秘密,她知道梅知道这个秘密以后,肯定会吃惊、会嫉妒的。她充分地感到了自身的价值。又过了几天,她太想让梅知道这个秘密了,她就找到梅,在闲谈的时候夹进去说：

  "呔,那些男孩真讨厌,老写信来,怎么应付得了啊。"

  细心的琪马上发现梅的眼里闪过一片乌云。梅立刻说：

  "是看了你的诗,写来的？我也老碰到这些事,男孩真没劲,我全都撕了扔了,谁留那个呀。"琪挺失望,也挺恼火。她知道梅是编出来的,有谁会给梅写信哪。她就说："我还拿不准给谁回一封信呢,回一封信也挺好玩的,回还是不回呢？"再过两天,琪给没见面的涛回了一封信。她憋了两天,她真想把这事告诉梅,因为心里边老觉着没底。琪就告诉了梅。琪说：

  "他是个什么样的呀,真不知。"

  "别是个瞎子、麻子、瘸子,怪难受的。"梅开玩笑,"那你就惨了。"她拿手指头胳肢琪。"也许是个美男子哪,找他散散步吧,挺浪漫的,我都嫉妒啦。"

  "光不是挺好吗？和光散步也挺那个的吧。"琪一反击,梅就更疯地胳肢琪。痒痒死了！才过了两天,涛的回信就来了,涛在信里说,想约琪见见面,不知琪能不能答应。

  琪接到信,心里更慌了,拿不定主意,就把信拿给梅看。

  "哟,真找你散步了。"梅笑得有点醋,不太自然。琪说：

"怎么能这样呢,不好意思,又不了解,知道他是瞎子还是麻子。"

唉,是个美男子就好了,那多带劲!琪身上突然一热。

琪晚上伏在灯下,打了好几遍草稿,才把信抄清。

涛同志:
　　你好!
　　来信收到,谢谢你的盛情邀请,我原则上同意和你见面切磋诗艺,但这些天工作太忙了,等忙定了,再联系,可以吗?
　　此致
敬礼!
小琪

走到街上把信投到邮筒里,挺得意,她得按自己的计划办了。

第二天机关下班的时候,琪从单位里早走了一会,她骑车到了建设局设计室,停在路边的喷水池边,装成等人的样子,心怦怦跳,有点后悔没约梅一起来。

过了几分钟,建设局设计室的大门开始往外出人了,琪凭着自己的直觉,蛮有把握地等着把那个涛从感觉上认出来,要是印象不好,就永远不跟他啰唆。

设计室的同胞真次,不是老的就是女的,再不就是丑八怪男孩,连个有风度的都没有。琪一直等到空无一人了,才垂头丧气地回家。

她想,也许他今儿个没上班哪,也许他生病了呢?

第二天琪又去了一次,还是老样子,她更泄气了,她又想,也许他出差了呢,很难说的。

琪就很犹豫,不知道该不该再给涛写信,这样耽误了两三天,

她实在憋不住,就告诉了梅。梅说:

"有什么呀,这事。我给他打个电话,约个时间见一面嘛,又不是介绍对象,你真是的。"

琪这时完全成了听凭摆布的小姑娘了,还是梅的经验丰富,真想不到。

第二天下午,她们找了个电话,从电话簿上查到了号码,就拨过去。两个人心里都怦怦跳,真好玩,有什么呀。

接通了,梅开门见山就找涛。

"找小涛吗?"对方说,是老头的声音。"小涛回上海去了,母亲打电报让他回去的。"

"那他什么时候回来?"

"三两天吧,你是谁呀,有事吗?"

"没事,"梅沉吟了一下,突然说,"涛是个什么样的人呀?"

电话里哈哈大笑起来,笑中间说:"小涛吗？怎么说哪,美男子吧,大学生哩,没话说。喂,你是谁呀?"

"我吗？我是你未来的儿媳妇呀。"她们把电话挂上,肚子都笑抽筋了。

她们回到梅的家,又坐了一会儿。

梅说:"这下满意了吧,咱没福气享受啦,美男子嘛,想起来心里都痒抓抓的,真难受呀。"

"那让给你吧,我无所谓的。"话虽这么说,但琪知道这话说得虚伪,心里得意扬扬的。

"真无所谓吗？那咱俩轮流,不愿意吧?"

"这话真难听,你不是有个光吗,受得了吗?"

她们就互相打闹起来,疯得很哪,现在的女孩子。

第二天下午,她们又打个电话去,还没回来。梅说:

"等不及了吗？等人真不是滋味。"

"真讨厌,我都烦啦,后天再打一次,再不来,咱们别理他了。"

"跟我有什么关系,我也不想轮流啦,我还有个光哪。"

琪胳肢她也没精神。

第三天等得更急人,琪什么事也做不好、做不安心。她老想着跟涛见面,跟涛接上了电话,约定了时间和地点,又想他真是个美男子吗?怎样个美男子呢?早知这样,一星期前就跟他见过面了,那封信也写得太不应该,太差劲了,真是的,多遗憾哪。

晚上她躺在床上睡不着,老想这件事,梅说得也太暴露啦,他到底是怎样一个人,真叫人浑身难受,女孩子一到这时候,真是的。

第二天下午她们又打电话,还是梅说的话,她刚说了几句,脸色就变了,琪也莫名其妙地紧张起来。

梅把电话放下,说话也直噎气。

"他母亲帮他在上海介绍了对象,想让他调回上海去。"

"谁?涛吗?"琪觉着身子一凉。

"那老头说的。他也是刚听人告诉他的。"梅突然干呕了一下,琪刚想说话,眼泪就想往外涌,忽而她又笑了:"人家说对象,碍我们什么事呀。"

可是,琪跑到家里,便把头埋进枕头里,呜咽咽地哭了,哭得好伤心。

老 头 儿 乐

　　天才擦黑,唱大鼓的老头就在桥头边摆上了家伙。老头虽然嗓子哑了些,但口齿还清楚。他先慢慢吞吞地把鼓架儿支好,把自个儿坐了几十年的枣木凳儿撂得稳稳当当,像所有腿脚不甚灵便的老头儿那样,硬着腿、直着腰,两手先在凳面上擦一下,才把屁股下放到凳子上去,把全身的重量下放到屁股上去。

　　这是块好地方,靠着河,是不大不小一块宝地。天黑透了的时候,路灯一亮,远远地给一点光,不明不暗的,正合上消夏的心情。因为正在七月里,潺热难当,上哪儿消夏消遣去?患着流行病似的男儿女儿一到了夜晚,可以上新开的"娱园"溜冰场溜冰去,可以上企鹅咖啡馆喝八毛钱一杯的赝品咖啡去,可以上纺织厂和机械厂联合举办的"七月星"舞会上去跳舞、找伴、结识男友女友去。老头儿和半截老头儿能去哪儿呢?看电影?太闷热了点,花钱买罪受;溜旱冰?胳膊腿跌断了没人服侍;赶舞会?实在说,他们之中十有八九早过了更年期,营养又不特别好,没那兴趣。人毕竟是群居性、有感情的动物,唱大鼓这玩意儿,虽然旧了点,但到底能给大伙提供一个心安理得坐在河边的空地上消夏的口实,况且旧了也有旧了的妙处,旧的东西老不见了,就是新的,这是逆反心理。

　　唱大鼓的老头也旧了点,鬼子占领中国那会儿他就靠这个吃饭,那时候唱的是杨家将、桃园三结义——也有号召抗日的念头和意思,但这意思就只有他一个人知道,一个人凭良心干活儿吃饭,有没有别人听了他的大鼓,真的去结义跟鬼子干,他倒说不上来了。一直唱到解放,一九五四年政府在城隍庙盖了一间曲艺厅,面积不大,木头板子凑成的凳儿,现时没人能看上眼,但在那时候就叫绝了,那时候逢人说起来就是一项奇迹,连语词都带有神秘的不可亵渎的味道,那时候不像现在,那时候连县里边的局长、县长也自个儿买票去听哩!再往后,就"文化大革命"了,像他们这批老东西,自然留在曲艺队里也是件不中用的破烂玩意儿,再过过,一年两年,老头儿一上场年轻人就起哄吹哨,他们看的哪是他这儿,他们看的是弹扬琴和乱扭的那几个没找婆家的小丫头片儿呀。明白了,自个儿早不中用了,到退休的年龄也就退休了。退休了痛快,拿几个钱,儿女们都大了,自理了,上工厂了,上商店了,没负担,早上六点钟起来,上街买辣汤包子吃,一碗辣汤一个包子一个鸡蛋,永远如此;上午就遛遛,找老头儿拉呱,别的没爱好,也爱好不了;中午喝二两,在床上打个盹;下午再遛遛,再找老头们拉呱;晚上还是遛遛,还是找那几个找烂了的老头儿拉那些拉烂了的呱:清闲倒是清闲,就是闲得无聊。跟老头们蹲在一起的时候,高兴了,就用那还能使的并且不算坏的嗓子,唱一段大鼓,作老头儿乐,乐着,就有一个说:"呃呃,这家伙……"嗯嗯啊啊的,不说大伙也都明白了。禁不住这些撺掇,老头儿心上痒痒的,到底是自个儿的本事,忘不了,丢不掉,嘴里边说着:"不行喽,老喽。"可心里边几天都突突弄弄得不安稳。从阴凉干燥的梁上把红漆大鼓找下来,拆去保护,用松了皮的手指弹弹,那声音响得清脆,也撩得老头儿心中痒抓抓的,问老伴:"咱还能唱呗?""能唱,闲着你干啥去。"见了别的老头,嘴上还啰唆着:"老啦,不行喽。"可那味道不一样,那些天,天天在心坎儿上哼大鼓调,几十年烂在血滴里的词儿句儿,也是一听召唤,就都窜蹦着过来了。

在场子上坐定,心里还真有点跟往常不一样,其实老脸老皮的,有什么。把左腿跷到右腿上,把黑纸扇儿甩开再收回去,伸手从鼓架子下边把紫砂茶壶拿上来,捧在左手心上,吸溜一口,这时就眼见捧场的老头儿从这里那里的,蹭过来,嘻哈着打招呼:"来喽。""真来喽。""说来就来喽。""这时候就是还早了点。""就是早了点。吃了饭,又干什么去?"

他们就在这里那里的,蹲下、坐下,因为都穿的大裤衩子,所以裤裆里嘟嘟囔囔的一大堆。老头儿捧着紫砂茶壶,高高地坐在场子中间,跷着腿,吸溜着茶水,心情很舒畅。是老喽,眼皮都松搭啦,能自个让自个高兴,也不图什么啦。

是喽,老头儿啦,还图什么,还不是图个自得其乐。春、秋天气也就不说了,冬天还不是上澡堂里泡着去,倒也不是老在池子里边泡着,在池子里边泡长了,没油水的一身皮早泡烂啦,上澡堂还不是想找个痛快,找老头儿拉拉。慢吞吞地脱了,要么干脆先弄壶茶叶水喝喝,喝够了,再慢吞吞里三层外三层地脱了,一步一停地跟歪躺着、斜倚着,皮松肉软的老头儿们打着招呼。进了池子,下到水里,不怕热,水热些怕什么,烫烫筋骨么,眼瞅着龇牙咧嘴的毛头孩子,就闲不住地哼一声,现时的年轻人都娇嫩得可以,不知他娘是哪个月怀的他们!泡在水里,温气往肉里边钻,钻得麻酥酥,怪得,像把里里外外的东西全翻过来让水烫了个干净。闭着眼,半天不喘气,也是功夫,旁边的年轻人就老可疑地打量,沉不住气,手脚也无措,心里犹豫着是喊人救命还是再观望一阵。过好久老头儿无事人般地活过来,长吁一口,浊气当然也全出来了,斜着眼看不起左近的小子——差远啦,毛嫩着哪!因为虽然是闭着眼睛泡在水里,但那眼皮也会半睁不睁地,把世界看个明白,老头儿的功夫到这种炉火纯青的地步,叫年轻人惭愧,把脸转向一边去,再也不看装死的老头儿半眼!

泡够了,不搓,就上池子,擦干了,一摇一晃回到脱衣服的地方,茶几对了自然又碰上闲拉的伴。要个萝卜,拣脆嫩的,老辣的咬不动,杯里的残茶泼了,把茶壶拎起来,拎在恰到好处的高点,悠悠闲闲地往下淋,老眼瞅着发烧的小便似的茶叶水儿,慢慢涨到杯里恰到好处的位置,再把壶儿放稳了,咬一口萝卜,呷一口茶水,让肚子里开气、运气、泄气,不急不躁地把眼皮撑起来,才开口说一句话:"没见过这么冷的天。"

"民国……年……老啦,身子也凉啦……"

就这么一直聊到每天的那个时候,才跟老哥儿们道一声别,踩着自个儿嘴里哼出来的大鼓调,晃出澡堂回家。

就这么耽误着,想耽误到天麻麻黑。天麻麻黑黑,人也就上来了。吃了饭,洗了澡,摇一把大蒲扇,扑嗒扑嗒捐着,捐得白汗衫直哆嗦。老头儿,都往里头坐,这是真想听大鼓,好这个的,再靠外一点,是中年的汉子,中年的汉子又多是街头巷尾做生意,东巷搬运公司拉板车出大力的,他们小一些的时候,就是在街头巷尾长大的,这东西还能在他们的血液里刻下一点印象;最外边那一层,零零散散站着、坐着一些凑热闹、看稀奇的年轻人和等着赶车的旅客,他们在最外边是说走拔腿就走的,这帮人老是一茬儿一茬儿地换,换得圈子最里边的人心里直起疙瘩。

这时,天已经麻麻地黑了,街面上的汽车也少多了,灯也跳了几跳在电线杆子上醒了,时候到啦。老头儿在一窝声的嘈杂里,慢吞吞地拉着以往在台子上的那种架势,两只手捧住中不溜丢的紫砂茶壶——这茶壶你一见就知道它主人不是冒牌货,现在谁还捧这种茶壶——两胳膊肘往外边搏着,一哈腰,把它放在凳子右边的一个位置上,再把腰直起来,唰拉一声脆响,打腰眼里拔出来一把黑纸折扇,就跟拔出来一柄匕首似的,扑拉甩开捐几捐,又猛一收,竖在手心里,膝盖弯一使暗劲,挺利索地在场子中间站了起来。

老头这一站,意想不到地招来一阵掌声与喝彩声,这都是那帮懂规矩的内行老头儿发出来的,那种骨质松散了的手指头碰在一起所发出来的声音,那种没有多少水分的嗓子眼儿发出来的声音,这二者混合在一起,倒也动人。

"好!"

"是真家伙!"

老头儿不免得意,把两个掌儿抱在一起,挺熟练地哈两个腰,一张嘴说:"各位赏脸啦,现时国家开放,民众欢腾,鄙人……"

有性子急躁的老头却耐不住,插嘴道:"这些俺们全知道,在座诸位也都是有觉悟的人,共产党领导这么多年……"

又有人说:"今儿天气真不得了,听广播说,明天是四十度,这晚上待不住,倒不如听这个……电视不行,电视热,又都是光腚娘们。"

"不如跟俺们跳舞去,出一身汗,再往沱河里扎一猛子。"

"放你娘屁,你娘咋把你生出来的!"

"大家一样呗。"

这么一搅和有点热闹,瞎闹腾的小子骑上车扬长而去,老头儿让人打断了,倒觉得有些好玩,本来就是玩意儿嘛,这时把话接起来说:"得啦,俺们废话少说啦,诸位先……"突然用黑纸扇往街上一指,疑神疑鬼地叫道,"看唻,那边走来的是什么人?"

大伙被他弄得一惊,不约而同地扭过脖子去,坐在里圈看不见的人,还扑通一声站起来,弄得尘土飞扬。就在大家扭腰转脸去看的时候,老头儿手中的黑纸扇却已经不知何时变成了木鼓槌,按着点子,在鼓面上一阵猛揍,又咬着牙,声嘶力竭迸然大喝一声:"到喽哇!"把听众的脑袋瓜子一下又全震了过来,这时才看清,有个小伙子已经走到了老头的跟前,用手按住了鼓槌。

"爸,家里边有事,妈让您回去一趟。"小伙子压着低声说,但声音不算小,听众还都能听得见,大伙都一愣,不知道这是不是台词。

老头儿显然不很高兴,也斜着眼说:"什么事,没看……"

他话儿没说完,小伙子却已经挤眉弄眼讨好地笑起来,还挺时髦地把一根手指指在嘴跟前竖了竖道:"妈说一定让您回去,家伙俺帮您扛着,这鼓俺还真不知道您藏哪儿的,兰兰今天晚上还吵着叫她妈买玩具,不为这个俺还不带她来串奶奶家。"

　　他这么一说大家哄堂大笑,才知道今儿晚上老头这出戏演砸了;可眼下又接上另一出,也挺有味道,而且有一点现实的人世味道;这两出戏接得倒也天衣无缝。

　　"您先逛逛去,凉快了再回家,酒也在桌上等您哪,那可是好酒,是兰兰她妈娘家嫂子同学的男朋友托人从亳县买来的,古井贡酒哪,在中华人民共和国成立前您喝了那也就是半个皇帝啦,您回去瞧瞧嘛,骗您俺不是您儿子,这行啦吧?"

　　小伙子一边嬉皮笑脸地讨好老头,一边伸手抢老头的家伙。老头的脸色还没变过来,小伙子又接着给了他几枪,不过枪声是小了点:"您是没钱花还是怎么啦,在这儿出什么洋相,咱家哪儿抠抠不够您吃喝一辈子?您想吃好的,明儿俺就上冒牌南京烤鸭店去,跟他们说了,一天订一只,二斤半,您吃不完叫兰兰帮您吃,兰兰正减肥,到时候咱们再商议着办吧,您说哪?"

　　说着,已经把鼓槌儿抢在手上,另一只手把鼓儿架儿一提拉,干脆利落地一转身,往圈子外走去。众人都当他喝彩,他愈加得意,临场发挥得也更好:"爸,俺可是为您好,您没领营业执照哪,您瞧哪,桥栏杆上猫着的两个人,可是税务所、工商局的,把您传了去,咱家里都忙,就缺送饭的人哪。再说,明儿个电视机厂、电影院来找您,定您个抢劫观众罪,咱家可没人拦着。"

　　一阵噼噼啪啪的手拍鼓声,和台湾歌曲《迟到》,掺和在一起,远了。

　　远了,把老头儿咸鱼般地晾在那儿。老头儿让这一阵枪声给震蒙了,他只听见耳朵根子旁边下了一阵嘈杂的雷雨,待善意的哄笑停了的时候,才知道一圈儿人都走干了,只剩那些个扒皮认识骨头的老哥儿,散坐在空地上,有一句没一句地瞎扯巴,蒲扇掮得白汗衫直哆嗦。他无可奈何地摇摇头哈腰端起了茶壶,撤下凳子,跟别的老头蹲在一起,很响地吸溜一口茶叶水,装模作样地叹口气,说:"小子……咱老哥儿们的玩意儿,如今……可真是的……"

聊了一会儿,老头就摇着扇子,端着茶壶,把几十年的枣木凳儿挽在胳膊上,回家看孙女去了。

外　　滩

一

　　有一堆人很异化地从自己制造的公交车里被挤出来,星散在人群里。星期天,机动车也全开出来了,没完没了地制造"人次"。有一个姑娘,脸蛋很漂亮,像所有其他上海姑娘,涂脂抹粉,花容月貌。——一九八三年我第一次到上海来,对上海姑娘的印象糟透了,瘦、小、面有菜色、罗圈腿,但一九八六年却旧貌换新颜。她线条挺好,高鼻梁,皮肤白细,棒针盒式领纯羊毛衫,使她的上身蓬蓬松松、软软腻腻,颇得东方美女的神韵。两只乳挑战性地前刺——这显然不是自然的构思,而是人工的杰作。草原上的公牛沉甸甸地全过来,毫不掩饰地用强奸性的目光盯另一位姑娘的……他们昨天晚上二十四点差一分的时候才在旅馆里约好,今天一起上南京路,逛商店,买东西,再看看上海的女人。但是别搞错了,你在南京路上看到的女人和负重的机器——男人,大都是全国各地的产品,到上海大学文学院才有正宗上海产品,到共青团森林公园最僻静的塔松底下的淡绿色塑料布上才能找到最正宗上海产品。北站南边有个很清静的康乐路,到晚上的时候,有家小铺子还没打烊,一个三十来岁的女人抱着个黄头发的小男孩,一个三十来岁未必是她丈夫的男人歪在帆布躺椅上,都在看十八英寸彩色电视接收机屏幕,芳草牙膏这牌子还没砸,这可真是奥琪抗皱美容霜和人参白美净面膜不能比的呀。她下身穿全白微黄的紧身健美服,大小腿上青蓝色的细血管在紧绷绷的肉疙瘩里曲曲折折地潜流,却不知为什么在最显眼的地方打了个黑补丁。她从五十五路车站牌下径直往外滩人最多的地方走……

二

一辆五十铃叫人担心,喷水池那里聚集了另几群人。

三

一个黄淮流域来的男人,有三十岁左右吧,穿一件做工粗糙的美式拉链衫和一条纯蓝白杠的针织运动裤,线条优美有力,无形的内聚力使周围的人都能感觉到。这是一种超人的魅力。超级的巴黎式大衣在美达服装店的架子上挂着,一个细脚杆的模特儿永远站在橱窗里微笑并舞蹈。健美裤头、健美乳房按摩器,三点式泳装和弗洛伊德的著作、弗洛姆的著作,马克思、尼采、萨特、马斯洛,人论、猜想与反驳、首脑论、性格组合论、迷惘、党卫队、M型社会、全球经济大战、油印"压抑"协会简章(草案)、"今天"文艺沙龙新闻报道、换房暗示、巨龙衫、金华火腿摆在一起混在一堆杂成一处融为一体……到处都是人的面孔,外滩。穿意念服装的一双女性一出现就夺走了全部人的目光,都注意大腿和胸脖,她们是服装模特儿,起初是瞒着父母和男朋友报名的,她们神态自若,毫无所视,她们知道世界上最美的女人就是自己,她们自信。她们从外白渡桥走到外滩来,一路招蜂引蝶,半个小时后消失在十六铺码头那儿。黄滩流域来的三十多岁的男人略显疲倦,也许这是思考和压抑的结果。黑补丁女郎筋肉膨胀地走过去,照相机一响,一个外国佬叫了一声:OK,然后和一个汉族小姑娘互道再见:拜拜。咕嘟拜?拜拜。拜拜。爸爸领着她往前走,春风满面。三三五五的外国佬散聚在各处,上点年纪的女人腿上都斑斑点点的,血红,穿牛仔裤的外国姑娘个头高大,性欲一定旺盛,但听说美国人现在不要孩子的可多啦,他们能影响选票,能否决对教育和母女救济的拨款方案。不用说中国老百姓总愿意多下几窝。那个穿黑补丁裤子的来自苏南水域的时髦女郎已经在水泥壁边停住,伏在那里看黄浦江中的轮船,而内蒙古来的有个外号叫"草原上的公牛"的壮实男人正从兜里掏钱买一本《丈夫必读》。这种安徽省宿州市出的六十四页知识性、趣味性、通俗性刊物这些天的发行量暴涨,发行了七百九十万份,简直不知道受的什么潮流的影响,它取代《妻子必读》的趋势也不过是前天中午才显示出来的。

  外国佬仍然三三五五地散聚在日本进口空调"中巴"的旁边,散聚在黄种人的汪洋大海中、散聚在四十一路车的站牌前、散聚在飘着五星红旗的洋楼下边。传来轰地一响,有人回头看一眼,是一辆五十铃,撞在中间的行车栏杆上,又撞在一根水泥电杆上,电杆上的玻璃广告哗啦哗啦碎成小块,又撞在迎头开来的一辆五十五路红色交通车上。外滩似乎更乱、更繁忙、更嘈杂,车一直堵到外白渡桥,一直堵到新开河。喷水池边有个瘦高个男人用藏语喊一个穿藏袍的女同胞,戴小花帽的维吾尔族小伙子一脸肥肉,随和地品尝上海街头的葡萄冰淇淋,龇出色感的小白牙,望着上海姑娘白嫩的大小腿,惊讶。一本杂志上印着马克思的一句话:工业较发达的国家向工业较不发达的国家所显示的,只是后者未来的情景。一个抽冒牌进口烟的小伙子正坐在石头台阶上读这本杂志,他用类似外语的闽南语自言自语;站在他身边,左腿蹬在他腔边,左手提着鞋盒的一个年龄相仿的姑娘用倦怠的声音,含混不清地说:"这可不就是张冬青他们办的那个刊物,这可不就是刘玉峰他们办的那个刊物,这可不就是严歌手、孙民纪他们办的那个刊物……"

外滩因为她的话而变得更加混乱不堪,更多的上海姑娘穿着更加迷人、诱人、暴露,她们更大量地拥上外滩,使更多的男性陪伴而至,拼命地花钱拼命地购买,拼命地享受外滩的轻飘飘的气息。有一个三十岁左右的小伙子却沉甸甸厚实地从黄淮平原腹地的居民区走过来,一直走过孔子的桥,走过马克思的桥、走过毛泽东的桥,走到弗洛伊德、尼采、萨特、叔本华、王蒙、刘再复、马尔克斯、琼瑶、法制文学、刘晓庆和性文学年的桥上来。他站在那里看外国佬。

四

中央领导同志在厦门说:要把特区扩大到全岛。中央领导同志含笑向大家招手。有一幅广告画画了一艘宇航船。最高的就是哲理层次。

五

排成长龙队的车开始蠕动,电线杆被撞得移位,琼瑶的小说、王蒙的小说、舒婷的短诗和刘宾雁的报告文学都显示了苍白和无能为力,上海市供电局的作业车却胸有成竹冷漠地驶近,设立了路障。三几个穷唠的中年人脱下东北皮袄,一个人嘟噜着:"压抑,压抑",抱着汽水瓶狂饮。江上的白轮船都蠢蠢欲动,上海滩的风流哥儿们淹没在外省人、外国人的大潮中,只有大上海的年轻开放的姑娘们还从容不迫地支撑着局面。几个血肉模糊哼唧呻吟的男人女人像动物的尸体一样被人抬上车,驶向远方,又几个哼唧和不哼唧的男人女人正被从地下和车上抬起来和抬下来,抬到另外的车上去。一排幼儿园的孩子在老师的带领下唱着歌走到喷水池边来,他们花花绿绿,在水的变幻的扇形平面上一会儿长高、一会儿长胖。还陆续有一些哼唧的和已经不哼唧的男人女人被抬到车上,消失在外滩的人潮里,几个十六七岁的少男少女亲亲昵昵地走到胸墙边,使三十来岁的人都黯然失色,感到生理衰退,老年人更觉得自己苍白、卑下、龌龊,少男少女们的身体全都丰满细嫩,血管分布密集、触觉敏感,他们穿着夹克、卡曲、光夫、超级巨龙衫,穿着巴拿马、牛仔、健美紧身裤,他们倚在墙上旁若无人地说笑,还拿出傻瓜机子啪嗒啪嗒地拍照,无忧无虑,尽情享乐,毫无禁区毫无压抑。穿黑补丁白裤子的姑娘开始穿越人群,从外国佬,从内蒙古、新疆、西藏的汉子身边穿过去,有个男人跟着她走,盯着她的大腿和屁股,用眼光撕咬,心里激起一阵阵奋斗的强烈愿望,一个日本人面带资源匮乏的危机感,扛着一架小型摄像机迎上去。

六

他们擦肩而过,谁也没注意太阳越升越高,人潮越来越猛,每一辆车都喷出三股人潮,像无性繁殖,像精虫一样稠密。三十来岁的男人站着看外国佬,他又掏出一支烟来,点着,抽着,看着穿红衣服的外国佬。

七

打黑补丁的女郎比任何时候都暴露都反叛都色情都淫乱都勾引男人都激发男人的欲望、信心、力量地半赤裸地走在外滩,一百年前一枚英制炮弹的弹洞现在成了一个天然垃圾箱,还待在摄影棚旁边的喷水池一侧。盛装的杨贵妃遮遮掩掩藏在丝绸锦缎里笑。女郎把右腿跷一跷,也许裤子把某些地方勒得太紧了。

八

洪水一样的独生子、独生女和他们的母亲、她们的父亲重重叠叠交交织织铺天盖地地拥上外滩,被撞坏后的交通栏杆、水泥电杆按照被撞坏后的模样修饰一新,更有非人工的特色。一个高个子黑人留学生拎着一个大红旅行包站在五十五路车站牌后面的花圃栏杆旁等车,他的黑头发<u>丝丝</u>细微,像军用雨衣上黏合处的东西,<u>丝丝</u>弯曲,他穿一身白西服,穿红皮鞋的一只大脚后蹬在栏杆的角铁上,另一只脚粗壮有力,他的面色却老实巴交,眼睛盯着地面,长久地站立不动。两个瑞典中年男人用他们的语言谈论一则消息,南美洲的<u>丛林</u>里发现几个黄种人村落,村里的居民用汉语对话,生活方式和思维方式停留在秦始皇的帝国时代,而库页岛、贝加尔湖和中亚都是在唐朝前后就划在中国版图里的。一个学瑞典语的大学生站在他们身侧不远的地方,她想也许能借助他们而出国留学,这不是没有可能的,她温情脉脉地拿大眼睛瞄他们,黑人青年有礼貌地走过来说:"It's a beautiful country with many large lakes。(这是一个美丽的国家,它有许多大的湖泊)……"有一个说安徽方言,穿常熟出产的大红灯芯绒拉链衫的姑娘财大气粗地坐在一辆桑塔纳出租车里,桑塔纳毫无声息地滑向停车线,司机木然地盯视头侧悬挂的吉祥葡萄。一个英俊洋派许文强式的上海滩好汉漂亮地打开车门下车,殷勤地从车头前绕过去,风流倜傥地为斜倚着的安徽姑娘拉开车门,把她扶出来。这姑娘野味十足,充满活力,她口袋里肯定装着她从北京挣来的大笔款项,雇了个保镖兼情人,要在上海滩吃光喝光玩光。她下了车就说:"俺们照一张相。"所有相机和镜头都向她鼓鼓囊囊的口袋张开、窥探。上海大学文学院中文系一年级的两位美貌姑娘正边走边评论全国青年作家讲习班的一位有风度的青年作家,每一位中国女孩都是一片净土,她们昨天晚上送他上火车,他像里根那样挥了挥手,可真有电影演员的风度。旅行结婚来的穿后开叉红旗袍的姑娘叉着腿和新郎伏在胸墙上看又黑又臭的黄浦江水,每一个走过来走过去的男人都把眼光硬塞进开叉红旗袍的大裂缝里,摸索一番。穿海军校官服的年轻军官在把眼光塞进去以前,下意识地将大檐帽脱下来,藏在另一只手里,他昨天给在深圳旅游公司工作的小孩姨发了一封信,说他有希望在海军航空兵里再升一格,他的网袋里还提着给可爱的妻子买的瓶装雀巢咖啡以及家用电热淋浴器(保用半年)。黄种人更加汹涌地从南京东路、北京东路、金陵路、福州路上拥过来,十六铺那边和外白渡桥那边也无休无止地激荡着黑头发黑眼睛黄皮肤的东方人。伊朗的阿老丁·阿塔蔑力克·志费尼写的《世界征服者史》中译本一百套刚上柜就被一千只手一抢而光,一位在阿盟工作的娶了北京姑娘生了混血儿阿美的蒙古族汉子布·巴雅尔靠在黄浦公园的铁栅栏上看一阵草原的旋风吹过瓦罕走廊,吹遍西亚和阿尔卑斯大陆腹地(瓦罕走廊被俄国佬吞并了!),一辆红旗牌轿车、一辆大发、一辆皇冠、一辆蓝鸟、一辆一三〇、一辆伏尔加紧挨着往前驶,这里边没有国家强制报废的老旧汽车,一辆新式北京吉普也打进了车队。

九

　　从游船上下来的几个女孩全身赤红,服装做工极讲究,胸前佩着细金链饰花,她们火焰腾腾,打着响指,今天是火热的星期天,一首歌嚎叫:你像冬天里的一把火,熊熊火光温暖了我的心窝;金斯堡的《嚎叫》也在一本新版的书里再现。你们全是垮掉的一代!有人愤然指出。紧身裤把下肢的每一部分都夸张地显露出来,甚至褶皱。广州、沈阳和深圳来的女孩子只在旅馆的房间里抽烟,她们火光照人地从外国佬跟前走过去,她们还打着响指,其中一个头也不回地用清亮的普通话对后边喊:"全体团员到友谊商店集合。"有一个虽滑稽,却如此漂亮的衣服像捆在她身上一样,她走起路来东张西望,面色调皮捣蛋。彻底垮掉而又满怀信心的流浪汉式的风格用迪斯科的节拍和哲理的境界在柏油马路上滚动,"我们看到这一代精英毁于疲狂,他们饥饿,歇斯底里,赤裸着身子"。那个黄淮流域来的三十岁左右的年轻人站在高台上,正对着南京东路的路口。

十

东方肤色的汉族人,以狼为图腾的蒙古族人,讲汉语的回族人以及哈萨克人、维吾尔族人、朝鲜族人,具有中国北方种群白细胞抗原分布特征的藏族人……从南京东路的喇叭口澎湃涌出,汪洋恣肆,黄水泛滥,溢满外滩。金发碧眼的北欧美人挽着比她矮一截的男人,站在一棵女贞旁边,让翻译照相留影。一个拖包的黑头发男孩毫不在意地从镜头前走过,他们相视微笑。穿带有黑补丁的女孩子开始昂脸看一架大型客机从西往东飞,这显然不是首次供应陆军的国产轻型无人驾驶侦察机,她口唇肉红,青眉黛眼,皮肤白皙。黄淮流域来的三十岁左右穿运动裤的年轻人还站在高台上,正对着南京东路的喇叭口。他一只脚蹬在石级上,一只手撑在大腿上,另一只手叉在另一条腿的屁股上,上身前倾,神情专注,目光振奋、火热、亢进。南京东路深远浩大,潮似的黄流无止境地从喇叭口喷涌而出,他想一定得用一种传统的也是现代的方式去唤醒民族的巨大热情,把这个强有力的民族从精神的低谷引导到一个炫目的高度,使其更加暴露、赤裸、雄心勃勃、极富活力。他转过头去对着黑臭的黄浦江,那个黑人也在走过来,那个穿一身红西服的调皮捣蛋的女孩子碰了黑人的手一下,空调小巴慢慢地挪过去,交通车售票员用红旗的木柄敲车帮,用上海话尖叫:"当心,当心,当心,当心。"空中游览售票处塞满了人,一个穿滑雪衫的小女孩手中的橄榄绿气球啪的一声发生爆炸,爆炸的气浪无声无息地波及整个上海滩,在东北郊杨浦区的空军政治学院也还看得到丝丝柔和的细浪,像女孩子的胸际线、腹际线,缥缥缈缈,若明若暗,经久不息……

编后

上海滩上的形形色色包容了一个社会。作者以其独特的视角向人们展现了外滩这一具有典型意义的社会角落,让人们看到这个角落所涵括的新经济、新思潮带来的种种惶惑、不安和与传统相违背的荡动。此文汪洋恣肆,内蕴丰厚,读来令人不得平静。

绛红色的笔记本

刘苏走向一号楼的时候，脚步有一种前所未有的韵味和放松的感觉，许多甚至一生都难以解决的问题，忽然在一夜之间，更准确点说一觉醒来，全都不费吹灰之力地解决了，迎刃而解，绝对地、无可辩驳地迎刃而解。当这些事情确实都迎刃而解之后，刘苏也确确实实有一种一觉醒来的感觉，仿佛过去的全部努力、全部的挖空心思、绞尽脑汁，都是白费，都属徒劳无用，一切功绩都聚集在早晨醒来的那一分秒。人间的事、人生的事，又仿佛并非难不可及了。

在几天之前，他的入党问题支部突然讨论通过了，突然又接到组织部文件，任命他为副科级秘书，突然又在五号楼分到三居室的新房，突然中级职称又批下来了。这几天忙着乔迁新居，忙忙乱乱，欢欢喜喜，每个人都恭贺他，都祝贺他的顺利，见面都是笑脸，全是笑意，天地和谐，皆大欢喜。

总算忙乱得差不多了，新居已经布置一新，旧房子里还剩下一些破破烂烂，他口袋里揣着火柴，打算一次结束，能留的东西，拣拣留下，不要的东西，一把火烧掉，旧房子那边就彻底干净，可以让给后来人了。

从五号楼到一号楼大约相距三百米，挺近。又正是上班的时间，宿舍区也没有多少人走动。刘苏走得很幽静。天色高蓝，宿舍区里没有砍尽的大杨树，约有十多棵，分散在路边楼侧。秋也深了，虽然气温并不很低，但到了一定的季节，大自然的骨子里就无可避免地发生了变化，蕴藏了一种影响人体生命节奏的东西，这种远古遗传下来的东西,在人的体魄内,发生着有规律的潜移默化的作用。刘苏深深地吸进一口季节风,季节风是带着自然深处的某种信息赶来的。一片杨树的秋叶掉下来了,又一片,接着是第三片,在树根底部铺成一张关于这棵杨树的书页,这种树叶的文字在人的居住区,从成书的初期就被破坏了。远处是电视差转台的塔尖。

　　刘苏从杨树叶的文字上走过去。一号楼也没有什么人声,静静的。他开了门,进去,用一只手从后边把门关上。现在这两间屋子显得很凌乱,很旧,也很脏。地上到处是纸片、断绳、破纸盒、破塑料制品、生锈的铁器。只有一张小折叠床是新的,那是昨天晚上东西没有搬完,为看房子睡觉而留下来的。刘苏把已经脏了的西服外套脱下来,扔在床上,他用脚在破烂里踢踢,继而又弯下腰,用手在地上翻着。东西再破再旧,毕竟是自己的,是自己用过的,丢了烧了都得下决心才行,况且一定得留意不制造冤案,以免终生遗憾。

　　他看见在纸堆里有一张很小的年历片,上面是那种带白色鸽的图案,鸽子的喙短小坚硬,眼瞳深而温柔。它是去年年底一个星期天,他和妻子、女儿在公园里的一个小摊子上买的。现在它已经很旧了,上面有很多灰,还破了一角。刘苏用另一只手抚平它,多看它一眼,然后并不坚决地把它扔到地上了。

　　看来真的没有什么东西值得留下了。一般来说,主人的心都是十分细致的,到底是自己的家,自己的东西,自己买来用过的东西,看见它,就能引发一段回忆,就会有许多画面浮上来。好啦,再见吧。刘苏弯下腰,开始用劲把乱七八糟的东西全拢到一堆去。拢够一堆后,他就打开门,把这一堆抱到楼外的垃圾箱里去。外面还是很少有人走动来往。下午三时半了,太阳被楼群挡住,楼的北部显得过于阴凉了些,调子也一直是深色的、暗色的,不鲜明鲜亮,连几棵泡桐树也长得不旺盛。他又走回来,进到家里,再拢一堆。当他拢到北屋里时,他看见在墙角的一堆废报纸、废信封和残破的纸堆里,露出一个牛皮纸信封的角角。这都是自己的东西,搬家时妻子做主,全把它们扔在了地下,并且被搬家的人来来去去用脚踢过、踩过不知多少回,现在真是完全不成样子了。刘苏走过去,把那个破信封抽出来,沉甸甸的,不是个空袋,原来里边还有个本子。他把本子拿出来,是一个绛红色的旧式本子,漆皮封面,内页都是比较粗黑的纸张,封面上印着"合肥"两个银白色的字。他立刻想起来了,这是上中学的时候从爸爸的书籍里翻出来的,那时候真当宝贝,就用它做了自己的笔记本,什么都写,什么都记,天天带在书包里,后来下放到农村插队,又把它带到农村。每天晚饭后在床上,就着煤油灯的光,记一段,也是什么都写,什么都记。但是这七八年竟把它忘得一干二净了,要不是搬家翻东西,还翻不出来呢,要不是现在突然发现了它,说不定它已经被烧成灰了,自己还丝毫未察觉呢,那样也不会太可惜的。

刘苏随手翻开一页,浏览一下,那内容简直使他要哑然失笑了,多么遥远呀,真的,太好笑了。

1975.3.17 编拟中篇小说《麦黄时节》提纲

时间:五六月麦熟之时。

地点:河堤上。

人物:主英(主要英雄人物),邵烺(Lǎng),男;英,郗大爷,男,刘淑娟,女;反(反面人物),肖薄板;蒙(受蒙蔽者),李子进。

背景:"批林批孔"高潮中。

情节:破坏河堤。害死生产队的马。阶级敌人拉拢腐蚀某个下放知青,怂恿知青丢下麦收去钓黄鳝到市场卖高价,敌人趁机扒开河堤,妄图嫁祸于知青,并淹毁洼地的麦子。敌人将槐刺扎入马身,马惊了,辕马撞死。阶级敌人企图阻止运麦,让麦子留在地里,被即将来临的雷阵雨淹没。

这都是什么?现在的人(更年轻点的)谁还能理解这些?谁还知道什么叫主要英雄人物、次要英雄人物?但刘苏已经不太想笑了,他摇摇头,把绛红色的笔记本丢在地上。烧掉吧,也许是这几天过于劳累的缘故,刘苏对这些小事、琐事实在提不起兴趣来。但是刚才的文字却形象鲜明地印在脑子里,挥之不去。他觉得恍如走进了前所未曾体验过的另一个相去甚远的时代,用的是一样的文字,说的是一样的语言,思维的结构也是一脉相承的,但时代却并不相同,内容也并不相同,骨头缝里流动着两种完全不同的概念系统。那种神造的时代也是天衣无缝的。人生活在其中,也并不感觉到什么矫揉造作,那完全是真实的,全盘真实。人确实是可以生活在任何一种真实里的,人造的真实,神造的真实,人神合营的虚构的真实。人也许就是这样一种特殊的动物。

刘苏重新蹲下,从破纸堆上捡起绛红色的笔记本,所翻阅之处,竟都带来一连串繁复的、超越时代的信息和联想。他干脆坐到床上,点着一支烟。房间里很安静,香烟燃烧时偶尔发出哗的一声,细微似轻叹,户外连公鸡觅偶的声音都听不见,那时住在这里的时候,那种声音可以说无时不有,无所不在。杨树叶又开始飘落了,一片,再一片,第三片,落在地上,落在树根附近,连成一片,形成一片树叶的象形的多义的文字,慢慢铺展开,延洇开,成为一个近似绛红色笔记本封面的那种颜色。煤油灯又捻得大了点,灶膛里的火也烧旺了些,红芋的味道也溢得浓了些。刘苏的目光重新落在翻开的笔记本上。

1976年2月19日。晚上坐在灶前烧火的情景是这样的:外面下着雪,天气寒冷,把树枝什么的塞满灶膛,便凝望那满灶红红的火舌。灶膛通风很好,风助火势,把火苗拉得呼呼直响,犹如千军万马,齐声呐喊,铺天盖地而来。

队里的生产班子今晚在我们知青的住处开了一个冗长的会,到会的每个人躺的躺睡的睡,主讲来回踱步,半天挤出一句话,听众乱打哈欠,各干各的事。有一个躺倒睡着了,别人喊醒他,和他开玩笑:"起来撒泡尿,别尿了裤子。"那人却神态自若,稀里糊涂地说:"能打三十万斤(指粮食)。"

1976年3月7日。这运动,那运动,目的都是一个:建设社会主义,实现共产主义。例如:"文化大革命",是为了摧毁刘少奇的反革命修正主义司令部,而目的是巩固社会主义;批林批孔,是为了肃清林彪孔老二的流毒,巩固社会主义;反击右倾翻案风,是为了巩固"文化大革命"的成果,使社会主义胜利前进。而这些运动的目的呢,都是为了共产主义的实现。

1976年3月9日。资产阶级思想的侵蚀会使一个人多么可笑。你看:

甲:人每天都有三高兴三不高兴。

乙:哪三高兴?

甲:(把铁锹一拉,煞有介事地说)吃饭高兴,睡觉高兴,打牌高兴。

乙:哪三不高兴?

甲:干活不高兴,捞不到赶集不高兴,没钱花不高兴。

多么狭隘的资产阶级思想。社会主义建设,共产主义理想,在这种人身上有丝毫的地位吗?

1976年3月13日。开社员会时,队里正批评坏事,正好有个社员从外边进来,这个社员是地主的儿子,二十多岁,平时人就看不起他,队长马上把矛头指向他:"××就该批斗。"群众大笑。队长又说:"平时干活就吊儿郎当,今天塑料布刚盖好(育红芋苗),就给他踩了洞。你是干什么吃的?他还强词夺理,'我拐弯拐陡了'呢。"队长说时,那个"陡"字还特别加重。地主的儿子低头坐在那儿,一声不吭。

1976年3月30日。上午点种玉米,大家正忙着,有一组(三人一组)却坐的坐、躺的躺,歇下来了,还指手画脚地对别人吹毛求疵。妇女嘴厉害,马上群起而攻之。(被攻的那一组都是男子汉)

攻:"你们怎么不干,还讲别人哩。"

那三个男子汉理直气壮地反击:"看不见嘛,没有种子喽。"

"睡觉种子就来了吗?"

"嗐,那几个还长那么高个子哩。"

"白当了男子汉。"

"蹲一蹲,挣满分(2分),站一站,八分半,你不让人家歇?"

1976年6月20日。真实的故事。

①冬天打红芋垄子,干部为了应付检查,叫社员挑灯夜干,上级就表扬说:"××队干劲冲天,晚上灯火辉煌。"检查以后,有月亮了,不要挑灯了,又不让干了。

②有时,一种活一下午轻松地就干完了,但是干部叫大家

休息,说是留一点晚上干,以便让别人参观或检查。

1976年7月2日。

佳节倍思毛主席(外一首)

> 我在哨所过"七一",
> 佳节倍思毛主席,
> 梦中紧握领袖手,
> 醒来泪湿绿军衣。

毛主席是旗手

> 党旗、军旗、国旗。
> 鲜艳、辉煌、壮丽。
> 旗杆:八亿人,
> 旗手:毛主席。

(1976年7月1日《安徽日报》)

1976年7月28日。这是一个同志临行之前的一个凉爽的夏夜,在这样的时候,即将离行的同志,你知道吗?一个健谈的中年农村妇女,向我讲述着你的过去,你和另一个同志——现在已经和别人结了婚的同志的友谊过程。那时,你们是那么好,抬土用的是一条扁担,一个杏也要一人一口,但是,以后,不知为什么,你们疏远了。有一次,男同志喝完酒回来,站在你的门外喊你,天是墨一样黑,嗓子哑了,你也没应一声,男同志伤心极了,加上酒涌上来,像一条可怜的小狗儿似的,蜷缩在你的门前睡熟了……

刘苏这时忽然心头一紧,他连忙把笔记本放到床上,抬起头来,看着面前的一壁空墙。一切都似乎是不可挽回的,时间、目光、思想、友情、青春和年轻有力的躯体。他重新点燃一支烟,站起来走到前窗边,倚在窗框上,看外面的东西。妻子这时正在五号楼的新居里布置一个新的家、新的环境、新的想法、新的思维结构。别人的经历和思想,也就是自己所经历过和思想过的,许多东西都共通着,而过去的一切大家都永远得不到了,它们是永远地逝去了。窗外粗大的杨树,又飘落了一片叶子,再一片,第三片,飘落成一大片,围绕在树根周围,难舍难分,难分难解。刘苏回转身,他决定要保存这个绛红色的笔记本了。他把地上的全部破烂,都聚拢起来,抱到外边的垃圾箱里,点着火烧掉。火舌开头很小,只燃着了一片纸,继而引燃了更多的物件,发出轰轰的声音。烧成黑片的纸张,随着热气上升,飘飘扬扬,那上面仍然有着笔的印痕,在它们没有跌落在大地上之前,在没有破碎之前,连笔画都看得一清二楚。刘苏站在火边默默注视,许多东西都会成为过去的,都会像一把火一样烧掉包括秘书职务、中级职称、新的套房。他琢磨不清这些事,但感觉到一种失而复得和得而又失的往复循环的缠绕,这种缠绕时松时紧,时紧时松,难以把握,难以捉摸,难以触及。

屋里全空了,徒剩四壁。刘苏把绛红色笔记本装进衣袋,扛起折叠床,最后浏览一遍旧房,然后带上门离开了。楼外挤满了各种颜色、各种形状、各种质地的物件,这些物件使刘苏的眼界被塞得满腾腾的。他走到路上,零散地生长着的杨树重复着刚才来时看到的景象,半枯半萎的杨树叶从枝上脱落,在季节风的轻柔却有力的召唤下,旋转着,悲哀地优美地宿命地旋转着下降,难以挽回,同时也无须挽回。它们在季节的安排下,有节奏地有先后地落到地面上,围在杨树根的附近,围成一圈,都围成一圈这种温暖的感觉支撑最后的信念。

已经能看见五号楼了,刘苏突然停住,一种新的想法又在心里头升起来了,好像很顽强,很有道理。他用空着的那只手把绛红色的笔记本拿出来,在手里掂量着。何必要留下它呢?有什么理由呢?难道就是因为一种怀旧的力量使然吗?他的内心浮起一层烦躁,一种决断的念头,过去的一切,包括感情和愿望,又渐渐离去,远去,淡漠而消逝。只有今天才是真真实实的存在,只有今天才最有魅力、最敏感、最认真并且最丰富。他又走回去,而且是精神抖擞地大步地走回去。垃圾箱里还冒着残烟,刘苏放下折叠床,蹲下来,从脚边捡起一根小棒棒。他拨开灰烬,下面还有余火,是重重叠叠的纸层留下的。他从绛红色的笔记本上撕下一页纸,放在余烬上,鼓着腮去吹。竟然着了。火舌迅速地吞没了纸张的三分之二。他一页一页地撕开笔记本,一页一页地看着火舌吞没它们,毫无所动。

他重又走回去,走回五号楼去。这一次心上似乎没有什么负担了,只有血在不紧不慢地进进出出。风稍厚了些。夏天才过去,冬天又快到了,冬天的后边紧接着又是春天,又是夏天,又是秋天,又是冬天,循环往复,延至无穷。雁也飞走了,城市的人,一般并不注意这些,城市的人都把心思和焦点对准在早于季节的时装上,对准那些色彩、形状、质地和气味上,一年一年过去,你并不对上一年和前一年的城市的人的匆匆瞎忙留下什么印象。刘苏的西装和鞋子可是全脏了,可家也全搬好了,晚上就能开灶做饭烧水了,就有温暖和舒适了。他说不上来是喜是忧,只觉得脚踏在地上,实实在在的,这样,心里边也就踏实多了。

扫地猴小传

1

扫地猴是人们对侯娃成的戏称。侯娃成在小城里的知名度日益提高,他的绰号、别号也随之增多,有新意的可以列举出如下几个:侯八成,扫地猴,红旗猴,等等。侯娃成不知是从哪块石缝中蹦出来的,假如他曾经有父有母,他的父母也一定曾存预感,知道自己不能照料这孩子到底,所以才取名娃成;再假如他确实曾经有过父母,那他也一定是私生子,他的父母仓仓皇皇地交配,只把他搞了个八成熟,就扔到社会上来了。这样一来,他只好长得弓腰驼背,面黑骨瘦,走路带罗圈腿。

2

侯八成的单位是清洁队,职业是扫大街。他有个犟脾气,就是:他的工作时间从来不选在四方无人的早晨或夜晚,他总是在人家上班的时间,挥动大扫帚,拿出一番狠干苦干拼命干的劲头,把灰尘和落叶扬起丈把高。

从这条街上走的干部和职工,心里边虽恼火,却不好当面说他,于是就和他打趣。

"八成哇,这天好冷,没见过这么冷的天。"

说着把呢子大衣裹得更紧,头缩得像乌龟,转了身用背对着街筒子里尖溜溜的西北风。

"不冷不冷,这天算冷?"侯八成傻乎乎地咧着嘴逗能。

"不冷?你敢打赤膊?"装出一副正人君子的严正面孔对着侯八成。

"算鸟!"说着,扔了扫帚,三下两下扒了身上的旧棉袄,嘴虽然硬,凹胸脯早起了一层乱颤的鸡皮疙瘩。

"好,好,有你的八成!"夸着,翘着拇指,又躬身启发道,"还有这棉裤——"

"棉裤?"犹豫一秒钟,"算鸟!"

棉裤也扒下,只穿一条破裤衩,在街心的风里,猛挥扫带狂扫,路边的行人都驻足观望,齐声喝彩。大家高兴,侯八成也高兴,他出了风头,有了些名气。

3

扫地出了一身臭汗,侯八成就下澡堂子。脱去衣服,只剩黑皮儿包着几根骨头;背上驮一个大包,前胸像被人一脚踹得凹了进去。进了池子间,一圈人蹲得跟小燕子似的,水热,下不去,都用手撩水,见侯八成进来了,有人故意说:

"八成,下不去下不去,水太热水太热。"

"下不去?算鸟算鸟!"

"那你下去。"

侯八成扑通一声跳下去,众人都吓一跳,都知道这下准出人命案子了!

侯八成顿时成了一只对虾,上下通红,嘴咧到下巴,眼珠子瞪在眶子外,简直惨不忍睹。侯八成更有名了!

4

成名之前,侯八成碰到的几件事,让别人看了都觉得窝囊。

三年自然灾害期间,一个要饭来的农村姑娘,人高马大,迫于生计,跟他结了婚。

侯娃成虽只八成熟,倒干脆利落地叫大闺女连生了俩小子,让侯娃成很得意了两三年。但随着岁月的推移,女人更加肥硕泼辣,侯娃成在女人面前日见萎缩下去。有一天下午他被暴雨淋回家,一撞进家门,猛见床上有个满脸胡子圈的男人,正趴在自个儿的女人身上。侯娃成绝望得怪吼一声,扬起扫帚就砸。扫帚举在半空,却砸不下去。原来他女人已经赤条条地挺身而上,跳过来给他一个嘴巴,侯娃成很委屈,扔了扫帚,抱着头蹲到墙旮旯去号。

5

不管怎么说,侯八成还想把自个儿当成男人,他也有想当"汉子"的时候。

侯八成的家门口就是菜市的中心,女人在门前摆了个杂货摊,卖大料、味精、桂圆、红枣、干鱼之类的货色,摊子两边是什么人上什么菜,侯八成从不过问。有一天,忽然一个卖鲜菜的乡下闺女和一个卖羊肉的男人争执起来,闺女说她先来,男人说昨天他就在这里的。恰好侯八成这时出门,一眼瞅见大闺女年纪轻轻,肥臂大腰,不禁动了恻隐之心,一时昏了头脑,忘记自己姓甚名谁了,拉出路见不平、拔刀相助的架势,窜上前决断道:

"先来后到,先来后到,闺女,你就在这里卖,看他咋了你。"

叫人家大闺女在这里"卖",不好听,但毕竟不能说是有意的。

卖羊肉的汉子被这一棍打蒙了,转眼清醒过来,见是侯八成,便把眼一乜斜,阴阳怪气地说:

"哟嚯,你娘没结婚,咋把你给生出来啦。"

侯八成一听他骂人,自然饶他不得,一边破口还骂,一边扭身从墙角拽过来大扫帚,往卖羊肉的汉子身上直舞。

卖羊肉的躲开扫帚,一边收拾摊子,一边酸溜溜地说:

"好,好,让你,让你,夜里跟大狗娘说说,叫她管你。"

大狗自然是侯八成的大儿子。

因为这事,侯八成恼了几天,又悟出两点:第一,自个儿没声势,谁都敢欺负到头上;第二,啥事都讲究唬劲,自个儿不明事理,是八成熟。

6

侯八成就这么闷着过日子,心里总也不是滋味,在大街上和澡堂子里出了点风头,自然也得意不了几天。正在名声上不上下不下的时候,"文化大革命"开始了。

侯八成立即闻风而动,因为他每天在街上扫地,碰到熟人的机会多,所以他不厌其烦地拦住过往的叫出名字和叫不出名字的熟人,做出一副神秘的样子,向人家打听昨天出了什么事,今天又出了什么事。好在他谈不到家室之累,精力全可以放在外边。

后来,成立了各种战斗队,各种兵团。

侯八成很急,怕人家撇下他,就跑到各战斗队去找,求人家收他。知道底细的就说:

"八成,不是我们不收你,你是大将风度,叫你老婆来还凑合。"

人家不收他,这使他很沮丧,那顶大将的帽子,戴着又挺惬意。

他突然大脑一热,自作主张自己成立了一个造反组织。

侯八成在革命热情的鼓舞下,对老婆的畏情也有一半置于脑后,把箱里的一块红包袱皮翻出来,花钱请街头的马二娘绣了"单枪匹马造反司令部"几个黄线大字,自任司令,把旗斜插在门框上,就算正式把招牌打出去了。

过了几天,见没人投到旗下,只有光腚毛孩子蹦着跳着。悲哀之余,不禁想起了最高指示,再者看见街头的垃圾越堆越厚,心中也有些不忍。侯八成决定上街一手抓革命一手促生产了。

侯八成将战斗旗帜绑在垃圾车上,继而又想,谁能注意这个呢?苦思一夜,想出个办法来:在垃圾车的前前后后拴上十几个大铃铛,铃铛一响,革命声势也就出来了。

从此,小城的大街小巷就可以看见一个瘦猴,黑而猥琐,拉着垃圾车,铃铛哗郎哗郎乱响,红旗猎猎飘扬。侯八成走到哪里,就大造革命舆论,唾沫四溅地与任何人辩论,实在没有对手的时候,侯八成就埋头扫大街,装垃圾,倒也生活得火热。

7

侯八成的名气越来越大,唬不透的还真敬他三分。侯八成自我感觉也极好,高兴的时候,就从腰里摸出块把两块钱,到熟食门市部买一块猪头肉,到烟酒门市部打二两白酒,自命不凡地在痰迹遍布的商店台阶上蹲下,一边大口撕肉,咧嘴灌酒,一边警惕地注意周围的阶级斗争新动向。侯八成随时准备摆出司令的架势,战斗到底。

8

　　随着名气的日增,侯八成愈来愈感到经费的紧张,扫大街固然赚不来几个钱,老婆贩草虾赚来的钱也不会给他半分。侯八成决定吃大户。所谓吃大户,就是侯八成妄想出来的收取战斗费。因为他长年累月扫行于大街小巷,所以对各家各户的情况都掌握,侯八成专挑刺儿头家"吃大户"。在这样的人家,他自然挣不到许多便宜,但他有一股缠劲,不管采用讲革命道理的形式,还是采用撕扯、脏骂的形式,侯八成都可以一缠到底,收不到战斗费绝不罢休。他可以一天一夜不吃饭睡觉,赖在那家门口,撒泼、臭骂、揭底,要是那家不出来俩小伙子揍他,他就放倒身子,装成被人欺负的模样,躺在地上干号。侯八成极有耐心,善于做戏,看起来他又哭又骂,实际上他正从眼缝里放出光来,窥测人家的动静。被缠急了,人家就想,何必为块儿八毛的,让他指着鼻子臭骂,惹得四邻净看笑话,就出来一个人,把一张票子狠摔在他头上。侯八成定睛一看,大喜,立刻攥在手里,立刻起身拍拍尘土,再讲三五分钟大道理,对人家表扬一番,而后叮当叮当拉着猎猎飘扬的战斗红旗,佝偻着身子走了。

　　难剃的头剃了,其他事都好办。侯八成一户一户收,煞有介事,挺认真、挺严肃,论人头该收多少收多少,多一分也找给人家,一边收一边讲革命道理,讲当前的大好形势。

9

　　侯八成能弄来钱,名气又响,老婆也随之另眼相看。虽然不肯太多地施舍,但每月毕竟也要对他开放一次。侯八成日子过得顺畅了,遂不思革命,而专事"挥霍",与日更加热情地向半斤猪头肉和四两白酒进攻,逢人大谈革命功绩,完全是一副老革命的派头。侯八成还喜欢加入街头的野棋圈子,死乞白赖地与人杀上一盘,输了就大吹自己有一手好字,曾经得到本县革委会主任李本模的赞扬。

有人问侯八成,在哪里认识李本模的。

侯八成涎然一笑,笑出一副猿样,极端玩世不恭地说:"俺在他家门口扫过垃圾。"

转眼"文化大革命"过去了。侯八成吃大户吃来的款子早已吃光喝光,随着形势的发展,他又上街扫垃圾了。车还是光秃秃的一辆车,旗也砍了,铃也摘了,老婆摆摊子挣大把钱,又把侯八成扔旮旯了。侯八成很气愤。

侯八成在街上扫垃圾,颇下功夫,赤膊上阵,只穿一条蓝布裤衩儿兜。向侯八成交过战斗费的人在街上看见他,装成严肃的样子说:"侯八成,好好干,你是三种人哩!"

侯八成一愣。

于是侯八成把正名的事当成首要大事来办,侯八成天天跑县委、县政府。对县委、县政府的各个机关了如指掌,连新上任的县委书记明天上午几时几分干什么,下午几点几刻到哪里去,都能掌握得八九不离十。县委、县政府的各级干部他都认识。侯八成到处申诉、辩白。侯八成要求县委给他平反,恢复名誉。

县委一同志说,侯八成你的问题我们清楚,你好好工作吧,要为本县的物质文明和精神文明建设做出贡献。

侯八成很感动,逢人便转达县委的口头指示,末了还用一只手挡在嘴上,装成无可奈何的样子,不无得意地悄声说:"唉,谁叫俺是司令咪。"

11

　　思想包袱一解除,侯八成又开始热心参与社会事务了,他对国内外大事都关心,信息也灵。碰见人就义务宣传党的方针政策。第一个文明礼貌月,侯八成光在汽车站演讲就达七次,听众大约有五百人。交通安全月,侯八成把垃圾车停在路边,协助交警维持秩序,细胳膊一指一画很像样子,而且有一个规律,他出现在哪里,哪里必定交通堵塞。这正是他大显神通的好机会,弄不好侯八成还会跳上垃圾车,先讲半个小时交通安全常识,再指挥行人疏散,他声嘶力竭,极其卖力,表情也极富责任感,完全是一副人民公仆的大家气派。计划生育宣传月,侯八成更加废寝忘食,他新扯了一块红布,还请街头没死的马二娘绣上"计划生育宣传月"几个黄金大字,绑在垃圾车上,干一会儿活,就把垃圾车停在县委、县政府门前,学江湖术士的招式,一翻身上了车帮,大旗擎在手中,猛挥几圈。旗卷着风,发出呼呼的声响,立时就吸引了几个孩子,他就开始呼口号:

　　"计划生育,利国利民!"

　　"为了你和别人的幸福,只生一个孩子!"

　　县委出来的大多数干部,都付之一笑,还有的同侯八成闹两句:

　　"八成,你同你老婆生几个?"

　　"嘻嘻,"他就居高临下忸怩地笑,"俺们那时闲。"

　　"尿撒多了是不是?"立刻接上说。于是大家哄然大笑。侯八成也很快活。

12

侯八成的知名度又见回升,他已经渐渐不满足现状,开始往事物的深处思考了。

有一段时间,侯八成发现会场上坐风不正,他立刻敏锐地意识到这关系党和国家的生死存亡。侯八成很焦急很担心,思虑再三,请人给党中央、国务院写了一封反映信。

尊敬的党中央、国务院和全体同志:

你们好!

俺最近发现俺们这个地方,干部开会,坐不像坐样,站不像站样,不利于端正党风、社风、民风,故作如下建议。

第一,坐时一律目视前方,肩正背直,两手自然平放在大腿上(女同志夏天可用手护住裙子,冬天两腿要夹紧)。

第二,鼓掌时头脸应保持原样,两手交叉互击,心无杂念。

……

此致

改革的敬礼!

侯娃成口述

侯八成生平第一次到邮电局,第一次买了一张八分的邮票,第一次寄了信,心里感觉很神圣。走出邮局时,拿威严的肩负历史重任的眼光看四周的人,并且居高临下施舍般地在一个小孩头上摸了一下。

信寄走之后,侯八成更勤地跑县委、县政府。忽然有一天,他的信转下来了,是一张打印的公函,上面工工整整地填了"侯娃成"几个毛笔字,还有一个鲜红的大公章。

县委的同志拉着侯八成,恭维他:"唉,八成,党中央都给你来信了,你做给我们看看,开会要用什么样的姿势。"

侯八成很认真,一个骑马蹲裆,扎在屋子中间,两眼平视,两手按在瘦腿上,模样要多难看有多难看,完全是次品架势。

县委的人都笑岔了气,接不上地说:

"好,好,就是,背不直……"

13

从此,侯八成更有本钱了,逢人便说党中央给他回了信,到处搞骑马蹲裆。侯八成跑得最勤的,除了县委、县政府,就是地方志办公室。地方志办公室没有一个人不能倒背党中央给他侯娃成的回信,不能倒背县委给他侯娃成的口头指示,不能倒背从出娘肚子以来他侯娃成的业绩。如果夏天天极热,说不准侯八成还能突然抱个西瓜光临,让大家伙饱食一肚子。

吃过西瓜,侯八成偷问过秘书:

"听说上了书,人家就再也打不倒啦,是吧?"他还记着三种人的事。

"是的。"秘书憋着笑说,"得闲也替你添一笔。"侯娃成从此活得理直气壮。上了书的人,谁还敢欺负!

农历正月初五,侯八成突然死了,最后知道是过年暴饮暴食所致。侯八成死了以后五个月,他老婆正式改嫁。侯八成的两个儿子,一个参了军,一个跟他娘做小生意。以前侯八成扫垃圾的地段,换了两个小丫头,不过一般人没见过她们,她们都是趁早干完,干活时捂个大口罩,怕露脸。

侯八成的老婆在他死后才正式改嫁,这算侯八成生平的最大成功了。

侯八成享年四十八岁。

1989 年

焚烧的春天

甸子看起来是一望无际的。在傍晚的时候,天空一秒钟比一秒钟更暗淡的时候,甸子看起来尤其如此。几株聚合在一起的高而直的白杨树,孤单地耸立在无际的暮色苍茫的甸子上。

小瓦她背着草箕儿,弓着腰在暮色苍茫里走。草箕里塞满了秋草,一直塞到草箕的把儿。草箕的把儿上拧着一根发白的毛绳,她就把镰刀柄穿在毛绳圈里,搠在肩上,弓着腰,往村子的方向走。

没有风。但凉意一层一层紧挨着漫上来,漫到草甸子上,漫到孤零零地待在大甸子上的那一小撮白杨树的梢头上。有几声低哑朦胧的秋虫的鸣叫声泛起来,但即刻又被无边无际的草甸子上的暮色淹没了。

"小——瓦——小——瓦——"

"哎——"

"俺——们——回——啦——"

刚才的那种尖尖的女伴的声音又响起来了,很快又消失下去了。草甸子上还是只剩有浓浓郁郁的暮色。小瓦不再吱声,也不想着紧走撵上女伴,她只顾低着头,弓着腰,用全身的力气搠着一大草箕儿草往前走。

路儿花白,在暮色里蛇一样曲曲弯弯地走。上了一个缓坡,就见着下边是无边无际漫在暮色里的一大片水。水边胡乱地长着杂七杂八的草,梗儿硬直。像蛇一样的花白的小路,一条顺着坡岔向往村里去的土大路,一条就岔到水边去。

小瓦蹲下来把草箕儿卸在地上。她抓起衣襟抹抹脸上的汗珠。在暮色里看不清她的脸,她出了一身汗,脸蛋儿肯定是红扑扑的像刚从地里起出来的红芋。她的身上有一股潮乎乎、腥乎乎的大姑娘的汗馊味儿,这味儿在无边无际的暮色浓重的大草甸子里,显出了人的热乎乎的生气。小瓦往四下里张了张,四下里都瞧不见割草的女伴了。她拿着衣襟在脸面上扇了扇,扯开喉咙,对着伸向暮色里的花白的蛇形小路,喊了一嗓门:

"哎——翠——花——哎——"

她的不算尖也不算粗的嗓门,在暮色四合秋虫哑哑的草甸子上,黏糊糊地滑进看不清的远方去,能看见的只有黑乎乎站着的那几株白杨树的黑影儿和晃荡着的水边的草梗尖儿。哎,翠花哎,俺们该回家了吧,天没黑的时候小瓦就跟翠花说,你娘的麦糊糊稀饭,也该香喷喷煮熟了吧。翠花就傻乎乎地笑小瓦:你的那个痴人儿,也该心焦焦地等急了吧,趁年轻的时候不玩玩,还待老掉牙吗?两个妮子就闹在一堆,大老憨家的妮子彩霞也过来跟她们闹成一堆。这几个死妮子闹成一堆,也真是的,把天都搅翻了。可眼下,她们都走远了,暮气把她们都吃掉了。

小瓦想到这里,重又蹲下,用屁股把满满一草箕儿草撅起来。她把草撅起来走了几步,又停下,把肩上的草箕儿卸下来,竖着耳朵听暮气里的动静。她的心像小猫一样地跳着。

一阵吱吱啦啦的声音从堤坡下边传过来,还听见喘粗气的声音。接着,一个男人就咧着嗓门嚎起来:"啊——啦啦啊啦啦哎嗨咿呀——小牸子!"

小瓦回过头去瞧着暮色里的黑影。黑影很庞大,黑影愈走近则愈浓黑。从暮色里先走出一只黄牛头,跟着牛的全身就出来了。牛拉一只橇,橇上堆着草捆儿。一个男人跟在橇后头,肩上扛着短柄的长鞭,鞭梢长长地拖在地上,也像一条蛇,在蛇一样的淡淡花白的路上迤逦地行走。小瓦叫了一声:"国柱!"

国柱扬起乌黑漂亮的眉毛瞧着她,咧开嘴笑起来:"小瓦,你还没回哇,等俺哪。可你咋知道俺准从这块走?"他的胸脯和胳膊都粗壮有力,他的脸膛红黑英俊。他转过红黑英俊的脸膛往暮色里看了一眼,说:"俺们不是说好啦,在村里头见的。"

小瓦撒娇地撇撇嘴。她走到国柱的跟前,用手按按他胸脯上的纽扣,小里小气地说:"俺可不是等你嘛,俺问你那事办得咋样啦?"

"俺办好啦。俺把窑场的活儿给辞啦,俺不想再跟那王八蛋踢腾啦。场里还巴不得哪,想上窑厂干活的人多着哪。"

他停住了,憋噎了一下,盯着小瓦的鼓鼓的衣服瞅瞅。小瓦又用手按按他胸脯上的纽扣儿,小瓦说:"俺们回吧。"

国柱咽了口唾沫,说:"那俺们就回吧。"

他们把草筐儿放到橛上,吆动牛,跟着牛橛走。国柱说:"那俺们就把事儿办了吧。"

小瓦脸涨涨地说:"嗯。那俺们就把事儿办了吧。"

国柱说:"秋也要收尽啦,草也要枯啦,就把事儿办了吧。"

小瓦胸脯胀胀地说:"那就办了吧。"

国柱说:"霜打了草,秋深啦,草就卖到纸厂子里,草有筋,也值钱。说办就把事儿办了吧。"

路还在草甸子的堤坡坡上蛇绕蛇转,秋草绊着脚,路畔显出几个黑乎乎的大影子,是几个不太大的草垛子。小瓦说:"俺走不了啦。"

国柱也涨涨地瞅着她,国柱说:"那俺们就歇一会儿吧。"

牛停住了,用没牙的嘴皮子去裹路边的草。小瓦和国柱就走到草垛子根底下,扯了几把草扔在垛底下,在草上头坐下来了。

国柱说:"小瓦,俺们说办就办了吧。你同你叔说了,俺同俺叔说了,俺们也不用啥排场,说办就办了吧。"

小瓦全身都胀麻麻的没劲,小瓦说:"那俺就跟俺叔说啦,俺就说俺们要办啦,也不用啥排场。"她突然哽咽了一下子,她偎住国柱宽厚的身子。她又说:"国柱,那俺们就办了吧。"

国柱用两只胳膊箍住小瓦的身子,小瓦就倒在了国柱的身子下边。身子下边的草又软又香,这是甸子上的秋草晒成的哩,筋多,韧,铺在小瓦身下让她软绵绵的好舒坦。小瓦说:"国柱,你待俺好吧?"

国柱说:"小瓦,俺待你一百个好,一千个好!"

暮气中已经掺上了许多夜的颜色。小瓦的汗味和国柱的汗味搅在一起。草的香气静静地向四旁散发出来,牛把橛向前拖了一些,去吃更好的草。大草甸子上连虫叫声也很稀少了。

……

小瓦回到家中的时候,天黑透了。

她进了门,静静心,把草箕儿放在门楼子底下。煤油灯在堂屋里亮着,一个男人走出来,瞧见了小瓦,就朗着声说:"小瓦,回啦,洗把脸,弄饭吃吧。"

小瓦答应着,把箕儿里的草扯下来,扯在门楼子里边的地面上,摊开来晾。狗凑过来,摇着尾巴嗅她的脚跟。猫在门笆上喵喵地叫。鸡已经差不多全老实下来了。

婶和翠花都在厨间忙活着。小瓦咬咬牙,叫自个儿的心安定下来。她挽起袖子去弄了一满盆猪食,端给哼哼叫的猪。她站在猪圈旁边听听村里拉风箱的声音,听听远处的草甸子上有没有什么声音传过来,听听村里娘骂小妮子的呵斥声,心儿里痒酥酥的。小瓦呀,黑黝黝的小瓦呀,你的那个痴人儿,也怕心焦焦等急了吧。她忙不迭地甩开那些念头和草垛子底下国柱的热汗味儿,捂住猛跳的胸脯,回到院子里。

吃罢饭,用汤锅子里的热水擦了身子,小瓦待在自个儿的屋里,心里头慌张,手脚也不知往哪里放。

叔坐在堂屋里听话匣子,婶在煤油灯底下捡芝麻里的土坷垃,叔一时半会儿就咳一声,翠花上外头溜门儿去了。小瓦就走到堂屋里,红通通的脸,蹲在婶的边上,低着头拨芝麻,说:"叔,婶,俺可得走啦,国柱讲,要办就办了吧。"

小瓦的脸红到脖子。叔听了,把烟从嘴上拿开,打个顿,愣了一会儿,才讲:"随你们哩,讲办就办了吧,也老大不小啦。"他抽口烟,打个顿,又讲,"你爷娘死那会儿,俺可就记着哩,妮要拉扯大,才对得住哥哥嫂嫂。"

他摇摇头:"说办就办了吧,嫁妆早给你置齐啦。叔叔婶婶没本事,你领这一份情,俺心就实啦。"

婶低着头嘤嘤哭起来。小瓦也嘤嘤地哭。小瓦边哭边点着头边咬着嘴唇说:"叔婶待俺好,俺死也不忘哪,俺死也不忘哪。"

婶还是嘤嘤地哭,小瓦也嘤嘤地哭。小瓦抱住婶的肩膀,把眼泪留在婶的肩膀上,一边嘤嘤地哭,一边讲:"婶,那俺就办啦,那俺就办啦。"婶就点头,带着哭腔说:"儿,就办吧,就办吧,婶可对不住你哩。"

小瓦哭到床上,哭到半夜,后来,鸡就叫头遍了。

过了几日,国柱就汇着几位好友,上甸子里的大水洼边,挖土和泥做坯了。

大草甸子一望无边,几个人打了赤膊干,挖土的挖土,挑水的挑水,和泥的和泥。在他们干着喘口气的时候,抬起头来,很模糊地瞧见远处的村子。

打老远就瞧见小瓦风风韵韵地从蛇一样的小路上往这块走。几个人都昂了头往远处瞅。国柱红了脸道:"瞅啥哩?"

克明说:"瞅那光光蜓哩,打秋了还上下舞哩。"

少华说:"瞅那过道的大鸟哩,大鸟正往南去哩。"

瞅了半刻,少华又讲:"国柱哥好福气,好福气。只是在空荡荡的大甸子上,前不巴村后不巴店,得把嫂子守好哩。"

克明就讲:"俺是走不出来哩,俺要能走出来,俺也来大草甸子上安一个家,拼死拼活地干,弄一些钱,上省城瞧瞧鲜去。"

几个人都咂嘴,叹自个儿没有决心、没有勇气到空旷的四野都生着草的大草甸子上来,脱坯造一个家,拼死拼活地打草挣一笔钱,上省城瞧瞧鲜。还要拿出钱来翻造一座新瓦房,买个汽灯,把瓦房照得光亮亮的,那样好排场。

传林也插上来讲:"人家国柱跟小瓦可都是没爷没娘的辈哩。有爷有娘,就恋着爷恋着娘不从村子里搬出来啦,狗也知道老窝暖哩。"

克明讲:"倒也是,没爷没娘虽说苦涩,倒也少了依偎,都得靠自个儿干哩。俺知道国柱是把窑场的职给辞啦,一心一意来跟小瓦过日子哩。小瓦就是他的心尖尖啦,给啥他也不换啦。"

少华就讲:"俺也这么想哪,俺要是没爷没娘,俺也依着俺老婆,把俺老婆当爷当娘偎着哩。可叫俺带着老婆在荒甸子上一住就是一年两年三载的,俺也真恐慌哩。晚上除去跟老婆说话,就跟狗呀猫呀猪呀在一块打哼哼,虚得慌哩。"

传林接上讲:"该俺,俺就叫老婆给俺下几个崽子,俺就有事情做啦,俺晚上就不虚得慌啦。"

克明讲:"俺就要两个崽,一个小子,一个妮子。俺晚上就跟老婆闲拉呱,俺就不信能把话都讲完啦。"

传林讲:"在草甸子上你能把话给讲完喽,那就真邪啦。俺叔讲,大草甸子上有几根草,跟老婆就有几篓话哩。"

少华、克明、开龙几个都咧开嘴道:"也是哩,有几根草,跟老婆就有几篓话哩,这可是跑不掉啦。"

再过几日,土坯让风吹让太阳晒,从里到外都干腾腾啦,国柱就请人在大草甸子上盖起了两间土坯房。土坯房子新崭崭、结实实地蹲在大草甸子里,倒也给单调无边的荒野草滩添了一些新鲜的生气。上梁的时候,少华把一挂鞭挑起来放。从远远的地方瞧过去,听不见鞭炸声,倒能瞅见一缕青烟往天上升,往天上散。房盖好了,能住人了,国柱就把小瓦娶过来了,小瓦的叔家也就把小瓦和陪嫁送过来了,村里的人都吃了喜馒头。

娶小瓦的那一段日子,天气晴得好,整天半日的见不上几块云彩。两人在新房子里过了疯疯傻傻的一晚上,第二天太阳刚露面,就都起来了。拿上绳子、砍刀和镰刀,上秋草最盛的地方去砍草。

草甸子也真是太宽敞啦,草厚厚地长,砍得少了,全是自个儿的;砍得多了,少少地交些草钱给村里。草甸子上的草任怎么砍也砍不完哩。

靠正房的东边搭了一间小灶屋。小灶屋里拴着吱吱叫的半大的小狗崽子,是国柱从家里头带来的。两人走的时候,小狗崽就吱吱地叫。他们也就走了。屋后有一汪小水,说流不流说走不走地往大水洼子里淌。水底下净是沙土,水刚没了脚面。水畔的沙土里挖成个坑坑,水就渗进来,渗了一坑,丝丝的甜。草棵子里露水挺重,秋草的筋多,都硬挺挺地筋筋地立着。在草棵子里走不上几步,鞋面跟裤腿都潮乎乎地贴到皮上去了。小瓦就疼疼地说:"国柱,国柱哎,怕要凉着。"一边说一边脸儿红起来,"俺听俺婶几个议过,汉子做了那事,就怕凉着。"

"俺倒不怕,"国柱逞能地说,"俺干活就干出一身汗来,俺还怕凉着?"

小瓦相信地点点头,像一只小母狗,乖乖地随在国柱后头。他们到了草最厚的地方,就把捆草的绳子扔在一边,话不讲一句,专心专注地砍起来。

太阳出来了,秋晨的凉意渐渐散去,草甸子上的水汽也慢慢散去,视野能瞧得更远一些。有一些小鸟叽叽地叫着,在草丛里飞来飞去。在好远好远的地方,也许有五六里路远吧,才能看见最近的一道炊烟从树丛子中间袅袅飘起来,散得很慢,简直就散不掉。早晨还没起风哩。

太阳一起来,草甸子上就逐渐地清晰明快了,调子挺沉静厚实。国柱用的是大的弯把砍刀。他稍微前倾,挥动有力粗壮的两只胳膊,使劲砍草,筋筋的秋草就一簇一簇地倒在地上。但因为地面上疙疙瘩瘩的,他也不能用那种抡圆了的办法去砍草,这样砍草的速度就慢些,但还是比小瓦快。国柱到底是大男人,总比女人好些吧。小瓦使的是短柄镰刀,她蹲在地上,一边割一边往前往左右挪。她这样蹲着割,可以割上半天时间,中间顶多立起来喘次把气。

两人往两个方向割,渐渐就离得远了些。小瓦转过身去瞧瞧,国柱只剩了一个大影子。她心里着实离不了他,她就立起来,对着国柱的影子叫:"国柱哎,国柱哎。"

国柱就住了手,立定了,回她说:"小瓦,你喊俺哪。"

小瓦说:"可不是俺喊你哪,俺见不着你俺心里慌着哪。俺想俺该回啦,俺该家去弄饭啦,俺想你也该饿了吧?"

国柱说:"你这一讲俺还真觉着饿了哪,俺饿得心里头发慌哪。那你就回吧。"

"那俺就回啦。"

小瓦说着,就用绳子捆上一捆草,背在肩头上,往回走了。割下来的草都摊在地上,几个大太阳就全晒干啦。

小瓦走得远了些,回头看看丈夫。丈夫还立着砍草,胳膊和腰和屁股一扭一拧的。她心里有点麻酥酥的感觉。她的衣袖和裤腿全让露水给打潮啦。她挺有劲地背着草捆,一颠一颠地走回到新盖的土坯房前。小狗见着有人来,就嫩声嫩气地咬。

小瓦开了门就忙不迭地舀水做饭,她把柴火点着了塞进土灶里去。在这个地方,方圆好大好大的地方,都用这种土灶,都没有电灯,也没有烧煤的家伙。等锅里的汤咕噜起来了,小瓦就撩起衣襟在脸上抹一把,让饭在锅里头自个儿熟去,她就端了一盆衣裳,上屋子后边的小水里去洗。小水是流到大水洼儿里去的。小瓦端着盆走到门前的场子里,顺带就用脚把捎回来的草捆踢开,让太阳把它们晒干。她把草都踢散开来,摊平,而后她就转到屋子后边,把衣服倒在丈夫新挖成的一个水坑里,让水把衣服都泡到、泡死,沉到水底里。她把衣服打上臭肥皂,一边擦揉,一边就想起了丈夫。翠花也就像在一旁点着她的腮帮子讲:

小瓦呀,黑黝黝的小瓦呀,俺们该回家了吧。娘的麦糊糊稀饭,也该香喷喷煮熟了吧。你的那个痴人儿,也该心焦焦地等急了吧,趁年轻的时光不玩玩,还待老掉牙吗?

小瓦的心里边就安静不下来,就火烧火燎的。她站起来往草甸子里瞅,也瞅不见丈夫的影子,是离得太远了点。往大草甸子上瞅,只瞅见那几株孤零零立在荒野上的白杨树。白杨树前些日子就开始往下掉叶儿了,叶子是从下边开始掉的,现在才掉到中间,树冠上还缀得满满的。

小瓦赶紧洗完衣裳,就把饭和黑乎乎的咸菜疙瘩装在小篮子里,锁上门,一手拎着两把短柄镰刀,一只胳膊挽着小篮儿,匆匆忙忙往丈夫身边奔。

太阳当空啦,阳光就有了些劲头,再过个把时辰,草梗儿上的露珠就散尽了。小瓦奔到丈夫身边,喊着:"国柱,国柱哎,吃哩。"国柱就扔了砍刀,拿衣襟在脸面上抹一把,对着小瓦咧开嘴龇着牙一笑。小瓦就一边跪在草梗上把饭菜从小篮子里拿出来,一边红着脸讲:"国柱,怪哩,俺一会儿不见你,俺就想你想得慌。"

国柱正转身对着荒草撒尿,听见小瓦的话,就尿不出来了。他就扔了裤带扑到小瓦身上,把老婆扳倒在刚砍下来的秋草上。小瓦浑身就连一丁点儿劲都没有,小瓦就咬着丈夫让丈夫作践自个儿。过后,国柱就翻到一边去,从兜里摸出一根玉兔烟,划上火柴点着,仰着脸对着天喘气,对着天抽烟。

天空瓦蓝瓦蓝的,又高又远又干净,像这大草甸子一样。小瓦侧过身用胳膊去搂丈夫,喃喃地讲:"好国柱,俺得给你下个崽啦,俺能给你下三五个崽哪。"

丈夫哼哼地应付着小瓦,享受着自个儿的烟,而后就拿粗糙的大手在小瓦的脸蛋上呼撸一把。

他们亲亲热热地歇够了,吃饱喝足了,又闷着头干活,闷着头砍草。一直干到晌午,才能歇下来。

第二天、第三天、第五天都是这么过的。小瓦晌午从草甸子上回来,累得气也喘不下来了。她刚把水舀在锅里,小狗崽子就嫩声嫩气地咬起来了。她出了门一瞧,可不是翠花来啦。她用两只手把翠花搂住,两个妮子都跌在摊开来晒的秋草上了。

小瓦说:"翠花呀,俺可把你给想死啦。俺觉着俺上草甸子来住,都好些年啦,俺真不知道村里都啥样儿啦。"

翠花就讲:"姐忙挣钱哩,哪还顾上往村里去呀。俺跟你说啦,俺明儿个可就跟少华上青阳城里去瞧瞧啦,俺也想早些个办啦。"

小瓦讲:"那就早些个办吧,再耽搁也急死人啦,都老大不小啦。再说秋也要收拾净啦,也没别的啥事啦。"

翠花讲:"姐讲得倒也是。俺听人家说,现时东西都要贵哩。俺就想先让少华把俺的衣裳把俺的缝纫机子先买下了,俺就大啥不缺啦。"

小瓦讲:"姐得给妹妹添些个东西哩。待这阵忙完啦,俺也让国柱领俺上青阳城瞧瞧新鲜去,俺就再给妹妹添几件衣服,俺想这么办哩。"

扯了不长的时间,翠花就帮着小瓦把响午饭做好,翠花就急着回家了。小瓦把饭带到草甸子里给国柱吃。吃着,小瓦就讲:"国柱哎,俺们过些日子,上青阳城遛遛吧,俺们砍的草也能卖一茬啦。翠花也就要办啦,俺们也该喘口气啦。"

国柱讲:"倒也是,俺就依你吧。"

再过几天,国柱上村里借了一挂牛车,跟传林一道,赶着牛车上土坯房来装干草。因为天气一直晴好,所以砍下来晒的牛草也没正正经经地垛起来。只把那些草胡乱地堆成一个大堆,上面拿秋草拧成的草绳子箍住,免得让风刮了去。

传林也是个壮血汉子,比国柱高出半个脑袋,脸膛也是黑红,胡子倒比国柱旺些个。牛车赶到土坯房,小瓦就从屋里出来。传林拿眼瞅她一眼,嘴上打个招呼道:"俺们来啦。"

小瓦手慌脚乱地说:"来啦,先屋里边歇着,俺就把糖水冲过来。"

传林讲:"俺们就不歇啦,俺们就装车吧。牛车走着慢,纸厂那块也不准得耽搁多少时间。"

国柱说:"那俺们就先装车吧,在路上不准得磨蹭好久哪。"

三个人就拿着草叉去装车。

又是一个好天。太阳还没出来,车辖辘沾着露水、草叶和湿泥,牛拿舌头去卷散落在地上的草叶和草梗,薄雾慢慢地淡去,草甸子上寂寂静静的、湿漉漉的。车子装好了,把砍下来晒干的草装去了大半,装得老高。国柱和传林一边一个嗨嗨地煞车,把草捆在车上捆结实。要是在路上散了车,那就麻烦啦。

装好车,小瓦也把早饭弄好了,国柱就跟传林坐下来吃。一边吃,一边国柱就讲:

"小瓦哎,家里头也得留着人守守哎,还不知道啥时间才转回来。"

小瓦愣愣神,就爽快地讲:"倒也是哩,俺就在家守守啦,俺下回再去吧。"

吃饱饭,他们就把牛车赶走了。小瓦站在屋跟前,瞅着他们走。牛车走得很慢,晃晃悠悠的,还不知道公家的大路让不让走哩,听说这些大路上连马车都不准走啦。小瓦痴痴地想。

牛车在大草甸子上越晃越远,到最后就瞧不见了。小狗崽子已经放了索子,现在就来缠小瓦的脚。刚从村里捉来的几只鸡倒不敢放开,都圈在秫秸扎的笆笆里,一劲儿叫唤。小瓦定定神,就提了短柄镰刀,锁了门,带上狗,上甸子里砍草去了。

他们到天瞎黑才回来。这时候,小瓦已经把几个下酒的菜弄好,用碟子盖着,摆在小方桌上,等他们了。

狗儿一叫,小瓦就听见了牛车的吱咕声。她忙迎到门外,外面黑黢黢的。他们已到了近前,都是一脸的尘土,一头的草屑,一身的倦乏。

小瓦忙不迭地侍候他们,端水给他们洗脸,服侍他们在桌子边坐定,酒就斟上来了。

他们滋滋地喝酒,喝了大半瓶,脸都红晕晕的。国柱打怀里掏出一沓票子,点出一张,送在传林手边,舌头胖胖地说:"传林,你拿着这个,买包烟抽吧。"

传林说:"国柱,你瞧不起俺,瞧不起传林,下回就别找俺。俺不稀罕。"说完就红着脸低着头生闷气。

小瓦在旁边看得清楚。小瓦这时就讲:"传林哎,国柱给你,你不嫌少,你就收下呗。俺们这个家刚垒起来,也没个底子,俺们小气啦,你不能往心里头去哪。"

传林抹抹脑袋,就说:"倒不能这么说啦,那俺就收住啦,俺也该回啦。"

国柱同小瓦都留不住他。他叼着烟,去把牛吆动。国柱讲:"俺送你一程,俺送你到大水洼东头,俺再回转吧。"

传林讲:"不用送,俺好好的一个大人……"

牛车就吱吱咕咕地晃着走进夜色里。过了半晌,国柱转回来,两口子闩了门,吹熄灯,上床睡觉。国柱迷迷昏昏地说:"哎,小瓦哎,钱可放好啦。"小瓦压低声音说:"放好啦,睡吧,别咋呼啦。"国柱嘿嘿地笑起来。"怕什么,俺们自个儿血汗挣来的。"小瓦拿手把他嘴一捂,而后就偎到他滚热的怀里。他们就跟大草甸子一块睡去了。

干着干着天就凉多了。早晨的露水更重,雾气也更浓,到很晚了雾气也不散掉。

他们又卖了几牛车干草。国柱上村里交过一回钱,喝得醉醺醺地回来,对小瓦说:"俺跟村长对干了五盅,村长就跟俺说,他家里一头猪崽子,眼看着不行啦,就扔塘泥里啦,随它去吧。过了些日子,猪崽就立起来啦,好啦。村长讲,这是吉利哪。俺可就嘿嘿嘿嘿地笑啦。俺跟村长连干了五盅,五大盅哪。"

小瓦瞧他醉了,就把他扶到床上去睡。睡到半夜里,国柱醒了酒,心里头烧得干,就推着小瓦讲:"小瓦哎,俺口里干死啦。"小瓦讲:"床头前俺给你焐着茶哪,伸手你就够着啦。"

国柱伸手够着杯子,还有些暖意哩。端起来咕咚咕咚灌半天,放下杯子,反过身来就把小瓦搂在怀里,拿嘴去亲她。小瓦就偎在他怀里,让他亲。亲过了,小瓦就讲:"俺看你是吃醉了哩。俺想把衣服脱光了睡,俺老觉着这天跟往年不一样哩。"

国柱就把小瓦的光身子更使劲地搂在自个儿身上。国柱讲:"怎么的不一样?"

"今年的节气怪哩。"小瓦愣怔怔傻里傻气地讲,"俺怎么觉着跟春上差不远哪,俺就从头说给你听吧。"

"那你就从头说给俺听吧,俺想听哩。"

屋外的大草甸子上连一丝儿声响也听不见,微微有一些星光从小小的窗洞口散进来,把屋里搞得朦朦胧胧的。狗崽子在灶屋半晌才哼唧一声,鸡也挺安静,怕全是睡去了。

"那俺就讲给你听。"小瓦说,"前个早上,俺把你跟牛车送走啦,俺就上甸子上砍草啦,"她咽了口唾沫轻声儿说,"俺跟往常一样,俺到了甸子上,俺把捆草的绳儿扔了。俺刚把绳儿扔了,俺就觉着今年的节气跟往年的不一样。今年的节气来得翻江倒海,让俺受不住。"

国柱讲:"怎么的受不住?"

小瓦在国柱的身上摸索着,小瓦又说:"俺跟你说吧,俺跟往常一样,俺一手拿了短柄镰刀,俺一弯腰,俺不知道为啥,俺哇的一声就吐啦。俺心里头怪慌哩,俺蹲了一时,俺想啦,俺是闻着啥味啦。俺就抬起眼四下里一望,俺就望见天边儿上是一零碎一零碎的红锦儿。那几株大白杨,也都飒飒的怪威风,像是春上要出芽的样儿。俺好生奇怪,俺就家来啦。"

小瓦讲得有些迷迷糊糊。国柱说:"俺知道啦,你是有啦。"

小瓦嘟嘟噜噜地讲:"俺不知道,俺明个再跟你细讲吧,俺想让你把俺搂紧些,俺困啦。"

屋里头哼哼唧唧一阵子,也就安静下来了。一只野兔子扑噜一声从屋后面跑开去。夜深沉得很,无边无际的。

秋深了之后,秋草都让霜打倒了,烂在地里了,大草甸子也就裸露了它的肌肤。因为草烂在地里了,有烂得快的,有烂得慢的,所以草甸子上的颜色不怎么好看,深一片浅一片,高一片低一片。草甸子上的风也大起来,硬起来,吹在人脸上刺得慌。

早晨起来,国柱就靠门蹲,吸着烟,望着宽宽展展没遮没拦的大甸子。小瓦在灶屋里弄饭,国柱就这么愣瞅着荒野。

瞅着好一会儿,国柱闷声闷气地问:"小瓦哎,俺们打总挣多少啦?"

小瓦把头伸出来,用一根手指头在额上拢了一下子,说:"俺们打总挣四百三十块钱啦。上天翠花来,讲村里人都讲,国柱跟小瓦发了财啦。村里有人眼红红的啦,讲荒甸子也能发财哪,赶到明年开春,也在甸子上造几间土坯房,砍草挣钱哩。"

国柱没说什么,就是咧了咧嘴。过了一会儿,国柱又喊:"小瓦哎,俺瞧着那块来个人哪,你瞧瞧那是哪个?"

小瓦又把头伸出来,瞅了半晌。那人是往土坯房这边来的,已经走过了那几株光秃秃孤零零的白杨树。荒野上的风硬,他又是顶着风走,从远处瞧过去,他缩着肩膀,缩着头,两只手拢在一起,是怕冷哩。

看了一会儿,小瓦讲:"是传林哩。"

国柱也瞅出来了,也说:"是传林哩。"

传林离着老远就喊:"国柱哇,国柱哇,草甸子上风怪硬哩,可把俺给冻死啦。俺差些让风给冻硬啦。"

连忙进到屋里,才暖和些。小瓦从灶屋过来,传林就瞅着她说:"小瓦哎,翠花跟少华两个,日子定下啦,十六就办啦。你叔那边脱不开手,就叫俺跑跑,传传信。到日子,还得来请你们两个哪。"

小瓦和国柱都把嘴咧开来,嘻嘻地笑。小瓦讲:"用不到请啦,俺们自个儿就去啦,再讲也是俺妹妹,俺们还得去帮着些哪。"

国柱道:"也是。今儿个就得把礼行啦,这亲戚干啥也不敢丢在人家后头哇。"

吃罢饭,国柱就先上村里行礼去。小瓦想走暂时也走不开,一家的事都得让她拾掇干净。小瓦追到门外头,叮嘱国柱道:"国柱哎,跟俺叔说了,俺们就不打衣裳不扯布啦,俺们把钱给了,随着翠花的心意去办吧。"

国柱道:"俺误不了。"

小瓦又叮嘱一遍,才放国柱走。一天里她都坐卧不安的。

十六是个好日子,又说明年有忌,能办的都抓紧时间把事儿给办了。隔几日,小瓦早早起来,把国柱推醒,伏在他脸上道:"哎,起啦,天亮啦。"

不能砍草了,这些天闲着没事干,把国柱都给闲懒了。国柱揉揉眼,说:"可不是天亮啦,俺就起啦。"

弄了饭吃,拾掇净了,把鸡锁在灶屋,把狗崽子锁在堂屋里,他们两个就走到荒甸子上去了。

太阳升起一棵树那么高,有些凉瑟瑟的。大草甸子上有一些小的沟沟坎坎,有些地方的草厚些,有些地方的草稀松些,现在都匍匐在地上,让霜给打湿弄潮快要沤烂了。但根都在地上,这些根比开春那会要扩展得更开一些,扎得更深一些,长得也更粗实一些,到明年再开春它们又会长出更多的芽芽来的。

国柱跟小瓦两个前后相跟着在大水洼的堤坡上走。小瓦穿了一件素碎花的小褂子,小褂子里穿着一件小薄棉袄,她的左胳膊弯里挎了一个竹篮子。他们从堤坡坡上向四下里一瞅,就能瞅见自家的已经显得挺远的那两间土坯房。那两间土坯房有些孤零零的,瞧着有些寒碜,却给没有人住的无边无沿的大草甸子添上了许多生气。在早些年,队里就想说服一些人迁到甸子上住去,总也说不动人。甸子上不能种粮食,四野里都冒着野芭草哩。

快到瞧不见土坯房的时候,袅袅儿地走在堤坡坡上的小瓦,对着自个儿的丈夫说:"哦,俺说国柱,明个开春啦,俺们手里的现钱,怕换不回来两头牛哩。"

国柱说:"俺也这么想哩,俺想着啃草的畜生,也不是一种两种哩。"

"那倒也是,"小瓦点头说,"抓些长长毛的兔子来,怕也能生出好些现钱哩。"

"俺还想牵些山羊来养养,就怕弄不出好价钱,贱了钱哩。"

两个人说说走走。甸子上的一些鸟儿都叫起来了,这里一声那里一句的。小瓦又讲:

"说了好几回啦,俺还没能上青阳城里去一回哪,俺都不知道青阳城变成啥样儿啦。打上回去过一回,都快四年了吧。"

国柱听见她说了这样的话,就讲:"那俺就带你去一回吧。俺想等俺们把事儿弄完了,把家里边的事也拾掇净啦,我们就一块上青阳城里逛一回。"

说得小瓦笑眯眯的。

进了村,折腾了一天,少华算是把翠花娶回家了。晚上就摆了十桌,亲戚朋友都来喝喜酒。

小瓦家有国柱,小瓦就不用上桌了。她吃了饭,就跟婶待在家里。刚待下,刚想拉起呱来,村里原先的几个女伴都来串门了,叽叽呱呱的,问长问短,讲些思念的话语,讲了好长时间。待她们拉拉扯扯依依恋恋地告辞走了,婶就去前边关了门楼里的门。小瓦说:"俺婶,先不插门,赶会儿他们爷儿俩喝了酒,怕要回得晚哪。"

"那倒也是。"婶说。

小瓦跟婶子坐在堂屋里慢聊,等着国柱和叔他们爷儿俩。小瓦瞧着自个做姑娘时睡的床,心里有点酸酸的。从村里到甸子上的土坯房,再怎么讲,也有五六里路,来往怎么也不那么灵便。

婶说:"你们两个的地,都翻起来啦?"

小瓦说:"俺们家国柱从甸子上下来就翻啦,都种上麦啦。俺跟国柱讲啦,俺们还是想住在甸子上。虽说离村远些,不方便些,可俺们两个都年纪轻轻的,在甸子上苦一把累一把,多养些畜生,多砍些草,俺们想也能糊上口啦,说不上还能剩两个。"

208

"那倒是,"婶说,"政府早些年就号召俺们搬上甸子住,芭芭草刨不起来哩。"

说着讲着,到底也没把他爷儿俩等来。小瓦和婶就吹灯睡了。

过了一夜,国柱跟叔也没家来。小瓦早上一醒,猛不丁瞧着国柱没回来,心里就咯噔一声,连忙起来问婶。婶讲:"俺也说不准哩,保不住让村长拉住,玩了一夜牌哩。"顿了顿婶又讲:"俺觉着今年有些怪哩,还没真闲住,村里好几家都玩起牌来啦,还来个输赢。"

小瓦嘴里不讲多少话,心里头倒急得不行,怕国柱真在哪里玩迷了,再输了钱。

就要出去探探,传林从外边进来,见了翠花娘,先叫一声:"俺婶。"又见着小瓦,又喊一声:"小瓦。"婶说:"他哥,国柱喝到哪里去啦,叫小瓦急得不行。"

传林憨憨地咧开嘴笑,笑过了又讲:"国柱在村长家玩了一会儿牌。玩了一会儿,困啦,怕家来搅着大伙,就在村长家歇啦,现时还没睡醒哪。俺叔讲啦,让俺先来把个小瓦送上甸子去,村长留着国柱吃了晌饭,才放走。"

小瓦也不好多说什么,心里头埋怨国柱把自个儿给忘了,酸溜溜的,草草吃了些早饭,跟着传林出来,见传林推了一辆旧自行车,就说:"传林,俺觉着这是村长家的车子哩。"因为村里也没几家有自行车。

传林讲:"是哩。"

出了村,顺着土路走不上半小时,就转上甸子了。

天也还晴得好,高高的太阳,蓝蓝的天。小风儿忽带着些凉意,但让太阳一晒,也暖和多啦。小瓦坐在后座上,坐得又硬又直,虽说有些害怕,怕摔下来,心里头倒也扬扬得意的。

都是上去的路,传林蹬得气喘吁吁,像一头牛。

上了甸子,毛蛇路不好骑,两个人就下来走。小瓦讲:"俺家近啦,传林,你回吧。"

传林吭哧半天,说进不进说退不退,末了说:"俺送你到家吧。俺得了村长的话哩。"

走着,两个人一前一后的。小瓦仍是挎着她的竹篮子。传林讲:"外头生意好做哩,少华在外头看啦,想拉着国柱去做生意哩。"

小瓦是头一回听说这个事儿,心中有些吃惊,急燎燎地说:"俺不知道国柱是答应还是不答应,俺也不知道是做啥生意哩。"

"这个俺一时半会儿也说不清,"传林道,"俺怕他俩一时半会儿也出不去。"

"那倒是。"小瓦说,心里头又有了一些酸溜溜的感觉。

到了土坯房,传林吸了一支烟就回了。小瓦站在土坯房门口,看着传林把破自行车歪歪倒倒地骑出去。甸子上的路疙疙瘩瘩的,不好骑。再说传林的骑车技术也不怎么样。

傍黑了,国柱才回来。小瓦从上午就心里头不踏实,一边干着琐碎活计,一边张望通村子的毛蛇路,望着国柱回。望到太阳当顶,望到太阳偏西,望到太阳快落下去了,才望到国柱的影子。

小瓦心里边好气,见到国柱了,心里头更气。等他等到门口,见他咧开了嘴讨好地笑,就一转身回屋了。

国柱跟进来,从后面搂住小瓦,拿嘴去亲吻小瓦的耳朵根子,乖乖地喊:"小瓦,小瓦哎,俺家来啦。"

小瓦讲:"还知道家来呀,把俺都急死啦。"

说着眼泪珠子就下来了。国柱一瞧慌了,更使劲地搂她,亲她的脖子、头发和耳朵根、耳朵尖。国柱亲亲乖乖地凑在小瓦耳朵上讲:"是村长拉俺玩的哩,俺还赢了哪。"

小瓦听了,揉揉眼,愣了一会儿,又讲:"俺怕你学赌学坏啦,忘

210

了咱们这个家。俺觉着那不是件好事,可不能常玩哪。"

国柱说:"俺知道,俺还能把小瓦给忘啦?俺怎么着也不能把俺家的小瓦给忘啦。"说着就摸进小瓦的衣服里去。小瓦也就软了,任他摸弄,嘴里喃喃地说:"门也没插,俺怕这时节来人哩。"

国柱急火火地去插了门,回来就跟小瓦胶作一处。过了一会儿,小瓦轻轻笑出声来,道:"国柱哎,你也能赢?俺想知道你赢了几个?"

国柱道:"俺赢了三十。"

小瓦一伸舌头:"玩这么大,下回子不能玩啦。"国柱就点了点头,嗯了一声。

天是越发冷了,草甸子上更冷些,风吹刮得更没个遮拦。大人都穿上了薄棉袄、薄棉裤,男人大都戴上了帽子,棉帽子。草甸子上那几株孤零零立着的白杨树都只剩下光枝干干,树皮紧巴巴地缩住,戳在硬硬的风里。

小瓦正在能吃想吃的时节,呕吐的阶段已经过去了,现时就想要吃些酸味的东西。婶跟叔来过两回,把家里腌的酸菜拿了来。酸菜还没腌好,时间短,小瓦抢什么似的喜欢吃。婶道:"酸男辣女,是个小子哪。"全家都高兴得不行。

一遇到没有人来串门的日子,国柱就闲得闷,这坐坐,那蹭蹭,也找不到啥活计干。闷着,或是叹一声,叫一声出出胸腔里的气,或是说:

"小瓦哎。"听听小瓦没理他,因为小瓦正在灶屋忙活着人的事、鸡的事和狗的事。小瓦总是有活儿干的,家务活干不完,她也闲不住。国柱就扯大了嗓门喊:"小瓦哎。"

小瓦听见了,就忙奔到堂屋里来,说:"喊啥呢?啥事哪!"

国柱盯着屋外头的旷原,又瞅瞅小瓦,摇摇脑袋,郁郁地讲:"没啥事,俺就是闲闷得慌。"

"闲闷得慌,就找些活干着,俺也没有好法子。"小瓦心疼地瞅着丈夫。

初冬的风刮得更大了些。草甸子上荒荒的,废草都贴在地皮上,让水和潮气沤,沤得青一截黄一截紫灰一截。雨又歇歇停停地飘下来了,寒气骤生,荒野上迷迷茫茫。国柱裹上了大棉袄,呆坐在小凳上,从半扇门里望外瞧。

风儿雨儿时松时紧。国柱愣呆了一阵,就闭了门,上床钻被窝去。小瓦就着高高的小窗透进来的一些光亮,把秋季的衣服拾掇干净,收起来。国柱蜷在被窝里,吸着烟。过了半晌,闷闷地讲:"闲下啦,也没啥活啦,俺想跟少华一块,上外头转转哩。"

小瓦停下手里的活,转过身瞅着国柱。小瓦讲:"上外头转悠啥哩?"

"俺也摸不准,俺听人家说,外头生意好做哩。"国柱闷闷地说。

小瓦眼神有些迷迷蒙蒙的,又说:"俺想不准哪,俺也拿不住外头啥样子,俺觉着你想干就能干哩。"

国柱不说话,吸着烟,又说:"俺听人家讲,还能找零碎活干。俺想出去转转,挣些钱,见天待在家里,闷也闷死啦。"

小瓦心疼地挨着丈夫坐到床沿上,心又有点酸酸的,讲:"俺一个人住大荒甸子,怕哩。"

国柱连忙搂住她,不知道说什么好。两个人就插了门,上床睡觉了。

雨更紧密地落下来,大荒甸子全罩在雨雾里。雨挺凉,整个大荒甸子都让凉凉的雨雾和凉凉的风冻住了。这时也还只是上午时光。

雨时松时紧地下了好些天。天完全冷下来了。雨渐渐停住,转成阴阴的天气的时候,大荒甸子都给沤烂了。

国柱和小瓦见天睡觉,他们起来的时候,小瓦就干各种琐活,国柱仍旧呆坐在堂屋里,对着关闭的门扇子吸烟。好久,国柱说:"雨住啦,俺想上村里瞧瞧去。"

小瓦讲:"那你就去吧,捎带再打问打问,哪庄有兔子。过春逮两只家来,养得快哩。"

国柱连连答应了,穿上旧靴子,裹上棉袄,拿上一块当雨披用的破塑料片子,就出门了。

小瓦站在门槛上,瞅着国柱缩头缩脑地踏着荒草地上的烂泥,歪歪倒倒地往村子的方向走,有些心疼他,就咧开嗓门喊:"国柱哎,赶早家来哪!"

国柱缩着头,耸着肩膀,回身向小瓦瞅瞅,没答回声,就裹着风和雾气走远了。

没过一刻钟,雾气更浓起来,雾珠变成毛毛小雨丝,在空气里乱飘乱舞。国柱这会怕也只有到了土水洼子。小瓦在门槛边呆愣了好久,才进屋闭门,上床做针线活去。她知道国柱不到下午回不来。她也不明白外头城市里是个啥行情,能做生意,挣钱不。国柱讲能,就能哩。她是这么想的。

到了傍晚,小瓦都在门槛上瞅过二十回了,还没见着国柱的影子。她心焦焦的,好急。兴许国柱在哪里有事了,暂且回不来。或许他能从哪庄逮两只兔子家来,明年就能下好多崽子。把国柱困在家里,找不到事情干,他也真受不住,该哪个男人也受不住。

小瓦做了饭,喂了鸡,喂了狗,就把饭盖在锅里,等国柱家来吃。荒甸子上全都黑了。小瓦为了省些灯油,就吹了灯,半躺在被窝里,等着国柱。被窝渐渐把她的肚子焐暖了,她觉着有个小东西在里面动,那准是国柱弄进去的小东西。他们也就是为了弄好些钱,过上好好的顺日子,才上荒甸子上来住的。荒甸子上好寂凉哩,一个女人没男人伴着,也真是不好住哩。

她拿手放在肚皮上,暖暖和和地睡着了。狗一咬,她就能醒过来,但狗一夜都没吭。

第二天到响午了,狗才亲亲热热地咬起来。小瓦赶忙开了门,去迎自个儿的丈夫。她这会心里边已经有了些怒气,但一看见丈夫无精打采的样子,心就疼起来。

"俺等你都等死啦,俺想问你,咋到这时候才家来,俺让你问的事,帮俺问了没!"

国柱没回话,进了门,把当雨披用的塑料布扔在门口,就连着棉袄歪在床上,眼盯着房顶发傻愣。

小瓦连忙问:"国柱哎,碰上啥事啦,瞅你无精打采的样子。"

国柱翻了个身,讲:"俺想先上城里,找个临时活儿干着,挣些钱。等春上了,再家来侍弄畜生。"

小瓦小声地说:"俺一个人怕哩,俺想知道你上城里,得好些天哪?"

国柱讲:"俺去了就得一月半月。俺跟传林说啦,叫他没事就来伴伴你。俺信着他哩。"

小瓦有些害怕。小瓦又讲:"俺不想让你去挣那几个钱啦,俺们在家里也能想着些办法。俺一个人怕哩。"

国柱讲:"俺都想好啦,俺上城里能挣个百儿八十的。赶明年开春,俺就家来,侍弄些畜生,砍草网鱼,俺就能比村里的人都过得好。"

小瓦把头低了,话哽在喉头,不知道能说不能说。她说:"俺一个人守着大荒甸子,怕哩。"

国柱有些固执。国柱说:"俺跟传林讲啦,俺叫他闲时来伴你哩。天晚了你就闩了门,也没啥怕哩。"

小瓦不知道怎么说才好。国柱又讲:"俺想让你拿些钱哩,俺想带上些。"

小瓦讲:"俺就拿,俺想问你带上几个钱?"

国柱有些不安,把头掉到里边去,过一时又掉过来,摸出一根劣烟,点上抽着,眼望着房顶,说:"俺昨个在村里玩麻将,输掉几个,俺想还上。"

小瓦心里忽然很难受,就说:"输掉几个?"

国柱不敢说出来,折腾了一时,咬咬牙,对小瓦讲:"输掉一百个。俺下回咋也不玩啦!咋也不玩啦!"

两个人说着,抱头大哭起来,恩恩爱爱地哭成一团。完了,小瓦取出藏着的钱来,交给国柱。晚上翻上翻下地困了一觉。第二日,天也晴了,太阳也出来了。小瓦送国柱走,从村里把输掉的钱还上,再拉上少华,一块上城里找临工干去。

太阳出来了,荒甸子上就暖和多了。小瓦把国柱一直送到大水洼子上,才回转。她在堂屋里呆呆地愣坐了好长时间,心里酸酸痒痒的,不由自主地就号出声来了。哭了一顿饭的工夫,她觉着肚子里有些不太舒服,怕牵着肚里的小崽子,就紧忙上床卧着去了。

天出奇地晴好起来。清晨小瓦一拉开门扇,就有一大股好气氛涌满了屋。国柱要是不固执地上城里去,能在家里伴着小瓦,小瓦会多满足。

空气里渐渐暖洋洋的了。小瓦把屋里的东西翻出来在门前晒,把鸡都放开,叫它们自个儿找食吃去。狗也跟前跟后地乱窜。小瓦弄了饭吃,就拿了些脏衣服,上后边的小水流去洗。水里还有点热气,靠水畔畔结成的一点点薄冰,都化得七零八碎的了。

大草甸子上空空旷旷的,好不舒坦。小瓦从水边站起来,往远处瞅着。远处光光斑斑的,耀眼睛。她洗好衣服,转到屋前来,就瞅见一个人,从那几棵顶着天往上长的白杨树底下,往这里走。小瓦的心有些跳,仔细瞅瞅,才瞅清楚是传林。

传林老远就叫:"小瓦哎,国柱叫俺闲时来伴你哩。"

"他跟俺说啦,"小瓦心还是有些跳,"俺这里也没啥事,你忙你的事哩。"

"俺就是过来瞅瞅,俺也没啥事哪。"

传林走到土坯房跟前,就靠墙蹲下来,吸着烟,眯着眼,晒太阳。

"俺不知道国柱啥时才家来哩,俺爷不让俺去,俺也就去不成啦。"传林吸着烟。

"那倒也是。"小瓦心还是有些跳,晾着衣服说,"俺听人家讲,你说上后庄的人啦。"

"那是俺姨做的媒家,俺们还没过帖子哪。"

"俺听讲是刚下学的桂芝哪,俺觉着你怪有福分的。"

"俺倒没想过这回事,"传林红着脸讲,"天是晴稳啦。"

"天是晴稳啦,"小瓦讲,"翠花家少华也走啦,是吧?"

"国柱跟少华,跟后庄的克明一块走的。少华讲,先找些临工干着,能有做生意的路子,才挣钱哪。"

"人家少华到底是念过书的,俺觉着翠花也是好福气哩。俺不知道翠花现时在家里干什么。俺想让你碰上她时,捎个信叫她上俺这块呱呱。俺这里鸡呀狗的,俺一时半时也暂离不开。"

"俺听见啦,俺碰上翠花俺就跟她讲,叫她上土坯房这块呱呱。"

传林蹲到小晌午,就站起来跟小瓦说一声,回村了。小瓦讲:"晌午吃了饭再回。"

传林讲:"不啦,俺回啦。"传林就回了。

一到傍晚,太阳一隐面,荒甸子上就死静起来。小瓦赶紧拢了鸡,把狗拦在堂屋里,插上门。一插上门,土坯房里就乌黑。小瓦点亮灯,干些必干的琐事,干完了就紧忙地吹灯上床歇息。她一个人躺在床上,一时半会儿也睡不稳,心里忍不住骂国柱,狠着心儿把她一个儿娘们扔在家里,扔在荒甸子上。不过她又知道国柱是挣钱去了。挣到钱,她也会有好日子过,还能上城里转转。翻过来掉过去,终于她就睡去了。

隔了一天,翠花来了,一见着小瓦,就亲热得不得了,姐长姐短地叫。翠花讲:"小瓦姐,俺跟你说吧,俺觉着男人可没一个好东西,外头有路子就往外头跑。说是去挣什么钱,倒不如讲要转转外头的城市,瞧瞧城里的娘儿们,把俺们扔在家里。"

小瓦讲:"这个俺倒是不知道。俺觉着国柱能挣了钱回来,俺就知足啦。俺可是想要过上好日子哩。"

"那倒也是,"翠花讲,"俺娘说啦,找些破破烂烂的给你弄小衣裳哩。看着慢,过着快,拾掇着就到下崽的时节啦。"

小瓦脸一红:"那时节倒早哩,俺现时想逮两只兔子养着,赶开了春,就能开窝下崽啦。俺们住草甸子上,离着草近哩。"

"这个俺回了跟你问问。俺要是来不了,俺就让传林告你一声。俺觉着这样行。"

"俺也觉着这样行,俺就麻烦你啦,翠花妹妹。"

吃罢饭,翠花就回了。小瓦拾掇这拾掇那,忙着不闲,大草甸子上就见着她一个人在活动。偶尔,在很远的地方,才见着一两个人走动的身影,或小孩放羊放牛的影子。小瓦有时往那些身影呆瞅半晌,她是想男人哩。不管咋说,小瓦也是第一回离开男人,自个儿一人住在大荒甸的土坯房里过日子,她心里边不实在哩。

又过了两天,到太阳偏西的时辰,传林提着个大竹篮子,兴冲冲地从大水洼那边奔过来,一边快步地走过来,一边老远就喊:

"小瓦哎,俺给你把兔子捎来啦。是粪堆张家荣珍家的,翠花托人给要来的哪。"

小瓦忙迎了出来。她手里正拿了一个小葫芦瓢,控了小半瓢高粱米喂鸡。她把高粱米倒在地上,让鸡啄去,迎着传林,把竹篮子接过去,接到土坯房里,小小心心地把篮子盖儿掀开一小角,正见着几只灰耳朵。

传林蹲在一边看了,跟着说:"肉兔哩,下崽下得快哪。荣珍那边说啦,钱先不用给,待生了小兔,逮几只就算清啦。荣珍还顺捎着问,要还是不要羊崽子。她家里也喂不动啦,想卖给你哩。"

小瓦咧着嘴喜滋滋地讲:"俺想要哩。俺过些日子就揣了钱,上她家牵去。俺这里就看着草近哩。"

"看养草近倒也是,"传林讲,"俺觉着国柱不在家,你一人忙不彻哩。"

"俺多忙些就忙彻啦,俺生下个就是闲不住的命哩。"

"这话也实在。俺现时就帮你钉个兔子笼,让它两个好生长起来。"

小瓦感激地让了几句客套话,两个人就比比画画,拿木头棍子箍了个粗粗糙糙的大兔笼子,放在门扇子后头。鸡也在堂屋里,兔子也在堂屋里,狗也在堂屋里,把堂屋弄得满满腾腾的,倒也挺热闹。

兔笼子弄好,两个人再小小心心把灰耳朵肉兔揪在笼子里,它们就在笼子里乱瞅。小瓦把嘴都笑咧到耳朵根上去了。她在外面的草垛上扯了一把干草来,扔在笼子里,喜滋滋地望着兔儿吃草。传林忙出一身汗,连棉袄都脱了,这时就将棉袄穿起来,点上一根烟,抽着喘一口气。

天也将暮了,小瓦道:"吃罢晚饭再回吧,也劳累你啦。"

传林就说:"俺回啦,不麻烦你啦。"

小瓦不知道怎么好,忙累了人家,怕对不住人家,又说:"就吃罢饭再回吧。"

传林顿了顿,吸口烟,说:"那俺就吃罢饭再回吧,反正天上有月老娘哩。"

218

小瓦的心里有些跳,不知是怎么的。人家给帮忙出力,又是国柱走时交代的,不能不尽个礼节。小瓦赶紧就去拾掇吃的,拿了两个鸡蛋,又切了一小块生咸肉,里里外外地忙。传林吸完烟,也就坐不住,赶紧起身去哄鸡进圈。狗跟在他脚脖子后边,直摇尾巴。小瓦在灶前烧锅,灶膛里的火把她的脸弄得通红。

太阳全落尽了之后,天还是亮了一刻钟,就暗下去了。天一暗,四野里就再没有啥大动静。草甸子上野兔子和黄鼠狼的蹿跳声,都稀得很,难得听到。小瓦的心跳得更厉害,有些说不出来的味道。

天黑尽了,菜也都摆在小方桌上了。传林在桌子边坐定。小瓦拿了国柱开过的一瓶白酒,放在传林的跟前,说:"俺也没啥给你吃,就委屈你啦。"

传林说:"哪里话哩。"两个人就在桌子边坐定。

传林喝着酒,又给小瓦倒满一杯。传林说:"俺想让你也喝一盅哩,俺觉着你一个人守着家,怪劳苦哩。"

小瓦脸儿一红,不知怎么好。过一刻她才说:"俺不能沾酒哩,俺怀里有啦。"

传林讷讷地又把杯子收回到自个桌边。喝完酒,吃完饭,传林闷着头抽烟。半晌,烟抽完了,传林吭吭哧哧地讲:"那俺就回啦。"

传林依依恋恋地不想走。小瓦轻声地说:"该回啦,不早啦。"

传林就开了门走出去。小瓦送他到外头,外头月老娘照得大荒甸子光光亮亮。传林讲:"俺走啦,插门吧。"小瓦讲:"俺就插门啦,快些个走,路上也没个伴啦。"传林讲:"俺自个儿走惯啦,俺个大男人怕什么。"

说着就哼哼啊啊地走到大草甸子上。小瓦在门槛上望着他走。传林在这冬天夜里的大草甸子上晃晃悠悠地走,一路走,一路就时断时续地号泗州戏拉魂腔,嚎得一天一地的。

小瓦认准他是喝多了。她想拉他回来,又张不开口,动不了腿。直到他走得见不着影子毛了,小瓦才回到屋里,插上门上床困觉,好晚了也困不着。

日子就这么过去。天渐渐又转成阴天,看起来要落雪了。小瓦忙得更紧。一个人,家里家外,真够她忙的,又添了两只兔子。在天气晴好的时候,她拿了一只竹耙子,在荒甸子上四处转着搂草。一天说搂不搂的,也能搂到四五捆。小瓦把搂来的草,都摊开来晒干了,堆到厨房里,留着烧锅。厨房里很快就堆得满满的。她烧锅的时候,就格外小心,怕把火弄到灶外面,烧着起来。

传林又来了一回,来帮着小瓦干些碎活。叔和婶也来过一回,来望望小瓦,还给小瓦带了酸菜来。隔了一天,翠花也来了,说国柱跟少华捎了信来,讲他们找到了临时的活,给城里盖大楼的挖地基,按土方拿钱,除去吃的,还能剩一些。国柱还给小瓦捎了一次花布,小瓦心里头喜欢得不得了。

翠花走了以后,天就慢慢悠悠地落下小雪片子。待第二日早上小瓦开门看时,雪已经落得好大了,地上积了厚厚一层,大荒甸子也瞧不见原样了,像鸡毛那样大的雪片落个不停。小瓦待在门槛上愣了半晌。风卷着雪片弄了她一身,她才赶忙折回屋里,把门掩上。鸡放不出来,都咯咯乱叫。小瓦胡乱吃了饭,就找出碎活干,候着雪停。

雪老也不停,越下越大,铺天盖地的,把大荒甸子弄得混浊一片。雪越大,小瓦就越出不去,她就把盖房时剩的土坯搬几块到堂屋里,垒成一个地火灶,把柴草抱了几大捆在堂屋里。鸡都在笼里叫,狗伏在地火灶旁边打盹,兔子在窝里吃干草。小瓦孤单单的,难受,屋里又暗又黑也干不了什么活,就歪在床上睡觉。

小瓦睡得焦躁躁的。睡在床上她就想,狠心的国柱哇,把她一个人被扔在大草甸子上。有时候她起来弄点东西吃,给鸡、狗、兔也弄点吃的。鸡、狗、兔倒不急,只要有吃的,就能待住,吃了睡,睡了吃,倒也自在。

后来有一天雪到底小下来了,但寒风却又滚滚而来。大草甸子上连个遮挡也没有,寒风吹得门扇儿吱吱地响。天冷得出奇。

小瓦心焦焦难受得要死,在屋里这些天,连个说话的人也没有,要把她憋闷死啦。她一会儿开门瞅瞅天,一会儿开门瞅瞅地。到小晌午雪差不多全停了的时候,她把鸡、兔、狗伺候好,就裹上紧棉布围巾,穿上结婚时女伴送的半筒雨靴,出门了。

外头的雪总有尺多厚。小瓦伤伤心心地一个人很难地走在大荒甸子的雪地上,有时候是连滚带爬的。好在她身子挺硬,走了好长时间,就走到了村子里。

村子很大。小瓦到婶婶家的时候,一步也走不动了。叔和婶和翠花都来扶她,把她扶在床上。婶说:"哎,雪里水里的,肚里孩子也跟着受罪。"

小瓦呜呜哇哇哭得好伤心,把国柱骂了个狗血喷头。晚上她就跟翠花睡在一个被窝里。吃了热的,喝了热的,睡得暖暖的,小瓦身上和心里都好受多了。婶说:"待几日再回吧。国柱几个怕也该家来啦,个把月就过年啦。"小瓦哭腔道:"他还回哪,他还想着这个家哪。"说着就止不住落下泪来。

第二日落下响午饭,小瓦说:"叔、婶,俺回啦,家里还有十几张嘴哪,俺现时心里头也好受多啦。"

留不住小瓦。婶就说:"叫叔送你一程吧。"

翠花讲:"俺也送姐一程。等雪小了,俺上土坯房瞧姐去。"

几个人出了院子。雪早停住了,只是天阴得厉害,风刮得凶。怕挨不了几日,还得落雪。

翠花跟叔送小瓦,一直送了好远,一直送到土大路快转弯子的地方。小瓦讲:"叔、翠花,都回吧,天怕又要落雪。俺快些走,也就到家啦,俺现时心里好受多啦。"

叔和翠花见她固执,也就不再送她,让她一个人走进荒甸子里去。他们望了她好些时候,才转回村里去。

小瓦走到荒甸子上,慢慢就留心有几趟脚印往自个儿的土坯房去。她心里有些跳。一直快走到家门口,才见屋檐下边立着个人,正抽烟。仔细瞅瞅,瞅清楚是传林,心里更稳不下来。

走到跟前,传林讲:"俺守着门,手脚都冻硬啦。"小瓦看看传林,他嘴唇都冻紫啦。

小瓦心里更跳,不知道该讲什么话,连忙开了门,把传林让在屋里。屋里到底暖和些,小瓦把头上裹得严严实实的围巾解下来,轻声道:"俺上翠花家啦,俺一个人被扔在草甸子上,俺都憋出毛病来啦。"

传林说:"昨个儿雪一住,俺就上来啦,俺瞅见门锁住,又瞅见你的脚印子,俺心想你是上村里啦。俺也不好问。俺又怕你回不来,土坯房没人守着,让黄狼子啥的给糟蹋啦,俺今儿个就又来啦。"

小瓦心里有点酸楚楚的,不知说啥好。这时鸡都乱叫,兔子也不安分,狗也直缠人的脚脖子。传林讲:"俺帮你喂喂畜生啦,俺肚里一口水没有,俺也怕要冻死啦。"

小瓦讲:"那就吃罢饭再回吧。"

天阴得愈加沉重,天黑得也就迅猛。喂了鸡、狗,吃罢饭,天黑得就不像样子了。西北风刮得飕飕的,听起来好吓人。

传林讲:"俺该回啦。"

小瓦低着头,咬着唇儿。过了一刻钟,轻声轻语地说:"风刮得吓人,就住下吧。"

插了门,把灯端在里间屋。小瓦噗的一声把灯吹灭,两个人挤在一床被里,翻上翻下地乱动。

这一夜小瓦睡得又暖和又踏实,一直睡到第二日小半晌午。开了门看,大雪又落了,荒甸子上白茫茫的什么也瞧不见。

在落雪刮风的这些日子里,传林隔三岔五地就上小瓦这里过一夜半夜。小瓦心里头有时疚疚的,就说:"传林哪,俺们这些事不好哩,俺怀里有国柱的种哩。"

传林讲:"等国柱家来,俺就让国柱,俺不知道这样行不行?"

小瓦讲:"俺觉着行哩。俺想等国柱家来,俺就把他拴在家里,好好跟他过日子。俺觉着后庄的桂芝是你的好福分哩,俺想问问啥时候过帖子?"

"俺爷讲啦,怕是过不了多少日子,就去过帖子啦。女家那边应答了,就挑个好日子,接到门上啦。"

两个人说着讲着,做成一团。做过了,小瓦摸着肚皮讲:"这个东西抓挠俺哩,这个狗日的东西,抓挠俺哩。"小瓦不孤寂了,笑的时候也多了。

雪时断时续地落了好长时间。天也冷得厉害,荒甸子上结了一层冰壳,水都冻上了。小瓦不能出门,就待在家里,拾掇拾掇东西。传林更勤快地上甸子来伴她,帮她干些活,暖她的身子。这样日子就过得快。后来天就晴了。

天晴的时候,也快要过年了。有一日小瓦正把鸡往笼子里吆,有一个人从那几株孤零零地站在大荒甸子上的白杨树下边奔过来,离着老远就喊:"小瓦哎。"

小瓦紧忙转过身去瞧,原来是国柱家来了。小瓦愣呆地望着朝她奔过来的国柱,哇的一声号,一屁股坐在地上,起不来了。

国柱奔过来把小瓦抱起,拿脸蹭她,把她抱在屋里床上,哼哼地说不出话来,就扒小瓦的衣裳。

小瓦由着她扒,泪珠挂了一脸。过了一刻,她轻着声说:"国柱哎,你劲小些个,肚里有你的种哩。"

两个人恩恩爱爱疼疼热热不知怎么好。小瓦说:"国柱哎,你好狠心哎,把俺一个人扔在荒草甸子上,俺都过啥日子啦。"

国柱讲:"俺对不住你哩,俺替你买了好些东西哩。"

两个人起来圈了鸡,喂了兔,就看国柱给小瓦买的东西。小瓦喜欢死了。吃罢晚饭,小两口早早上床,恩恩爱爱地睡觉。小瓦讲:"国柱哎,眼见着立春啦,该种啦,该养啦,守着家吧。"

国柱说:"俺在城里挣钱哩。俺现时进施工队啦,虽说是下手活,也比家里强哩。"

小瓦就默默地不言声了。

过年前后都是好日子,天晴得跟大水洼子里的水似的,清凌凌的。国柱除去买东西,还带了几十块钱回来,一把交给小瓦。那些日子你来我往,这家吃了那家吃,还叫叔、婶、翠花和少华上家里吃,也叫克明、传林他们几个上家里来吃来喝来玩牌。狗和兔子都见长。鸡也精神起来,每日在甸子上游逛,啄寻能吃的东西。

立春的那一日,天晴朗朗的,瞅不见半丝云彩。小瓦拿了一小盆衣裳到土坯房后边的小水流里去濯。过了一刻,小瓦就在甸子上喊起来了:"国柱哎。"

国柱不知道是什么事,忙应着声转到屋后的甸子上,看见小瓦,就惊慌慌地问:

"喊俺哪?啥事哪?"

小瓦就招着手让国柱过去。国柱走到水畔畔,见小瓦正用手扒着烂草枝枝。国柱就问:"扒啥哪?"

小瓦讲:"俺叫你蹲下来瞧瞧嘛。"

国柱连忙蹲下来,就瞧见小瓦扒开的烂草枝底下,长出一些嫩青青的草芽。"是草芽芽哩。"国柱说。"是草芽芽哩!"小瓦咧着嘴说,"俺不想让你走哩。俺想叫你守着家,守着大草甸子,也守着俺哩。"

国柱摇摇头:"俺想多挣些钱再家来守着你哩,俺跟少华、克明都讲好啦,俺们过几日就走啦。"

小瓦不言声了,尽顾自个儿洗衣服。

到第二日,从土坯房前望出去,大草甸子都是一片青一片青的,望也望不着边际。少华和克明又来过一回,约定了走的日子。小瓦干着活,就愣呆地望一日比一日青的大草甸子,望一片一片往北边溜的大雁,心里头有说不出来的味道。

也是哩,到了春天啦,关不住男人哩。再幸福的人,也会被吸引到远方去哪。春天的日子哩。小瓦想着,就叹了口气。

天还是晴得好,一丝丝云也没有,春风也吹得暖暖和和的。更挨近国柱他们走的日子了。早晨起来,小瓦先放了鸡,把兔笼子也拿到外头,离土坯房远远的,让太阳晒,又喊着国柱道:"国柱哎,俺觉着你也快该走啦,俺求你帮俺啦。"

国柱讲:"俺能帮你啥哩?"

小瓦讲:"俺想让你帮俺拾掇拾掇东西哩。俺想让你帮俺把大东大西的都拾掇出来,让春上的日头晒晒。你这一走,也就不知啥时才得家来啦。"

国柱没有不答应的理由。两个人就在暖暖和和的春天的太阳下,把土坯房里的东西都往外拾掇,让太阳好好晒晒。一冬天也真把人糟蹋死啦。

小瓦讲:"俺想让你帮俺拾掇得远些哩,草甸子上的风也能吹得透彻哩。"

国柱就把屋里的大东西都收拾出来,搬到宽阔无边一片青葱的大草甸子上,让风和日头去去霉气。也没有多少东西,到底是新家,连些像样的家具也没有。离城远的地方,穷困哩。

拾掇完了,国柱就去扯把草喂兔子,狗跟着他的脚脖子转。小瓦就上灶屋烧锅弄吃的。

　　烟从烟筒里冒出来,青青的。到了天上,就变得淡了,跟天融成一种颜色。小瓦黑红红的脸蛋,她从灶屋出来,站在灶屋的门边瞧国柱。国柱把袄扣子都解开了,许是干活干得热了。不过天晴得好,又是春上了,也该暖和了。国柱喂了兔子,就在大草甸子上逗狗,把狗逗得打滚,蹦跳,蹿咬。国柱的脸膛也是黑红红的。小瓦瞧了,半晌都转不过神来。她的肚子已经有些显了。她愣呆了老半天,才扬着嗓门喊:"国柱哎,俺想让你帮着俺,上大水洼子边上瞅瞅,水荠菜可冒出芽儿啦。俺想要挖点水荠菜,包顿鲜饺子吃。"

　　国柱爽爽快快地答应了,顺手提了一柄小铲子,就带上狗往那几株白杨树去了。过了白杨树,再走几步路,就是大水洼子了。

　　国柱和狗在草甸子上越来越远,显得活鲜鲜的,好有生气。大草甸子上有一些暖丝丝的风吹过来,撩着小瓦的头发。小瓦呆愣愣地瞅着他们,心里又泛起一些酸酸的味道。她回转身瞧瞧自家的土坯房。土坯房倒是不值什么钱,可到底也是自个儿的家,是自个儿跟国柱过了好多好日子的地方。

　　大草甸子还是青蓝蓝的,天和地都成了一种颜色,好不悦目。在大草甸子的中间,忽然地起了一股烟,烟越来越浓,在青蓝蓝的天和地之间乱滚。后来火就噼噼啪啪地烧起来了,烧成一片通红,在青蓝蓝的大草甸子上显得好不壮观。等国柱上气不接下气地跑到土坯房跟前时,火把灶屋和两间正房都烧成一片火海了。小瓦坐在粗木床上,瞅着土坯房,泪珠儿吧嗒吧嗒往下掉。

　　国柱一把抱住小瓦,使劲搂她,把她搂得气也喘不出来。

　　小瓦也使劲搂住国柱,小瓦哽哽咽咽地说:"俺想跟你走哩,国柱哎,俺打好些天前,俺就想,俺离不了你哩。以往的小瓦烧死啦,俺是个新小瓦,俺再也不离你半步啦。"

国柱就是使劲搂住她,也不说话。火愈烧愈大,渐渐又灭下去。土坯房只剩了一些土坯,残残破破地立在大草甸子中间,色调跟青青的大草野很不协调。

到了下午,传林赶了一辆牛车来,跟克明、少华、翠花他们几个一道,帮着国柱和小瓦,把摆放在大草甸子上的东西,都拉回村里去。小瓦拖在最后头,怀里抱着一只跑散的鸡,一步一回头。说到底,这土坯房也是住过的地方,也有许多好梦,也有许多跟国柱在一块讲的好打算。她有些伤心,鼻子一酸,眼泪就止不住淌下来。她对着焦拉拉的土坯房号了好几声,才咬着嘴唇,止了哭声,流着眼泪,往那几株白杨树走去。

天和地都愈加青葱了,春风也太旺了,熏得人暖暖的。也好奇怪,小瓦走得远了,走到杨树边上,再回头看时,土坯房也没多少焦焦煳煳的颜色了,倒像让大草甸子给染绿了,不注意看,还看不出跟大草甸子有些什么两样。小瓦这时就像换了个人,心里踏实多了,转过身就追着车辙印子去了。

再过两天,小瓦肚里怀着孩子,跟国柱他们一块进城了。走的时候,翠花一直把他们送到村子口,哭得鼻子一把泪一把的。小瓦又记起做姑娘时,翠花跟她讲的那些话——小瓦哎,黑黝黝的小瓦哎,你的那个痴人儿,也该心焦焦地等急了吧——她忙跟上国柱他们,一路头也不回地走了。

大　屠　杀

上篇

晌午他们从小集子上出来的时候，讲理就觉得身上又骚又痒，贴在皮上的白背心也更尿黄，他就知道今个准得下场暴雨，这个念头虽然不怎么样，但他还是盼着下场极大的雷暴雨，反正不管发生什么变故，单调的生活才能添点味道，心里边才不闷得慌，才能好受点。就为他们三个到了集子上，路边的小饭馆着实地兴奋了一阵子。

晌午的时候是大块肉头的顺才打得头，讲理在中间，强子大（爸）跟在后边。他们三个人像一队破要饭的，肩膀上扛着叉子和杆子，手里头沉甸甸地拎着大尼龙袋，一手污血，大尼龙袋上也是污血，杀气腾腾，满头满脸尘灰和汗迹，从毒辣辣的大太阳底下一直穿过去，走到路边的小饭馆。他们扑进脸盆里，可怕地从脸上洗下半盆灰来，他们抽极冲的蒙城雪茄烟厂生产的骆驼牌雪茄，这种烟是他们前天在一家小烟酒店发现的，正巧身上又来了一笔票子，他们要奢侈一家伙，买了两包，到现在也没抽完，他们扑在碗盘碟子上把碟子边上的酱油都舔个精光，他们长着粗黑汗毛的双腿让太阳浆得又黑又丑，粗粗拉拉的，他们把裤腿捋起来，让小集子上的女人看见了，就以为他们是从他们老婆的灰窝里刚钻出来，黏黏糊糊的，脏人。他们把三袋子尸体全卖给小饭馆，剥呀弄呀的也费了一番手脚。他们拿了票子塞到裤裆里，让那个杆子撑着护着，票子只有放到裤裆里才保险,要偷要抢叫他连鸡巴也偷了去抢了去。谁能有这样的狗胆量。

  他们吃饱了喝足了,都赖在板凳上不走。强子大是个肉头,软不叮当,遇着人点头哈腰的;顺才现时还没有瞧上老婆,他三十七八啦;讲理年前挪了账盖了瓦房,从老汪湖里娶了一个闺女,几个月下来,那闺女肚皮都有点显了,顺才老说那肚皮里是他的,他瞅空子撒的种,讲理对这玩笑现时也不计较了。他们坐在小饭馆里抽最后一支烟。他们坐在灰白塑料布底下的脏板凳上,饭桌子也是油拉拉的,腻歪人。太阳射在灰白的塑料布上,烘得他们发臭。上午他们过沙滩时,有几条恶狗嗅出了他们手上和袋子里的腥气,扑上来要吃他们,叫他们一叉子又豁了一只狗嘴,一个矮女人隔着河骂了他们祖宗八代,他们差点弄了一顿狗肉吃,可那几条狗又撒丫子跑了,跑了好远才又回过头来对他们叫,骂他们。要是在乡里邻里的,狗也不会咬他们,他们也犯不着去叉狗嘴,留个臭名声。离家远了点,也顾不上这个了。顺才还上宿县城里干过几个月的泥瓦活,自然干的是下手活,挣了一小呱子钱,买了一套毛料西服回家了,赶上下雨,闲着无事,人模人样地穿了一回,遛门子叫前后左右的娘们儿损了一通,损毁了,就再没穿过,当宝贝压在箱子底下了。强子大也是闯过世面的人,他跟褚北的亲戚合着从宿州机械厂买了辆小四轮,灰里头来灰里头去,晒出一沓票子,上云市买了个娘们儿。去的时候也有厚厚的一小摞,越走越薄,赶到宿县下了火车,也就剩十来张大牛皮纸了。下了火车他跟云南的娘们儿上汽车站赶汽车去,让交警给撞上了,那俩龟孙子扣下他的娘们儿,说他们是买卖婚姻,硬要罚他的款。强子大跪在地上,号天号地,求人饶了他,放他们回家去,他那个熊样惹了一街人看,有的说这几个狗日的警察简直他妈的苛捐杂税,有的说这个乡巴佬也真他妈的没种,窝囊。等他带着云南娘们儿到家,身上连喝口大碗茶的钱也不剩一个,还是向刘庄的人讨的井水,后来就生了儿子,让他喜巴死了。讲理可是念到了初中,他念书是在苗庵中学念的,其实他家离苗庵远着哪。有一回他在苗庵中学西边的操场上拾到一本《宿州文学》,他看了上面的征稿启事,就发着疯地想当个作家。他给那个浑蛋编辑部投了两次诗,编辑部连个屁也没放一个,他从此就跟文艺界不沾边了。领结婚证的时候,他二十岁,他的娘们儿十七岁,他的娘们儿发育不好,矮矮的个子,软搭搭的,脑袋瓜子倒不笨,挺能拾掇的。年龄不合宪法,结婚证领不来,干脆去他娘的,有没有那玩意儿,照睡,照生。他们就这样软里巴搭地坐在灰白塑料布底下炕着,喘着气。

他们把最后一根冲冲的雪茄烟给对付完了,又扑到压水井跟前,没头没脸地往头上脸上撩井水,撩得稀里哗啦。当他们站直身子的一瞬间,热辣辣的西南风已经把他们的头和脸全吹干了。"咱们上哪块弄一觉去。""就上滩河堰吧。"他们三个,还是摆开来时的那种乡里乡巴的阵势,顺才打头,讲理在中间,强子大跟在后边,晃出了小饭馆,晃到灰古集的街上。这时街上的大梧桐树下正摆着三五个台球桌子,几伙年轻猴子正围着那桌子打台球。他们站着看一会儿,打完一盘又开一盘,他们知道一盘的盘费是两毛钱,这也真够便宜的。讲理就想也上去学几盘,反正兜里的货色实着哪。可强子大硬是瞧不懂,他硬是站在旁边瞧,人多了热闹。顺才已经在旁边的小摊子上要了一盒团结烟,用一根粗黑的手指拆开来,用两根粗黑的手指提一根出来,点着了,蹲在旁边的土堆上,瞅盘子边一个带孩子的小女人。

这情形看起来他们真想歇一家伙了,他们也累得太过了点。从一星期前出来,他们三个,就是想要趁麦收前的小闲空儿,抓紧时间弄一沓票子,就家去割麦啦。讲理是想把盖砖房拉下的账给还上,再加上卖粮食的钱也就差不离了。顺才怕不会再买一套西装,他也该娶个娘们儿,成个家了,就是上哪买一个来,到老来也能有个照应,一家子过在一起,跟一个人硬是不一样。强子大弄了钱一把交给他的云南娘们儿,大热的天,他不能让他的云南娘们儿下湖割麦子栽红芋,就让她在门口的树荫底下带着孩子,洗件把衣服。但这时候他们都有点小感觉,他们拼死拼活地忙活了这么些天,也够差不多的,今儿个说不准还得闹一出子哪,讲理刚才在小饭馆的时候就有这个预感,虽然往天上瞅瞅,天上连一丝云彩也没有。

　　灰古街上开始显得蔫蔫的没有精神,他们越发想要赖在树荫底下不想走。后边乡政府的门口正贴一张反光的大白纸,太阳的光斑照在那上面像水鸡一样绝望地挣扎。有一伙人正争先恐后地往饭馆里走。"走喽。""再看一盘。"顺才跟前已经按灭两个烟头了,强子大还是咧着嘴用那种不怎么有骨头气的样子发笑。有两个年轻猴子用杆子互捣起来,十几个人跟着起哄。他们就离开灰古街,往西走了一小截,再往北走一小截,过了濉河大闸,再往东走一小截,就走到濉河堰上的树林子里头了。他们把大尼龙袋子铺在树根下边,乱七八糟地放倒身子。天可真热。讲理又讨厌地嘟噜起来了,让顺才有点心烦。这时集子上的大喇叭还没关,扯着嗓门往濉河这边唱,在濉河堰上睡觉的这三个淮北佬听得一清二楚。他们先听了一曲《采槟榔》,又听了一曲《送情郎》,又听了一曲《小秘密》,那词儿他们一概搞不清什么头绪,光听那调子还凑合着。在这么几分钟里,他们已经讲完了乡里乡邻的好几件珍闻逸事,他们一个耳朵听曲子,一个耳朵听故事。其实那又有什么,在乡村里待过三年五载的,再正经的假正经也能把那样的事,唾沫星子四溅地对你说上一晚上,而且都是大实事儿。两个人,在猪圈里干上了,女人是村里边公认的一朵花,正是春上,猪圈的旁边还开着一树白杏花,天空也蓝得跟濉水似的,四野里暖洋洋,是个绝好的春上,男人给打得趴在猪圈里不能动,一头一脸全是猪屎,全是血,一条腿还一蹬一蹬地抽筋,看见了叫人呕饭。偷汉的女人让丈夫一家吊起来打,屁股上的肉都打烂了,后来,那汉子成了瘸子,大家干活义都在一块,谁也不搭理谁,谁都不提以前的事。

他们睡死了,睡得稀巴烂。

过了一个小时,他们醒过来。讲理说:"明儿个该家去收麦子啦。票子也混了不少啦。"其他两个人都翻了身瞅堰下边的麦子地,不吭声。过一会儿,他们翻身起来,嘟噜着:"这熊天!"精神抖擞地往堰下走去,天上晴得还是连一丝云彩也没有,但讲理老有一种预感,他老觉着身上又腥又臭,跟阴天的臭水坑一样。他们都闭了嘴不说话。他们走下河堰,走到麦地里。麦子正黄着,季节风呼呼啦啦地热辣辣地烘烤麦子地,把麦子地烘烤得香喷喷。他们走得急急的,一直穿过麦子地,穿过一片大蒜地,再穿过一片小麦地,麦穗直拉人的手。他们又走上滩河堰,又从堰上走下河坡。接着前边是一片红草地,草儿都有点微红,到深秋就全红了。这地方他们上午走过,上午在这里叉过水鸡。他们一走上红草地,草就开始颤抖叶子,发出绝望的叫声;他们走到哪里,哪里的草和其他弱小植物就发出绝望的惊恐的尖叫。他们顾不上睬它们。他们一直走过去,一直走出灰古的地界,横穿过栏杆、永安、曹村、渔沟、赤山、时村、夹沟、白土的地界,这时人迹也渐少了,河汊子多起来,扑通扑通青蛙跳水的声音也渐稠起来,但是除了这些扑通的声音,四野就再没有其他响动了,水草和浮萍的呼吸声和小鱼在水面上的咂嘴声都是微乎其微的;杜鹃在河堰上树叶子里的叫声也是完全不起作用的,但是他们三个男人却觉得四野扎扎拉拉的,心里边也有点小杂乱。他们瞧不上所有这一切,他们分散着走开,走到附近的沟沟岔岔里去。他们把尖利的捏成蛇拳形的钢条叉握在手里,无声地踩着水边的泥土和草丛向前走去,不一会儿就传来了钢铁刺穿骨肉的声音。"叉满一万个,多一个也不算。"这是讲理从一开始就宣布的目标。他看起来完完全全是个正在往熟里长的大毛猴子。他们还在稻田里和麦地里叉过,在麦地里叉的那肉味几乎跟在水里叉的完全两样,个头又大,又嫩又实在。他们在几条大河圈着的方圆几十里地的麦田里叉过水鸡,那两天也真叉疯了,那两天他们估摸着也把麦田里的水鸡给叉绝种了。讲理开始抹一把从额头上流下来的汗水,他不知道这层汗是在保护他的皮肤,尽管如此,他的皮肤也同别的农民一样让太阳晒得乌黑发光,露出人造航天器拍摄出的火星表面的那种健康的宇宙本色。从一进入捕杀者角色的那一瞬间,他就产生了刺杀的欲望和快感,他知道每一叉出去都是一张票子,都是自家砖房上的一片瓦、一块砖,这种诱惑使人心花怒放。去年夏天的时候他曾经在乡里卖过一段时间冰棍,他自个儿钉了个木箱子,放在自行车后架上,每天早上骑车上时村集去批发二百支,再带到乡里去卖掉,每支能挣五分钱。后来卖冰棍的年轻猴子太多,他就懒得去干了。那段时间晒脱了两层皮,讲起来真叫人受不了。水鸡又在前边咯啦咯啦地叫了,这块地方水鸡多得让人应付不了,但是讲理发现,在他们走过的地方,那些咯拉咯拉的蛙鸣和跳水项目全都敛迹了,变得死寂,像乡党委秘书把一个人的名字从一份名单上去掉一样干脆利落,点滴不留。有一段时间他光送喜礼就干掉了二百五十块钱,把他和他老婆刚攒起来的一丁点小积蓄弄得一干二净,他们就天天吃她娘家送的晒酱豆子,他早上上时村去的时候,也就是拿一块死面饼,上面摊一层发黑的咸菜。有时候他挺奇怪的,怎么人家挣钱都那么利索,那么容易,说挣就挣了,花起来跟流水一样,叫人想不明白。那天他们刚出来在大庄街上,他们还把墙上糊的一张告示给撕下来擦腚了,其实他们的腚也不是那么金贵、值钱,在家不也就是弄点旧报纸或者就在身边掐一张麻籽叶子擦了。他们觉着那样痛快点。自个儿顾不上自个儿,谁也可怜不了。有时候想想眼都红了。只要不犯枪毙的死罪,不抢信用社,那就啥事都能干。讲理这时从一个堤豁子处看见了顺才的宽脊梁,他正把叉子猛举起来。顺才是个狼杀手,这次出来数他挣得狠,他是个玩儿命的东西,怪不着女人都怕他,不敢跟他。讲理看见他的背影,就起来一股争斗的恶念,就想跟他拼一家伙,其实他才是个大毛孩子,虽说已经娶了娘们儿了。他从堤豁子处走开,去接近一个在绿萍上蹦跳的水鸡。他走起来像白天的一个影子。他突然看不见那个绿西瓜皮一样的脊梁了,它潜到绿萍底下去了。讲理就站着不动,但他把叉提起来,引上肩头,一点响动也没有。叉是用硬钢条打磨淬火而成的,笔直地伸向前边去,八根硬钢条的锐利的尖尖在老远的叉头上抱成一个蛇嘴样的拳头,面积又那么大,一般都在水鸡的身上叉出四到五个窟窿。他略等一下,在这乍一安静的瞬间,他猛然发觉身后他屠杀过的地方,植物和小昆虫、水里和庄稼地里的小动物发出的被刺中要害的呻吟声。这种悲悲哀哀的声音顿时弄得他烦躁起来,弄得他一头的火气蹿出老高,一直从他头的顶部冲出去,把他的头皮掀得直扑搭。他咬住牙,他的大毛孩子一样的脸也绷紧起来。强子大不知怎么在那边的河堤上会了一下头,讲理装着没看见,也没搭理他,这时候好像谁也惹不起他,他六亲不认。他更紧地握住竹竿子,他的手指的中部正好平摆在太阳光下,晒得发焦。季节风在河滩的麦地上翻滚,他也能猜度到西南风翻滚的恶劣,它在麦子的席梦思上翻滚揉搓,跟糟蹋一个娘儿们似的,翻来倒去地长时间地搞,季节风翻滚的余波骤然扑到他脸上,他站着动也不动,但他能嗅出来那种从麦子身上掠刮来的味道。一片杏树隐藏在堤外边,麦黄杏的酸巴巴、甜巴巴的味道搞得人心里难受,受不了,他的鸡巴有点热胀起来。他这几天都不能闲下来,闲下来他就想跟新娘子在床上的热乎乎的事情,不管怎么说他也是个新郎哪。有一片猩红花儿朵朵的石榴树从麦海里站起来,在麦地里它们显得高大苗条招蜂惹蝶。老六叔把他们家的两棵石榴树起下来栽到他们家门口的时候,讲理才十来岁。他脑子里有了这点回忆,太阳晒在他身上的热量就更叫他烦躁,叫他忍受不了,叫他想把鸡巴插到随便哪个窟窿里去。也只是一丁点工夫,强子大的脑袋又缩下去了。这时他的眼皮子里取上来一小块鲜亮的苍绿的颜色,那是脊梁。在他自己都反应不过来的那么短的时间里,他举在肩膀上的钢叉已经像太阳光的一道影子一样,唰啦一声飞出去,在空中把空气撕裂、撕碎,直射入水中。在钢叉叉到水面的一刹那,他听见水面被撕裂的一声痛号,和血液一下子喷涌而出的锐叫,水的颜色顿时失血苍白,并且开始在叉子的猛击下沉下去,他听见四周的动物和植物都因为心脏的猛缩而痛苦不堪地哀鸣。竹柄的叉子浮起来,讲理收紧腕上的绳子,把叉收到手上来。这是第多少个?也许是第一万个了。水鸡瞪着两眼,钢条的锋利的尖子从它的背上进去,从它的发白的肚皮下钻出来,他把它从叉尖上硬拽下来,扔在尼龙袋里,然后把带血的手在裤子上擦一把,这时他看见强子大和顺才的头又从堤下冒出来了。

下篇

　　他们三个人重新变得疲惫不堪。他们尽抄近路走,杞柳条子上的蜘蛛网和杞柳分泌出来的黏糊糊的液体沾在头上脸上手上衣服上,弄得人手足无措,心情烦躁。地上的沙土扑起来,坠在黏巴巴的液体和蛛丝上,搞得他们更加肮脏破烂。走到潼河堰上的时候,他们就看见一道沙尘线从南到北,飘飘浮浮的,那是汽车在公路上扬起的玩意儿。肚皮早已瘪下去了,他们像驴马闻到了草料的香气一样,迫不及待奔洼松集上去。洼松集也懒懒散散地躺在公路边上,让来来往往的小四轮、汽车、驴马车、架子车、自行车和行人糟蹋,半刻也捞不着安宁。他们从麦田之间的地埂子上往洼松集那一片看得见的红砖瓦房奔。讲理又开始感觉到要下暴雨的那种骚动不宁,他真想在倾盆大雨里淋上一两天,把浑身上下涮个透。但天色看起来还是不错,没有半点起雷暴的迹象。太阳悬在一两杆子高的地方,一群花喜鹊笨拙地用翅膀带动它们硕大的肥身子,在潼河堰的枝丫间跑来跑去的。奎河用当地话说像个不要脸的东西,突然往濉河身边挨挨,又突然往潼河身边挨挨,又浪远了。他们三个像被人追急了的野兔子,脚板底下抹油,直溜。沙土渐多起来,远远近近的树都像是拔地而起的,有一干穿蓝褂子的农民,始终把屁股对着他们,好像瞧不起他们一伙:直用屁股嘲笑他们。他站着跟个木桩一样动也不动,他也好像是拔地而起的,真他妈的没玩意儿。沙堤上有许多棵桶粗的泡桐树,直立着,显得没涵养。在许多粗大的泡桐树的枝枝杈杈里,稀奇古怪地长出来一棵又细又长的杨树,一树细碎的小里巴气的杨树叶子,长得稠糊糊的,泡桐树叶子都不动,杨树叶子倒跟中了魔似的乱筛,一树的碎叶子疯疯癫癫地翻个不停。这时集子近了,他们开始感觉到手里拎着的袋子的重量了。他们走上公路,呈一条散兵线往公路边的小饭馆推进。汽车从他们的影子上轧过去,把他们轧得昏天黑地,好不吉利,等他们从尘阵中钻出来的时候,他们更没人样了。他们没脸了。

太阳更快地堕落下去。他们走到了炉灶跟前,一个二十七八岁的年轻猴子头顶一块白毛巾,腰间扎一块围裙,斜叼着烟,站在炒锅前,把炒勺撑在锅台上,爱看不看地看这三个急奔而来的脏东西,他甚至一时还不清楚这三个行走的脏东西属于动物系哪一门哪一纲的。他直盯着他们走到近前,他们一手一身的血污和肩上扛着的叉子已经叫人明白了几分。这帮东西!走到跟前的模样凶一点的那个人,已经咧开他的脏巴巴干裂的嘴说话了,他把往下直滴血水的大尼龙袋往地上一顿,就跟他的袋子里装的是刚卸开的人肉似的,他和稀泥地说:"老板,要水鸡不?"他这味儿掌勺的年轻猴子已经听出来了,这样的天色了,他们就是咬咬牙,也得把这三袋水鸡留这儿啦,他从小盆里舀点儿酱油扔炒锅里,又把炒勺撑在锅台上,才说,"什么价?""什么价?"那三个脏东西已经咧开嘴喘出一口气来,并且开始拿眼往屋子里乱抠,看能不能抠出个女人来,抠出个洗脸盆和暖瓶茶杯来。强子大吸溜一声酸不拉叽地笑起来:"老板,给人家啥价,给你还是啥价,哄不了你,乡亲乡邻的。"这时从后门里进来了一个年轻女人,她把孩子扔在屋旮旯的小凉床子上,拿一条被单子给他盖住肚子。"拿进来瞧瞧。"她直起身子用一根橡皮筋把脑袋后边的头发扎起来。"你讲个价。"顺才又说。他们全听见扑哧一声,是一辆大黄河停在馆子门口,从那上面跳下来的几个人,手里拎着包,咋咋呼呼地叫唤:"唉,老板,有啥吃的?""辣子水鸡。""漂亮漂亮,来两盘辣子水鸡,这是好玩意儿,三十块钱你看着办,得有吃有喝。""把你心装肚皮里去。"他们仨拎起袋子,一直走进后院,把它们扔在压水井的大澡盆跟前。大黄河上下来的那几个人也在后院房里的雅座坐下来了,洗脸喝茶,还有一桌食客在另一张桌子上叽咕什么事,头全凑在一起,还放心大笑。三个叉水鸡的已经把三尼龙袋水鸡全稀里呼噜地倒在压水井周围的水泥地上。老板娘嘟噜一声把秤拿走了。一地上都是血水、肢体、肠子。他们就压水,压了满满一盆水,他们撩起来直往头上脸上脖子上胳膊上浇洗得真舒服。他们用洗衣服的臭肥皂把脸蛋、脖子、胳膊里三层外三层地洗,几乎把黑皮都搓下来了,然后他们在一丛旱竹旁边把长裤子扒下来,把血迹斑斑又脏又臭的长裤扔在旱竹林下边,撩起水来洗腿,洗完一盆他们再换一盆,他们把盆全洗脏了。这时掌勺的年轻猴子走到门边瞧了一眼,他看见他

237

们全脏七脏八地死洗,就吆喝一声:"那你们得抓个紧先把皮全扒了,俺等着给人家上这道菜哪。你们三位吃馍吃汤?""俺们先喝开水。"他们就光着腿,上外边的茶桌子上喝开水去。

太阳已经快要坠落完了,天上还是连一丝儿云彩边也不见。他们把那堆尸体扔下不管,他们总也得喘口气,放个屁,歇一阵子,这是没法子的事,谁急着吃鲜水鸡儿,谁自个儿上堆子上拎个生的啃去。外边路边上有七八个人围着打扑克,打的是争上游,一张牌五分,谁输了谁掏,一家赢三家。他们仨跷着腿抽烟喝茶。几条狗都围着停在路边的大黄河转悠,用鼻子嗅,跷着腿撒尿,肆无忌惮。"今儿个几啦?""后个端午。"他们把茶喝得有滋有味的,可心里边老扎扎拉拉觉着不舒坦,觉着不是味儿,这活看来真是不能干啦,这活干长了,损寿。还有几个上年纪的坐在门外的石头上歇着,吸烟。有几个人从路对面麦田的小路上往这边走。那几个零零星星的人走得挺急,像有鬼在后边追他们似的,真叫人起疑心。老头说:"听讲河东河西的小麦地都生麦蚜子虫啦,你望望,这种时候啦。"另一个老头说:"麦根子都黄啦,你望望,这种时候,真是的。""哪块生麦蚜子啦?"强子大就凑上去问。那老头还是把眼珠子盯着大公路,头也不回地报出一些地名来,"尹集、大庙、解集、时村……可是不小块地盘。"三个叉水鸡的把这些地名全听得一清二楚,这也就全是他们一星期走过来的地方。他们没把这些往心里边去,他们的经验是不把水鸡全剥完了,吃完饭了,老板不会从口袋里把水鸡钱掏出来。可他们就赖着不想去弄那些玩意儿,那些玩意儿他们摆弄够了,他们得歇足了,他们得回家去瞧瞧自个儿的庄稼地,瞧瞧生了什么东西没有,可别让虫子给咬了,他们还是不把那些事往心里边去。可人一静下来,路上的车也少了。太阳也差不多落尽了,麦地里的声音就听得清清楚楚了,麦地里的那种咔啦咔啦的声音就跟七月里灉河上水的一样,一阵一阵的,叫人挺怕,他们还是不把这些事往心里边去。他们滋拉滋拉地喝水,瞧着掌勺的年轻猴子滋拉滋拉地在炒锅里炸葱花。老板娘从后院那边过来,她冲着讲理说:"喂啦,小兄弟,耽误你歇着啦,先给俺弄三五十个来,俺得上了这道菜应付着。""管哪。"讲理就冲她那软溜溜的口气儿也得顺溜地去干。这时节太阳是彻底地堕落了下去,但天跟地都还明着,还得一个时辰才能黑下去。讲理扔了烟头,从老板娘那块讨来剪子,歪歪扭扭地往后院走。他不知道为什么,他觉得不想沾这些脏东西,觉着心里边有点儿堵。可他还是蹲下去了,他从堆儿里拎起来一个,看了一眼,他觉着它跟睡着了差不到哪里去,他为了干得快点,咔嚓一剪子把它的头剪下来了,然后他撕它的皮,干脆利落地叫它把白花花的肉块全露出来。他听见身后有谁轻轻地呻吟叹息了一声,也就跟叹气的差不多,他回过头去看,哪儿来的人,就是一丛旱竹子在那里瑟瑟地动,旱竹子下边扔着他们的破长裤儿,跟孩子的尿布差不离。他没怎么理会它们。

到了天似黑没黑那会,他们三个已经全坐到压水井边剥水鸡了。他们剥了一会儿,老板娘就把剥好冲净的拿了去,留下些个在案上做辣子水鸡,剥下的就全放冰箱里边冻上。干了一会儿,围了一窝子人,看这种手艺。三个叉水鸡的流水作业,一个剪头,一个扒皮,一个开膛破肚,剪爪子尖。掌勺的年轻猴子也倚在门边上看了一会儿。围着的人说:"宿县办油漆培训班哩,匣子里才播的。""在啥地方,钱哪?""在红旗旅社,三号,学费十五元。""那玩意儿倒不如叉水鸡来钱,这玩意儿一天少说了十块八块,像这几位,发啦。""发水啦,"顺才接这话茬,"能把你给热死晒臭累趴下,俺们今儿个是最后一回啦,听说四下里都生了麦蚜子虫啦,俺们也得家去瞅瞅啦。"有谁说了一声:"乡长来啦。"他们都抬起头来瞧乡长,一拉溜五个人从前门过来,往后边雅座走,打头的是个矮胖子,面相慈祥,颜色红润。他见围了一窝人,就摇摇晃晃地挤过来,盯住了地上的一堆水鸡儿瞅了半晌,用两手指捏巴着下颏骨,说:"上面三令五申不准捕杀,你们是哪个乡的人?""俺们是北乡人。"乡长又说:"你们不是在洼松乡叉的吧。""俺们在洼松乡连屁也没放一个。"乡长摆摆手,用鞋尖碰碰那一堆,就转身带着他的一帮子人往雅座里走,他出了人堆就说:"也来一盘这玩意儿,大点盘。"围着的人又叽里呱啦起来,有一个人说:"俺们讲吧,丁家为在桥东头盖房子的事儿,又跟大桂家叨叨起来啦。""集上不是断过了,让大桂家盖的,那块位置能好到哪里去?""断了就听啦?断了也兴不听的,讲到底啦,你凭啥子断给大桂家,你吃人家啦,喝人家啦,睡人家啦?""难听,别让人家听了去。"四周的人都笑,剥水鸡的三个人也仰起脸龇着牙笑。剥完了水鸡,围着的人全作鸟兽散,给他们做的鸡蛋汤也弄好了,他们要了十个大馍,一堆蒜瓣,他们不时让大块的馍给噎住,他们就端起汤碗往喉咙里灌,往下冲那些馍块。"俺们回吧。""俺们连夜就回。"俺们得家去瞧瞧地头的麦,别让麦蚜子虫给咬完啦。"这时天就全乌了,但门前的公路还白花花的让人看得一清二楚,晚上赶路凉快死啦,一顿饭下肚精神劲也就上来啦。他们把桌上一堆儿一堆儿的东西全扫到肚皮里去,抹抹嘴,眼见着给乡长他们炒的辣子水鸡和给另一伙经商的人炒的辣子水鸡香喷喷地从他跟前端过去,端到后院的雅座上去。他们嗅嗅留在空气里的香味,真馋死人啦。他们就塞掖好票子,跟老板打了招呼,出了饭馆,要往正北去。他们刚走开了几步,就听见背后一片吵吵声,炸在炒锅里的水鸡、端在桌子上的辣子水鸡、冻在冰箱里的水鸡和倒在烂泥坑里的水鸡头、水鸡皮,全都一窝蜂地嚷嚷尖叫起来,拿哀号绊他们的脚,扇他们的大嘴巴子,扯他们腥腥拉拉的脏衣服。他们直惊诧,老板娘出来说:"得啦,钱给过啦,两清啦,走你们的道吧。"三个叉水鸡的听了这话,撒丫子奔正北而去,路边的小草小树一片惊叫之声,麦子正哗哗啦啦一片一片地往地下倒。

讲理说:"俺头有些痛。"强子大说:"没事儿,到家让你娘们儿给焐焐,就好啦。"他们从信用社和供销社的店面跟前走过去,粮站连夜在腾着仓库,晚两天就得收小麦啦。他们按按身上鼓鼓囊囊的票子,心里边踏实多了,有了这玩意儿,事儿就好办多啦。他们又接上一支烟,抽着,在老远的地方才把烟头扔到路边沟沟里去。那种要下雷暴雨的念头也滚他妈的蛋啦,再也不来啦,晚上风儿是凉快多啦,敞着怀走吧,老婆和床在家里边候着哪……

女 娲 补 天

女娲走了很远的路,走得很累了。她虽然能日行万里,可以从大山上跨过去,可以从咆哮的大水上跨过去,但她到底也是人种,也会累的。

她走到天之尽头,远远地瞧见天之一角摇摇欲坠地破裂开来,破裂开来的那一角天幕危如累卵地耷拉着,看那个样子,随时都会坠落下来,那样的话,天就再也不是完整的一幕了,天也就不再可以缝补了,天外的莫可名状的各种东西也许就会从破损处进到天里头来,进到地球上来,把地球搞坏,那是不可想象的。

但女娲确实是疲惫不堪了,况且在她瞧见天之裂缝时,夕阳正旋转着从视野里消失,天色很快就暗淡下来。因为有天的帷幕的隔挡,阳光照进天里来已经很弱了,一到夜晚,寒气更凉不可当,地面上生存着的少量耐寒动物早已溜进地下巢穴,蜷缩起来以便混过寒冷的夜晚了。女娲在愈来愈浓烈的寒意中打了个冷战。该去哪儿露宿呢?

在眨巴眼的工夫里,夜色已经把天和地都封锁了。女娲踯躅在天之尽头的大水畔,有些瑟缩,但她坚挺住了。她守住天之尽头的裂损处,等待曙光熹微,那时候她就可以找些材料,试着把天补起来了。

四处都是一片漆黑,只有裂损处的天外,有些乱眨的东西,说进不进说退不退地逗留在那里,向天里头窥望。还有一个发亮的盘子,不知为哪方怪物,也冷冷地钉在天外。女娲浑身一阵激灵,寒气似乎全然散去,她坚守在破损的天底下,以防天外的莫可名状的东西蓦然地闯进虽然寒冷却平静的地球上来,搅坏了千百年如一日的地球上的好梦,她觉得她有这个责任。

太阳终于出来了,太阳一跳,跳到天幕之上,阳光就较为微弱地透过天到了天的里面。女娲被一阵闪耀的光照,猛力睁开眼,才恍然明白自己睡去了。她内疚万分,对自己痛责不尽。而后,她去东海淘水洗脸,完全清醒之后,她就以树为针,以藤为线,折了耐寒的大树来,拢了耐寒的藤蔓来,除去枝丫,结为一体,足立于山之极顶,伸长了胳膊,去缝补破损而下坠的天之一角。

天幕竟朽为极软稀把握不得的东西。女娲以耐寒的大树为针去穿缝天幕,所过之处,尽戳为大窟窿,缝补愈多,窟窿愈多,缝补愈不易。天顷刻便有摇摇欲坠之势,天外受阻的阳光从窟窿里蜂拥而入,在地球上融化了冰雪,使洪水四滚,地面上生长的少量的耐寒的动物、植物都感觉热不可当,或喘息而死或枯闷而亡,一片惨景目不忍睹。

女娲就以为是自己未能挽救地球,更深感内疚哀痛。但天之倾坠已成不可阻之势,各处都是轰轰隆隆的坠天之声。女娲痛叫一声,昏厥于山之极顶之下。世道转眼也就过去了几千几万年。

待女娲醒过来时,她的肌肤感觉已较能适应新生的温和的地球了。地面上蹦跳着新生的各种动物和叫人的那种东西,人的群数可是比那会多得多啦;各种新生的花新生的草新生的树一齐生长,搞得她眼花缭乱。封闭着的天幕连一丁点的影子都没有了,夜间那些眨眼的东西和那发亮的盘子都在头上发光,也煞是好看。

地球上蹦跳的东西和别的东西看起来都已经把女娲遗忘了,它们嗷嗷叫叫热热火火地过自个儿的好日子,女娲内疚惭愧得不行,到第三个晚上,她就找个地方,隐居起来了,暖暖和和的,她还是在地球上过活。要是在天倾坠之前,那夜间可是不得了哇。

湘　夫　人

　　天地轮转完半圈的时候,湘夫人身体内的生物钟自然而然地由弱变强地又嘀嗒起来。她轻轻地叹出一口清气,睁开慧眼,从栎树的细枝嫩叶编成的草团上站起来,脚步轻盈地出了洞子,走到了外边的草地上。

　　草地没有边地开阔。草地上零散地戳着一些亿年古松、古柏、古银杏和古楸树。湘夫人把两只胳膊伸出来,伸到头后面去,去把披散下来的青丝拢成一把。一根芨芨草就在脚边,它长得好长,好柔韧,它摇曳得像一丝游念。湘夫人慢慢地蹲下,腾出一只手来,用两根指头提了,掐断了,扎到头后边的青丝上去,把青黑的细细的一把丝儿扎成一小把儿。她的两只胳膊都伸到脑勺后的时候,透明如蝉翼的袖子就轻快地滑到胳膊弯上,这使她觉得清爽,她就站了起来,用飘动的柔美的动作把连上衣的裙儿脱蜕在风和草静的草地上,她的一身光洁如凝脂如玉的皮肤就显露在初升起的阳光的抚摸下了。

　　全身没一丝儿负担的清爽使她的兴趣更高了些,她优美地张合着小口,吐出一个个音符,做出唱歌的样子,却不出一点声儿。她一边张合着如桃花样的小口,一边轻飘飘地柔动着丰韵的四肢和腰肢,柔动着上身和小巧美丽的脑袋,向草地那边的一棵古柏走去。

　　太阳更往上爬了一点,看着她的玉体,用阳光摸弄她身体的每一个部位。她走到古柏的不远处,就很优雅地撮起小小的嘴儿,吹起很清丽的曲子,一只小狸猫,从不知什么地方跑来,跑到她的身后。湘夫人感觉到了它的存在,她一边继续不停地吹着清亮的曲子,一边回过头来,对着小小的狸猫一笑。小小的狸猫就把头儿歪起,缩起前爪,直立起来,做了个很好笑的姿势,这姿势把湘夫人给逗乐了,她就摆摆她的修长如玉的手儿,她们就走到更遥远更开阔的地方去了。

而更遥远更开阔的地方是在哪里呢？更遥远更开阔的地方是没有止境的,整个宇宙都铺满了青黄的草儿,都这里一棵那里一棵地戳着些松、柏、银杏、楸、栎,都铺着太阳的永恒的光。温度永远是这样的宜人,没有风、没有雨、没有云、没有尘灰、没有其他什么过分的声音。湘夫人吹着口哨儿,走到一条溪的旁边,这条溪是唤作湘水的那条溪,这条溪是清清的能见着底儿的,这条溪是在草地里生长出来的。湘夫人赤着脚儿,从清凌凌的水里边蹚过去,过去了,就又撮起薄薄的红红的小嘴儿,嘹亮地清丽地叫了一声：

噢——嘞——

这叫声像阳光一样绵长,在那叫声的尽头,就颠颠地跑出一匹雄豹,雄豹的嘴上叼着一朵金针花。这雄豹色彩斑斓,雄威勃然。它跑到湘夫人的跟前,伏到地上,摇着健美有力的尾巴,嘴里还是衔着色彩鲜艳的金针花。

湘夫人就像一尊优美的雕像似的倚坐在雄豹的身边了,小小的狸猫也伏在湘夫人的酥软丰嫩的小脚边了,她们三个就融化在阳光、草色、溪声和大自然的亘古永恒里了……

山　　鬼

到处都是嶙峋的怪石。山鬼从大石后边跳出来,因为大石后边让太阳烤得发烫,把他的皮都烙烂了。

他跳将出来,满地的石尖和碎石都扎他的脚,他只能跳着走。远远近近的连一簇青草都没有,连一指小树都没有,连一掬清泉都没有,山鬼的舌头已经干出泡泡来了,嘴唇已经焦掉皮了,满身也都快让太阳和高温给炙干了。他忍着脚底下的疼痛,站住脚,搭眼,往四下里看一看,想找到一处能让他喘息的地方。他乏乏地吐出一口浊气,慨叹出生的艰难。

远远近近的都是嶙峋的怪石,远远近近的都没有一丝儿青绿的颜色,远远近近的都让毒热的太阳烤得干裂,远远近近的又都渐渐地丛生一种热风,汹涌地旋转着,猛烈地向他这边推移。

他知道是逃不掉的。也没有任何活动的他物供他求援。他孤独地单自兀立着,脚底下的尖石刺得他钻心地痛,他从心根子上呻吟起来。但他坚立住了,毛发瑟瑟地等着那热风从四面八方汹涌扑来。

热风转瞬间就到。热风剧烈地旋转,飞沙走石,一下子就将小小的孤独着的山鬼埋葬掉了,熬煎掉了。混沌一片的飞沙走石的乱击之中,只听得山鬼一连声的惨叫哀号,这惨叫哀号声从热风和飞沙走石的乱击之中遁出,撞在远远近近的嶙峋的怪石上,撞跌下来,撞得鼻青脸肿,七零八落。

热风渐散,山鬼已至奄奄一息,身上脸上青一块紫一块,没有完整处。他躺倒在地上,想要喘息一刻,想要积蓄点气力,再挣扎着站起来,去寻那能够宁静致远的所在,但这时太阳已经更热辣地暴晒起来,远远近近的嶙峋的尖利的山石渐都变红,赤如焦炭。山鬼在这种烤烫之中尖锐地大号,弹射般地跳立起来,往四面八方狂奔乱突,脚一落下,就被烫炙出一股焦烟,令他脚不能着地。在尖利的赤红的怪石上,山鬼就这样狂喊乱跳着,一直窜逃到嶙峋怪石上的赤红渐褪下去。在赤红渐褪下去的时候,热风又远远地四面八方地起来了,日复一日,年复一年,永无止期。

惊　慌

1

张侠像往常一样去接电话,她用很潇洒的姿势侧立着。

"喂,你是张侠吗?"这是个陌生男人的声音,有些冷冰冰的。经常有这类说话没礼貌的男人给张侠打电话,她也算习惯了。

"是,我是。"她用平常那种不卑不亢的腔调说,"你哪里?"

"我是大桥工商所,请你明天上午来一下。"这种冷冰冰的陌生男人的声音,立刻使张侠出了一身冷汗。她拿眼瞟了瞟外间办公室,好像没有人注意她在接电话,接谁的电话,接电话讲什么事。他们都忙着自个儿的事,戴眼镜的老孙头几乎要伏到桌子上去了,他总是这么认真,李梅和寥静文正说一件事,也是轻松的事吧,她们笑容可掬,有一种现在在张侠看来是可恶的轻松。其他人她一下子看不过来,但她立刻把脸转向了墙壁,这样便于掩饰不自然的神态。她还不能在气势上让对方压倒,她把声音放低些,试图保持原来的格调。她说:"有事吗?你是谁?"

"对,有事,来了你就知道了。"

对方有些盛气凌人,要是在平时,张侠马上把电话挂掉了,但她现在不敢,现在也不能,她听到话筒里的声音就紧张。"好吧,明天上午上班你就来。"话筒里仍然冷冰冰的。

她突然发现在办公室里不是问"有什么事"的时候,幸好对方讲完就把电话挂上了。

2

张侠定定神。

她瞟了办公室里的其他人一眼,他们似乎还在忙各自的事,但是李梅突然撇开寥静文,转脸对张侠说:"张侠,你这件羊毛衫真漂亮,哪儿买的?"

张侠吓了一跳,她连忙笑起来:"漂亮吗?还可以吧,金龙商店正在搞羊毛衫展销。"她笑得肯定不自然。她脸色苍白。

"噢,"寥静文也插进来了,"多少钱?现在肯定贵得很,听说昨天又涨了一次价。"

张侠不知道该做什么。她毫无目的地往办公桌边走。她脸上还堆着笑,她说:"六十九,现在差不多都这个价。"她不知道她们为什么在这个时候,都突然对她的羊毛衫感兴趣了,她觉得她们有点不合时宜。但她得应付她们,而且要应付得比平时更好,更热情坦率。

"六十九?什么六十九?"老孙猛地回过头,他像刚睡醒了似的,他这种神经质的神志使寥静文和李梅哑然失笑,但这笑显然是不带恶意的。

张侠不知道他们怎么都在这时候来凑热闹,来嘲弄她,至少她认为他们现在突然对她感兴趣,是不正常的。

她又把笑脸对着老孙:"羊毛衫。羊毛衫六十九。"

"哦,羊毛衫,六十九,"老孙盯着她身上的衣服,倾着上身,"这么贵,好料子吧?"

"还可以。"她说。她连忙在办公桌边坐下来,拉开抽屉,装作在找什么东西。可她不知道在找什么东西。她紧张地想着该怎么办。也许什么事都没有,一场虚惊。

但愿如此。

她的手触到一个硬皮本——通讯录。她乱如麻的脑袋像突然被外星人啄了个洞。她翻了一下,轻轻抬头舒了一口气,这才感觉小背心已经潮乎乎的了,贴在身上十分别扭、难受。该死,怎么会这样,到底哪儿出的毛病?那个浑蛋,刘建国,也许是一场虚惊,太可怕啦,但愿不出任何事。

她有点后悔。她看见他们——李梅、寥静文、老孙——全都埋下头干自个儿的事了,还有两张桌子空着,但上面放着包,他们也许很快就回来了。他们——办公室的所有人可能全都不知道她有什么事,可她们也许全知道,那样的话她不知道还怎么再来这里上班,跟大伙说笑。

她轻轻锁了抽屉,拿着通讯录,出了办公室的门。

她一边往外走,一边轻松地用大约是自言自语的口气说:"呀,今天天气真好。"

3

张侠转了两个街口,才在一个公用电话边停下来。她不能在办公室打,那儿太不方便,她也不能用办公室附近的公用电话打,假若那样的话,正巧让办公室的人撞见,更讨厌了。

她拨了个号码。

通了。她说:"李元凯吗?你能来一下吗?"

李元凯可能听出她的声音有点不对。他说:"行,我马上就到,出什么事啦?"

"来了再跟你说吧。"她现在有一种无依无靠想迫切抓住一件什么东西以便不沉下去的感觉,"骑摩托了吗?把车骑过来好吗?我跟你说,我现在在金龙商场对面打公用电话,你直接到这儿来吧,快点。"

对方答应了,她就挂了电话,然后她拿起话筒,又拨了个号码。

这次是占线。她挂上话筒。再拿起来。再拨另一组号码。

又是占线。

她挂上听筒,转脸向街上看。李元凯现在肯定到不了,从他的公司那儿到这儿,骑摩托少说也得五分钟,要是碰上交通堵塞或其他事……唉,她从心里叹出一口气,没什么事,一场虚惊。马上就会过去的。

来来往往的车很多。她呆看着街上的一切。她现在开始冷静下来了,但身上的热量也随之而去,她感到身上有些发冷,脚底板和手心里都有冷汗在渗出。她听见一声车笛在叫她。

不是他,不是李元凯。是一辆新的大众牌汽车,一个穿大开叉红旗袍的女人正跷起一条腿上车。他怎么还不来?

那辆大众开走了,张侠呆呆地望着它开走。又一声笛叫。她转过头,是李元凯来了,他戴着土黄色头盔。他两只脚撑在地在喊:"哎,张侠,什么事,这么急?"

她咔嗒咔嗒跑过去,"工商所打个电话来,"她已经坐到后座上,用手搂住李元凯的腰,"我明天上午去一趟。可能是酒出事了。"

"真的吗?"他放慢速度把摩托从慢车道开到快车道,"工商所的人说的?"

"他们没说。"她的头发开始往后飘过去,飘起来,像一缕黑飘带扬在空中,惹得街两旁的行人注目,行人都惊叹不已,惊叹飘在空中的黑飘带。太美了。车速很高。她大声说:"我估计是那事,不然别的还有什么,咱们现在也没别的生意。"

"谁出事了?马林?刘建国?还是乡巴佬尹大星?"

"不知道,"她说,"刚才电话也没打通。到我家去。"

摩托稍微减速过了十字路口。她的头发又直直地在空中飘起来了,飘在无支撑的空气中。摩托像一道闪电,一辆警察摩托打开工作灯,从后面追上来。警察摩托上的扬声器命令他们停车。

她说:"马林不会讲吧?要么就是李建国,也就他们两家要了酒。"

"查不着就算了。"他大声地顶着风说,"查出来他们都会推给你,这一帮王八蛋。"

"不会是尹大星那边出事吧,要是那边倒好些,咱们就全推给他,咱们说不知道。"

"怕要破费些,小意思。"

"我怕传到音像公司,我该怎么办?"

警察摩托更快地追过来,扬声器越来越严厉地命令他们停车,路边的行人都被惊动了,驻足观望这场摩托大赛,她的长长黑发仍然飘在空中,优美极了。她突然发现了异样的东西,使劲拍拍他。他们减速,把摩托停在路边。警察的三轮摩托尖叫着在他们的前面来了个漂亮的急刹车,一群路人围了上来。

张侠的黑发完全披散到背肩上。他们熄了火,诚惶诚恐地下了车。一个高个子警察向他们走过来,他满脸火气。他把他的扇子般大的手伸出来,伸到李元凯面前,脸上像冰一样冷。

"执照,为什么不戴头盔?"

"我戴了。"李元凯连忙表白。一边从兜里掏出执照小心翼翼地放在那张大手里。他用手摸摸头盔,头盔还在。

"她为什么没戴?"高个子警察用眼指了指张侠,便翻开小本子看。

"我们有急事……"

"为什么超速行驶?"警察自言自语,似乎没要求他们回答。

"这条路上,"警察仍然用毫无表情的自言自语的方式问,"限速多少?"

他们都哑着。围着的人都盯着他们,交通开始堵塞了,车笛响成一片,警察又说:"罚款三十元。"他很熟练地掏出收据本。"明天写个检查送来。"他画了几个字,撕给他们,把钱跟收据本一起塞在上衣口袋里。然后他扬扬手说:"都走开,都散开,都散开。"

人们开始散开了。他们推着摩拐到小巷里。

4

小巷里人很少。

"怎么开始倒运了。"张侠说。他们走近了张侠家。

院门开着,没锁。

父母亲不在家,要么就是小弟弟疯去了,家里没人,静悄悄的,桌上放着弟弟的书包。弟弟老这样,开了门就上附近哪儿玩去了。

他们在张侠的小房间坐下来,李元凯开始抽烟。李元凯说:"霉气,我明儿还得弄个检查送去。"

张侠说:"你真啰唆。"她说:"给我支烟抽,我心里头都凉了。"

"没什么大事。"李元凯把腿跷起来,"大不了破费几个,算什么,下一趟又来啦。"

"你大方。"张侠开始忧郁起来,她开始觉得自个儿陷得太深了些,不管怎么说,自个儿在音像公司的工作现在算基本稳定下来了,虽然是合同的。况且她现在并不想离开。她觉得音像公司是一块既硬邦又时髦潇洒的牌子。她不想在一种不光彩的情况下丢掉那块牌子,当然,在必要时她也可以毫不迟疑地丢掉那块牌子。她心里头有点发抖,她觉得她远不像李元凯、马林或刘建国那样可以毫无顾忌地挣任何可以挣的钱。

她说:"尹大星到底是什么人,不是他那条线出的事儿吧?"

"那个浑蛋,他也不像个能造酒的,他准从别人手里再转一把。"

"算了,别想那些事了。你得帮着我点,把家里边的全搬到你家去,我以后再谢你。"

"没说的。"李元凯讨好地说,"我以后还得求你哪。"他带点尖酸地谄媚地说,"家里还有多少?"

"十件。"她把床单掀起来让他看。这种名牌酒在市场上可以要到七十块钱一瓶。她说:"也许是马林或刘建国那里出的毛病,马林要了两件,刘建国要了三件。"

他们动手把酒箱从床下搬出来。"得有绳。"李元凯说。她说:"有。"她找来一条尼龙绳。他把摩托推到院子里,把两件酒搬到后座上。"得吊在两边。"他说。他们就把两箱酒吊在后座两边。"他们把你卖了。"他一边系紧绳子一边说,"碰上这种事,谁也保不了谁。"

她咬着牙不说话,她恨他们。谁?就是他们。卖她的他们。不过确实如此,谁也保不了谁,谁都得给自个儿开脱点,今后还得再活不去,再干下去,再挣下去哪。走一步算一步,哪一步都不能让自个儿吃亏了。

她说:"麻烦你跑几趟。"他说:"怎么客气起来啦。"

他看看她的脸。她一点笑意或其他神情也没有。他不敢再打扰她,或惹她,或讨好她。"得五趟能跑完。"他说,"我就泡进去啦。"

她真感激他,在这种时候他帮她,真叫她心里发酸。她说:"我待会儿去打电话,看哪儿出的事。我这门不锁。"

他说:"我怕也来不了这么快。"

他把油门加起来。"骑慢点。"她说,"别把酒瓶颠碎了。"

"放心吧你。"他把一屁股烟留给张侠。张侠站在院门口,瞧不见他和它了。她回到屋里,现在她看见酒箱就起反应。她犹豫了一会儿。办公室里他们恐怕都该下班了,再回去也来不及了。明天得找个理由搪塞吕主任,她就锁上门,出去打电话。

5

斜对门的学校传达室里就有电话。公用的。

学校刚放完学,还有零零星星的人进出,有些学生在门口的水泥地上盘足球,许多长相漂亮穿着潇洒的女中学生三五一堆站在校园的栅栏旁说话。

张侠从她们身边走过去。她没有看清楚这些漂亮的女中学生。可是她觉得青春和那种与成熟有关的感觉和热情,正在从身上褪掉,正在从身上转移到那些站在栅栏边的女中学生的身上去。她有些妒意,她靠近了传达室的窗口,红色电话机正等在那儿。她向坐在桌边的老头笑笑,拿起了听筒,拨了号码,就转了个身,把后背留给那老头。

有人接了。"马林在吗?哦,请您告诉他一声,"她说,"音像公司有个姓张的找他,请他到我家来一趟。假如他回来,请你转告他叫他就来。"

她转过身按了一下电话机上的那个东西,电话挂断了。她发现老头正在看她,她对他笑笑。他不知道她笑是为什么,他也很有分寸地笑笑。她又拨了一组号码。

又有人接了,是刘建国。她突然激动起来了,她又把背留给老头。"刘建国吗?"她说,"你那儿出事了吗?"她知道了刘建国那儿没出事。她说:"你知道马林上哪儿去了?他那儿怎么样?""他那儿情况不妙,"话筒里说,"电话里说不清楚。"她心往下一沉:"你能上我这儿来一趟吗?我等你。现在就来。"

她挂断电话,把钱给老头。她走到校门口,那些女中学生还在,健美得很,腰臀丰满,脸上有不少稚气。她不能与她们相抗衡,她觉得最后一点青春的魅力和因素正在从身上流走。她感到她现在正在成为一个女人,而不是女孩、中学生或姑娘,虽然她才二十一岁。

6

张侠等他们等得很急。李元凯来拖最后两箱酒的时候,天已经比较暗了。他显得有些筋疲力尽,虽然看起来这不是什么重活。

把两箱酒吊到后座上,李元凯对着天夸张地吁了口气,"累死啦累死啦,"他说,"怎么刘建国还不来,那个狗蛋。"

"不知道。"她说,"我再等他一会儿。待会儿我再给马林打个电话去。"她看看他说,"恐怕是马林那儿出了事。"

"那好。"他说,"晚上咱们上哪儿吃去,我饿扁啦。"

"送回家你就来。"她说,"放你那儿没事吧!"

"没事。"他说,"你知道那儿没事。"

"走吧。"她说,"你早点过来。"

"好咪。"他说,"等我噢。"

她点点头。他嘭嘭嘭地走了。刘建国还是没来,街上连他的影子也没有。张侠关上院门,到学校传达室打电话去。

栅栏边的女中学生都不在了。张侠拨了电话号码,通了。还是那个女孩的声音。张侠说:"马林在吗?""马林还没来,"她说,"下午有好几个人打电话找他,不知他上哪儿啦。"她想问问她酒的事,又把想问的话咽回去了。"谢谢你,再见。"她就把电话挂断了。等她回到家,她发现爸爸妈妈都回来了,他们买了好几大包东西。

"你们上哪儿啦?"张侠觉得快活点,心情好受点,"买了这么多东西。"

"逛商店去了。"妈妈说。

"挺浪漫的啊。"她忽然快活起来了,也许是看到了父母亲,觉得有了支柱,有了依靠的原因。她突然感到自己在父母面前永远都是个孩子,是不成熟,不老练,不能独立挡住一面的孩子。在一分钟以前她还一直以为自己早已成熟,早已独立,早已能处理自己的经济生活和别的事情了呢。"买了什么? 有好吃的吧!"她去看桌子上的那些大包小包。

"就你好吃。"妈妈用那种口气说她。爸爸和妈妈都在自行车厂当工人,他们都是乐天知命的好人。

"没做饭吧?"

"我刚回家,"她十分自然地撒了个谎,"晚上我不在家吃了,他们来找我,有事。"

他们不过问女儿的事,晚上吃过饭他们一般就待在房间里看电视,当然上夜班例外。他们有时间就尽可能把家庭生活搞得好点,舒适点,他们不要求什么。

张侠吃了一小块港式夹心面包。妈妈就到厨房做饭去了。

7

天全黑下来以后,院门外才响起摩托的声音。张侠连忙跑到门口去看,原来是李元凯。李元凯叉着腿没下来,也没熄火。"怎么样?"他问。

"刘建国没来。"她气恼地说,"他小子活腻啦。"

"咱们走吧,我快饿扁啦。"他顺手按了按车笛。前面两个骑自行车的女人赶紧往旁边让。李元凯哈哈大笑起来:"带你兜风去。"

"先吃饭吧。"她说,"你在这儿等一下。"

张侠回到屋里换了身衣服,紧身裤和牛仔长褂。不扣纽扣,好洋派。她用温水洗了把脸,扑上粉,轻轻描描眉,上点口红,又到卫生间去排泄了一下。出了卫生间,她就向厨房喊:"妈,我走啦。"

她听见妈答应的声音。爸在里间屋看电视,就免了,不跟爸打招呼了。她觉得轻松了许多,精神像往常一样,因为有男孩子带着,有男孩子恭维着,请吃,请喝,请跳舞而兴奋起来。她出了院门,李元凯说:"你怎么这么啰唆。"

"要你管。"她跨到他屁股后面,搂住他的腰,"女孩子的事,你少管。"

他在前面操作起来。张侠说:"还是没戴头盔,晚上没事吧?"

"晚上没事,"他说,"坐好喽。"

车子一跃直蹿出去。张侠气得骂他,使劲搂住他的腰。李元凯说:"搂松点,这又不是在床上。"

"滚你妈的,我怕你摔着我。"

他们在长江路拐角处来了个急刹车。红灯。他们突然看见刘建国带了个女的,正在穿过十字街口。

"刘建国!"

他们都喊起来,毫无顾忌地大喊起来。刘建国也许听见了,也许没听见,他突然加速跑起来。张侠擂着李元凯的后背喊:"快追,快追。"

李元凯没等红灯转绿,就开始跑起来,摩托倾斜着快速地打了个弯,张侠觉得自个儿都快要倒在地上了,他们闯了红灯,转了个弯,跟在刘建国的车后面追起来。好在这街口没有警察,不然非得让李云凯脱一层皮不可。

张侠使劲搂住李元凯的腰,她大声说:"快,他想躲咱们吧,他不会没听见咱们喊。"

刘建国的摩托开始减速了。张侠搂着李元凯喊:"他想转弯吧,慢点,气都喘不出来。"

李元凯也开始减速,但速度仍很快,他们离刘建国越来越近,刘建国的后座上坐了个女的,上身是红白相间的拉链衫。张侠问:"那是谁? 不是小文吧? 我看不像。"

刘建国果然转弯了。转过弯他的车就飞起来。这条街行人和车少些,路面很好。水泥路面,上个月才开放使用的。

李元凯也转过去,转过去摩托就飞起来,车笛不断地响,十分刺耳,像警车在追捕逃犯。张侠喊:"好样儿的,李元凯!"她使劲搂住他的腰,贴在他身上,"够刺激,够味儿!"她喊着,那些不愉快和忧愁烦恼全让摩托车的排气筒给放跑了。她贴在他身上,闻着他身上的味道。她以往总认为李元凯粗俗,不过现在她仍然这么认为。

刘建国的车又开始减速了。"他们这是上哪儿?"她盯着前方问,"刘建国家又不在这儿,上那女人家里吧?"

"谁知道他想干什么,"李元凯也开始减速,他说:"瞧他急成那样。"

她知道他这话是什么意思、什么味道,碰上这样的时候,她总是装成听不明白,既不搭腔也不询问。她说:"稍微快点,追上他们,别让他们又溜啦。"李元凯加了点速,他们很危险地加速转了弯,这样就把张侠的冷汗都吓出来了,她觉得她的裆里都潮了,她吁了口气,说:"吓死我了,你简直是玩命。"

"听你的,"李元凯说,"你让我撞他们我就能撞他们。"

"那咱们就都完了,"她说,"你命不值钱,我命还值几个哪,得留着。"

刘建国的摩托开始拐到一片新落成的住宅小区去。

"这准是那女人的窝,"李元凯说,"他什么时候搭上她的?"

他们放慢速度跟着他们在小区的楼里拐,拐了一会儿,刘建国在一栋楼下停住了,熄了火。他们刚下车,李元凯也哧的一声在他们后边刹住了车。

张侠他们俩没下车,张侠还是搂着李元凯,她说:"刘建国,你急什么呀,追你这么长时间。"

"我真不知道你们追我。"刘建国说。那个女孩子顶多不过十八岁,妆化得很浓,她站在刘建国后边,无所谓地甩着头发。刘建国说:"我可是急着回家,我这边有急事。"

"电话里不是讲好的吗?"张侠故意说,"让我们傻等。"

"我真的有急事了。"刘建国并不诚恳地说,"搁下电话她就来啦。"他用嘴指指那女孩子,女孩子花枝招展地站着,搔首弄姿的,弄得李元凯心神不宁。"要么,里头坐坐去。"他不情愿地说。

"那好。"李元凯立刻下了摩托,"这是谁家?""我家。"刘建国看了女孩子一眼,女孩子把嘴噘起来,不高兴地转身往里走。"我买的。"刘建国说,"进来看看吧。"

他们上了楼,他们离得近了些,才闻出来刘建国和女孩子身上有酒气。他们喝酒了,张侠想,她立刻觉得肚子直叫唤,要不是想问刘建国一些事儿,她早转身走了,她才不会像现在这样忍气吞声地跟着他们去看一个什么家,去看人家热乎哪。

上了六楼,门打开,灯亮了,原来挺乱。地毯铺得满满的,冰箱、电视机、收录机、家具、席梦思、沙发都乱七八糟地扔着。"刚弄来,"刘建国说,"还没弄好。"

那女孩子一进来就进了卫生间,把门嘭的一声关上了。他们把烟点着,靠在墙上和门上,张侠说:"你那真没事?"

"真没事。"刘建国仍然用那种并不诚恳的态度说,"两件我都弄出去了,银星大厦来个香港经理,全给了他。"

"马林那儿呢?"她说,"连个影子都见不着,那浑蛋。"

"马林那儿恐怕是出事了,"刘建国说,"他把你给卖啦?"

卫生间传来一阵哗哗啦啦的水声,刘建国向那边瞟了一眼,有点不耐烦的样子。李元凯说:"这儿不错嘛,咱什么时候也弄一套住住。"

这时卫生间里有个声音喊:"建国,你来一下。"他们闷着头抽烟,刘建国向卫生间走去,卫生间开了个门缝,把他拉进去了。张侠和李元凯把烟吐在空中,大口地吐烟,把屋里的空气弄得很浊。卫生间里那女孩子说:"你慢点,疼死我啦。"

李元凯说:"咱们也找个地方去吧。"

张侠气哼哼地哼了他一声,他们把烟头扔进厨房里,砰的一声把门带上,走了。

8

他们下了楼就开车奔红蜡烛餐厅。他们在航空式雅座上坐下来,点了几个菜,要了两听百事可乐,就狂饮狂吃起来。"实在是太饿了。"张侠说:"我可顾不上文明了。"

"什么文明,"李元凯说,"吃饱再说。"他们要了一个贵妃鸡,一个清蒸鱼翅,一个茄汁牛肉,一个油炸排骨,一个鱿鱼汤和四笼蒸饺。他们拼命地大吃大喝,给身体增加营养。

吃饱喝足了,他们就叼着烟抽。精神全上来了,他们把摩托开起来,去找马林。

马林那店有灯光。他们把车停在路边,嘭嘭嘭地去敲门。

敲了好一会儿,有个女的声音说:"谁呀?"

"我。"李元凯说,"马林在吧?"

"你开大门,"张侠说,"我们看看,你是小文吧。"

里边哑住了,没声音。有些衣服的声音。张侠说:"别躲啦,都瞧见啦。"说完他们就放肆地哈哈大笑起来。

有人起来了,往门这边走,是女人拖鞋的声音。走近了就说:"马林真不在,上他家瞧瞧去。李元凯,你跟谁呀?"

"张侠,"张侠说,"我声音你都听不出来啦。"

哗啦一声门开了一扇,却有链条拴着,他们进不去。小文披着个大浴巾,下面露出两条白腿。李元凯说:"马林真不在里边吗?让我们去抓抓。"

小文笑起来说:"何必骗你们,上他家瞧瞧去,今晚上该我值班。"她说:"我都睡下了,就不请你们进去啦。"

"也不想知道,"李元凯点着一根烟抽起来,"不想知道刘建国在干什么?"

"不想知道,"小文裹着浴巾,"咱们明儿见。"她冲张侠别有深意地笑笑,就咣的一声把门关上了。

"我听见里头有马林的声音。"他们向摩托走去,"马林的咳嗽声,"张侠说,"这帮狗东西。"

"他们全躲啦,就剩你一个啦。"李元凯说,"没事,这样的事咱见得多啦,就破费几个,小意思,我给你包了,怎么样?"

他们上了车,摩托又奔驰起来,她说:"我主要是怕传到公司里头,我不想让他们知道。"她搂着李元凯的腰,贴在背上,"你还得帮我,工商所要追起来,我可得说是从你那弄的,是替你联系出手的,你得保保我。我忘不了你。"

"小乖乖,你说话真甜。"他简直有些激动起来,"行啊,没关系,他们再追起来,我可得把尹大星卖喽,让他们上河南找尹大星去,咱们都变成受害人啦。"

摩托现在跑得轻松了许多。街上人越来越少,越来越稀溜。她伏在他身上喊:"咱们上哪儿兜兜去吧,现在回家也太早了点。"

"上杏花舞厅去怎么样?放松放松。"他说。

"现在不想去,"她说,"上桂花池吧,闻闻桂花的味,恐怕现在花都败了。"

他们去桂花池了。池边都是桂花,花虽然败了,但香气还留了一些在林子里到处散。这里两个那里一双的都是恋人。

李元凯拉她一把,想亲她。她潇洒地给他个小嘴巴:"留着以后吧,有点想头。"她挽住他胳膊,往桂林里走。

她虽然这样走,但心里不踏实。稍微安静下来,她心中就有些惊慌的东西分泌出来,身上的许多地方就有冷汗往外渗。

"回家吧,"她有点可怜巴巴地说,"我困死啦。"

他不敢违抗她,她像今天晚上这样对他,是从来没有的,他得给自个儿留点想头,别一家伙搞砸了。他依了她。

他们就往回走。到张侠家门口,她跳下车,对他摆摆手:"再见。"她说着,就开了院门进去了。李元凯回味了一下,然后像一阵风一样把车开走了。

9

父母和弟弟都睡了。她到了自己的房间躺到床上去。睡不着。

床底下空空荡荡的,但这能说明什么问题呢?他们有人把她给卖了,这帮狗养的。

她翻来覆去,后来她就起来,上卫生间去折腾了一会儿。她又套上羊毛衫上院子里去。

天晴得很不错。城市太安静了点,叫人心烦。她想,明天就得把李元凯推出去,反正他无所谓,他本来就那么一堆了。这次肯定要破费了。这是小棋。

她待了一会儿,就上屋里睡觉了。她把衣服脱光了睡,脱得一丝不挂,她总是这样睡,感觉舒服。她好不容易才睡着。睡得并不踏实。别人都睡得跟没事儿一样。她想到这一点就有厌恶感,她闭上眼睛。

城市的夜也这么安静。不好理解。

她睡着了。

10

第二天早晨她醒得很早。

她醒来后平躺着,吊着脸看屋顶。窗外渐渐有了些白色,隐隐约约的噪音也逐渐多起来。她想,还得去找找马林,见不着他心里边怎么也不踏实。马林知道她这边的底细,如果是马林把自个儿给卖了,她心里边也得有个数,上午到那里去,也能编个圆的。

想到这里她一骨碌爬起来,潦潦草草地洗漱一下,就把自行车推出来,推到院子外边去了。街上有人但并不多,空气凉凉的。好长时间了她都没这么早起来过,这凉冰冰的空气让她精神一爽。

她使劲吸了一口气,秋晨的空气让她的肺都痛快地哆嗦起来。

马林的家在老远的那条路上。铁皮门紧闭着,她用劲拍门,拍了好一会儿,才有人拖拖拉拉地往门这边走。她隔着门说:"马林在吧?"

"马林夜里没回来。"她听出是马林老爸爸的声音,"马林一夜都没回来。他夜里老不回来。"

她慢慢吞吞地把车子骑回去。走在路上看看表,快到七点了,也快到上班的时间了,还得去应付应付,报个到,才能走。

她到小吃部里坐下来,要了两个热包子,一碗甜豆浆。她慢慢吃着,看窗外的风景。人都匆匆忙忙地行,车都匆匆忙地走,她的脑海里一片空白,她有一种走到末日的感觉,虽然这种感觉并不一直是强烈的。

11

到办公室的时候已经是七点三十五分了。办公室里只李梅一个人。李梅一见她就说:"你早,晚上睡得好吧?"

"睡得好。"她的情绪有点激昂起来,不知怎么的,她每次上办公室都兴致勃勃,都充满想象和依赖感,这就是她对公司比较满意的表现吧。"你也好,"她说,"你真早。"

"我也是刚到,"李梅说,"昨天老板找你没找着,可能还要找你。"

"是吗?"她说,"昨天下午我出去办了点急事,"她顺其自然地说,"上午我大概还要出去一下,事就办完了。"她又问李梅,"主任什么时候来?"

"九十点吧,"李梅说,"他先上印刷厂看广告印得怎么样了,听说出了点差错,"李梅说,"你先办事去吧,九点半左右回来,我跟老板说。"

"那好。"张侠趁着人还没到,想少点应付,她连忙把小包放在自己的桌上,表明她已经到过了,然后匆匆到外面推车子,骑上车子去大桥工商所。

大桥工商所在最热闹繁华的街区的一个最不起眼的小巷里。八点了,张侠在挂着的牌子下边喘息一下,定定神。她想不起有什么熟人或是朋友可以跟这里挂上钩,可以来走走后门,哪怕损失几条烟,损失一台正热门的全自动洗衣机。没有。她走进去了。

在所有的几个房间里只有一个房间有一个人。这个人三十岁左右,脸又黑又长,穿着一件灰西装。她就问这个人:"我是音像公司的,昨天有人打电话叫我来。"她用嗲声嗲气的小声说,用几根细白手指玩弄手里的自行车钥匙和钥匙上的饰物,她说,"我不知道找谁。"

"你叫张侠?"那三十岁左右的丑男人问,他用眼瞟了瞟她玩钥匙的手指,从上到下打量了她。"我就是张侠。"她说。"先坐吧。"他用手指指桌对面的椅子,然后他拿一个玻璃杯去刷。

他一起来张侠就发现他腿很短,裤子拖拖拉拉的。他倒了一点开水在柜上的一个盆里,一边洗一边说:"用不了你多长时间,你上午还有事吧,昨天是我给你打电话的,但我不想叫你昨天就来,怕你一点准备也没有。你们公司还好吧?"

"还好。"张侠说,她不知道他指的什么。

"我最喜欢听流行歌曲啦,"他开始泡水,"张行、张蔷,他们都过时了,黄土地、西部摇滚也过时了。没想到迟志强哭哭啼啼就流行起来,我不怎么喜欢,他马上就过去了。听说你们一盒就能赚几百万。"

"能,"她抖擞精神说,"一盒我们挣了四百多万,几万、十几万对我们来说都是小意思了。真的是这样。你要喜欢,我回去送你几盒,当然只要有新带子,我就可以送你一盒。"

"太感谢了!"他把水放在她面前,"请喝水。"

"我有个表妹,"他坐到自己的椅子上,把一条腿跷到另一条腿上去,"她在我家乡唱红了,我家是淮河旁边的。"他说,"她后来就跟了银星歌舞团到处跑,巡回演出吧,在外头跑了半年多,现在才回来,他们那个团是承包的。"

"我知道这个团,他们那个承包的队长我认识,个子高高的,瘦长条子。"她说,"那次我们在安娜餐厅吃饭,他老叫我上他们团去,说待遇从优,可惜我这边走不掉。"

"他们也挣大钱了。"他说,他看起来很健谈。

"就是太累,一出去就半年几个月。"他吧嗒吧嗒地说,"我表妹可是一副金嗓子,她在团里唱一晚上能拿五百块。"他说,"她现在正好在家,有机会让她跟你结识一下,你们一定能谈得来。她那金嗓子可不是假的。"他说最后一句话时,眼睛朝她望了一下。

这帮浑种!她在心里想。她笑起来:"她多大啦?"

"二十左右吧。"

"那我们一定能谈得来。"她说。乡鳖!她在心里想。"我们俩年龄差不多,她的声音肯定很好吧。"

"一点不错,"他完全兴奋起来,"我实话跟你说,我觉得你挺热情的,"他说,"她能录一盒磁带吗?照我看,她哪方面都够了,她准能一炮轰响。"

"这个我不能决定,说实在的,"她说,"但我一定会尽力帮忙的。"

"谢谢,太感谢你了!"他说,"听说你也做点生意哪。"他笑着说,看起来不带什么恶意,"手气怎么样?"

"顺带给朋友们帮帮忙,"她明媚地笑起来,"今后还请你多关照啦。"她故意学广东话说。

"是假货吧?"

"怎么可能呢。"

他说:"现在天气最好,不冷不热的。""对。"她向窗外看看。

12

张侠一个上午都过得十分愉快,她在办公室里又说又笑,情绪好极了。她把吕主任交代的事办完以后,说:"吕叔叔,我想请你吃顿饭哪。"

"有什么项目?"他笑着说。

"有个歌星想认识认识你啦。"

"叫什么名字?"

"过两天我再告诉你,"她娇声娇气地说,"一副金嗓子,长得又漂亮。"

"没什么头绪吧?"他用不相信又挺愿意的口气说。

"那就靠你隆重推出啦。"

"见见再说吧,"他说,"等忙过这两天。"

她就上外间屋打电话去。

她说:"哪一位?是小文吗?""我不是小文,你找谁呀?""马林在吗?""马林在,请等等,我帮你喊一下。"

总算找到马林了。她舒了一口气。过了一会儿,那个女的拿起听筒说:"马林刚才出去,你等一下再打来好吧。"这个浑蛋!她说:"他上午要回来吧。""不知道,可能要回来,他的东西还在这里。"他现在还躲就太不值钱了。她想。

她挂了电话,站在电话机旁想了想。她又拨了一组号码。又通了。今天上午她运气真好。"李元凯吗?""我是,张侠吧?""中午一块出去吃饭好吗?""好,还有谁?""没别人。""那我去接你。""十二点准时来。""那事怎么样了?""一切顺利,见面再说吧。"她捂着话筒,对着墙壁,用不大不小的声音说。

她挂了电话。

13

十二时,李元凯准时来接她。他们到了临水酒店,那是一个公园,中间一个大湖,酒店就在湖边。上了二楼,他们找能瞧见水的地方坐了下来。

"没事了,"张侠转着饮料听说,"工商所那人我认识,全没事儿啦。你想想办法把那几件弄出去吧。"

"有办法,"他笑眯眯地说,"那可不能白帮忙哪,咱们就一人有一份啦。"

"随你。"张侠夸张地叫起来,"你哪里少这几个,看你那小里八气的样子。"

"开开玩笑,你当真啦。"他还是笑,"怎么,见着马林啦?"

"马林没见着,"她说,"这小子躲得挺结实,看他下回还怎么伸头,太不够味儿啦。"

"也真是。"他附着她说,"晚上去哪儿跳舞吧。"

"不能决定,"她说,"也许我晚上有事,到时候我给你打个电话。"

"那好。"

菜上来一个,醋熘鱼块。他们边吃边看外头的东西。

"怎么这么顺当?"

"不知道。"

她忽然不怎么有情绪了,她就放下筷子看窗外,把饮料听堵在嘴上。外面水上一波一波的,是一个孩子扔了块土坷垃在水里,于是水就自然而然地起了一层一层的波澜,而不管这坷垃是大人扔的还是小孩扔的,是男孩扔的还是女孩扔的。

他说:"听说这牌子酒现在又涨了,不然就等两天再出手,反正走得动。"

"别太狠噢,"她说,"这次差点弄砸了,这倒是小事,传到音像公司里,我就保不住了。"

"小意思,小意思,你在那里头一月能挣几个钱。"

"你懂什么。"

她说完,只是看外头,又上来两个菜。李元凯说:"快吃快吃。"说着嘴里就塞满了。她瞥了他一眼,没说话,又把目光调到窗外去。

她还是没有情绪,好像这情绪是一种气做的,无意中放了哪个阀门,气就跑光了,再无意中开了哪个阀门,气又进来了。她看见水边有个提鸟笼子的老头,慢慢在水边逛。鸟笼用黑布蒙上,看不见是什么鸟,鸟当然也瞧不见外头的东西。她呆愣愣地隔着窗户,隔着水、老头,看那鸟笼,呆呆地像进入了另一个世界。李元凯说:"快吃快吃,别呆愣着像康巴丝石英钟,那可是领导世界新潮流的玩意。"

张侠不知道他在说什么。她又把头掉过来,伸手摸起筷子,夹了些东西在嘴里,嚼了嚼,说:"突然没什么事了,没刺激,还真闷人。"

"闲了是吧,"李元凯说,"晚上出去玩玩嘛,怎么样?"

"也不想出去玩,没意思。"她说,"马林没意思,工商所没意思,假酒没意思,你也没意思,现在我觉着什么都没意思。"

"是吗?"他说,"那我可就吃完啦。"

吃了几筷他又说:"快吃快吃,怎么现在酸起来啦你。"

"滚你的。"她瞪了他一眼,又把目光转向外头去。他伸了伸头,不说了,只顾吃。又上来一个菜和一个汤。

14

到傍晚快下班的时候,张侠突然改变了主意,打了电话约李元凯一块吃饭,吃了饭上舞厅跳舞去。

他们换个地方,上金龙大厦去吃,吃完了就可以上金龙大厦的营业舞厅去跳舞。

舞厅里的音乐响起来之后,他们还慢慢腾腾坐在雅座里吃。张侠说:"我又想了一下,咱们那酒还是晚两天再脱手。我想打个长途问问北边,看他们那里怎么走。"

"你又变主意啦。"

"滚你的。"她说,"不知道尹大星手里还有没有现货,我手里没玩意啦。"

他们抽支烟,就起身上舞厅去。

舞厅里灯光昏昏暗暗的。他们先在小圆桌边坐下来,要了两杯咖啡,在跟前摆着。张侠突然说:"那不是马林吗,在那儿转哪,你去把马林弄来,快点。"

李元凯进了舞池把马林弄出来了,他身后还跟了个细高挑女孩子,不是小文。张侠说:"哟,马林可真难找,怎么样啦?"

"什么怎么样?"马林站着不愿坐下,"正在兴头上,待会儿再说。"

他说着就去搂那姑娘的腰。张侠说:"再给你几件吧,又涨啦,照顾照顾你。"

"行啊,明儿上你那去。"他们已经旋到舞池里。李元凯说:"咱们也进去吧。"

她没说话,却已经站起来,让李元凯搂着她。他们刚旋进舞池里,音乐戛然而止,舞者四散。他们也回到了自己的咖啡旁。

花　　圃

　　这汉子年纪不小,挺厚实,独身一人,脾气不骄不躁。他整天剃个光头,从天一放亮,就到花圃里忙活:铲草、栽花、移花、浇水。冬天他戴一顶黑狗皮帽子,戴得挺爱惜,稍有出汗的征兆,就把它从脑壳上摘了,挂到葡萄架的一根柱子上去。这柱子是一根柳木做成的,斧头把枝枝丫丫砍去了以后,还留着一些短的杈杈,他的黑狗皮帽子就挂在其中的一个杈杈上。这个杈杈比一个人的头高一点,在冬天,每天来公园的那些小运动员,那些练个不停的消防队员,那些其他人,都会准时地在一个地方,透过没有树叶的几棵木瓜树的枝枝丫丫,看到花圃垂挂着的那顶黑狗皮帽子,这帽子在冬天成了公园一景,成为公园景致的一个组成部分,没有一天看不到它。到夏天,他的光头上就扣着一顶白布缝边的挺旧的麦秸草帽,每天从花圃走过的人,都可以看见在月季的花和叶子里,有一顶草帽,但看不见人。排着队的幼儿园的小朋友冲这顶草帽就知道齐声喊:"爷爷好!"有时弄得初次来看花圃的人目瞪口呆、莫名其妙;这时候十拿九稳,白布缝边的麦秸草帽就会站起来,原来是个慈眉笑脸的四十来岁的汉子,用河南口音连着说:"小朋友好!小朋友好!"手里的小铲子还挥着,一直目送排着队的幼儿园的小朋友唱着歌走远了,白布缝边的麦秸草帽才又落下去。

　　凭口音判断,他是河南人,而且是信阳附近的河南人。他肯定孤身一人,没有家庭,没有亲戚。年年月月每天每小时都待在他的花房和花圃里,逢到有大人和孩子走到花房和花圃的铁丝网边来了,他就无所指地用河南口音喊:"光看,不要摸,不要摸。"如果有哪个孩子离铁丝网上爬着开着的五角星花太近了，并且有觊觎五角星花的企图，他就会立刻凭第六感觉发现，果断地站起来，往这边走，一边用河南话明确地有所指地喊："不要摸，不要摸。"再如果有几个孩子已经把花掐在手里了，听他一喊，又见他大步过来了，心里就挺害怕，就把手藏到身后，心虚地说："我没摸。"他却很有把握，走过去，把孩子的手抓过去，那几个孩子就一齐垂下头，诚恳地说："我错了，爷爷。我喜欢这个花。"他也不追究他们，用手抚抚他们的小脑袋瓜，用河南口音说："下次不要摸了！"孩子们都挺听话地使劲点点头，嗯一声。他就放行了。孩子们便齐声说："爷爷再见。"他也说："小朋友再见。"一直目送他们跑远。

他在玻璃花房后边的荒地上开了一小片菜园，种了好几种时鲜青菜，所以在一般情况下，他不上街。他似乎也不需要其他东西，他使用的东西、穿戴的东西，好像永远用不坏，帽子、单衣、袄、棉裤、被子、褥子、锅子、刀子、铲子、柴火灶、柳条箱、切菜板、饭桌、鞋子……永远是那种固定的形象，永远不会更换。他也一步没离开过花圃。春天，他培育了几百棵菊花，到秋天，就陆陆续续来人，来单位，运走，抬走，抱走，月季也是，不过月季是在春天就会让人运走、抬走、抱走的，还有海棠、兰花、看樱桃、看石榴、仙人掌、仙人球、仙人鞭、小石榴苗、杏苗、桃苗、香椿树苗、紫薇、无花果……运走一批，他似乎就轻松一会儿，他就把铲草、修花用的小木板凳拿到五角星花下边，把小铲子放在脚边，面南向阳而去看铁丝网外边草地上的人和景。但是与其说他在看景，不如说他在呆坐。他这时也许只感到轻松了一下。铁丝网外边的草地上，有一些小学生在练剑、练折腰、练翻跟斗，还有两个男同志和一个女同志，一边走，一边在谈工作，在谈论一个什么问题，也许是给苏共中央的第×封公开信。有一小群鸽子在草地的边缘咯咯咯咯地叫着，觅食，白胸脯、灰羽毛，过一会儿就飞起来，飞到另一块草地上去寻草籽。

他呆坐一会儿,见鸽子飞走了,他也就起身去干自己的事了。

　　冬天,下了大雪,雪下得越大,越是在夜最深的时候。天才麻麻亮,他就戴着黑狗皮帽子,走到小屋外边,大手里提着一把硕大无比的竹扫帚,他从自个儿的脚下扫起,一直扫到公园的林荫路上,在扫了不到五十步的时候,他的帽子已经从脑壳上摘下来,挂到花圃里的那个杈上去。他从花圃里出来,再回到刚才停下的地方,扫起来,当太阳出来的时候,花圃附近的各条道路都畅通无阻、点雪不留了。整个冬天都是这样,甚至在过春节的前前后后。过春节那几天公园里绝对热闹,人们走在他扫干净的路上,孩子们看见他站在花圃里忙活着,就此起彼伏地喊:"爷爷好!"他也喜笑颜开地用河南口音回道:"小朋友好!"有时他忙得头上直冒热气,像一个蒸笼,在冬天的好太阳光下,热气丝丝地上升,使游园的大人孩子都觉得有趣,大人都对他微笑、点头,孩子更起劲地喊:"爷爷好!""爷爷春节好!"他嘴都合不拢,应付不过来,只好一个劲地拼命点头:"好,好,小朋友好,小朋友春节好!"

　　又过了一些日子。他还在公园的花圃里干,花房虽然旧了,但还是原来的模样。他的小住房翻修了一次,又显得旧了。花圃还是那么大,公园周围的堑沟已经长满了草,虽然疏浚过几次,公园也还是那么大,但怎么也不如从前陡、新、能挡住人。他还戴着他的黑狗皮帽子,但这顶黑狗皮帽子像他的人一样,无论如何都不如从前了,柔和的黑毛已经掉得差不多了,而且现在挂它的地方,也不再是那棵柳树的杈了,是一根水泥棒,棒上扎着的一根粗铁条露出一个尖尖,帽子就挂在那上面,了解情况的人都知道早早晚晚这根铁条得把那帽子戳几个窟窿。老头把帽子从脑袋壳上摘下来,挂到铁条钩上去,他的脑袋瓜子上长了一层花花白白的短毛茬子,蹲在花垄里干一会儿,就直起腰来息一会儿工。跟他在一起干活的,还有个二十刚出头的小青年,很结实,很能吃苦,干得不错,是前几个月公园招工来的,老头对他还挺满意。但小伙子对规章制度执行得很严格,上班干得带劲,一到下班时间就得走,多一分钟也不愿意。老头直起腰来看草地的时候,对草地上的色彩已经比较熟悉,比较适应了。草地上的色彩挺丰富,红男绿女,搂搂抱抱,各色人等,许多年轻人嘴里还都唱着十分下流的歌,曲调也不正经,但老头现在都挺适应。

　　下大雪的时候,老头也不再能扫清大半个公园,他得等小徒弟来了以后,才一起动手把门前的路扫干净,把花圃周围的主要道路扫出一条道道来。冬天的日子挺冷,他就把大部分时间用在玻璃花房里,把一盆盆花搬到架子上去,互相搭配,互相协调,让游人从外边就能看得全面,看得惊奇。太阳升起来照得很暖的时候,老头就把用了几十年的小板凳搬到花圃里向阳的地方,坐下,手里边收拾着一些乱七碎八的活计,比如整理花圃、削撑花的杆子,还不时指挥小青年怎么干。小青年穿着宇宙服、牛仔裤,浅裤兜里露出一截打火机,干一会儿该歇着的时候,就走到老头这边来,紧绷绷地往下蹲,再从口袋里掏出花花哨哨的加长过滤嘴的"贵妃"高级烟,叼在嘴里,瞅着草地上的红男绿女,对老头说:"大爷,给您弄件羽绒服穿穿吧。瞧您这老棉袄,有二十年的穿龄了吧。"老头挺随和地咧嘴一笑:"咱老头不赶时髦啦。""瞧您说的,"小青年挺认真地说,"这都啥时代啦,八十年代啦。"老头也没回答,也没不高兴,也没任何反应,仍是不紧不慢地干手里的活计,小青年就又把眼眶子转向铁丝网外的红男绿女了。

　　到夏天,老头照老规矩戴着一顶半旧的白布缝边的麦秸草帽,蹲在花垄里、花棵子下边干碎活,花圃外边的路上不时有些孩子走过来走过去的,想摘花、偷花、掐花朵。老头穿着白裤衩子、白汗衫,身体还可以,还算结实,葡萄架下边放着一个大的花瓷茶缸,里边泡着满满的茶叶水。蝉从早晨起来就扯着嗓子嚎。老头知道这一群群的小孩想要做什么,他干一会儿,就直起腰板,用河南口音喊道:"光看,不要摸,不要摸。"话音比二十年前浑浊了一半。那些正把手伸出去摘花的孩子听他一吆喝,心中一惊,忙把手缩回去,觉得老头挺啰唆,就突然不指名道姓地对着老头,尖声尖气地念道:"妈妈,你的那顶麦秸草帽,它怎么的啦?"另一个孩子紧接着哭哭啼啼地唱日本电影《人证》插曲:"妈妈,你还记得我吗……"老头还是很严肃地喊:"不要摸,不要摸。"孩子们就一齐说:"你也跳下去吧!怎么,你害怕啦?跳!"说完,转过身,眼睛直视,尖叫着一直走远去。花圃里只剩下一顶白布缝边的麦秸草帽蓬在花棵子里。

这年秋天,老头生了一场大病。有一段时间北方的冷空气南下,天气不太好,总是阴,总是雨。雨过天晴之后,太阳也出来了,玻璃花房里突然住满了人,大人小孩十几口子,打的地铺。那些来运花、抬花、抱花、看花的人不知道这些人是谁,就向公园的支部书记打听。支部书记是个喜欢说话的人,立刻就从旁指点介绍,说,年纪大裹小脚的那是老头的老伴,那是他的大儿子、大儿媳妇、孙子、孙女,那是他二儿子、二儿媳妇、孙子、孙女,那是他大闺女、外孙,那是他小闺女、外孙女、外孙、小外孙女,那是他妹妹、妹夫,那是他外甥女。听了这介绍的人无不大吃一惊,因为他们每一个人都能肯定,老头是光棍一个,几十年来大家都这么认为的。老头的这些亲戚都很平静,像在自己的家里边一样,该干什么干什么。老头坐在小板凳上,靠在墙边晒太阳,他的脸色也很平静,像什么事都没发生过,一切都照旧的样子,但身子看来挺虚弱。看见有小孩凑近铁丝网,他还是用河南口音有所指地喊几句:"不要摸,不要摸,光看,不要摸。"他的几个晚辈小家伙在他脚边打打闹闹,捉迷藏,他就袖着手,面容平静地看他们玩耍。这一天过得很平静,太阳也很好,气温也很好,都很好。

第二天上午,小青年就带着女朋友来打扫紧挨玻璃花房的那间小房,打算修修弄弄,正式搬进去住了,于是又有这个关于花圃的故事……

葬　礼

一

第一声恸哭打庄里迸发出来的时候,整个田野都被悲痛和哀婉浓厚地笼罩住了。庄子里年龄最大、辈分最高的老人死了,他的名字叫坤连。他的年龄也实在太大了些,这一带的人还从来没有和这样高龄的人在一块生活的经验,因此他的死立刻为本庄和邻庄所尽知尽传,毫无疑问,这种罕见的事件对乡人的心灵震动是巨大的,是难以补救的。同时乡人们也因为突然卸去了看不见的心灵压力而舒了一口气。

二

但这一日却恰恰是这一阶段最晴的日子之一,太阳一出来,气温立刻剥去了乡人的大部分遮羞布,整个村庄和田野都变成赤裸裸的胴体了,因为整个村庄和田野都处在焦烈的日头的烘烤和炙灼之中。乡人们这时也都十分明白,天气愈是酷烈,尸体愈不能久留,埋葬的事是绝不能拖延的。所以当那第一声恸哭迸发出来的时候,整个田野和村庄都是做好了准备的。

三

那第一声恸哭打庄子里迸发出来,在广袤的田原上发生了刻不容缓的震动,生命都被这一声仓促的恸哭而震得一惊。这一瞬间的惊心动魄之所以存在,只是因为田原的无限广大,而那第一声恸哭又含混不清地带有某种真诚的人道主义意味,因之田原在那一瞬间沉默了。

四

但那种亲属的真诚的含有某种人道主义的恸哭,毕竟是小家子气的自悼,因此在这一瞬间的尾声,炎热的大气氛已经木然地自然地聚拢过来,吞食了那种自悼性质的第一声恸哭。于是那种虚荣心作祟的恸哭的余音立刻就失意了,并且有一种戛然而止的效果。整个炎热的大气氛都聚拢来,颇有些漠然地看着村口将出来什么热闹。在这时候,天气的炎热已经呈现势不可当的趋势。葬礼的仪式的举行看起来是刻不容缓了。尸体存放的极限在这种环境里恐怕难以超过午时。

五

终于出来了。村口及村外都沉闷而且木然,以这种气氛来为本庄和邻近村庄年龄最大、辈分最高的老人送葬,在这一带肯定还是第一次。这不能不归咎于炎热的不负责任的太阳的炙灼。庄稼、树木和零星立在田头上的野孩子,都毫无表情地呆立在自己的位置上,或许他(它)们都并不懂得历史性瞬间的意义,或许他

(它)们都不该不走近些,去最后嗅一嗅老人的味道,哪怕那味道并不好。他(它)们都还没有记住"人道主义"这个词,这个词在村小学卢校长的嘴上已经念叨了好几日了。

六

整个庄子的人大概都出来了,看上去也算浩浩荡荡了。队伍的最前面走着一个人,是个名叫砂姜的二十来岁的男人,他的长相和衣着却不成样子,他只穿了一只裤头,裤头的左臀部有个磨损处,露出花生大的他的一部分屁股。他吹着一支发出霉味的旧黄铜喇叭,这喇叭是马七的大(爸)好不容易才从床底下翻找出来的。昨日村主任讲,假如砂姜能干(吹喇叭的话),就给他三块钱的报酬,砂姜立时就干了,他知道三块钱是不小的一笔钱。

七

在砂姜的后头,跟着一口棺材。那棺材是用庄子里头最老最好的一棵柳子做成的。杀那棵柳子做寿木的时候——那是两三年之前了——那棵柳子流了一摊蓝颜色的血。在庄子里的杀手还没愣过神来的当儿,那棵老柳子忽地就枝干叶枯了。当时年龄最大、辈分最高的老人看到这种情形,对他的儿子讲:我要死了,但我不能死。他的话叫上天听见了,知道他过于贪婪,上天就召走了他的灵魂,而遗下他的肉体在庄子里和田原上走动,叫炎热的日头晒干它。

——这迷信的传言显然来自村小学的卢校长。小学的卢校长在传出这些话之后悄无声息地从村庄里消失了。没有人还能在炎热的夏天记起他。

八

有一个人或两个人在哭。那第一声恸哭怕就来自这一个或两个人。有一个人是死者的干儿子,杀那棵柳子的时候,他先是用手掏了掏鼻孔,把手指上的秽物弹在地上,然后他就下手了,当时围观的人对这一细节都有极深的印象。也许他现在是为那棵柳子在哭,但他的哭完全是一种倒憋,他的哭声在炎热的大夏天里完全不起作用的,就像一个人在打响鼻,以便把鼻子里的秽物打出来,这是很可能的。

另一个人看头发像个女人,衣饰不整,身份也不明确。她哭了几声,就溜出队伍,到村头的麻婶家讨水喝去了,哪怕沟里的水也行。她以前讲过这一类的笑话。

九

后面就是整个村里的人,看上去很杂,没有多少头绪。他们都走得很宗教。他们好像是沿着村规和约定俗成的轨道而行走的。他们人数很多,因而他们的叫日头烤干了的沉默似乎对棺材里的死者形成了某种威胁。

十

这时有人立在田间看他们了,是那些偶尔在村外干点闲活计的人,大部分是女孩子和中年妇女。她们在观望的时候,竟然保持住了一种叫人不安而且心情烦躁的沉默。也许正是如此,在这样炎热的天气里,将近午时了也不能奢望去大树底下睡个囫囵觉。

也真够难为她们的了。

十一

走出了庄子,这支古怪难堪的队伍就只剩了杂沓的脚步和喘气声。他们走得颇为疲沓,颇为疲软。日头在空气中吸干水分的嗞嗞声清晰可闻。他们的沉闷,使行走在队伍中间的金冠那小子肚皮里的咕噜和埋怨声如雷贯耳,金冠因肚中的咕噜声和埋怨声的掩饰不住而愈加窘迫。他身边的愣五叔狠瞪了他一眼。他想:俺不如去死!这老不死的!——他指的是棺材里的人。棺材里的人死!他这样咒骂。阳光在他头上烤他。

十二

一声粗闷的鸟啼打老远的堤林里传来,声调叫人觉得粗鲁而且郁闷。那是一只什么样的鸟哪?怏怏而行的人没有去管它。

那鸟感到了挑不起兴趣的无聊,况且它也肯定已经叫炎热给弄昏了,所以它就沉默了下去。它的沉默使炎热的大田原出了一身燥汗。送葬的人走得好乏力,好冗长。

十三

整个埋头在乡村土路边的田地里干活的邻村的农人都发现了这支队伍。他们立起身木然地盯着。炎热的北回归线上的烈日晒干了他们皮肤上的最后一点水分,他们的骨架立在田原上,骨架是没有笑容和皮肤的抽动的。送葬的队伍沉闷地走过去,乡村土路上干尘四起,时而笼罩住已肮脏不堪的送葬人,时而弥散到路边的庄稼地里去。有人因出现了中暑的初步征兆,哇地吐了一口,秽物泼溅了前面的人一身。队伍里有人粗鲁地骂一声:"操你娘你拉尿也瞅个地方。"这种骚动以中暑的人被推倒在路边的小树底下而告结束。疲惫且麻木的送葬队伍始终往远处走着,虽然拖沓和困顿。

十四

在一片更加荒凉的凸凹地上队伍停了下来。这里已经是田原的腹地了,平日里来这里的人显然是微乎其微的。孩子们也不怎么到这里来。

队伍停下来了,队伍里的人都胆怯而且迷惑地举目四望。到处都是草,村里的人死去后就安息在这里,但对于庄子里年龄最长、辈分最高的老人,选择这样的栖身之地未免有些对不住死人,这里离庄子毕竟是太远了些,人不在身边,睁眼看不见,就难以经常引起村民的回忆和怀念,就感觉不到死人对活人通常有的那种影响,这有点太那个了。

但事实摆在这里,送葬的队伍已经把他送来了,这种既定的事实就不大可能改变了。有几个持锹的汉子开始掘墓穴。他们翻开了草皮。草皮底下的粉红色蚯蚓暴露在酷阳中,村人们木然的脸上的嘴不由得洞开,发出一种无意识的惊讶之声:"啊——!"

十五

这种无意识的惊讶之声从众多的洞开的嘴里发出,汇集在热闷的空气中,使周围的气氛有了浓郁的宗教祈祷的意味。百十双眼睛都紧盯着那白骨样的棺木。这时棺材被几个人抬起来,往新掘的墓穴里放下去。粉红色的蚯蚓都烦躁不安地扭动。人群里有人嘀咕起来,有个黑里吧唧的女人讲:"先勇,等事完啦,你领俺上宿县城里转达转达,咋样?"那男人讲:"俺怕叫你男人瞧见哩。"

又一个女人在另一个位置上小声讲:"纯刚,乡里要抓你家的计划生育哩。"

十六

嘈杂声忽地就安静下去了。原来是正在往下放的棺材,不情愿地扭动了几下。在这一带的传言中,讲到人死时不遂心愿,下葬时就不愿下去。人群又木然起来,棺材悬在墓穴里,不上不下的,就这么僵持着。

这时有一群野鹅,叫日头晒得昏晕,它们打不远处的野草地里顶着骄阳飞起来,呱呱地叫着往有水的地方飞了去。人们就讲:"活人比死人要紧哩,怕立不了好久啦。"

棺材轰然一声放下去。掘墓的锹开始往墓穴里铲土。过了一刻,人群就彻底松了一口气,开始转身往庄子里走了。葬礼就这么应付过去了。

十七

第二日下了一场雷暴雨,下得老大。到第五日,据讲有几个割草的孩子上荒草地里去了,那坟堆已经连一点影子也瞧不见了,叫那场暴雨给冲平了,地上的野草长得很是疯,跟四周其他地方没有两样。到第七天就没有人再提这件事了。这个话茬已经过去了,热不起来了。

割草的小芹

　　我看见小芹在黎明尚未到来的时候就背着草篑,草篑里放了三把短柄镰刀,放着一块中间凹两头翘的磨刀石,放着一个小布包,往西湖洼荒地去了。

　　天还暗得很哪。小芹呵斥着两条咬着的狗,狗听见她的声音,就停止了咬叫,摇着尾巴迎她,凑着近乎。于是小芹在发暗的黎明前的那一瞬间,走出了村子,顺着村外的路,往西湖洼荒地去了。

　　到处都是露水。刺槐树的卵形的树叶上,黄豆棵子上长着绒毛的叶片上,剑一样的草的梢梢上,到处都是露水。鸟雀还没有叫唤。一只黄狼子往路边的野草棵子里一钻,做着梦的乡野又寂静起来。这时路上就只有一个人——去西湖洼荒地割草的小芹了。

　　走了好远,过了月亮河,小芹就走进了荒草萋萋的西湖洼荒地了。这时黎明已经打着呵欠来了,东方有些微的曙色。四野里都是这么的安静,毛谷谷草垂着让露水打湿的沉甸甸的穗子,一只红蜻蜓停在毛谷谷草的叶片上,它动了一下它的湿漉漉的翅膀。西湖洼荒地也还没有醒来呀,小芹哟。

　　我停在月亮河的河堤上。我学着鸟叫,叽叽喳喳地吹着口哨,于是鸟都叫起来,它们肯定认为天早已亮了,同伴都起来了,正唱着青春摇滚乐,所以整个村子里的雀鸟都嘈杂起来。我在嘴边说:听见啦,小芹? 一个人去西湖洼荒地割草的小芹哟。

　　天还只是朦朦胧胧的,水汽好大,吸在肺里又凉爽又湿润。小芹到了西湖洼荒地,就挽起裤腿,往荒地的里头走。西湖洼荒地好大好大,瞧不见边的都是草,都是半人高的草,都是又矮又小的灌木,这一片那一片的,也有些跟土地的原色相吻合的朴素的花。

洼荒地有些地方高了些,有些地方低了些,有些地方就积着水,有些地方就开着花。小芹一个人,背着草箕子,径直地走进了洼荒地,一直走到洼荒地的好里头,才在一块平坦些的高露些的地方停住。

曙色更显眼了些,东边露出了一些其他颜色,怕是太阳想要出来了。小芹已经蹲在地上,握着手里的短镰刀,割着草了。用柳条编的草箕就放在最高的那个地方,它静静地蹲着,太阳出来前的最后的露水还是把它给打湿了,把里边放着的东西也给打湿了,把蹲着割草的小芹也给打湿了,小芹的头发梢往下滴着水,小芹更像个成熟了的乡村姑娘了。

太阳突然跳出来了,像有人从后边对着它的屁股踢了一脚。太阳开始明亮了无边际的高高低低的西湖洼荒地,阳光开始驱逐洼荒地和平原上的水湿汽。这是最振奋人心的时刻。毛谷谷的沉甸甸的头失去了露水的重量,渐渐昂起来了。红蜻蜓也展开了双翅,让太阳晒干它的翅膀,于是成百上千只红蜻蜓、绿蜻蜓和黄蜻蜓都从毛谷谷草的叶梢上飞起来,它们在草梢上和平坦的空地上以及水洼子上飞行。蝉也欢呼太阳对水汽的驱逐,它们此呼彼应地在草洼子里,在月亮河河堤的树林里,在一切有汁水和绿颜色的地方,吹嘘着,但并不怎么幽默。

我忧虑地扶着树,远远地望着一个人蹲在西湖洼荒地里割草的小芹。她一秒钟也不停歇地割着,草很快堆积起来,在她挪过去的地方,草都倒下去了,露出了大地本来的大致的样子。这种大地本来的大致的样子逐渐地扩大着,于是小芹停下来了,撩起小褂子抹掉脸上的汗水,然后她扔了镰刀,四下里望一望,就踏开荒草,走到一个低洼些的地方去了。

太阳已经升到四十五度角的那个位置上去了。露水都散尽了,微风从草洼子地吹掠过来了。这时我闻到一股淡淡的鲜粪的臭气,我知道这是小芹在草洼子里拉屎了。我转身走到石桥上去看桥下的流水。我瞧见那个老农民还立在桥边,嘴里衔着烟袋,上身略微前倾着,肩上背着粪箕,全神贯注地瞅着水里的什么。我想起在城市里男人们到厕所里去的时候都点燃一支烟吸着,不知是为了驱走屎臭气还是为了更好地吸进屎臭气。我想向老农民的烟袋借点火,但他的烟袋是灭着的。我又想告诉他在西湖洼荒地里有个割草的农村女孩子叫小芹,刚刚拉了一泡屎,他可以去把那堆鲜粪钩到粪箕子里去,但我也没告诉他。当我回到堤上去的时候,我看见小芹正在一个水洼子里掬水洗着手和脸。她洗好后就一屁股坐到草箕边,打草箕里的小布包里拿出一个窝窝头和几根咸菜,干啃着。

我看她啃得好香。她一边啃着,一边呆呆地望着洼荒地上摇曳着的草梢。蜻蜓都飞散了,太阳已经升高了,鲜屎的臭气也都让太阳吸去了。她啃完了就到另一个水洼子边,拿手在水面上拨拨,然后就掬起一捧水,凑在嘴边吸溜着。她换了一柄镰刀,又蹲在地上割起来了。我感觉我的胃疼起来了,有许多硬的东西在硌着我的胃壁。我捂着胃蹲下去了。

太阳很猛。风已经被烤焦了。我脑海里有一个影像,那就是小芹她仿佛一个没有情感程序的机器人,但我立即否定了自己这种玩世不恭的想法。我从地上站起来,我靠在树干上,看见小芹不断地往前挪动,草在她屁股后面堆起来了。她一刻也不停。她又换了一柄镰刀。她身后割下来的草铺了好大好大一片。她又啃了一个窝窝头和几根咸菜。她几乎就没停下来歇过。我的眼睛和脖子都发酸了,这时太阳就快要从小芹的身后落下去了。风有些降温了。小芹割下来的草也都晒蔫了。

这时节,一个四十来岁的男人,赶着一头水牛,拉着一个木橇,打桥面上过来了。过了桥,牛跟人跟橇就一头扎进草洼子里头去了,歪歪倒倒地走,一直走到小芹割草的地方,牛跟人跟橇才都停下来。

远远地瞧不见他们在说些什么,也许什么都没说。四十来岁的男人就把牛跟橇掉了个头,小芹也扔了镰刀,两个人就把草搂到一堆,捆成草捆子,垒到橇上去。这会儿太阳肿起来,就在他们的身后,肿得通红。他们在太阳前面,就显得小,但清晰,一下一下地抱着草,把草垒到牛橇上去。牛橇上有个把,就可以垒更多的草。草垒起来,就像个小草丘子了。

太阳由肿到瘫慢慢地稠稠地稀瘫下去,草梢都不动,感觉到了太阳的稀瘫下去,夜就要来了,草们或许有些怕的念头,所以纹丝不动。蜻蜓都飞回来,落到草梢上去,也不动;水也不动;只有牛橇在动,男人在动,小芹疲疲地跟在牛橇后面,拖着两条软软的腿,在动。

他们挣扎出了高高低低不平不坦的洼荒地,挣扎到桥上的时候,太阳就完全稀瘫下去,只留着一点残余在好远好远的那块地面上。光线就渐暗下去了,太阳怕是冷了,凝冻上了。牛跟草跟男人跟女孩子,都有些挣扎的味道,不知是哪里吱咯地响着,一直挣扎地响着,响到往村里去的路上去了。远了,但还是挣扎地响着,响个不歇。

火炉·雪的回忆

"外面好像下雪了。"他说。

"大概下了。"她往外面看了看,但外面黑而餐馆里又太亮,根本看不清楚。他们凭感觉认为外面在下雪。

坐在靠窗柜台后面的女服务员正无所事事地随便盯着餐馆里的食客,听见他们议论这个话题,就接上来说:"是下雪了。"她说,"雪下得很大。"她的颧骨处画得微红,嘴唇画得鲜红,看上去很性感。

他们听了她的权威性发言,对她点点头,表示回答,也表示礼貌。然后他们就把心思和眼光重新收回到餐桌上来。餐馆里确实很暖和,感觉不到外面正在下大雪的那种确切的味道。

"这肯定是今年的最后一次聚会了。"他说,"我提议我们把这一杯全干了。"

他们几个人——除他和她外还有四个人——没有表示异议的,他们就昂起脖子把杯里的酒全灌下去了。男士们都是白酒,两位女士都是红酒。

由酒掺和起来的气氛更加浓郁和热烈,虽然这种浓郁和热烈往往并不呈现在表面上。餐馆里的另一些食客要么在窃窃私语,要么拼命地夹菜吃,要么就往下灌酒。他们都知道,这是今年的最后一次聚会了,现在是十二月三十一日的晚上了,快到八点了,天倒好像是在十个钟头前就已经黑下来了,时间就这么样像酒一样浓郁地缓慢地往下流,从食道流下肠胃,再从其他地方流出体外或者挥发掉或者吸收掉,他们感觉到了这整个流动和渗透的过程。

有人提议再干一杯。

他们又干了一杯。他们很爽快很自觉地昂起脖子把酒灌下去。那个带点性感的女服务员看着他们灌酒。她的脸和嘴,真红,肉红色的,真有味道。有人提议再干一杯。

他们又干了一杯。他们把两瓶酒全干完了。一瓶白的,一瓶红的。

有人说:"你喝一杯红的。"

他说:"我不掺。我再来杯白的。"

他们把这一半的酒全喝完了。他们把这一年的饭全吃完了。他们也把这一年的客气话和感情全说完、全表达完了。他们就起身离开餐桌,走到餐馆外面去。

"明年再来。"服务员说。

"一定来。"

他们对服务员笑笑。他们全盯着她挖一眼。他们把这一年该看的也看完了。他们走出餐馆。哦,风雪猛极了。他们裹紧上衣或拉起羽绒服的风帽。他们互相握手,说一些祝愿的话。他说:"你从哪儿走?"

"我从西边走。"她说。

"那只有我们俩一路。"他说。他们扬扬手,他们全都往东边走了。他们俩开始跑下餐馆的走廊,跑到大风和大雪里去。他们在大风和大雪里连呼吸都困难。他说:"风太大啦。"

"雪也大太啦。"她说,"现在不晚吧?几点啦?"

"不到八点。"他说,"但路上连行人也不怎么有了。"他说,"你怎么回去?"

她说:"我不急着回去。"她说,"四十路车到夜里十一点,"她说,"学校里现在肯定没什么人,大家都出去啦,这是今年的最后一晚上嘛。"

他们在大风大雪里呼喊着。风和雪真太大了。

他说:"那就上我办公室里坐坐去。我办公室里有火炉,带铁皮烟筒的那种,如果我们今天不加煤,到明天早晨它肯定熄灭,因为明天是元旦,明天谁也不会上班的。"

她说:"那好,那咱们就去烧杯水喝喝,把火炉烧起来肯定非常温暖,再说这么大的雪这么大的风,我真不知道怎么能走到四十路车站,也许过一会儿能小些,我想能小些。"

"大概能小些。"他说,"雪不能老这么下,老这么下就不得了啦。注意有辆车过来啦。"

有一辆警车开得很慢,慢慢地挪过去。雪扑打在人眼上和嘴脸上,让人睁不开眼,让人不能呼吸。他们一步一步地走。他们的呼吸很沉重。有个骑车子的人在前方斜滑了一段,叭的一声摔倒了。他们站住了看那个人。那个人从地上爬起来,推着车子走。

他说:"咱们快到了。"

她说:"风真大呀。"

他们走到门洞里,风和雪立刻显得小了。他们从门厅往里走,到处都没有灯光,但也并不黑暗,因为雪的反光。他们一拐弯就到了。开了门,把灯打开,真明亮。明亮也就显得暖和。他们把门关严实了。他们就把火炉的通风打开。

"火真旺。"她叫起来。在明亮的灯光和通红的炉火的光里,她显得更像个纯情女孩。她看上去最多也就十八九岁,实际年龄最多也就二十岁。

她留着像五四女青年常留的那种发型。这发型使她显得小而纯。她面孔上一尘不染,非常干净。或许是喝了酒的缘故,她的白皙的脸泛着些红光。这种情形看上去立刻让人觉得她的生命力旺盛得不得了,让人想起肥水很足的、开在一个人们不常能碰触到的地方的、阳光充足的向日葵。

"火真旺。"他也叫起来,"天真冷啊。"

"门关紧了吧?别让风进来。"他说,"我来关。"

"大概关紧了。"她说,"窗户外边就是大街吗?能看见雪吗?"

"能看见雪。"他说,"我把门关得好紧,一丝风也透不进来。真冷。"他说,"屋里真暖和,有火炉,真暖和,暖和极了。"他说,"窗户外面有一层铁栅栏,能看见外面的雪,但外面的人不能走近窗户。"

她说:"我看见雪了,真大,"她叫起来,"大极啦。"她说,"火炉真暖和。"

"围着火炉烤烤火吧。"他说,"要喝水吗?"

"有热乎的吗?"她把脸贴着窗户看,"滚热的。"

"可以烧。"他走到放暖瓶的地方,"用电热器烧,这样不占用火炉,咱们更暖和。"

"哪儿有凉水?"她回过头问。

他说:"门外走廊就有。你先把沙发挪挪,行吗?"他边说边往外走,"靠近火炉,那样更暖和。"

"好的。"她把窗帘放下,回到屋子中间来。他开了门,一股寒气扑面而入。他连忙把门带上。外面响起水流的哗哗声。她把沙发往火炉旁边推。她推好一只单人沙发,又去推另一只。这时他进来,把门关死了,然后把电热器插进暖瓶里。

"要抽烟吗?"他说,"我抽屉里还有一包大重九。"他说,"你们在学校里抽吗?"

"我们一般不抽。"她说,"偶尔也抽一支,好玩的。"她说,"我们寝室有两个人抽烟,别人都能凑合一支。"

"那就抽一支,"他说,"真快,今年全完了。"

"我也有这个感觉。"她说,"一眨眼我都三年级了,再过两年就要毕业分配了。"

他把抽屉关上。他们点着烟抽一口,坐成对面,围着火炉。沙发很软,因此也就感到很暖和。他们身上的酒气还都在旺盛的时候,火炉里的火苗直往上蹿。他就把盖子盖上,这样没有煤气,但管子很快就会烧热的,屋里很快就会更暖和。他们从盖子的空隙里能看见通红的火和带点蓝色的火苗。

他说:"我有好几年没到学校里去了,我毕业的时候已经三十二岁了,我们上学那时候跟你们现在可能完全不一样,那时候真老实,简直傻得可以。"

她说:"现在的大学生才不管那么多。"她说,"像我们三年级的女同学,像我这样没谈朋友的有几个?她们在外头全都有头绪。"她说,"春天的时候她们上完晚自习,全都躲在教学大楼里不出来,成双成对的,值班人员就把大门锁了。"她说,"第二天早晨一开门,从里面出来那么多学生,跟刚下课差不多,楼梯角落和教室里到处都是秽物,你能相信吗?"

"我相信,"他说,"但在一九八〇年前后简直不可思议。"

她说:"我们寝室有一位,她老把男朋友带到寝室来过夜,那种吱吱扭扭的声音和喘粗气的声音叫谁也睡不着,后来我们就开着收录机睡,开着灯睡。"

"太开放了,"他说,"真棒。"

她说:"真暖和,我身上的全变成热量了。真暖和。"

"这房间也小,封闭也好,"他说,"灯光很亮的时候人就感觉暖和,"他说,"没有火人怎么过冬?"

"原始人也需要火,"她说,"没有火他们要冻坏的,那时候可能更冷。"

"肯定更冷。"他说,"那时候什么都没有,只有山洞和兽皮,还有少量的火和树枝。"他说,"这些都是自然之神赐予的,山洞、兽皮、火和树枝,靠这些他们才没有冻死,才发展了下去,发展到现在,但是你想想,要是没有火人冻得可真难受,真受不了。"

"那太难受了,对女人来说可能更难受。"她说,"女人从本能上来看要求有舒适的吃和住,如果冬天没有火,没有暖和的住地,她们首先在生理上就承受不了。况且她们还要繁殖。"

"繁殖?"她哑然失笑,"这个词是对动物说的,不过人也是动物,人不可能完全摆脱动物性,但是原始人的繁殖为什么没有季节性?"

"这显然也是大自然赐予的,"他说,"使人与陆地上的其他动物有所区别,但是人的孕期确有点太长了。"

"是这样的。"外面的雪花都看不见了,风也听不见了。炉里的火苗烧得有点呼呼的声音。

他说:"在原始人看来有点长了,但在现代人看来可能会有短的感觉,因为现代人不再会为人种的灭绝而担心了,人现在担心的是自己享受和娱乐的时间太短,人都尽可能少要孩子,但决不希望减少声色之娱。"

"简直是高论,"她叫起来,"漂亮透了。"她说,"我记得你说过你七十年代插过队,你们那时候多自由,这方面的事肯定不少吧?"

"完全相反,"他优雅而奔放地笑起来,"那时候提倡禁欲主义,我们都绝对吃大亏了,十几年算白过了,想想真遗憾。"

"真的吗?"她睁着眼睛看他,"我觉着像你这样有棱有角的人肯定会大受女士们的欢迎。如果你在学校,比如你留校的话,肯定会有不少女大学生去争夺你。我这样说倒不是别的什么意思,我这么说是指现在的年轻姑娘都有一股证明自己能力和魅力的强烈欲望,如果真有好东西摆在那儿,她们决不会忸忸怩怩,坐失良机的,她们会通过这样的事来证明自己是有能力的。"

"价值观完全不同,"他说,"人真能再年轻一次多好。人一生的一次性享受和娱乐太多了,差不多还没反应过来,就过去了。

真惨。"

"是吗?"她非常开朗地哈哈大笑,"惨不忍睹?"

"惨不忍睹。"他说,"人生太短暂,但也够了。"

"为什么?"

"为什么?"他说,"只要你不要求太多,你就会觉得时间够了,无须再追加。"

"也许是这样,"她说,"但是谁会太少地要求呢?谁不想在各个方面尽情地享受一番呢?当然是合理的享受。"

"各人有各人的观念和想法。"他说。

"比如我,"他说,"我到现在没结婚,我谈过几十位姑娘,都吹了,都没成,我并不觉得很可惜、很遗憾,当然这也没什么值得吹嘘的,没什么好得意的。总起来说,我觉得这样的事情一般,属于一般的事情,结果怎样都无所谓的,因为我从心底里对女人不十分感兴趣,当然这并不意味着我在心理上或生理上有什么缺陷,完全没有,我十分正常,但我就是这么想的。"

"你可能是这么想的,"她说,"但是有没有另外一种可能,也就是说,你还没碰上真正让你动心的姑娘,如果真碰上了,你会燃烧起来的。"

"这个我无法证实,"他说,"但是我刚才说的并不意味着我没燃烧过,其实也可以说我是经常燃烧的,当然这都是双方自愿的,但是仅此而已,热情过去就过去了,再也不回来了。"

"也许她们的魅力或吸引力不够,"她说,"要么就是她们的手段不行,或者不怎么新鲜。"

"不,"他笑起来,"我这个人生性如此,这跟任何人都没有任何关系。"

"但最终会有人征服你的。"

"等我老的时候。那时候肯定会遗憾透了,因为来得太晚了。"

"这就是你的人生空虚说吗?"

"我并不喜欢叔本华,"他叫起来,"水开了。咱们喝水吧。"

他起身去把电热器拔出来,那是个管状的东西。她去准备茶杯。茶叶在杯子里翻滚。"真热,真暖和。"她尖声尖气地夸张地叫起来。他说:"使劲喝吧。外头雪不知怎么样了。但没有咖啡。"

"怎么都行。"她说,"无所谓,我对这些不怎么讲究。"

他说:"雪真是个好东西,如果有许多吃食,有暖和的房间和火炉的话,雪就真是个好东西了。"

"一点不错,"她说,"如果一点负担一点包袱都没有的话,不要出屋子而屋子里又有很好的气氛的话。"她说,"你们那时候冬天要出去干活吗——插队的时候?"

"那时候要挖河,不过雪如果下得太大的话,"他说,"挖河也得停下来,大家就顶风冒雪赶回庄子里,待在被窝里不出来,在农村没有什么烤火的奢侈。"

"那时候大概也不时兴这个吧,那时候大概也没有钱买这么多煤烤火。"她说,"我爸爸妈妈老忆苦思甜,说那时候连蜂窝煤也没有,都是自己用碎煤掺黄泥打成的小煤球,那时候真这么惨吗?"

"其实现在比那会儿确实有所不同,但我想你那时才几岁吧?"他说,"那时候你大概已经记事了,但肯定记得不清楚。"

"我那时还是个黄毛丫头,我一九六九年才出生。"她咧着嘴优雅地笑。她笑得真优雅。"我上高中时在班里挺有名,总而言之我长得还不坏,皮肤白白的,眼睛大大的,身体细条条的,大家都承认,于是就有个男孩子追我。"

她说得不错,她的皮肤白里透红。她的酒劲肯定还没退去。他也是,他请她点燃了一支烟。这是今年的最后一个晚上了,最后几个钟头了。"在某些场合烟真是好东西,抽几口真舒服,但我在爸爸妈妈那里沾也不敢沾,他们会揍我的。"她说,"你以前就抽烟吗?"

"上中学时我们就偷着抽,"他说,"后来下乡了就公开抽,拼命抽,那真是一种享受,一种生命的升华,你要知道,在农村干活是很累的。"

"那时候雪大吗?"

"大部分年头雪都挺大。"他说,"那时候气候好像比现在坏,特别是冬天冷,冬天的雪一般都下得大,有时候两三尺深,根本出不去,那时候真有天地蛮荒的感觉和味道,现在不行了,现在人工和做作的味道太浓。"

"啊,真令人羡慕,"她张大了嘴,"那时候是不是因为取暖设备不行,才觉得太冷?"

"一部分原因可能是这样,"他说,"但雪下得大也是确实的,雪不会因为你有了取暖设备就下得小些的。"

"这个没错,"她说,"冬天你们不回家吗?不到爸爸妈妈家里去吗?不管怎么说那时候快要过春节了,天最冷的时候。"

"嗨,到那时候大部分知青都回家了,但我不怎么想回去,这倒不是说我跟家里头有什么,我从比较小的时候起就有一种独立的强烈要求。到了一九七六年一九七七年,有路子的找路子,回家的回家,我倒不怎么迫切地去想什么办法,我当时就感觉到我会很顺利的,我没有必要去低三下四地求谁,后来倒果真应验了,真是个奇迹,所以我认为人是有预感,有特异功能的,不过大部分人都没有留意,没利用起来罢了。当时在一个点上住着的,还有个叫 S 的姑娘,南方来的,二十五六岁,她是后来转到我们这点上的,她不怎么跟农民来往,所以农民们也不怎么跟她来往,农民都上我那屋闲唠,一到农闲我那里就一屋人。"

"你们住一个院吗?"她关心地问,用两只眼睛盯着他。火烧得旺烘烘的。"你们不住一间屋吧？我听说那时候知识青年到农村,男女都住一间屋子,住大铺,连翻身都影响别人。"

"没那事吧,"他笑起来,"至少我没遇上那样的好事。"他们都笑。他说:"S独占一室,在我隔壁,那实际上是两间房子,通的,因为她是女人,所以我也不好跟她抢房间,我倒霉,我住的那间又兼当仓库,里边乱七八糟什么都有。过一段时间我就发现S有点怪,现在想起来还很清晰。"

"你好像在讲小说,真有你的。"她说,"不过我倒听得津津有味,你们俩没什么吧？"

"什么也没有,"他把两手一摊,"我根本没捞上,再说开始我跟她接触很少,时间很短,想有什么也来不及。她有了。"

"她结婚了？她长得漂亮吗？那时候人一般都讲究漂亮不漂亮吧？那时候什么气质不气质的恐怕不怎么流行。"

"怎么说呢。她有点苍白,柔弱,胳膊腿儿都不是怎么健壮的。"他说,"她身上脸上看上去都这样,细眉毛、细嘴唇,等等,说实在话,她虽然不怎么太那个,但也挺吸引人的,特别能引起男人的怜悯和同情心。"

他接着说:"S去了不长的时间,就把她的一个外甥Q带去了,她外甥个子不怎么高,黄瘦,郁郁不欢的样子。因为他们不怎么跟农民接触,所以大家对他们也敬而远之,但议论是免不了的,议论很多。"

"农民很喜欢议论人吧,我好像有这种印象,"她说,"不知是从电影里还是从小说里得到的。我想象不出来。"

"那时候还是生产队,大家在一块干活,"他说,"他们无所不谈,养成了习惯,碎话特别多。"

"碎话,"她重复一句,"这个词似乎很有表现力。"

"可能吧。"

他们感觉到外面起了一阵大风,风好像把雪带起来了,扑在窗玻璃上,发出一阵急骤的撒沙子的声音。他们都往窗户看去,但是有窗帘挡着,什么也看不见。

"也许雪停了。"她说,"也许雪下小了。"

他说:"你要回去吗?"

"暂时还不想,"她看看表,"才九点多,学校里肯定没什么人,回去挺无聊挺寂寞的,"她说,"人真奇怪,一个人觉得孤独,许多人在一起又要发生冲突,也许最佳选择就是两个人在一起,把其他一切人都排斥在自己的生活之外。"

"那么这两个人是同性呢还是异性呢?"

"当然是异性,同性之间有什么意思。如果是一对很好的男女朋友,抛弃掉一切约束和包袱,在冬天有一套房子,许多食品燃料,有一个火炉,就完全可以忘掉一切了。"

"火是很重要的,火和燃料。如果没有火没有燃料,人是不可能有生存安全感的。"

他们都情不自禁地往火炉跟前靠靠,彼此发现了对方的无意识,却忍不住笑起来。

"你那个姑娘后来怎么样?"她说,"那位 S 姑娘。"

"可惜那不是我的姑娘。"他说,"她把她外甥带来之后,那个八九月份的时候,他们就同住一室,想起来真不可思议,想起来就有一种恶心的感觉。但再想想也就没什么了,因为在有些大城市,一家几代人挤在一间房子里不是很正常的现象吗?"他说,"从另一个角度看,如果他们并不是真正的姨甥关系,那么他们住在一起,不就更是正常的事情了吗?"

她看着他点点头。"你抽一支怎么样?"他说。

她拿了一支烟。"我今天晚上要变坏了。不过这不算什么大事。"

"抽烟是很正常的,如果男人能抽的话,女人也一样。"他说。

"他们屋里就一张床,"他说,"后来他们就一起回家了,队里的人都议论说,好哇,这一对孽种叮走啦,不到下年猫狗跑情的季节,他们回不来。从那些话里看,他们这一走倒好像给全村的人去了包袱,大家都能喘出一口气来了似的。"

"其实毫无必要。"她抽了口烟说。

"贫下中农都是这样,"他说,"他们爱憎分明,这一点我倒挺佩服的。"

"你锻炼得不错嘛,那种生活肯定有趣,"她说,"跟男朋友在田野上跑呀跑的,随便跑到什么时间或什么地点,都行。后来哪?"

"到了十二月下旬,他们突然又回来了,"他看着烟头,慢吞吞地不动声色地说,"他们带了十几个大旅行包,里面装的全是吃食,糖果糕点之类。还有个瘦高个的男人也跟着一块来了,那男人左边太阳穴上有一块刀疤,二十八九岁的样子,不说不笑,面无表情。"

"这一下全村哄起来了,议论纷纷,因为他们不仅吃在一起,还住在一起,那屋里只有一张床,天又特别冷,那年到那个时候已经下第三场大雪了。想象不出来他们挤在一张床上是怎样度过每一个夜晚的,无法想象。"

"他们是垮掉的一群吧?"她说,"那时候中国就有了垮掉的一群,真绝了,那肯定是货真价实的真品,现在出现的都是仿造品。"

"仿造谁?"

"仿造老外呗。"她说,"不过你说的这几个人是货真价实的垮掉的一代。"她说,"我立刻觉得有几个句子在我脑袋里一闪而过。

我看到这一代精英毁于疯狂,

他们饥饿,歇斯底里,赤裸着身子,

他们被逐出学府,他们蹲在乱七八糟的房间里,穿着短裤。
　　夜夜让躯壳经受炼狱火烧,
　　都为的是追求梦幻、性和无穷的寻欢作乐。
就这些。"

"这显然是经过删节的句子。"他张着眼睛看着她,她的脸暖融融的,在冬夜里显得真暖和,有一种被窝里的韵味。"你记忆力真不错,你肯定背过这首诗。"

"这不需要背。"她有点扬扬得意,"我对这样的句子过目不忘。"

"吹牛吧?"他说,"不过也有可能,现在鸡蛋往往比小鸡还聪明。"

"真有你的。这家伙!"他们笑得喘不过气来。他说:"我再讲吧。"

"讲吧。"她说。他抽一口烟,定定神。他说:

"那一年的雪下得真大,什么都看不见了,连村子都看不见了。"

他说:"他们就这么住在一起,一间屋,一张床,他们谁跟谁,怎么回事,谁也搞不清楚。"

"他们平常根本不出来,他们很少出屋,除了倒小便、提井水,他们完全把自己关在屋子里。"

他说:"那时候没有什么火炉不火炉的,他们用一只煤油炉做饭,煤油炉显然是不能做取暖用的。他们肯定和农民或者和我一样是钻在被窝里取暖的,现在想起来觉得他们挺脏,他们怎么没得艾滋病?"

"也许他们根本没那些事,"她把烟头轻轻在一块煤上按灭,"也许他们谁也没跟外国佬沾过。"

"太脏了。"他说,"他们早上把便盆里的东西倒在白白的雪地上的时候,简直叫人不能忍受,那么白的雪,被那种土黄色的东西所污染,四周还有溅痕,真是触目惊心,后来有一次天晴了,极冷。我从大队代销店回来。"

他们不约而同地打了个寒战。他们相视哈哈大笑来驱散发自心底的一股寒气。"真冷。"她说,"你一说我真觉得冷,从心底里觉得冷。"

"这故事可能没什么意思,"他说,"换个话题吧,今天是今年的最后一个晚上了。"她说:"真的,你为什么不结婚?"

"我确实不知道,"他说,"也许真像你所说的那样,没碰上能征服我的姑娘吧,但我从心底里对这样的事没有采取主动的愿望。"

"你太悲哀了,"她哈哈大笑,"我听他们说,你老处在试婚的阶段,那些被你试婚的姑娘没有一个缠住你不放的吗?"

"她们都很自觉。"他也不由得笑了,"其实我这人挺严肃挺认真的。"

"这能看出来,"她打断他的话说,"但是行为上总不太好解释吧。"

"没什么不好解释的,她们也在拿我做试婚对象,"他说,"双方是对等的,如果双方都觉得可以,就成了,双方有一方觉着不可以,就成不了,这不是很正常吗?"

"说起来是很正常。那么你从来没碰上你中意的姑娘?"

"有时候是对方觉得不合适。我这人随便,家庭观念不强,经常一见钟情,但新鲜劲过去了,人家可能就觉得我不是块过日子的料,就把我甩了。"

"你在装饰自己吧?"

"有点这个成分,但基本情况就是这样。"他说,"你不相信吗?"

"我,怎么说呢,"她看了他一眼,"我半信半疑的,不过这事跟我有什么关系,我跟你倒讨论得挺热乎。"

"浑蛋,是你挑起这个话题的,责任在你。"他跳起来,"真有点冷了,"他说,"我去买瓶酒来喝怎么样? 炉子也该换煤了。"

她也跳起来。"你这家伙,"她叫起来,"等等,咱们一块出去。你先把炉子换换,我对这玩意儿不怎么内行。"

"太好了。"他开始换煤。她走到窗户跟前,撩起窗帘往外头看。"外面雪好像很大,"她叫起来,"不可能吧,老这样下我可就回不去啦。"

"现在回去是活受罪,"他说,"咱们围着火炉把今年熬过去吧。"

"那也好。"她说。他把炉盖盖上,他们就往外头走。

她砰的一声把门带上。

一拐过弯,风就从门外猛扑过来,把他们噎得气都喘不出来。雪真大、真密。他们缩着头袖着手,走到门外的大雪里,雪落在头上和身上能感觉到雪的重量和频繁的打击。

"你行吗?"他说。

"我行。"她说,"商店远吗?"

"不远。"他说,"十字路口就是,这样的天挺有意思是吗?"

"这样的天挺有意思,我跟在你后边走这样风就小些。"

"其实你挨在我身边,这边,风就更小,"他说,"因为风是这么刮的。"

她就挨在他身边。两个人缩着头袖着手走。路上的雪好厚,路上基本看不见什么人或汽车或自行车了。

"我还想再讲几句那个事,"他说,"你听不听?"

她说:"我听,你讲吧,这样的大雪真有意思。"

他说:"有一天天晴了,我从大队代销店回来,走到村边,看见田埂子上站着三个人。当时正是傍晚,太阳一点儿热量也没有,将落不落的。那三个人正好处于我和太阳之间。那三个人一动不动的,很单薄,像纸糊成似的。我认了半天,才认出是他们三个。Q瘦小的身子往前倾,仿佛要吞吃什么东西,刀疤脸用像棍一样的腿支撑着身子,跟一棵半枯的树枝似的,S站在他们中间,离刀疤脸稍微近一些;她的背直得过分了,像谁用利刀一刀劈下来一样,有点做作。他们正全神贯注地往西边看,是看田地呢,还是看夕阳呢,谁也说不清楚。苍白的夕阳照着他们三个,情景惨得很。"

他咽了一口唾沫又说:"因为当时天地之间不怎么透明,混混沌沌的,再加上他们三个人保持那种古怪的架势,好长时间一动不动,所以我老误认为他们是贴在天地之间的一张印刷低劣而又褪了色的陈年旧画,又像是混沌天地之间的几个鬼影子,如果当时来一阵风,这鬼影子一定要被风吹散的。我后来就胆战心惊地赶忙逃开了。"

她说:"真冷,有点怕人的。我得挤着你。"

他们就互相挤着往前走。他听到她的女性的呼吸声,又温柔又急促。她忽然跑开了,用脚去踩从天上掉下来的大雪花。她叫着说:"好大的雪花。我虽然觉得你这故事不怎么样,但我还想听,还有吗?"

"还有一点。"他说,"我还可以再讲一点,现在想起来都很清晰的,就像你在我前面跑一样清晰。"

"你真可以,咳。"她用脚去踩去踢雪片,"你讲吧,听起来也挺有味道的。"

他说:"后来有一次,我从城里回来,那也是个半晴不晴的天气。那一阵子我莫名其妙倒过得挺充实。我经常到饲养场跟饲养员一块铡草,给牛呀马的拌料,或者坐在牛棚里人家的被窝里头,跟那帮子人闲拉日本鬼子进中国那会儿的事,偶尔也议论议论清朝的大辫子,那些事我根本就没经过,我倒扯得跟真的似的,真是酸不拉叽的。"

"你过得不错嘛。"她说,"怎么还没到?"

他们站住了。"已经过去了。"他说,"你注意到有开门的没有?"

她想了想:"好像没有开门的,好像没有。"

"那就是关门了。"他说,"咱们再往前走走吧,前边还有个店,下班也挺晚的。"

"可马上就到元旦了,就到明年了,"她说,"人家店里能等着赚你那几块钱吗?"

"谁知道,"他说,"咱们碰碰吧,雪真大,挺有趣的。"

"那就碰碰吧,"她说,"雪太大啦,快把我给淹没啦,太棒啦。"

他们又往前走。雪在脚下踩得咯吱咯吱的。

他说:"那次我从城里回来,一个人走,到处都是雪,混混沌沌的,虽说有太阳,可太阳也模模糊糊的,看不太清楚。我正走着,听见后面有个微弱的声音喊我,我回头一看,是S,她穿得很厚,很臃肿,但还是能看出来她的瘦弱和单薄,她一个人走得挺费劲的。"

"你要有艳遇了,我估计。"她忽然站定了看着他。然后就挨着他走。

"没那事,那环境也不对头。"他们放胆地笑起来,反正两边没什么人,连车都没有。他说:"到了,又关门了。"

他们走到那家商店的廊下,从门缝往里边瞅,但什么也瞅不见。他们就在廊下跺跺脚。他说:

"穷人才怕冬天,才怕下雪天冷。"

她说:"要是没有穷人就好了,穷人使世界变得层次较低。"

"其实咱们也并不富,"他说,"但是还有比咱们更不富的,真不能理解,他们为什么不能动动脑筋去挣几个,稍微动动脑筋。"

"都是上帝安排的。"

"你信?"

她说:"我有点信,不过无所谓,每个人都有自己的生活轨道,这种轨道也许是无法改变的。"

他们看着大片大片密密层层的雪掉到地上,雪地和街道上空好像有一种青白的光。对面建筑物上的大块玻璃和窗帘后面,有几个人的影子来来往往很温暖地走动,那一定有浓郁的家庭气氛。他说:"咱们怎么办?咱们就半途而废了?"

"那太遗憾了。"她说,"我真想喝一口酒暖和暖和,同时又浪漫,你不介意吧?"

"不介意,"他说,"这简直有点像外交辞令了,你从哪儿学来的?"

"《参考消息》上。"她说,"其实我主要觉得今晚的气氛特别好,我对酒倒并不特别那个,但是咱们既然出来了,没买到酒,会扫兴的吧?"

"确实如此,"他说,"咱们再去侦察一个地方怎么样,咱们一直往前走,不太远,再拐个弯,就是杏花酒家,那边有个小卖部,小商店。"

"那咱们就去吧,"她说,"但愿走运。"

他们跑到廊外,风雪立刻扑打了他们一身一脸,街上的各种灯光都瑟瑟地缩在雪幕里。

她昂着脸去迎那些雪朵。她娇娇地迷人地惊叫了一声。从十字路口那边有个单身男人拐过来。那男人穿了一件黑呢子大衣,在灯光下看上去有四十岁左右。那男人看见了她,听见了她的荡人心魄的叫声,就盯着她看。她就回到他身边,挨着他,他们用一种亲热的步伐走。那男人连忙把视线移向街道的前方,匆匆离去。

他说:"杏花酒家刚搞过卡拉 OK 演唱大赛,我差点去看了。"

"是吗?"她说,"我们在学校里什么也不知道。什么叫卡拉 OK? 我还真不知道。"

他说:"卡拉 OK 就是录音伴奏的意思,谁想唱都可以,不要乐队。"

"我懂了,"她说,"这完全不是生存问题了,是吗?"

"这完全不是火炉和食品的问题了",他说,"人吃饱了才会想起搞卡拉 OK,才想试试别的方面的能力,其实就是一种自娱。"

"像老年迪斯科吗?"

"怎么像老年迪斯科? 我还没听懂你的话。"

她说:"我觉得老年迪斯科既能锻炼,又能自娱,这比那种单纯的锻炼要好多了,我现在发现中国有些东西,已经在领导世界新潮流了。"

"中国人的发明创造就是多,这好像是中国人的一种毛病。"

"是好事吧?"

"是好事。"他说,"咱们能打打雪仗吗?"

"不行,"她说,"我肯定打不过你,你想欺负我,太不公平了吧。"

"我可以先让你一下。"他说,"表示对女士的一种礼貌。"

"那好。"她突然跑开了,并且弯下腰去抓一把雪。他这时猛然意识到了她的纯黄色的羽绒服的存在,她的纯黄色的羽绒服式样非常流行,非常时髦。一团白白的雪和一声充满女性浪漫肉体韵味的尖叫声在他面前的雪地上爆裂开来,在大雪弥漫的天地间,在空寂的街道上,丝丝颤抖,越来越微弱地洇漫开去。他在雪幕后面看见那团跳动着的,因跳动而抽动而痉挛着的纯正的黄颜色,他张了张嘴却没有喊出来,他在一刹那因那团跳动着的纯正黄颜色的存在而失去了记忆,但转瞬又恢复了。他追上去,开始追赶她,他弯下腰抓起一团雪。他追赶她,追赶前面那团跳动的纯正的黄颜色,他觉得他正在追赶一头瘦弱的小动物,像十几万年以前的原始人一样,他的心里充满了一种异样的感觉和滋味。他追上她,在她肩上使劲拉了一把,她失去了平衡,气喘吁吁地扑在他怀里。一股女人的肉香味立刻扑鼻而来,这种肉香味使人麻醉。他抓紧她的肩膀。她在他怀里喘着说:"你胜利了。"

雪笼罩着他们。他们突然都放肆地大胆地笑起来。"咱们到了吧?"她说。

"到了。"他们往亮着灯的那个窗口走。

她说:"任何事其实都没有胜利者和失败者,任何人最终都要成为失败者的,对吗?"

"这是高论,我还没想过这个。"

"不可能吧,你平常不是装成什么都懂的样子吗?"

"今天露馅了。"他说,"距离近了神秘感和神圣感就消失了。"

"但是亲切感和人情味就多起来了,我说得对吗?"

"没错。"他说,"咱们到了,看运气吧。"

他们挤在窗口上。一个男人裹着大衣坐在火炉旁烤火。他们看见货架上有好多种酒。他说:"咱们买什么酒?"她看着货架,她说:"咱们买瓶葡萄酒吧,葡萄酒营养价值高。"他们就买了一瓶红葡萄酒。他们刚离开窗口,那个男人就站起来把窗户关上了。"他在等我们。"她做了个鬼脸说。"更确切地说,"他说,"他是在等你的光临,这种异性相吸的道理是很简单的。""我太荣幸了,"她说,"酒真好,看起来就给人力量。"

他们走了几步。"现在就喝行吗?"他说,"何必拘泥。"

"我不反对。"她说,"在这样的晚上,酒和雪都是好东西,离开了它们,就没什么味道了。"

"人也是好东西。"他把瓶盖旋开,"你独自一人有什么意思?"

"这当然了。"她说,"但人毕竟比酒和雪次要,人的脾气有时候会变坏,人有时候会变得貌合神离,那就只有痛苦了,但不管在什么情况下,雪和酒都会给你安慰的。"

"高见高见。"他说。

她看了看街道,街道上一个人也没有。她把她的肉乎乎的嘴对着酒瓶子,喝了一口。

"啊,真凉。"她叫起来,"真清凉。"

"它们流到肚子里就会烧起来的。"他也喝了一口。"咱们回办公室吧。"他说。

他们就紧挨着往回走,这样暖和多了。风好像停了,但雪朵更大更密,密得人透不过气来。雪朵把眼睛打得睁不开。

她说:"雪真大啊。"她躲在他的身子后面。他们听见街旁的窗户里漏出一些轻快的欢乐的音符。"屋子里真暖和。"她说,"人要是没有任何负担,没有任何思想包袱,"她用雪朵落下来时发出的那样声音说,"有一间暖暖的房子,有火炉和好吃的好喝的,"雪从电线上坠落下来,雪团在空中划着优美的弧线,"有一个暖暖的床,该多好。"

"在春天、夏天和秋天,"他说,"人可能不这么想。人是多么功利呀。"他把头缩在羽绒服里,"在春天、夏天和秋天,人不容易体会到家庭的温暖和必要,人与人互相不容易理解、原谅和需要。在春天、夏天和秋天,离婚的人也多。"

"是这样吗?"她抬起头问他。

"我想应该是这样,"他说,"我想是这样。人在下大雪的日子里都需要温暖和依靠。"

她说:"快到明年了吧?"

"快到十一点了,"他说,"钟声快要响了。"

"是电信大楼的钟声吗?"

"是电信大楼的钟声。"

她说:"它们不是每小时都要响一次吗?"

"但下雪天听起来感觉完全不一样。"他说,"不刮风多好。"

他们一步一步地踩着厚厚的雪往前走。他却缩着头,不时地偏过头看着她的举动,偏过脸看她的举动。他说:"我再继续S的故事吧。"她昂起头来迎雪,笑了一下。他说:"当时我回头一看是S,她走得挺费劲的。"

"我看她挺可怜的,就站下来等她。她走得气喘吁吁,可能是追赶我的缘故吧,看她那样子都快喘不过气来了。我就站住了等着她。"

他说:"我那时是怎么了?"他说,"我那时就那样,我觉得她很可怜。她又瘦小又单薄,在那么大的雪原上,跟跟跄跄地赶我。"

他说:"她软软地走到我跟前,就像跪下来似的蹲到雪地上休息。我说,你怎么一个人进城?"

"她喘了一会儿,没有回答我,却说,你帮我拿点东西,行吗?原来她背上背着两个大包。我一把抓过来背在肩上,在那时候,说到底了,我也是个结实的汉子,这两包东西对我来说算得了什么呢。"

他看着雪说:"于是我们就慢慢地走,我不知道该对她说些什么话才合适,但我感觉到她对我很信任,很依靠。她离我很近,一只手抓住我腰间的包带子,又柔弱又温顺,像我的一个大孩子。她脸色苍白,好像随时都可能倒在地上。"

他说:"走了一会儿,她离我更近,抓得也更紧,她忽然说,雪景真好。我不知道她为什么这样说,为什么说这句话。我抬头看去,太阳红红地缩在天上,没有一丝风,堤上的光丫巴树梢连动也不动,几只寒雀缩在枝头上。她又侧过头来看看我身上背着的包,用非常小的声音说,都是吃的东西。"

眼前忽然很熟悉,原来到大门外边了。他在门外站住,手里握着葡萄酒瓶,大雪纷纷扬扬地掉在他身上和周围,大雪把他给笼罩住了。她也站住,站在他跟前,用眼睛看着他羽绒服上的一块三角装饰。他说:"我们走到堤上,原野的景色看得更清楚了。因为上了一个堤,她又有些喘,她在一棵刺槐树下站住了说,咱们歇歇吧,我身上有了。"他说:"我不知道她为什么跟我说这个,当时我还是童男子,对许多事情都还只是星星点点的书本感觉。"

他说:"我对她点点头,我把包放在雪地上让她坐。我那时候抽烟很厉害,我点着烟,身材魁伟地站在高高的河堤上。"

他说:"她突然哭起来了,她哭着说,他们都走了,那两个没良心,他们谁也不承担责任。我低下头去看这个瘦小的怀孕的小动物,我看见她很费劲地坐着,用两根苍白的手指去拢额上的头发。"

他说:"冻僵啦,咱们进去吧。"

他们走进去,开了办公室的门。屋里可真暖和,真暖和。他们关紧门,走时换的煤球已经通红地烧起来了。他在两个杯子里倒上葡萄酒,他们围着火炉在沙发上坐下,真暖和呀。酒真好,冬天有酒真好。他说:"我后来就在她身上失去了我的童男子。她完全是个弱小的小动物。那时候真不可思议,我怎么会跟她那个。她的事我又不是不知道。"

他说:"你不在乎吧?"

她说:"我不在乎。"她喝了一口酒。"虽然说不在乎,但毕竟也要受到一点小震动。"她说,"我其实真不在乎,我好像在听你讲一个梦,我真认为它是个很不错的梦,我真有这种感觉,我不骗你。没什么的,我真感觉没什么。"

"确实没什么。"他说。他们喝着酒。他说:"我后来碰到过一些这方面的事情,我就不怎么在乎了。"

"什么叫不怎么在乎?"她说,"我没理解你的意思。"

"我也不知道。"他说,"我这只是个习惯用法。"

他们又倒了一杯。身上有点发热了。屋里真暖和。火炉真热。酒真好。

她说:"我跟你说过的,我上中学时长得还不坏,皮肤白白的,眼睛大大的,身材细条条的,于是就有个男孩子追我。"

她说:"我喝醉了。"

"没什么,"他说,"还有几十分钟就到明年了。"

"酒真好。"她说,"那时候好像什么也不懂,什么也不理解。我们挺好的。那时候班里有好多女同学都有男朋友,大家都觉得挺时髦挺好玩的。"

她说:"我们那时候挺好的,但不知道为什么。"

她把一杯酒都喝干了。她脸有些红。"我们突然那个了,我一点思想准备也没有,我一点预料也没有,好像是自然而然的,"她说,"我还要喝一杯。"

他把酒瓶拿起来给她倒满。她说:"我跟你说这些干什么呢?"她的喉头突然哽了一下子。她红着眼睛看酒杯里的酒。她镇静了一些。她说:"当时简直受不了了,完全瘫倒了,身上连一两的劲也没有了。等我回到家,明白过来,简直要怕死了。幸而没出什么事。我那时学习成绩一直蛮好的。"

她又喝了一大口。她脸上和身上的寒意看起来全消散了,可以很明显地看出来。她说:"我跟你说这些干什么? 我真喝醉了。"

"我是个好人,真的。"他说,"快到元旦了。"

她又喝了一口,他也喝了一口。她说:"天不早了,我该回去了。"

"车不会有了。"他说,"快到元旦了。"

"我走回去行吗?"她说,"我不该跟你说这些,我真后悔,我真的喝醉了。我身上的血在咬我。"

"你不能走回去,你一个女的,"他说,"雪也下得太大。这雪看样子要下下去的。"

她说:"我那时怕死了。我后来对他就很讨厌,不知道为什么,我再也不理他了。"

她说:"我对谁也没讲过这事,这也许不是什么好事。你怎么想?"

他说:"我不怎么想。"他说,"人总有自己的轨迹,就像雪片掉下来一样,这毫不奇怪。"

"我也这么想。"她说,"我后来极力把这件事情全忘掉,虽然不可能,但这件事却有意无意地培养了我的一种性格和意志,从这个角度说,我有了许多收获。咱们把酒全干了,行吗?"

他们碰了杯,把酒灌下去。

"咱们这是怎么啦?"

她忽然叫起来。他们都感到了一点不对头。"咱们怎么老谈这些扫兴的事,咱们怎么都酸起来了?"她说,"在我印象里你不是这样的人嘛。"

"这样的话题真没劲,"他也提高声音说,"真没意思,真扫兴。看看雪吧,怎么样?"

他们站起来走到窗户跟前去。他们撩起窗帘,外面雪真大呀,铺天盖地的,无穷无尽。钟声忽然响起来了。"元旦到了。"他说。"这一年过得真快,真有意思。"她说。她把鼻子贴在玻璃上往外看。

外面响起了鞭炮声。

他们把窗帘放下来。他说:"真好,我该回家了。"

她说:"跟你一起去。"

他们扣紧羽绒服上的扣子,收拾一下。他说:"不用换煤了,明天是元旦,不,应该是今天了,今天不会有人来的。"

　　他们关了灯,锁了门,走到街道上去。

　　街道上的雪已经有半个小腿那么厚了。漫天大雪不顾一切地往下掉落。她说:"好像有风了。"他说:"风太大了,你挽着我行吗?"

　　她挽着他的胳膊,紧挨着他。他说:"不太远,咱们跑行吗?"

　　"行!"她干脆地说。她笑着看他。他们跑起来了。

　　他们都穿得有些臃肿。在夏天他们可能都是很适中的。

　　很快就看不见他们了。只剩下雪。

1990 年

幸福的王仁

王仁的老娘是半夜里死的,谁也不知道。这天早上王仁反而起得比以前早。起来之后,他就提了个竹篮子,一溜小跑,做早晨的运动,上菜市买菜去了。

街上还有些薄雾蒙蒙的,在这样的小城市,薄雾蒙蒙的早晨很有些特殊的味道。待王仁买菜回来,他老婆已经在刷牙了,见着他,就说:"妈到现在没起来烧饭。"

王仁没答话。他的额上和下巴窝里,都冒着一层细汗珠子,这使他的内心感到舒服。他的过了中年的肚皮已经微突起来。在厨房里,他一边把菜捡拾出来,一边讲:"妈这几日怕是累了,春天又乏人。"

现在是春末,柳树上的芽儿已经葱绿一片。王仁开始从堂屋门前走过去,走到那一小间偏房跟前去。春晨的空气清凉,吸到肺里好舒服。王仁的眼界让那两条红颜色的门对子给占满了。他敲敲门,用那种好人和孝子惯常有的殷勤声叫道:"妈,妈,不早啦。"

门当然是从里面插上的。当里面没有动静的时候,王仁就有点慌,走回来,在厨房里对老婆讲:"怎么不理人哩?怎么不理人哩?"

他老婆讲:"我再去敲敲。"

玉春又去敲。就验证了。于是紧忙活了几天。

在那几天里,王仁家门口自然是来人不断,来者有亲戚,有同事,有朋友。花圈摆了几层,到后来房前摆不下,就延展到巷子里去,像在开一个花圈展览会。晚上在房前的空地上,吊起一盏大灯泡,把房前的空地和空地外头的一段街巷,都照得雪亮。王仁的表弟打乡间上来,晚上就拖一张凉床睡在外头的空地上,看着,以免有人(或有小孩)偷(或破坏)花圈。到天亮,公司人秘股里办事员小毕来了,在房前放一张小方桌。凡有人来行礼,就登记上,行多少钱、多少礼,花圈几只,姓名单位,等等,一方面留个纪念,一方面做个备忘,赶以后人家有事了,也按照朋友的亲疏,行礼的轻重,去还礼。如此这般绝不会错,况且来行礼的人家哪就都会有事,总之是没有亏吃的,又相互联络了感情。

那几日王仁自然是专职负责接待。人进了房,王仁就急忙站起,用两只手握紧人家的两只手,脸上没有笑容,嘴上轻轻地说:"谢谢,谢谢。"坐下来,交谈几句,听几句安慰的话,再站起来送走,一直送到门外的空地,嘴上再说一句:"不远送了,谢谢。"就立住不动,直到被送的一个人或几个人小心翼翼地走到巷子里,看不见了,才回屋。

公司的合经理来得较早,是当天上午就来的。来了之后,在第二天的下午又来一次,来问有什么困难。临走的时候,来到房前空地上,合经理就立住了,看着延展到巷子里的花圈,讲:"拉起个院子就好了,又方便,又安全。"

王仁也四面看了看,讲:"好是好,就是没有钱。"

合经理讲:"也花不了几个钱,公司报吧。"

合经理是故意轻描淡写地讲,王仁却是感激透了,直送他出去老远。待丧事办完,王仁借口感谢公司对他妈后事的帮助,又在家里请了合经理一次——因为在办丧事期间,凡来行礼的都被请了一餐,所以这算又一次——同来的还有公司财会股的泾股长和王仁本股的办事员小毕。泾股长平素与王仁的关系就不错,他也是中年人,四十多岁,与王仁谈得来。小毕以往在蔬菜门市部站柜台,站了十多年,泼辣能干。王仁升了股长之后,她在商业局工作的丈夫来找王仁,是王仁出力把她调到股里的,所以都是较密切的人。

酒也吃过了,丧事也办完了,拾拾弄弄的,三十天过去了,王仁家的房门前开来几辆小四轮,忙忙碌碌的,砖、沙、水泥就卸了一地。再过几天,水泥抹面的院墙跟一间小偏房就盖了起来,墙中间安了两扇大门,黑漆漆成的,发亮,正冲着街巷。打外面看上去,新墙新门,有一种吉祥的意味。

那几日,王仁每日早起晚睡,兴兴奋奋地操持,整日里里外外地跑,监工、督促。墙拉起来了,小偏房上了瓦,院里拾掇干净了,乡间来的几个工匠走了,一家人顿时轻松下来。至傍晚的时候,王仁对老婆讲:"玉春,搞点好东西来吃。这几日累屁了,酒也捞不上弄一口。"

这事玉春自然能干,就带着个篮子,骑上自行车上街了。晚上好一顿肉菜,看上去就叫人嘴馋。

第二日晚上也是一顿好菜,有摊子上买来的卤狗肉,还有半只卤猪耳朵。王仁的老习惯又恢复了,自斟自饮,不时把眼光打敞开的门放到院子里去,不时地讲:"院子是好东西。"又讲,"院子确实是好东西。"又讲,"也不想再挪窝了。院子真是好东西。"

休整了几天,按照王仁的意思,他老婆玉春和他女儿小丽又抽空把原来奶奶住的那间房从里到外打扫了一通,把里面的破破烂烂全拾掇出来,该扔的扔,该卖的卖,该烧的烧,该洗刷的洗刷了。然后打公司里找了个懂行的临时工来,用了半天的时间,把两间小偏房都用苹果绿涂料刷了一遍。临时工的工具都齐全,长杆的滚子,在墙上滚来滚去的,眨巴眼就完了。王仁讲:"在家里吃个便饭,也不拿你当外人。"

王仁是会笼络人的那种人。小临时工有些受宠若惊。不管怎么说,公司人秘股在人事上是大权在握,能为王仁尽犬马之劳,那是求之不得的事情。

晚饭又喝了几盅酒。王仁好这个,要是有人陪,那他对这陪酒人的印象自然就好起来。

多喝了两盅。或许是高兴,或许这段时日王仁都高兴。原来小临时工也是个红脸小子,几盅酒下去,脸就通红,借着酒气讲:"王股长,俺不是当面讲好听的,俺在公司里,也就钦佩你跟合经理两个。别人,都他妈的。"

王仁自然跟合经理关系不赖,听到这里,就兀自摇摇头,讲:"公司复杂哩,人多,嘴杂,难伺候,你好生干就是啦。"

红脸小子讲:"俺听你的,王股长。"又讲,"王股长,再过几日,俺想请你跟合经理,上俺家乡走一趟哩。俺们村长也讲过不知多少遍啦,想请你们去认个门。"

王仁讲:"现在太忙,怕一时半会儿脱不了身,我跟合经理再商议商议。"

小临时工讲:"好。"又把酒盅端起来,"王股长,俺再敬你一盅。"

王仁推托说:"不行啦,不行啦,多啦,多啦。"让不过红脸小子,也就心里舒畅地把酒端起来喝了。小家伙,嘴甜着哩!

过不了三五天,红脸小子带着位农民大叔找上门来。农民大叔的身子后头还跟着一个小青年,拉着一辆板车。进到院里,红脸小子对王仁讲:"王股长,这就是上回俺跟你讲过的江村长。江村长讲要来拜见拜见你,今儿个就来了。"

……没能留住他们吃饭。他们走了之后,王仁就上厨间看打那辆板车上卸下来的东西,计有鸡四只;牛肉一块,约十五斤重;鸡蛋一篮子,有百十个;香油一塑料桶,不少于五斤。玉春讲:"他们弄啥?"王仁讲:"想叫公司收购他们的西瓜,他们那附近到处都种着瓜。"玉春讲："收瓜？现在还早哪，才几月份。"王仁讲："得先签合同。"玉春讲："合经理咋讲？"王仁说："我逮个时机跟他好讲。"

隔两天，公司所属的东风批发部请工商所的人吃饭，合经理、王仁还有业务股的小吕都到了。酒酣耳热，趁上厕所的时机，王仁讲："听讲滩水汉子的瓜今年好哩，不如抽个闲时，开车去转玩一趟，也看看瓜。"

合经理爽快地讲："行。要看好了，就先签上合同。"

回到桌上，王仁夹着菜想：小临时工干得不赖，那板车怕是先上了合经理家的。

下一天，公司的吉普车开出城去。

城外空气很好。初夏时节，天气不热不凉，各种植物的叶芽也都长齐了。一辆车上四个人，合经理坐在前排，把脚蹬在挡风玻璃上，拉叉着腿。王仁和业务股的小吕坐后排，还有司机张胖子。小吕带了一支气枪，这时枪就扔在后窗下边。小吕讲："我们经常玩，下乡打鸟，碰上了还能打只鸡。"王仁问："这支枪几个钱？"小吕讲："八十，不贵，业余时间好打发了。"

车近滩水汉子，沟沟水水的多起来了，都是老沟老水，水边都长着茂密的老草。到处都是树，地是沙土地，显得挺干净，车如在诗画里行走。合经理在车前头先叫起来："好地方，好地方，这地方不错。"

张胖子讲："找个时间来钓鱼吧，一般人走不到这块地方。"

王仁一击掌道："好，那就讲定了，来一趟少说也拎三五斤回家去。合经理干不干？"

"那就干。礼拜天来，"合经理说，"停车下去瞅瞅，也撒泡尿。"

车打滩水汉子出来的时候，四个人有三个昏头昏脑的了。张胖子从不喝酒，所以合经理说坐张胖子的车最安全。三个人东歪西倒搁在车里。张胖子说:"王股长,钓鱼、杀棋、打麻将,数你瘾大,得空好生跟你玩玩。"

王仁讲:"闲着没的事,不玩干啥?该忙的时候,想玩也玩不上。"

张胖子讲:"这阵子也没杀棋去?"

王仁讲:"还真是,这阵子真给忙漏了。"

合经理半醒不醒地讲:"张胖子,过一程下车去看看,别把鸡都闷死了。"

张胖子讲:"误不了,放心睡吧,合经理。"

吉普颠颠簸簸直往县城蹿去。打车外看,车上东一头西一头乱歪的,都是面红耳赤的人,有同情心的不免捏一把闲汗。

上滩河汉子钓鱼那天正遇上个好天。不大不小的风,晴空万里。吉普停在老河滩的一片草地上。车上的人下来。各找几处适宜的地方,拿小米撒了窝子,就抽着烟,捧着鱼竿,等鱼儿上钩了。

钓鱼的时候,你跟我,我跟他,都不讲话。打王仁站的那块地方抬眼望过去,对岸是几株老柳;再往后略高些的地方,是没熟的小麦,青拉拉的,看上去心里头舒坦。

钓到天大晌午,张胖子喊:"歇一气,吃饭。"喊着,就打车上搬下来一堆东西,在草地上铺开一张塑料布,拾掇好了,几个人都聚拢来吃。

那堆东西还真丰富,四只符离集烧鸡、一大块卤牛肉、一大块卤肚子、七八个松花皮蛋、一包炒花生米、四个卤猪爪、十瓶啤酒、十瓶汽水。这些东西副食果品公司都不缺。合经理说:"老王,你灌这个不过瘾。"王仁说:"也凑合了。"几个人狼吞虎咽饱餐一顿。

钓到天傍晚,鱼正到肯吃食的时候,几个人的钓瘾都上来了,都站在水边不讲走。直到看不清水草的摇动,才上车往城里奔。各人的鱼篓都沉甸甸的,张胖子的那一篓少说也有八九斤,其他的

320

鱼篓,少说也都有个六七斤的样子。车开进城里,路灯早亮了,在一家老去的饭馆——迎宾楼饭馆门口停住,点上五七个菜,扫了一顿,而后张胖子才又开车把各人送到家门口。

隔了几天他们又去钓了一次。那天晚上到家稍早些,王仁也不觉着有什么累的。他才推开院门,院子里有几个人正说着话往外走,见他到了,一齐站住。其中一个讲:"说曹操曹操就到,你是想当鱼贩子喽。"王仁仔细一瞅,原来是几位熟人朋友,以往老在一块玩的,自老娘去世他们来行礼以后,还没再见过他们。这也有个讲究,不管事缓事急,总得等人家的丧期过了,才好去打扰。王仁见到他们,心里着实高兴,老长时间没见,还真有点想念。因此忙拉住他们到堂屋里坐,一边把鱼篓递给玉春道:"晚上就吃这个,弄两个下酒的菜。"玉春说:"我们家老王真不怕失业了。"王仁讲:"现在街上鱼不便宜哪,像这种乱蹦的活漕鱼,少说也得四块钱一斤。"来客中有一位立起来去掂了掂鱼篓,惊呼道:"哟,老沉,不少于五斤。"王仁道:"小意思,小意思。"

坐定了喝茶吃烟。来客中一人说:"老王,老不见了,怪想你的。今日来瞅瞅,想不到鸟枪换炮啦,拉成个院子,又添了间偏房。"

另一人讲:"老久没见,想拉你去玩玩哩,也怪想你,手都痒痒着。"

王仁听说,眼睛里放光。也是的,自打老娘去世,以前的生活跟突然断了线似的,现在又有人来把它接上,心里自然是想奔熟路子走。就说:"想法一样,想法一样。上哪去玩哩?我这里就新有个地方。"

"新有个地方?"来客中人说。王仁就立起来带他们去看。原来是老娘住的那间偏房,现在粉刷一新,能做新房。头顶上装了个大日光灯,灯一开,满屋放亮。屋中间摆了张大方桌,方桌四周放着五六只折叠椅。窗户、门开着就凉快;有风,关上就暖和。大家齐声喝彩,道:"好地方,好地方,绝啦,老王,你这地方。"

吃鱼喝酒,吃过晚饭,桌上房里一打扫,干干净净的。他们就铺上厚绒布,是反过来铺的,把麻将牌拿出来,倒在桌上,摸了风座,就开局了。

虽说已入了夏,但初夏才过,夜晚天气并不怎样使人不舒服。院子大门早关了,偏房这窗户、门又都打开着,院里、屋里都没人乱走动、胡打搅,既无干扰又凉爽透气。打麻将这东西最怕人干扰,哪怕有个人只呆坐在屋角里喘气,不说、不看、不笑,局中人也会感觉不安心、有威胁,不能潇洒自如,令人心烦。

一圈下来,输赢不过三五块钱,可算是平局了。大家都伸手乱牌、垛牌。其中一人,不紧不慢地说:"老王,你那事有门了,局里头已开过会了,还得再报组织部备个案。"另一人笑讲:"老王要高升了,我们以后跟你混碗饭吃去。"王仁讲:"胡屌扯个熊,副经理算个啥官。你们工业局厉害,哪个厂敢不听你们的。"

起了牌,话都灭了。三下五去二地打,个个出牌都精得跟猴子样。打到小半夜,玉春来给他们的茶杯加开水。王仁打桌上摸过来一张票子,递给她,讲:"上拐角那店里拿几盒烟来。"工业局的那一位说:"老王今晚有收入。"玉春讲:"他是先赢后输。"又问王仁,"买几盒?"王仁讲:"尽十块钱买。"玉春答应一声,就出去了。

到下半夜4点多钟他们才散,一地都是烟头。

玩麻将这东西有点瘾,也是社交的一种手段。几个人要是平日谈不来,心里头疙疙瘩瘩的,那玩麻将也就难玩到一块去。输赢几个钱是小事,谁拿钱去买不痛快?过了两三天,王仁骑车子打玉春工作的门诊所跟前走——玉春在门诊所做收款工作——拐进来讲:"晌午饭别等我,上工业局老刘家吃去了。"玉春讲:"是啥项目?"王仁讲:"没啥项目,玩玩呗,联络联络感情。"玉春讲:"你去。"又讲,"小丽的工作也换好了,我今天听她讲的,就是按小丽的意思换到了家电柜台。找机会得谢谢人家蔡主任,怎么说人家也是出了劲的。"王仁说:"知道了,等两天再讲。"就骑上车子走了。

工业局老刘家这几日比较清净,因为老刘的爱人带着二孩子上济南去看自个儿的姑母去了。老刘的大孩子已经结了婚,跟自个儿的丈夫住在单位分的宿舍里。因此老刘家这几天就清净,也就约了平日里的牌友来家里玩。

家里一清净,那玩起牌来可就是现今现世最大的享受了。随便吃了点饭,把院门一关,几个人就玩起来。老刘讲:"老王你坐我上家,对我可是个大威胁,我吃不上你的牌。"王仁讲:"我那天输得脸上都没图像了。"

喝着茶,吸着烟,手里不慢不紧地摸牌、发牌。有人和牌了,是商业局张股长。张股长说:"老王,你那事快下文了。"老刘插上讲:"要兑现了?王经理,咱们以后缺啥就找你啦。"

王仁讲:"咱啥时讲过个'不'字?不过话讲回来,大半辈子的人了,才混上个副经理,也蹦跳不起来了。"

老刘讲:"也是。"又讲,"你不同,你是实权派。"

张股长说:"你手里头有东西,拿这个你就能跟人家交换。"

王仁讲:"批条子还得找你哪,在下边是刨一口吃一口。"

老刘讲:"彼此彼此,大家互相帮助,不就得啦。"

王仁、张股长几个都讲:"这话在理,没错。"牌又都起在手上了。

天突然热起来,猝不及防,小城市里的人都弄成无精打采,很狼狈的样子。上班到得迟,下班走得早,都想黏在家中不出来。因为在自个儿的家里能把衣服都脱喽,只穿着一条裤衩子,吃点喝点,吹着风扇,心里头舒坦。

晌午吃过饭,王仁对老婆讲:"玉春,你下午给公司打个电话,讲我有点不舒服,下午不去了。"玉春讲:"你真是不舒服?"王仁讲:"不想去了,天死热。"玉春讲:"好。"

王仁下午就没去。一觉睡到三四点钟,起来了,擦把脸,就坐在藤椅上,吹着风扇,吸烟、喝茶,听收音机的泗州戏拉魂腔,享受。

打敞开的门望出去,院子里真可谓阳光明媚。几只老母鸡蹲在墙根的棚子下边,热得直喘,间或还咯咯地叫两声。相对来说,在房子里就阴凉多了,且又吹着风扇。

这么坐着、吸着、喝着、听着,很快就到了傍晚,温度渐渐地降下来,老婆孩子都回家了,院子里热闹起来。王仁去洗了个澡,身上更凉快。老婆讲:"开饭啦,老爷。"王仁答应一声。一家人坐在方桌边吃饭。王仁仍是自斟自饮,喝得津津有味,嘴里咂咂巴巴的,是一种说不出来的享受,显出嘴里好香好甜的样子。吃了一会儿,两个孩子都扒光了自个儿的饭,先出去了,王仁仍是慢条斯理地咂。他老婆忙了一天,权当歇着,也慢条斯理地吃,跟他讲话。

第二天还是热,看样子是高温天气提前来了,叫人感到受不了。到下午闷热更甚,大多数男人都扒了长褂,只穿一个背心;女人都跟狗一样地乱钻,找凉快地方。王仁下班回去,走过九道弯,瞧见巷弯子处那棵大树底下蹲着几堆下象棋的人,瘾头突地就给勾起来了。在以往,王仁可是三天两头就得在这块蹲上三两个小时,到天黑瞧不见界河了,才站起来回家的。自打老娘去世,忙忙碌碌倒把这个茬给忘啦。

这么想着,也就到了跟前,探头往里瞅,瞅见了棋盘,身子就不动了,就想该走什么样的好步子。看了十几秒钟,看出个好步子,见下棋的那人还不走,心就急了,手也痒痒,跟烟瘾上来了似的,嘴里就叫道:"臭棋篓子,看不出哇。"围观的人都笑,也有的就更仔细地去看。下棋的那人倒沉着冷静,脸上也没表情,只是埋头看。

王仁心里边急,又讲:"还不出来哇,真臭你,还看不出哇。"

那人还是看,也不言语。看了一时,抬起手拿了个子,走了一步。王仁心绞痛般地叫起来,道:"屎棋一个,屎棋一个。"然后讲出了自个儿的步子,围观的人都争论不休。这时那个"屎棋"就败了,胜家抬起头来对王仁道:"王股长,你棋不屎,你敢来一盘?"王仁也不言语,笑眯眯地往空位子上一蹲。这样蹲下去的时候,才知道叫这么多人围着、挤着,那温度,那汗馊味,都叫一般人受不住。但棋一走起来,其他感受就都没了。

第二日王仁又在那里杀到天黑。第三天晌午,玉春跟他讲:"王仁,今晚上你早点家来。上午我见到蔡主任,叫他晚上来家里吃饭,我讲是你说的。人家为小丽的事出了不少劲。"王仁说:"好,我早点回来。"

晚上蔡主任来了,坐下才吸了半支烟,外头有人敲门。从敲开的门里,能望见小丽打厨房里出来,跑去开院门。院门开了,原来是红脸小临时工,喊了一声:"王股长。"就招呼外头一个四十来岁的农民汉子,把一架板车拉进来。王仁见状,就起身走出去道:"干啥,小伙子?"红脸小临时工讨好地说:"王股长,西瓜下来啦,第一茬的。村长叫俺送些给你尝尝鲜。"这样讲着,那个黑炭样的农民汉子就打架子车上往下搬西瓜。西瓜都是拿尼龙袋子装的,一袋子能装三四个,车上怕有一二十袋子。王仁说:"要不了要不了,放着就放坏了。"那黑炭样的农民讲:"俺也不能再拉回去,您老慢慢吃呗。"王仁也无奈。忽然脑瓜开了个窍,就讲:"那好,留下一些,给蔡主任送去,就算我送他了。送到了,你们两个回来吃顿便饭。"红脸小临时工讲:"不啦,俺们送到就走啦。"王仁讲:"不要讲了,不要讲了,我告诉你们蔡主任家住哪里,好找得很。"说清路线,交代完了,又回到屋里,把事情对蔡主任说了。蔡主任在屋里已经听见了,这时略为谦让几句,大家就撇开了这个话题。

325

晚上酒喝得猛,蔡主任能喝,喝个半斤七两的没有问题。那个黑炭样的农民汉子喝起酒来简直就是个无底洞,他完全是一种不在乎的样子。这样子把王仁和蔡主任都吓住了,不敢跟他对喝。于是王仁就劝他喝,或是一比二地喝,就是王仁喝一个,他喝两个,或是王仁和蔡主任轮流跟他干。这样,在不到一个钟头里,已经干下去两瓶白酒了。王仁说:"好样的,好样的。"又喊来老婆,叫她拿第三瓶酒来。玉春把酒拿来,说:"你们喝慢点,多就菜,多就菜。"她是有点担心。王仁讲:"没事没事,这位老弟海量,海量。"那黑炭样的农民,这时话也多了些,讲道:"俺们一季忙到头,也就仗着王股长帮扶一把。俺们要是一车一车拉了瓜上街卖,那地里头就烂成稀泥啦。"又讲,"俺今儿个搁王股长家喝酒,心里痛快,王股长能瞧得起俺,俺就打心眼里头钦佩着王股长。"把酒盅端起来道,"俺们干了这一盅。"王仁讲:"我不行了。"黑炭讲:"俺帮你代,你湿湿嘴就算喝过了。"王仁把酒端起来在嘴皮子上沾了沾,黑汉子就接过去,拿一只手攥住两个酒杯,昂起头,叫一个杯里的酒流在另一个杯里,再流到嘴里去。

众人都看出了神。蔡主任叫道:"高手!高手!"那黑炭样的农民汉子更来劲,也不客气一声,收去了四个人的杯子,斟满酒,用一只手的五个手指头分别夹住,昂起头,张开嘴,滋溜溜一阵响。杯里的酒一个流向另一个,再一个,第四个,再流进他的嘴里,眨巴眼不剩一滴。众人看得更出神,一齐叫道:"高手!高手!"农民把酒杯放下,抹抹嘴道:"王股长,蔡主任,过奖了,过奖了,乡野小技,丑得很哩。"王仁讲:"好酒量,好酒艺,吃菜吃菜。"众人都谈论不休。

这一晚也是巧得很,大家正谈着,外头又有人敲门。玉春出去了,就领来两个人。一看,是人大办公室的何秘书和工业局的老刘。见是他们两个,王仁赶忙招呼玉春拿椅子、拿筷子,请他们上桌子来。何秘书讲:"都吃过了。"王仁讲:"吃过饭也碍不着喝酒,这里有位海量。"老刘讲:"谁是海量?蔡主任?跟我差不多,比何秘书倒是差一些。"蔡主任讲:"我不行啦,是这位。"说着一指那农民汉子。那汉子忙说:"不行,不行,俺是瞎喝,也喝不出个味道来。"

众人听了这话,不管怎样讲,都在心里头吓一跳。老刘讲:"那你真是海量,跟喝凉水似的。"王仁讲:"坐下,喝两盅吧。"约略介绍介绍。道:"按老规矩,来晚了先罚三盅。"何秘书和老刘讲:"认罚。不过你事先没通知,只喝两盅。"王仁讲:"好,就喝两盅。"两盅下肚,王仁讲:"吃菜,歇歇。"两人夹了点菜吃,说了几句话。王仁把他们的酒盅斟满,说:"你们三个初次见面,干两盅。"

那黑炭样的四十多岁的农民汉子连忙讲:"不敢不敢,都是俺们的领导,俺先敬两位一盅。"

何秘书讲:"不用了,不用了,坐到一个桌上喝酒,就不分上下了。你是哪个庄子的?"

红脸小临时工抢上讲:"俺们是滩水汉子的。"老刘讲:"那块不错,跟画样的。"

黑炭样的农民汉子讲:"各位夸奖了,各位要是不嫌弃,就约住了,一块上俺们庄去吃两盅。俺家就搁滩水汉子边上,好找。"

城里的几位都讲:"那是,那是,待有闲时,我们就去坐坐。"

讲着,端起酒盅,老刘先跟他干了两盅,何秘书又跟他干了两盅。放了酒盅吃菜,这时外头天早黑透了。老刘讲:"老王,好几日不见,想跟你玩玩哩,老蔡也在这里。"何秘书讲:"老蔡,听讲你那营业部生意做得好哩。我们钟副委员长讲,啥时去看看哩。"蔡主任说:"欢迎人大视察。"农民汉子这时把红脸小临时工的盅子拿到自个儿的跟前,跟王仁讲:"王股长,俺们谢谢你啦。俺们跟各位再干两盅,俺们是借花献佛,往后请各位上滩水汉子喝去。俺们得先走一步啦。"王仁讲:"不急。"农民汉子讲:"俺们下回再来。"说着,端了酒杯,跟县里工作的各位领导各干了两盅,就离了席,讲了许多好听的话,拉了架子车,与红脸小临时工一并走了。

剩下的人重在桌边坐定。蔡主任讲:"乖乖,这家伙是无底洞,无量。"王仁检查一下酒瓶,讲:"总共喝掉四斤半,他一个人少说喝了二斤半。"老刘说:"怎么样,干牌?"蔡主任说:"那好,干几圈。"都说不吃饭了,吃菜就吃饱了。四个人离了桌,进了偏房,吸着烟,喘着酒气,摸起来了。

摸了几把,外头全静下来了,都睡了。王仁讲:"出去卸卸包袱。"到外头卸了包袱,一抬头,瞧见月亮周围一个大晕圈,回到屋里就讲:"明天要阴天,怕能凉快点。"何秘书说:"热天刚才开始,就盼凉啦。"王仁说:"热天不好过。冬天能烤火,能钻被窝,热天你能怎么着?"老刘讲:"热天就吃西瓜,打赤膊,反正你这里西瓜多。"何秘书讲:"倒真能找个理由上滩水汉子去转转,那里凉快多啦,净是水。"王仁讲:"好啊。"一直打到天快亮,才散。

过了大约半个月,天正式热了,红脸小临时工跟那个黑炭样的农民汉子又来送西瓜。一进院门那汉子就讲:"王股长,俺直望着你们去哩。"红脸小临时工讲:"不是王股长,现在是王经理啦。"农民汉子讲:"是啦,王经理,俺们直望着你们去哩。"王仁讲:"有时间就去,今年西瓜不赖哩。"农民汉子讲:"今年瓜旺,怕要贱哩。"王仁说:"也讲不准,怕贵不起来。"说了一会儿,两个人就告辞走了。卸下来的一堆西瓜,王仁瞧着有点犯愁,就对玉春讲:"玉春,想法送出去些,吃不完也是坏。"玉春讲:"小丽谈个朋友,姓单,不如叫他来抱几个。"王仁听了一愣,有点不高兴,讲:"哪里的?怎么不跟我说?"玉春讲:"现在不是跟你说啦?小丽也不好跟你讲,女孩子哪能张开口?"王仁说:"在哪里工作?"玉春说:"在卫生局开小车,是去年才从部队上下来的。"王仁讲:"他父母是干什的?"玉春说:"他妈在那个厂里当工人,他爸在磷肥厂里当副厂长。"王仁也不知道是讲好好还是不讲好好,也就没讲什么,回屋里去了。

到下个星期天,小丽谈的那个男朋友,随着小丽一块来看王仁,手里拎着几大包,有吃的:软包装符离集烧鸡,午餐肉罐头等;有喝的:可口可乐,健力宝啥的;有吸的:一条渡江烟,一条大重九;还有喝的:两瓶古井贡酒。小伙子长得虽不十分出众,倒也精神抖擞。王仁感觉不出什么不好来,跟他说了一会儿话,就放他们出去玩了。他们两个走到院子外头,一阵引擎的轰响声。王仁知道小伙子是带了车来,心里头多少也有些舒畅。院门口能经常停着一辆,也光彩不少。

下了几场雨,雨一停,天就热;雨一下,地上就稀泥巴汊,烂脏。这日下午又下了一场雷暴雨。快到傍晚时,雨停了,空气还有点湿漉漉的,蛮清新。王仁下班走过九道弯,瞅见巷弯子那里又蹲了两堆人,看样子是才蹲上的,不多,这时瘾头忽然就上来了,于是走过去,瞅见那几个熟悉的面孔,就蹲下观战。

其中一个见他来了,就笑哈哈地讲:"王经理,王经理,恭喜高升啦。"王仁这段日子净听到这类恭维话,听起来叫人高兴,就咧了咧嘴讲:"狗屁高升,小经理。"那人又讲:"往后没日子过小,寻到你门下,望高抬贵手啦。"王仁讲:"你那是金不换的单位,拿我们穷开啥心。"周围的人都哈哈大笑。那人讲:"王经理,你来,你来。"王仁讲:"那我就不客气啦。"

两人换了位子。王仁很沉着,也很熟练。直下到天黑透,王仁才踩着星光往家里去。他觉得夏天的日子就得这么过,不然太难熬。第二日傍晚,他又在九道弯蹲下了,才下了不上一盘,一阵雷暴雨把人打得精光。待王仁赶到家时,衣服全湿透了。他脱去湿衣服,洗了澡,就来桌边吃饭。吃过饭,孩子们都干各自的事去了,

329

王仁伸着腿歪在躺椅上抽烟,玉春在收拾盘子碗筷。王仁讲:"这日子虽过得单调,也还有过头唉?"玉春讲:"日子不就这么过呗。"王仁瞅了她一眼,又抽自个儿的烟去了。

西瓜大量上市,王仁家里的西瓜也吃不完。天气溽热,雷阵雨下讨之后天又闷热起来,把人搞得都没有精神。王仁每日上班下班,抽烟、喝茶、喝酒、吹电扇、打赤膊纳凉,这样一直过到七月下旬。红脸小临时工和那黑炭样的农民汉子,受村民委员会的委托,又来送过一回西瓜。因为他们那附近有一大部分晚瓜马上就要出园上市了,靠他们自个儿拉上街卖,人手不够,又费时间,卖不彻,因而还得靠果品公司。临了,黑炭样的农民汉子讲:"王经理,俺们村长又跟俺讲过一回,叫俺拉着您上俺们村转转,去钓钓鱼、打打麻将。俺们滩水汉子,可比城里凉快多啦。"

王仁听了这话倒怪有兴趣,因为在城里老闲待着,一个是热闷,一个是心里闲闷得慌。口里就讲:"叫合经理一块去。"红脸小临时工讲:"合经理说啦,合经理讲他这一阵子家里头有点事,怕走不开,要是你能走开,你就去玩一趟。"王仁心里想:"哪是家里有事,是叫迎宾门市部的那个小寡妇小蔡给缠住了,舍不得离开。"不过这事王仁在一般的场合并不说破,随他去。心里想着,口里就讲:"那好,那我就再跟合经理商谈商谈,要是去,也就是这两三天的事。"农民汉子跟红脸小临时工都讲:"好,那俺们就望着你。"

第三天他们就成行了,开着公司的吉普。一块去的有业务股的小吕、人秘股的小毕,还有司机张胖子。小吕坐在前排,王仁和小毕坐在后排,因为王仁不太喜欢坐前排。车在路上跑着,王仁就问小毕道:"好些天没见着张股长了,他忙什么?"小毕说:"他还不是瞎忙。可不是,你们这一阵子也没在一块摸麻将。"王仁讲:"天死热,坐不住。"小毕讲:"天热怕啥,一上桌子,就啥都忘了。"王仁讲:"也是的。"又讲,"听说商业局要换班子了,不知道是不是真

330

事。"小毕讲:"听说了,隔个一年两年总得换个把人。"王仁讲:"老张怎么样?"小毕讲:"他怕不行。"王仁讲:"也难说。"小毕讲:"那得下文了才能算数。"王仁点点头表示同意。

　　车到了滩水汊子,四面都是老水,河河汊汊的,树不多,比城里是凉快多了。见到村长,村长自然是一番殷勤,这是正常现象,因为把柄在人家公司的手里头攥着,何况双方关系又好。吃了西瓜,抽了烟,小吕讲:"那我们就先去钓鱼啦。"把车开到一条水草繁茂的汊河边,停在树荫下。风打河面上和河滩的草地上徐徐吹过,风景如画。水边上也长着一些老柳什么的树。这时江村长早派了个赤身露体的半大小伙子,带着茶壶、香烟、西瓜、炒花生什么的,在河边的草地上摆好了,讲:"要是有啥事办,就喊俺一声,俺就放倒身子在那边的树底下睡着。"王仁讲:"一时半会儿也没有事,你就睡去。"那半大小伙子讲:"俺这几日累屁啦。"讲完,就走到不远的一棵树下,在树荫里放倒身子睡了。

　　王仁、小吕和张胖子都拿着鱼竿,找地方撒窝子钓鱼。小毕就坐在茶壶和西瓜旁边。她一边喝茶、吃花生,一边跟离着最近的王仁闲扯话。小毕讲:"听讲局里也知道合经理跟小蔡的事啦,就是没拿住把柄罢了。"王仁讲:"也是,都传,都没拿住过。"小毕讲:"小蔡那娘儿们是个什么样的东西,人家都知道。要是她一闹,合经理也就完了。"王仁讲:"那是的。"

　　钓到大晌午,怕有下午2点来钟了,几个人都甩了小半篓子漕鱼,怕都在三五斤。乡下的鱼就是好钓些。小毕已经倒在树凉荫底下的草地上打了半天瞌睡。这时那个黑炭样的农民汉子,打庄子那边走过来,离着老远就叫:"王经理,王经理,俺们把饭食准备齐啦。"王仁见是他,立时也起了点热乎劲,到底是熟人了。就跟他打招呼,讲:"不急不急,正钓在瘾头上,不急。"那黑炭样的农民汉子,不再催他们,但显出了一种激动的殷勤样子——他们毕竟也算是他的半个客人——掏出一包新买的烟卷,拆了封,请王仁他们抽烟。王仁一眼瞥见那是当地人最常抽的一种中等偏下的烟,为了礼貌的缘故,就掐出来一支,就着农民汉子划着的火点上了。

几个人都抽着烟,又钓了一会儿。直到王仁钓上来一条稍大点的漕鱼,那黑炭样的农民汉子才又讲:"王经理,先去吃口饭呗,吃完了再来钓。家伙也不用拿,村长派了人来看。"王仁讲:"那也行。"黑炭样的农民汉子又讲:"俺们村长亲自下厨烧了几样好菜,这种菜俺们这左近还没有人能做得出来。"王仁问:"什么好菜?叫什么名字?"农民汉子讲:"怕也叫不出什么名字,材料倒都是上等的,俺觉着在城里也不易吃上。"

几个人在草地上吃了一支烟,小毕也醒了,把乱头发抓整齐了,这才相跟着往庄里走。走到庄头,见到一处房子,有三四间,十分低矮,高不过一米五。房上的麦草都灰枯了,凹凹凸凸的。房前围了一道土院墙,也残破,墙顶上长着野草。院墙中间的地方开了个口子,拿一挂秫秸编成的帘子挡着当门。

几个人正打墙外走着,那黑炭样的农民汉子对王仁讲:"王经理,俺们不怕你笑话,这就是俺家。俺想请你们几位上家里喝口水,俺们再去吃饭也不迟。"王仁讲:"那就去看看。"

黑炭样的农民汉子在前头领路,替他们抬帘子。进到院里,院里也是一地的草,但比野地里好多了。他们进了房,房里也破破烂烂没有什么像样的东西。坐下吃了一支烟,他们就上村上的公房里吃饭去了。

乡下的饭菜没什么特殊的味道,做工都不讲究,但数量足、内容多,大碗大盘子,管够。起始就喝酒,王仁知道那黑炭样的农民汉子是个什么样的酒量,所以不敢对喝。喝到后来,又上了两样货色:一大碗红烧鸡腿,怕有十多对,那就非得宰了十多只鸡才能有这十多对鸡腿,王仁他们都吃腻了,草草地夹一筷子完事;又上来一小盆"霸王别姬",王仁拿筷子挑了挑,总得有四五只马蹄鳖和两只整鸡,他们就专拣鳖腿和鳖盖皮吃。这种马蹄鳖在城里少讲也得卖到四十块钱一只。到这样的时候,那黑炭样的农民汉子,怕有些喝疯了,一边说着话,一边拿大瓷碗倒了酒牛饮。村长他们也不劝他,由他喝去。王仁他们都看得发痴。小吕讲:"这酒怕是凉水做的。"村长讲:"他平时不沾,逮到一家伙,闹个五七斤过瘾没有问题。"

酒足饭饱,他们略微睡了一觉,才啃了一肚皮西瓜,开上车去河滩,由村长他们陪着一直钓到太阳将落,才打道回府。

日子一天天挨过去,天热得持久,这时节合经理跟小蔡的那回事,有点传出来了。虽然只是嘀嘀咕咕地传,但对合经理怕就不是一件轻松爽快的事情。合经理好像有一点发愁,情绪也不太好——人在有事的时候总是这样的,能理解。王仁觉着此时待在公司里,容易尴尬,假如碰上什么事,也容易被动。再说天又极热,公司里这一段也没什么大要紧的事。因此就谎称头痛,请了几天假,在家中歇凉。

请了假,心里边定下来了,在家里歇着也悠闲自在,只要能对付住热浪就行。在家的第一日,老婆上班去了,女儿小丽也上班去了,儿子小藏上同学家玩去了。王仁待在家里,心里挺安静,也觉着心里挺实在。关了院门,摆了竹躺椅在堂屋的正中,开了西瓜吃几片,又沏了一壶酽茶,摆在躺椅旁边的方凳上。差不多都准备齐了,忽而想起在箱柜的什么地方,还有老些年以前扔下的几本书,怕有二三十年了,还是跟玉春刚结婚那几年买的。那时候年轻力壮,自我感觉极好,啥都充满希望地去干。想到这些,就到箱柜里去找。找来找去,找出两本书,一本是通俗版的《三国演义》,一本是通俗版的《红楼梦》。犹豫了一下,就把《红楼梦》扔回箱里去,带着《三国演义》到躺椅边,点着烟,躺倒、翻书。

午时一家人都回来了,王仁对老婆讲:"玉春,我找出一本书,《三国演义》,翻了一上午。"玉春笑讲:"你真是没事了。"王仁讲:"就是没有嘛,干啥去,死热的天,日子就这样过呗。"玉春讲:"那是,能享福就享福。公家的事少管些,也少些麻烦。"王仁讲:"倒不是这个意思。"吃过饭,睡个大午觉,起来就是一身汗。一家人又都走干净了,王仁仍开了风扇,吸着烟,喝着酽茶,睡在躺椅上翻通俗版的《三国演义》,也能打里面翻出不少东西来,能翻出些计谋出来,不禁觉着受益匪浅。加上这时心静气平,那滋味更妙,发现这才是自个要找、要过的生活,情绪自然也好起来。

晚饭的时候,王仁不期然地就谈《三国演义》,那当然是加上了二三十年前看《三国演义》时的心情和情绪的。儿子和女儿都不感兴趣。女儿小丽匆匆吃了饭,就打招呼出去跟男朋友看电影,儿子小藏也是匆匆吃了饭,跑走了。留下王仁夫妇,一边慢吃慢喝,一边闲聊。玉春讲:"到秋里你过五十大寿,大藏怕也能打部队里请假家来。"王仁讲:"早。"玉春讲:"过起来也快。"

第二日上午,王仁仍是开了风扇,吃西瓜、喝酽茶、吸烟、睡躺椅、翻《三国》。翻到妙处,免不了激动,而后就蒙眬睡去。翻身醒来,觉着这日子,这书本,这烟、茶、西瓜、躺椅、风扇、家、老婆、孩子、头衔、社会关系,都融在血液里了,不禁有几分感想。感想自个儿这五十年来,日子虽过得不奇不险,倒真是一种幸福美满的日子,没说的,没说的。

如此过了三日。到第四日的上午,人秘股小毕敲门进来,坐定了就讲:"王经理,你这日子真自在,没听说合经理叫小蔡给闹啦?"王仁挺感兴趣,打躺椅上坐起来问:"怎么给闹了?"小毕讲:"怕是合经理没答应她一些事情。"王仁问:"没答应她什么事情?"小毕讲:"怕是合经理想把她给甩了。那娘儿们儿哪是好惹的主,跟谝能样的,四处糟蹋合经理,讲合经理跟她通奸,不知道一点丑。"王仁讲:"合经理怎样讲?"小毕说:"合经理当然不认账,可那日子也难过。"王仁摇摇头,又躺倒在躺椅上,讲:"也真难为老合了。"小毕讲:"要是再闹下去,合经理怕难保。"王仁讲:"那倒是。"又讲,"咱们也帮不上他。"小毕讲:"就是。"

王仁中午把这事讲给玉春听。王仁知道这事对自己不坏,仍是喝啤酒、抽烟、睡觉,脑子里却静不下来。到下午,一阵敲门声,开门看时,却是合经理。忙让到屋里,装作诸事不知的样子,开西瓜、吃西瓜、吃烟,坐下来讲:"仍是头痛,比前两日是好了些。"吸着烟,合经理有点心神不定的样子,到最后,下了决心,开口道:"老王,有件事得请你帮个忙。"王仁忙讲:"老合,有什么事尽管讲,咱们谁跟谁,不要客气,你的事也就是我的事。"合经理讲:"就是小蔡那件事,那个后娘养的到处糟蹋我。"王仁沉吟了一下,讲:"这事怕有些难办,你想怎样?"合经理道:"麻烦你去跟她谈一谈,不能叫她到处乱喘。"王仁又沉吟了一下,笑道:"这可是得罪人的事。"又讲,"那我去跟她讲一次,闹不好把她调出去。"合经理听王仁这样讲,自然感激。两人又细谈了一时,合经理才离去。

下午的时候,小毕来了,讲:"王经理,我来啦,合经理讲你找我。"王仁讲:"合经理下午来过,托我跟小蔡谈一次。你去通知她一下,叫她晚上上我家来一趟。"小毕笑了,讲:"合经理怕真是急了,早知这样,当初就不该占人家的便宜。"王仁讲:"现在后悔也来不及了。先谈一次再说吧,我们也起不了什么大作用。"小毕讲:"那倒是。"又说笑一阵,才走。

晚上小蔡来了,是个骚骚拉拉的妇女,三十左右,也不能说没有一点姿色。进了门就讲:"王经理,我应召来了。"又跟王仁老婆打了招呼。在藤椅上坐下,王仁去沏了杯茶来,放在她跟前,讲:"大热的天,也不该找你跑一趟,我这几日生病,出不去。"小蔡有些搔首弄姿地讲:"王经理,客气什么,平时想来还想不出理由来,有什么事吧?"王仁讲:"有点小事,不太好开口。"小蔡笑道:"王经理,别拐弯抹角,我知道你想说什么事,这事你不了解情况。他姓合的不是人。"王仁说:"我不了解情况,那你就跟我说说。"小蔡讲:"别人讲不出口,我能讲出口。他姓合的占了我的便宜,好话讲过几箩子,现在拨屌无情,想甩了我。我不搞臭他,就不是人。"王仁讲:"事情也不能做绝了。"小蔡气哼哼地讲:"他不仁,我不义,除非他调我上公司去,他先前讲的话也不能当屁放了。"王仁想了想,说:"调你到公司去,也不是件容易的事。"小蔡接上讲:"对他姓合的来说,就是容易的事。"王仁说:"那你想得太简单了,如果合经理调你到公司去,那上上下下的闲话,他就受不了。"小蔡很生气:"他受不了,我就受得了?我被他玩了,我上哪说去?我一个寡妇家,日后还跟谁去?这事不能跟他完。"王仁说:"你要冷静冷静,不能太冲动。"小蔡说:"王经理,你的好意我领了,可这事不能跟他完。他不仁,就不能怪我不义。"王仁说:"这事我也问不了,合经理强奸你是他的不对。现在事情闹出去了,公司上下都知道了,想捂也捂不住了,我也不能干涉太多。但你一个女人家,也难。"小蔡听了王仁的话,一愣,抽抽搭搭就哭了,讲:"王经理,你可得替我做主。他姓合的强奸我,可不能大事化小,小事化了了。"王仁讲:"不要哭了,不要哭了。"这时玉春进来了,坐到小蔡的身边,用女人的同情心讲了一些安慰的话,然后就把小蔡给送走了。

第二天王仁上班,见到合经理,拉到没人的地方,告诉他说:"老合,我跟小蔡谈过了。她是直肠子,转不过弯来,她还一口咬定是你强奸了她,这事怕难办。我再去找她来谈一次。"合经理气得大骂:"她个狗养的东西,血口喷人。"又讲,"老王,再烦你去跟她谈一次,叫她不要乱讲。"王仁讲:"好,我上午就找她。"

这一天,公司上下又都传说是合经理强奸了小蔡,讲小蔡晚上在店里值班,合经理敲开她的门,就强奸了她。王仁又跟她谈了一次,自然不见任何效果。商业局自然也就知道了,派了张股长和人秘股的一个办事员来调查。合经理自然也就处于半停职状态了,公司里什么事都来找王仁,什么事都得王仁拍板才算。小毕这时也被公司报了个人秘股股长,局里头批准看来是不成问题的。

这样乱忙了一阵子,就进了阳历八月,立了秋了。但天仍是不要命地热,并且是干热。王仁每日在公司里乱忙,回到家,洗了澡,喝几口茶,就坐到饭桌边吃饭,人也兴奋了些,饭量也好些。酒在午饭和晚饭前是少不了的,午饭时是啤酒,晚饭时是白酒,这都养成了习惯。一杯酒下去,觉着浑身都舒服,乏累全消,同时也就有意无意地有了一种生活的安全感。这日中午吃饭时,玉春讲:"大藏来信了,讲秋天能家来,一家子都来。"王仁点点头,没说什么。小丽插嘴问:"妈,哥什么时候回来?"玉春讲:"就是秋天呗,九十月份。具体时间信里没讲,我也不知道。"小藏插嘴说:"妈,写信叫哥带套军装给我。"玉春讲:"你自己写,高中生连信都不能写啦?"小藏说:"好,那我就自己写,不带套军装来不准进家门。"小丽讲:"是你的家呀?你有什么权力?"小藏讲:"不跟你讲,女孩子就是啰唆点。"说完了也吃完了,推了饭碗就出去了。小丽讲:"妈,他又下河洗澡去了。"小藏在门口停住,回过头来冲她做鬼脸道:"告状啦,告吧,又怎么样。"玉春讲:"不准回来太晚。"小藏讲:"知道了。"人就走出了院子。小丽吃好了也回自个儿的房间去了。晚上吃饭时,王仁讲:"这些日子忙得够呛,想出去转一转。"玉春说:"天死热,上哪转去?"王仁讲:"上山头、梅花附近转转去,现在农村怕早凉快了。"王仁在这里所说的山头、梅花,都是地名,在苏皖交界的地方,也是王仁的老家所在。梅花乡以前属安徽,解放后划给江苏了。玉春听了,又道:"去转啥哩?"王仁说:"确也没啥好转的,就是想出去转转。"玉春说:"你到底是乡里长大的,过几日见不到乡下人,心里就不安。出去又得花钱。"王仁讲:"也花不到什么钱,主要是现在在公司里,有点不上不下的,不自然。"玉春讲:"你看呗,想转就出去转一趟呗。"

这么说着,王仁也没拿定主意是出去还是不出去。拖着,就有点闷,因此每日下午下班打野棋摊子处走过,必要打熬不住,下车观战,或卜夫杀儿盘,与平头百姓全无二样,嘴里不间断地出一些脏话、俏话,至天黑方才回家。那些时日,王仁还养成了另一个习惯,就是在下午下班回家时,走过街拐处的卤菜车旁,假如天还不甚黑的话,就必得下车,去购半只卤鹅或大半只猪耳朵。卖卤菜的是个瘦小干净的小老头,唇上有几根稀疏的胡子。王仁下了车,把车扎上,这时节的天气,在天傍黑时已不太热了。王仁走着轻快的步子,走到卤菜车边,老头就讲:"王经理,下班啦,来斤把卤鹅?"王仁讲:"来半只卤鹅。"称好了,用刀在案板上剁着。王仁伸手提过一块,放在嘴里嚼着——这之前口水都下来了——说:"你这味道跟人家就是不一样。"老头讲:"俺们这是祖传的汤汁。俺现时没传给旁人,连俺儿都没传,旁人自然做不出来。"王仁讲:"你这里也干净。"又说,"买卤菜吃图个什么?一图省事,二图味道好,三图干净。"老头讲:"这倒也是。"

隔天晚上回到家,啃着卤鹅,喝着酒,王仁讲:"老合的事怕真麻烦了。"玉春道:"张股长他们调查咋样了?"王仁讲:"现在不是局里的事了,纪检委、组织部跟监察局都派人来调查了,怕难办。"玉春讲:"他也怪不到别人。"王仁讲:"就是。"玉春讲:"贪女人没好事,往后你也注意着点,别让女人给弄栽了。"王仁大度地一笑:"老啦,也没那精气神啦。"玉春讲:"晚上你也没多闲着。"王仁讲:"到底是不比从前啦。"玉春笑讲:"瞧你个死样子,不要脸的。"王仁笑抿着嘴,仰起脖子又灌了一大口酒。

星期天,王仁照例也起得比较早,上菜市买了菜,慢跑回来,在厨间见着玉春。玉春道:"小丽讲啦,讲小单他们单位,分了两间房子给他。他们想定个时间结婚,叫我来跟你讲。"王仁讲:"啥都没准备齐,怎么结婚?"玉春讲:"啥都准备齐了,人家男家都准备齐了,到时间只管把小丽接过去就行了。"王仁讲:"这事他们自己做主,你看着办吧,怕也得带点陪嫁过去。"玉春讲:"衣服、被子啥的都少不了,再给小丽千把块钱。这一辈子不就这一次。"王仁讲:"那就带一千五百块钱过去,再带辆新自行车。"玉春讲:"好。"

玉春忙乱了一阵子,又来跟王仁讲:"小丽他俩的日子定了,定在十月一号,正巧十月五号你过五十大寿,大藏也来家了。"王仁讲:"那就定在十月一号,天也凉快下来了。"玉春讲:"一点不错。"

在这种时候,王仁的心情也难以完全平静下来,到底是家里的一件大事。可又帮不上手,动嘴的机会都不多,全叫玉春给包揽了,自个儿落个清闲。便邀了商业局的张股长、工业局的老刘和人大办公室的何秘书,来家里摸麻将、垒方城。好在节气也到时候了,晚上较为凉爽,人坐着不受罪。拉亮灯,泡好茶,关好纱门纱窗,几个人坐定,都把手伸出来垒砖头。垒着,何秘书就讲:"听说你们公司老合那事难办了。"王仁讲:"这事得问张股长,他经手,知道内中底细。"张股长说:"几家都下来了,事情明摆着,倒出不了多少花样,处分怕是免不了。"工业局老刘说:"那姓合的本来就不是什么好东西,见女人就走不动了。"何秘书讲:"他职务怕也保不住。"张股长说:"怕难保,他这事影响坏,那女人硬臭他,他就躲不掉。"王仁讲:"老合这是一失足呀,也罢,这都是他自个儿做出来的,没别人逼着他。"老刘说:"没错没错。打牌了。"噼噼啪啪打到12点半,勉强散去,瘾头却被勾起来了。憋了一个夏天,天凉了正是打牌交友赌钱的好时候,约好了第二天晚上再打,在何秘书家打。何秘书讲:"各位还没在我家里打过,去坐坐。下午下班就去,在我家里吃饭。"王仁讲:"你家里原来没地方,现在新分了房子,我们当然得去瞧瞧。"何秘书讲:"那就说定了。"几个人一齐讲:

"就定了。"

第二天下午下班,几个人约好了早早就去,到了何秘书家才5点半钟。老刘讲:"先摆起来玩,先摆起来玩。"何秘书讲:"行,先摆起来玩,她下班了做好饭菜,我们再吃。"王仁讲:"吃饭是小事,主要是玩玩。"张股长讲:"吃不吃都无所谓,上了桌子也就忘掉饿滋味了。"摆好桌子,找风、找座,坐定了,都伸手垛牌,这时节自然又要讲些无关紧要的闲话。王仁讲:"平日忙忙闲闲的,忙时说着急,想把事情早点弄完,其实也没啥事等着;闲时又太无味,又想去找点事情干,也急。只有上了牌桌,才不慌不忙、不急不闲,心里的那些怪念头也全跑了。"老刘说:"老王你这可不像个党员讲的话,你这话讲得一点模范带头作用也没有。"何秘书讲:"党员也是人,也少不了七情六欲。"张股长说:"老刘完全是一副打击投机倒把的面孔,受不了,受不了。"王仁讲:"听了老刘的话,自己惭愧得很,惭愧。"大家哄堂大笑。老刘讲:"群起围攻呀,投降投降。"噼噼啪啪牌就发出来了。打了个把小时,何秘书的爱人回来了,几个人都跟她打招呼。她把包拎出来说:"从街上买了点烧鸡、牛肉、盐水鸭什么的。你们玩,你们玩,做好饭我就喊你们。"王仁讲:"不要麻烦,随便就行。"何秘书爱人讲:"不麻烦,不麻烦,你们玩吧。"说着就进厨房了。

打完四圈,该吃饭了。四人打成了平手,输赢都不超过三五块。老刘讲:"今年也怪事,牌桌上老打成平手,见不了分晓。"王仁讲:"还是和为贵。"何秘书讲:"那就先吃饭,吃过饭再玩。"撤了牌具,上了菜盘子,大大小小总弄了六七个凉菜。几个人都饿了,看着眼馋。张股长讲:"这样丰盛。"何秘书讲:"也算是乔迁之喜啦。"王仁讲:"那我们几个总得凑个份子,表示表示。"何秘书讲:"胡扯,要真那样我可就不请你们了,不欢迎了。"老刘讲:"我们可是来了,你欢迎不欢迎也撵不走了。"张股长说:"讲得是,我们就表示一下,统交给老王。"挡开了何秘书和何秘书爱人的手,各人掏出一张十元的票子,集合在王仁手里。王仁对何秘书爱人讲:"这顿饭也算我们请了一半。我们是有钱出钱,有人出人,烧炒的事就全麻烦你了。"何秘书爱人讲:"哪能要你们的钱,请你们还请不来哩,你们都是大忙人。"老刘说:"也不忙。"张股长讲:"无事忙。"王仁讲:"瞎忙。"半推半劝着她收了钱,桌边这四个人就斟满酒,抄起筷子,消受起来。

秋日夜凉,待在屋里好舒服。过了几日,几个人又凑在一块,玩牌、娱乐、消磨时光。王仁讲:"明天星期几?星期天了吧?瞧这几日忙都忙忘了。"何秘书讲:"明个是星期天。"王仁讲:"明个是星期天,今儿个能玩得时间长些。"老刘讲:"那就玩个大半夜,玩到三四点钟。"张股长说:"玩一夜我也能陪各位。"老刘讲:"那就玩一夜,反正明儿个没事,时间是自己的。"王仁说:"先玩起来再讲。"

洗牌声在秋夜里听起来好清脆,好悦耳。打完三圈,王仁已出去两大张了,垛牌的时候各位就讲:"老王是先输后赢,有后劲,到最后怕能把哪位掏光。"又讲:"老王现在是副食果品公司的总管,这名义上怕也要再升半格,得请客啦。"王仁讲:"这客我怕一时半会儿请不成。"老刘讲:"老王你这就不对啦,想省几个?咱们这嘴可不答应。咱们先问问张股长,他那儿信快。"张股长说:"这事已报上去了,局里当然没问题,组织部那边现在还没消息,看起来问题也不大。老王实际上也就干着经理统管的事,这门业务也没人能顶过他。"何秘书讲:"这话在理,老王在机关里的反映也一直不错。"王仁说:"那就托各位的福啦。不过今晚在牌桌上是搞的阶级斗争,各位虽然帮着我,我也不能手下留情。"诸位大笑。老刘讲:"好你个老王,我摸你的庄,叫你栽一下。"张股长说:"请王经理赞助几个夜餐费。"何秘书讲:"开小牌,叫老王知道我们也会开小牌。"王仁讲:"我不开小牌,我要开就开大牌,开小牌就可耻了。"老刘讲:"可耻就可耻一家伙,摸牌。"一直打到天亮才住手。王仁睡了一上午,兜里多了二十多块钱。

天气更凉快一点的时候,也就是说到了九月下旬二十号左右,小毕上班的时候告诉王仁说:"王经理,听说组织部下文了,恭喜恭喜。"王仁说:"还得谢谢你家老张呀。不过话说回来,到了这个年岁,也就快退休啦。"小毕讲:"早哪,退休还在哪年哪月?听说你们今晚又约定了。"王仁说:"不错,是又约定了。这四五天都没聚了,明个又是星期天。"小毕讲:"你正好请客。"王仁说:"这怕是跑不掉了。"

王仁的心情自然不坏,玉春也挺高兴。本来她在王仁跟前讲过好几次,讲十月份就快到了,别揽那些琐事,比如玩牌、请客、出差啦什么的,待在家里办好家里的事。但王仁觉着家里的事他插不上手,一直没明确表态。现在碰上这样的高兴事,玉春自然也就通了思想,因此晚上客人来齐时,桌子上已经丰丰盛盛地摆满了。老刘进门就叫:"今天看起来不太一样,哎?啥事?"张股长讲:"王经理很自觉。"何秘书说:"准是那事定下来了。"王仁说:"随便吃点,随便吃点,都坐下,都坐下。"坐下了,王仁说:"今晚喝点白酒,怎么样?天也凉快了。"诸位说:"那就喝白酒,恭喜恭喜。"喝着酒,老刘问道:"那姓合的怎样办了?"张股长说:"可能要调到蔬菜公司去,怎么安排还不知道。"何秘书说:"他这也是自找的。在咱们国家里,不搞女人,不贪污公款,就天大的事也找不上门来。工作好坏那没个死标准。"王仁讲:"这话倒也有一定道理,咱们今儿个不讲这些了,喝酒、吃菜、打牌、消遣。"老刘讲:"对,这话也对。工作时咱们完成任务,工作以外咱们搞好个人生活。怎么样,这话怎么样?"张股长说:"这话也不错,咱们就喝,咱们轮流跟王经理碰一个,怎么样?"大家齐声应和道:"有必要,有必要,这酒不能推辞。"王仁自然不推辞,仰起脖子喝了六盅。众人看见他的爽快气,都齐声喝彩。这饮酒也有个情绪问题,情绪好了,想往肚里灌,而且轻易不醉;情绪不好,酒难以下咽,并且咽下去就醉。六盅喝完,王仁讲:"今儿个酒喝得痛快,老长时间也没这样喝了。"老刘讲:"你是心情好。"王仁讲:"这个不假。天气也好,凉快了,蚊虫少了,夜里也不用开电扇、开大门了。"张股长讲:"既然如此,你就先打个通关,来一圈,反正人不多。"王仁讲:"好,我就先打个通关,一人两盅,三拳两胜一个酒,各位可得多包涵着点。"老刘讲:"那可不能包涵着,我们包涵了你,你不包涵我们,还不是我们多喝酒?"何秘书讲:"凭本事喝酒,谁能耐大了,谁吃点亏,少喝两盅,公平交易。"张股长说:"开始之前我再提个意见,这酒盅得斟满喽,哩哩啦啦的半盅,不好交代。给谁斟少了,谁都有意见,是不是?"老刘讲:"这意见对呀,可不能有私心,你不想多喝,我们还不想少喝哪。咱们看着,都斟满喽。"王仁:"我不能身兼二职,你们就把我给罢免了。"张股长说:"好,那就把你给罢免了,由我来接替这个酒司令。"说着就把酒瓶子拎过去了。王仁把右手伸出来,在老刘的掌上拍了一下,想想,又把手给收回去了,道:"你这样上台未免太便宜了。按着规矩,你得先喝两个满盅的,讲话才有分量,才有人听,不然当个傀儡司令也窝囊。"何秘书讲:"这话有理,你搞政变不能没有一点代价,就按规矩办,好不好,服人。"老刘讲:"那就按规矩办,讲话才有分量,才有魄力。"张股长一张嘴拗不过三张口,摇摇头,道:"那好,那就按规矩办。酒喝过了,司令就得行使职权了,那时候就由不得你们不听。"说罢,端过酒盅,刺溜刺溜,两盅酒就下肚了,众人一齐道好。张股长抹抹嘴,说:"开始,经理打通关,三拳两胜一个酒,共四个酒。"王仁刚把手伸出去,听他如此一说,跟被烫了似的又把手缩回来了:"怎么着,又变啦?滥用职权,滥用职权。"何秘书在一旁哈哈大笑。老刘道:"怎么着政策又变了,瞬息万变哪?"张股长道:"不服气? 不服从命令?"把酒瓶子往桌子上一顿,道:"喝两满盅酒,拿去。"这几位也不愿再白灌两盅,只好作罢。"行啊行啊,法律面前人人平等,你也是四个,我们也是四个,干。"两个人把右手伸出来,相互拍了一拍,王仁又停下来,问道:"喊两个好还是喊一个好?"老刘讲:"就喊两声好,哥俩好,好哥俩,成双成对,热乎。"王仁讲:"那就喊两声好,哥俩好。"重又拍了一下手,齐声喊道:"哥俩好呀,再好再好。"往下就不再"哥俩好"了,互斗心计,拿手指头子表现出来,虽只有五个手指头,但其间的变化无穷,看谁的花招多,看谁的变化快,看谁抓得准。斗了二十几个回合,两人竟不分胜负,不由得都扑哧一笑,收回手来。张股长讲:"今儿个有点怪事,以往还没斗过这么多回合,今天真有吉相哩。"何秘书讲:"是有吉相,老王荣升经理,难道不是天大的好事? 这么着,你们两个也不用再浪费时间,二一添作五,平分了,一人两盅,对干。"老刘讲:"不干,还是得喊,喊喊酒精就挥发了,能多盛几盅。"张股长说:"随你们,只要你们能把四盅酒干了,酒有去路,本司令放宽政策,一律不予深究,哪怕你请了嫂子来代。"王仁说:"司令可是开明政策,我心中有底了,这把准赢。"果然他就赢了。老刘端起酒盅道:"敢情你有夫人做后盾呀,没话说,谁叫咱没带来。"连着喝了三盅,第四盅王仁陪了,放下盅子,边吃菜王仁边说:"这陪酒的规矩也不知道是哪年兴的,要是这么三家都陪,那也是三盅哪。"何秘书讲:"别吹,别吹,这次拿你四比零。不过我又得讲人道主义,得陪你一个,免得你一个人孤单。"王仁道:"那就来。"两个人手来拳去斗了十多分钟才见分晓,又是王仁陪了一盅。两个都喊得满脸冒汗,王仁道:"不行,得喘一时,这盅酒也来之不易。"何秘书道:"怪了,老王今个有神相助了。"张股长说:"看来这历史的重担就落在我肩上了。"何秘书说:"看你的了。"斗到最后,又是王仁大胜,几个人都唏嘘不已,说不清这里面是什么道道。老刘道:"老王,看来你真好福气,搞不过你,真搞不过你。服了,真服了。"

这场酒喝过,王仁在家里时睡时醒地睡了半夜加半天。下午他上班的时候,局里就打电话告诉他,说他的文下来了,请他召集一下有关干部,主要是公司各股室的以及批发部主任副主任、门市部组长等等,由局里的有关领导去传达。王仁就把这件事交给毕股长去办。人员到齐,已是下午近5点钟,局长和组织部组干科的一位干部已到了,就开会宣布任命王仁为副食果品公司经理,原经理调离公司,等待安排。王仁自然也表了态,会议简短圆满,王仁且又是轻车熟路,业务对他没有任何压力,所以他显得轻松自如,给大家留下一个更好的印象。这个下午就美满地心情愉快地过去了。

接下来的几天,也许有四五天吧,王仁的生活又逐步走上常轨。心情虽说很轻快,很顺畅,但没多少好激动的了,到底是五十的人了。天气更趋凉爽,羊毛背心穿在身上已经不太能脱掉了。晚上吃了饭,王仁正靠在沙发上吸烟,这时外面有人敲院门,小丽出去开门就没再回堂屋。玉春出去回来说:"是小单,他们还紧忙着把新房弄好。"王仁说:"怕已弄得差不多了吧,钱就取出来给小丽,给小丽开个户头。"玉春讲:"我明天就把钱取出来,给小丽开个户头。他们那房子可是什么都有了,现在年轻人的开销跟咱们那时候没一点一样的。"

他们说着话,说到小半夜,怕有10点来钟了,玉春讲:"凉了吧。"起身进屋拿了条毛毯给他盖在肚子和腿上,王仁顿时就觉出了一阵暖意来。到了11点钟,院外一阵刹车声。玉春讲:"怕是小丽回来了。"院门果然就被钥匙开开了,两个人都没动身,仍是有一句没半句地讲些闲话。小丽来堂屋伸了一下头,讲了两句话,就回房睡觉去了。

大藏一家子来的那天上午起了雾,打早晨就有雾。王仁一家刚吃罢早饭,小单就开车来了,进门道:"大藏哥不知几点的车来?"玉春讲:"9点整的,准备准备就得去。"小藏讲:"我跟单哥去。"玉春讲:"不行,你赶快上学去。"小藏只好上学去了。小丽讲:"那我就去,我在组里请两个小时假。"玉春讲:"那你就请两个小时假。"等王仁中午回到家里,家里已经十分热闹了,儿子和儿媳妇都来喊"爸",孙女就扑到他身上喊"爷爷"。中午热气很高地吃了一餐,晚上又美吃了一餐,王仁到12点钟以后才上床睡觉。儿子自然带回来许多样东西,小藏的军装自然也没忘,一家人都十分高兴。

这一晚睡得又踏实又暖和,玉春在他身边也睡得跟条小母狗样。第二日早晨,王仁不知叫什么东西给搞醒的。醒来时很平静,身子连动也没动,只把眼皮睁开了,突然就很清醒地醒了。被窝里好暖和,玉春已经起床了。王仁躺着没动,只拿耳朵听外面一个小女孩嫩生生的声音,这声音他往日自然常听到,这时听起来就格外有味道。他又估摸着外头仍是起秋雾了,因为那小女孩的嫩生生的声音打外面传进来,就带有一种湿漉漉的味儿。他听那小女孩讲这么一个故事。花园里有三只美丽的蝴蝶,一只是红的,一只是白的,还有一只是黄的。那小女孩撇着腔大声地背、讲,要是大人,比如说二三十岁的女人或什么的,撇着的腔能把人腻歪死。但小小的女孩倒正需要这样,显出一种可爱的童稚来。外面那小女孩讲道:花园里有三只美丽的蝴蝶,一只是红的,一只是白的,还有一只是黄的。它们在花园里面唱歌、跳舞。忽然,下起了大雨,三只蝴蝶飞到红花那里去,请求说,红花姐姐,红花姐姐……一个声音突然打断了道:"蝴蝶会讲话吗?瞎编。"显然是小藏的声音。王仁气得骂一句:"滚你妈的!"但他只是在心里骂,外头玉春和小丽都叫着道:"小藏,捣什么乱,滚开、滚开!娟娟,别理他,重新开始,重新开始。"王仁这才又安静下来,竖起耳朵听孙女那嫩生生的脆腔。孙女又撇着腔大声背道:"花园里有三只美丽的蝴蝶,一只是红的,一只是白的,还有一只是黄的。它们在花园里面唱歌、跳舞。忽然,下起了大雨,三只蝴蝶飞到红花那里去,请求说,红花姐姐,红花姐姐,大雨把我们翅膀淋湿了,大雨把我们淋得发抖了,让我们在你的叶子底下避避雨吧。红花姐姐说,红蝴蝶的颜色像我,请进来;黄蝴蝶、白蝴蝶,别进来。三只蝴蝶齐声说,我们三个好朋友,要来一块来,要走一块走。"小女孩的声音停顿一下,明显着是咽了一口唾沫,又道:"三只蝴蝶又飞到白花那里去,请求说,白花姐姐,白花姐姐,大雨把我们翅膀淋湿了,大雨把我们淋得发抖了,让我们在你的叶子底下避避雨吧。白花姐姐说,白蝴蝶的颜色像我,请进来;红蝴蝶、黄蝴蝶,别进来。三只蝴蝶齐声说,我们三个好朋友,要来一块来,要走一块走。三只蝴蝶又飞到黄花那里去,请求说,黄花姐姐,黄花姐姐,大雨把我们翅膀淋湿了,大雨把我们淋得发抖了,让我们在你的叶子底下避避雨吧。黄花姐姐说,黄蝴蝶的颜色像我,请进来;白蝴蝶、红蝴蝶,别进来。三只蝴蝶齐声说,我们三个好朋友,要来一块来,要走一起走。三只蝴蝶在花园里,飞来飞去找不到避雨的地方……"小女孩的嫩生生的声音突然说:"下边我忘了。"小丽说:"太好了,娟娟真能。"王仁睡在床上没动,一直睡到快吃早饭了才爬起来。

　　小丽结婚那天,王仁在淮北佬宾馆办了十五桌:中午五桌,是亲戚和特别好的朋友什么的;晚上十桌,都是行过了礼的。现在行礼少了拿不出手,少则三十五十,多则百儿八十的。中午的气氛亲切平和,晚上的十桌热闹。王仁的脸面上自然极有风光,端着酒杯在各处转,碰杯、干杯。小丽结了婚,本打算跟小单一块上外面旅行的,知道王仁要贺五十大寿,就跟小单商定了,待过了五日之后,再出去。反正请假时间长,能玩得及。五号那天的贺宴,是玉春一手操办的,也把她累得不轻。王仁的意思是不惊动多少人,只常来往的要好的朋友在一块聚聚。也就照王仁这个意思办了。

到五号晚上,人陆陆续续来齐了,也只是一桌,十位朋友。各位坐定,都是熟朋友,开口闭口地说笑话、闲谈。王仁事先并没告诉诸位今晚吃饭喝酒的项目,只是讲大家聚一聚。待坐定了,玉春端了菜来,才讲:"老王今天五十整了,请大家来喝一盅。"听到这话,没有人不说"恭喜、高寿"之类的话的。老刘讲:"老王也真是福相人。那就以一当十,先干了五盅。"王仁当然不会推辞,仰起脖子干了五盅,道:"各位随便喝,随便吃。"一时间筷子乱飞起来,肚片、鸡肫、符离集烧鸡都是抢手货,眨眼间也就去了一半。座中一人道:"老王这几日可是四喜临门啦。"另一人道:"我只听说是三喜临门,荣升经理、闺女出阁、五十高寿,哪里有四喜?说出来我们听听。"第一人道:"儿子一家探亲,阖家团聚,算不算一喜?"众人一齐朗笑,道:"不错,不错,四喜不错,四喜不错,老王真是有福之人。"王仁讲:"有什么福,混日子罢了。说实在的,我也就到此为止了,也不想去争个大光荣了。到这种年龄,不想了,觉得累了,该歇歇了。"座中又一人道:"老王你这想法是咱们的模范,人嘛,也就这么回事,有吃有喝有玩,老婆不离,儿子孝顺;大财不来,小财不断,就行了。人就图个这个,还要咋样?"座中人立时七嘴八舌应和道:"此话不假,你我又能玩出个什么花样来?能叫地球倒着转喽?那是瞎话。"来客则一一起座向王仁敬酒,在这种场合,不分年龄大小,自然都以王仁为主。王仁连喝了二十杯,玉春忙说:"歇一气,别喝急了。"座中一人道:"好,好,嫂夫人出面保护了。什么叫福气?这个就叫福气。我们不如跟嫂夫人也干一杯。"玉春摆脱不掉,喝了五七盅,脱身回厨房去了。她本来有些酒量,五七两没有问题,只是平日不沾罢了。

酒过一半,座中人都有些微醺,其中一人提议道:"我们不如来猜一回火柴梗,这样酒下得更快些。"另一人问:"怎么会更快些?"第一人道:"今天是老王五十大寿,我们就拿五根火柴来代。我手里攥了几根火柴,打一到五,不能出零,也不能出六、出七、出八。"第二人又说:"在座有十一位,想必有一半得歇着?"第一人道:"不用歇,不用歇,大家随意猜,猜中了喝酒。有人猜中了,我也不说破。待各位都猜完了,猜中的一齐都喝,看谁能创了最高纪录。"大家齐声喊好。第二人又道:"那出拳的人怎么算?"第一人道:"出拳的人请一人代猜,那人喝了,他也喝;那人免了,他也免。"第二人又问道:"那这出拳的人就永远出下去了?他怎么传给下边的人?"第一人道:"他传给下边第一个猜中的人。"大家说:"好。"第一人说:"我就不客气了,我就先出拳了。"第二人又道:"不合适,不合适,这第一拳应该主人来出,你哪能抢了就走?"众人齐声叫道:"自觉点,自觉点。"第一人笑着摇头,说:"此话有理,我让,我让。"

王仁领了火柴梗,两手放在背后,倒了几倒,在右手里留了两根,攥成拳,伸出桌面,道:"开始。"从他右手起,按逆时针方向,每人报出一个数字来,有人喊出一,有人喊出五,有人喊出二,有人喊出四,又有人喊出二,又有人喊出五。突然其中一个道:"老王,哪个代你报?"众人这才想起王仁没代报的人,但已经报过数的就没有这个资格了。王仁向后面看了看,讲:"那就老刘代报,我们俩捆在一块了。"开始。老刘就报道:"二。"王仁心里暗暗叫苦,但面皮上不能表现出来,以免后面的人识破。下边的人再喊,有人喊一,有人喊二,都报完了,大家一齐盯住王仁。王仁不紧不慢张开拳,拳心里躺着两根火柴梗。座中人都乱哄,有庆幸的,有谈经验的,有惋惜的,有傻笑的,有呆看他人的。喊二的人都喝酒,王仁自然也免不掉一杯,座中有人说:"这里头有窍门,照老王这种性格,不会走极端,所以不大可能出一出五,实践证明这是正确的。"王仁讲:"下回我就出一、五。"那人又道:"下回可就难说了,你有准备,就不准了。"众人哄哄地说笑,也是一片热闹。酒喝过了又猜,王仁试图按那人所讲的窍门去试一试,不想一猜就中,又喝了一杯。糊里糊涂一连喝了四杯,火柴梗又轮在他手里。座中人都兴趣盎然,一人道:"老王,怕真有福星高照你,如若这一杯又有你的,那我们就真服了。"另一人道:"假如断断续续喝了五杯,就显不出什么神奇了;假若连中五元,那咱们就真没什么话可讲了。"王仁道:"就看这下子。"其中一人问:"老王请谁代报?"王仁想了想,看了看,说:"还请老刘代报。"然后把两手背在身后,玩了几玩,再把右手攥成拳伸出桌面。这时玉春也在人后看着,老刘突然说:"慢着,这一拳不如请玉春代报,看是灵还是不灵。"这一招绝妙,众人齐声喊好。老刘又道:"让玉春先报。"玉春想了想,就小心地报道:"四。"报完后就看王仁的脸色。众人也都静了,也看王仁的脸色。王仁脸上没多少东西,看不出是非曲直喜怒哀乐,只是一层福气慢慢地散出来。王仁不急不躁,慢慢把拳头张开,拳心里赫然躺着四根火柴梗,座中一人应声叫道:"连中五元!"接下来的炸笑声把盘子碗都震动了。王仁则安详笑坐,没急着动。

夏天的公事

李中接到这个任务,是在五月中旬。接到任务之后,领导和他都没感到是个任务,因为这任务只是个意向,还没有具体的细节和要求。过了些日子,人一忙,就把这事给淡忘了,因为不再有人提起;李中自然也不会主动提起,他是无所谓的,可去可不去,可干可不干。接下去天突然热了,电视里的天气预报每日都是"高温,高温!高温!!高温!!!"的报告,叫城市里的人受不了。

这时那任务忽然具体了。于是李中打点了行装,于七月十八日上午前往旅游汽车站赶9点钟的空调车,向夏城方向去。他出差了。

到夏城并不太远,两个来小时就到了。空调车如一只钻在蒸笼里的甲壳虫,那嗡嗡的一点点空调哪里能起什么作用。等到了夏城,李中的白短袖衫已全淌湿。下了车,出了车站,他就打听了路,沿着街道一路找通知上注明的那个宾馆去了。

夏城宾馆在大街边的小巷里,小巷仅容两辆小轿车慢行交会。巷边竟长了一排参天大树,是英国梧桐,把个巷子遮得无多少阳光,看上去就凉爽多了。

宾馆自然很大,占地甚广,一眼望过去,除了各式各样二十世纪五十年代、六十年代、七十年代、八十年代的建筑,就是参天大树,这对于煎熬于炎热之中的人来说是个良好的安慰。李中在宽敞的接待大厅里问清了报到处之后,便转而往13号楼去了。

到了13号楼,一进门,凉气就扑过来解暑,原来这是有中央空调的一栋楼。李中在服务台说明来意。服务台里那位很年轻,因而也就很美的小姐,破了各处宾馆的惯例,很客气地从服务台里出来,领着李中到二楼报到处去。他们一前一后地走在铺着红地毯的走道里,到了之后,那小姐在那门口说了声"请",才又转身往回去了。

原来屋子里已经有了七八个人了,见了李中,大家都起身迎他。一位五十多岁的中年人,精瘦,倒也显得精明能干,跨前一步道:"请进请进,天气太热,辛苦辛苦,请问你是?""我叫李中。"李中说。那中年人马上就反应过来了,忙又说:"噢,李中同志,欢迎,你是第三个到的,路上很热吧?"李中说:"太热了,人又多。"中年人说:"我来给你介绍一下。"两个人便面向那六七个人了。中年人先介绍说:"这位是……李中同志。"又指点着屋里人道,"这位是张主任,这位是刘主任,这位是单部长,这位是赵局长,这位是王总编,这位是朱局长,这位是谭局长,我叫……"内中有人接上说:"这位是江部长。"都笑了笑,一一握了手。江部长说:"请你跟我来一下,你住在230房间,跟老汪住一个房间,他人胖些,夏天日子不好过。你们以前不认识吧?"李中说:"以前不太熟。"江部长又问:"怎么老夏没到?"李中说:"老夏我也不太熟,只听说过。"江部长说:"老夏的经验丰富啦,跟他在一块,不用你操心问事,他能把一切考虑得周周到到。他以前也是从我们这里上调上去的。"李中噢了一声。

住下来,江部长就来喊他们去吃西瓜。吃过西瓜,闲聊一时;又吃西瓜,又闲聊一时;又吃午饭,喝了点啤酒。餐厅很干净、清雅、凉爽。吃过了他们就回房间睡午觉。有空调,太舒服了,好像一辈子没睡过什么好觉。他们猛睡一觉,一觉醒来,已是下午4点多钟。起来又闲聊、等人、吃西瓜;又吃西瓜、吃晚饭,又喝了些刚从冰箱里拿出来的啤酒。这一天过得真不错。李中很快就安定下来了。

吃过晚饭,李中跟老汪一块回了房间,在房里坐定,李中道:"近晚了天怕能凉快些,你我二人不如出去走走。不知你以前来过没有。"老汪道:"没跑头,小城市,没啥跑头。况且外头的高温我也受不住,我人太厚。"李中想想道:"你这话确有道理。但这地方我以前从没来过,总得知道是个什么样子。那我就出去走走了。"老汪道:"你去你去。"又说,"不如我洗过澡把水给你放好,你回来也能清静清静,这里的热水晚了恐怕就没了。"李中说:"麻烦你,那我就出去了。"

李中独自一人倒也随便。出了大楼,暑气顿时扑面而来,身上脸上都感到热烘烘的。虽说已是天初黑的时候了,但暑气也见不着有多少消退。李中晃晃荡荡,东瞅西看,就到了街上。街是长街,似望不见尽头,路灯一路去了,橙红的一线。街边人行道上有树,梧桐,枝繁叶茂。李中便走在人行道的梧桐树下,很有节奏地慢迈着步子,一步一步地往前去。

原来行人和骑自行车的人等并不遵守交通规则,都在护栏内的机动车道上慢行慢逛,这也许是入夜的原因。街上的人都着短裤或短裙,在晚间朦胧的光里,虽瞅不出个详细,但也能感到这小城市的人健康、饱满、旺盛。李中一路走去,不觉已到了一处十字路口,右手的方向似乎更宽阔些,人来人往也好像多些,李中便往右手去。抬腕看看表,已是 10 点多钟,天上的星都早已出齐了。

走过五七十步,身边渐出一道护栏,原来下边有水了。李中这才发现是到了这城市市中的一座小湖边,湖边的灯光倒映在水里,使李中能推测到那一边有多远。脚下的人行道也渐宽渐阔。围栏边和人行道上的乘凉人也渐多起来,大都是一领小席甚至就是一方报纸,人手一扇,轻摇慢扇。有些孩子则趴到护栏上玩,但也玩得安静。

李中顿觉凉爽了许多,虽说身上仍不间断地溢出汗来,但毕竟因为有了水,人的感觉就好一些。李中便仍往前走,只是走得更慢,在坐着乘凉的人中间择路而行,倒也别有意趣。

再走一段,人行道终端变成一个小广场,场上的人更多,耳边不时有芭蕉扇扑在腿上身上的响动。李中便寻到一处护栏,趴在上面,望着脚下的水,听着身后的人声,心情倒真的安静下来了,觉得盛暑时在外地能觅到这样一处地方,也真有点情趣。

才这么想着,耳边隐隐地,竟有一曲丝乐飘来,在耳鼓里拨得好清晰,点滴分明,而且动情得很。李中颇感惊讶,便四下里望去。望仔细了,才望见宽宽广广的水中,似有一座小岛,在夜色和星光里,若隐若现,若即若离,缥缥缈缈的,望不太真切。

李中想,这便是了,那丝乐必是从那岛子上飘来的无疑。这样想了,便越发静下心来,竖起耳朵,去捕捉那若即若离的曲声。古人云,心诚则灵。背后的嘈杂声一隐去,那丝乐真又飘然而至,奏在李中的耳鼓里。声不大不烈,却处处清晰,点滴分明,甚是动情,如泣如诉一般。李中听得了,心里竟泛上些酸酸的味道,抽抽地有情而至。这样一直逗留到夜深,才转返宾馆。老汪自然已将洗澡水代他放好。他谢过老汪,跳在池里洗了个好澡,便上床去睡了。空调自然叫人睡得好,一夜无话。

第二日晚饭后,两人又来到房间里,李中道:"老汪,昨晚怎样?留在宾馆也很闷人吧?不如我们一起上街里走走,我发现一处地方,有个湖子,可以乘凉,很不错。"老汪道:"那地方,我去过的,人声太乱了些。"又道,"我也发现一件妙事,待天黑了,夜风起来了,可以找一领席头或带张报纸,上宾馆院里的草地上去坐睡,那可真风凉死了。"李中道:"那我就还去逛逛。"老汪道:"好。"

李中便又出了门,往湖那边逛去。不觉间就来到湖边护栏旁。广场上仍是一地人,有三三两两的,有独坐的,有一对人儿趴在护栏上喁喁私语的,有在人多处昂首信步的,嘈嘈杂杂。但人声却并不大,加在一起更像一种很丰富的背景声音。李中走到此处,短袖衫已被点点汗珠儿给洇得有湿有干了。天上还是一天好星,湖上有些小小的风儿拂来,也能显示出盛暑夏夜的一点柔情来。

李中在护栏上趴着,那背景声音在身后深远、丰厚却喁喁地绵绵响来,这时他心便静了,心间想,这倒真是一个好去处。正想着,那柔柔的丝乐声竟又在耳畔浅浅泛起,如泣如诉地来漫他的耳鼓。声音虽然不大,却点滴分明,处处清晰,情深意笃,叫人起抽泣倾诉的愿望,叫人想象小孩子那样毫无顾忌地委屈地号啕大哭一气。李中这会儿也不知自己是怎么了,心里有些抽抽的,好像自己受到了许多委屈、许多艰苦,现在突地遇见了一个知音,心弦叫她给拨动了,就想靠在她身上,依靠她,叫她给自己些安慰和支撑。李中想不出原委来,因为他一直还算顺利,没遇见什么大反复。或许是在城里过得长了,叫生活里的琐事给弄累了。

这样一直到深夜,李中才转返宾馆。洗了澡,身上清爽了,空调又清凉凉的,正好睡觉。一夜又无话。

李中来夏城的第二天上午,人到得差不多了,会议就按期举行。其实也不是什么很正式的会,主要是先介绍本市情况,这情况包括各个方面,经济、地理位置、特产土产、风景名胜、改革形势、企业状况、有突出表现之人物等等。因来开会的都不是一般单位的一般人士,所以市委书记、市长等等一干人都到了,以示重视。

按照惯例,有关人士都发了言,讲了话,作了表示。上午散会时,已在 11 点半钟,散会后略坐一坐,几十个人便鱼贯而入餐厅就餐,到这时大家也真都饿了。

餐厅十分风光,宽宽敞敞典典雅雅的,跟大城市的中等宾馆并无二致。最受欢迎的当推餐厅里的四台立式大空调。虽然噪声有一些,但阵阵凉风袭来,使人神清气爽,全忘了天还在盛暑之中。大家都坐定了,李中身边正好坐着江部长。等着上菜的时候,江部长便跟李中说道:"怎么老夏还没来?也没电话来,大家都在等他,他不来这会开着还真有点不安心。"李中道:"可否打个电话去问问?"江部长说:"电话已经打过了,那边说老夏来是一定要来的,但什么时候来却不能定,叫我们按计划先开着。"李中道:"那暂时只好这样了。"停了几秒,李中找个话题问道:"江部长是哪里人?"江部长说:"我就是本地人,在这里生活了五十年。"李中道:"那真是老夏城了。"江部长说:"老夏城倒不敢说,对大街小巷、方言土产倒都了如指掌,这几十年也把全市四县的每个乡集都跑了一遍。"李中闻说,口里连声赞道:"了不得,了不得!"

正说着,菜都上来了。江部长也忙起来,开了酒瓶,给桌上的每个人斟满。酒是古井贡酒,刚才李中从餐厅处的小卖部走过来,看到过这种酒的标价,每瓶是七十三块五毛,他自然是不会买的。酒斟好了,市委书记便跟各位碰杯。喝了一会儿,又上来几样炒菜,都是水里或天上的动物,大家便伸了筷子去夹。江部长说:"这道菜有个名字,叫双凤戏鲤。"老汪道:"怎么叫双凤戏鲤?"江部长说:"这是两只幼鸽,就算凤了,做起来都有讲究。"老汪道:"什么讲究?"江部长说:"先把幼鸽的气道掐住喽,这气道就在翅上,外行人摸不准,自然做不成。掐住喽,幼鸽就昏睡过去,毛、翅都不乱,心血也不乱,鸽味就正。"李中道:"这真不容易。"江部长说:"那是。"又道,"然后就将整鸽拿到笼里蒸,要烈柴猛火,过十多分钟就好,出笼后再去毛破膛,那鲜嫩味道已留在鸽肉里了。"

众人听了他的宣传,各自都跃跃欲试,撕夹了鸽、鲤肉放在嘴里吃。肉味果然鲜嫩,在嘴里咀嚼如同吃细水嫩豆腐,其味美妙无比,众人都赞不绝口。正吃着、说着、赞着,又上来一道菜,酱汁瞧上去挺浓,颜色却浅,呈淡蓝白色。服务员端它上来的时候,那一阵清淡香气便溢了满桌。老汪道："这又叫什么名字？"市委书记道："这叫金雀争春。"李中道："怎么叫金雀争春？"书记道："我们夏城市夏城县北部，有三种地貌，靠北是平原，那真是一马平川，没一点坑坑洼洼；往南走上几十里，地势渐高，平均高出平原区五到二十米，是老大的大草场子，那也望不见边，只是有少量的缓坡土岗，不如平原区平展；再往南走上几十里，就是丘陵岗地了，虽不算高，却也有险峻之处。夏城县的妙处就在这里。"

众人都咋舌。书记又道："在草场区就有一个集镇，叫金雀镇，也是个好地方。草场上生着一种叫雀，小巧玲珑，独独生在夏城县的草场上，就叫金雀，喜欢鸣叫，叫起来好听。这菜便是拿金雀制成的，在外地还吃不到。"众人都听得入迷，待书记讲完了，纷纷一饱口福。老汪边说边道："难得难得，不知这种金雀可好喂养？"江部长说："不好家养，放在鸟笼子里半天，它就郁闷死了。"听了这话，大家都唏嘘不已。一时间，只听得见酒具、餐具和牙齿响了。这顿饭也只吃了一个半小时。

当日的晚餐陪客就少些，因此减了两桌。因夏日里天黑得晚，所以天还大亮，众人便三三两两鱼贯而入餐厅。江部长仍在李中旁边就座。李中随口问道："暑热盛夏之中，咱们这城里人晚上到哪里乘凉最好？"江部长想了想道："这个还真说不准。"李中道："市里有个小广场，广场边上有个湖，我昨天晚饭后逛了去，那地方还真凉快点。"江部长说："凉快可能真凉快点，就是太嘈杂，吵人。我也是老长时间没在晚上到那里去了，太忙。"李中说："就是，太忙就分不出时间来。"江部长说："没有办法。"

菜都上来了，有个男服务员拎了一捆啤酒来，放在桌子边。江部长对桌子上的人讲："天热，咱们就不喝白酒了，喝点啤酒，也能消消暑气。"众人都说"随便"，服务员便开了瓶口，给每个人都倒了一满杯。

啤酒难不倒人,因此在座各位都开怀畅饮。边吃边喝中,江部长说:"我们都想着老夏能来,他却不来,叫人想他。"大家听说,都笑起来。老汪道:"不要着急,不要着急,他会来的。"江部长说:"那是,只是迟早的问题。"李中说:"没错。"

转瞬一天就过去了。虽说是坐在屋子里头听情况介绍,但那种盛夏酷暑的味道仍在许多地方乘隙而入,叫人过得艰难。这一天过去之后,到第二天上午,按照原定计划,就是集体行动,到附近的一些工厂、集市、单位等等去听介绍、听汇报,去参观。这不是件容易的事。老汪在晚上看电视时已经注意了天气预报,未来的几天仍是高温天气,最高气温可高达四十二度,这是个要命的数字,老汪连说:"没办法,没办法,谁叫咱们摊上这档子事的。"

第二天上午,吃过早饭,三部小面包车已经来了。这次他们一行人由王市长和江部长等人陪同,市里有关部委办局也都来了负责人。李中他们上了车,车便相跟着驶出了宾馆,往街上去了。

街是新街,水泥路面,宽敞,有行车护栏。车开着,老汪问道:"这是新街吧?"王市长说:"这是新街,是前年才建成的。老街在里面,大大小小也有二三十条街巷,前几年北京来人拍外景,就选在老街上,都是石板路。"李中道:"现在老街是越来越少了。我前些时候看到个资料,说我们国家有特点的老街,到下个世纪初,就要全部没有了,到那时候就看不到了。"王市长说:"这问题确实有点麻烦。老街大都是私房,不好统一规划、统一安排,而房子、道路等等,是迟早要坏的,不保护怎么行?但修缮、保护又需要资金,这笔钱从哪里来,又怎样分配,都是不好解决的问题。还有,老街的居民也要现代化、赶潮流,也要变着法子去发展经济,去挣钱,这都是正当想法,你总不能以保护老街的名义进行阻止吧,所以这里面还有个适度的问题。"李中说:"确实不是件简单的事情。"

面包车在水泥路上开得很快,因为路上的车不算多。行人和自行车都靠路边有树荫的地方走。车外路面上的温度已经渐升起来了,车里还好,因为车窗都开着,风呼呼地往里头吹。

到了老街,一行人都下了车,散在车边,阵势好大,来来往往的人都看他们。李中跟江部长站在一起,便找话题道:"江部长,王市长不是本地人吧?听口音不像。"江部长说:"你看得很准噢,老王确实不是本地人,他是淮河边正阳关人,前年才调来夏城。"李中又道:"那他是一家都来了,还是一个人来的?"江部长说:"他是一个人来的,他老婆在正阳关街道上。按说他趁这个机会,把老婆转到城里来,转个干部身份,弄个机关工作干干,不是件太困难的事。"李中说:"他不干?"江部长说:"他不干。"又说,"老王一个人在这里也真不容易,天天吃食堂,胃病也犯了。他干工作也没个时间,白天晚上闲不住,一日一夜能睡三五个小时就不错啦。"李中说:"王市长真不容易。"

上午由老街管理办公室接待,看市场、听介绍、听汇报,一直到中午才完。大家到厕所里轻松轻松之后,便由管理办公室的一位年轻人引路,往老街的深巷里拐弯抹角地走。大家一边走一边闲聊、闲看。太阳很毒,许多人都拿文件包或笔记本盖在头上,也无人问是往哪里去的。客随主便,主人自有安排,客人不可冒失,不可失礼。转了一气,也搞不清转到了哪里,忽然见到路边的一根水泥柱子上,挂着一面黄旗,上头有几个大红字,叫作巷子深酒馆。因为午时天热无风,所以那面旗纹丝儿不动,甚是显眼。带路的年轻人便无所指地向后头喊一句:"到了。"大家才知到了,便都仰面瞧那面旗,瞎议论道:"巷子深酒馆,这巷子也够深的,叫我自己走出去,怕得转一天。"另一个道:"巷子深是什么意思?讲不出来。哪位给解释解释?"带路的年轻人听见这句话,便大声道:"巷子深是这么来的,以前有句老话,叫'好酒不怕巷子深',就这么来的。

说明这里有好酒好菜,叫大家都来吃,光临光临。"众人都参差不齐地噢了一声。讲完了,那带路的年轻人便领着大伙进去了。

酒馆里也深,有三四层。第一层是门面,煎炒烹炸都在这里,右手是个大通间,摆着三五张大方桌,供一般顾客猜拳吃饭喝酒。出了门面这一层,往后走,又是一层,有四五个房间。一行人迤逦而过,左右望去,见都是两桌一间的雅座,都有人占住了,或喝或吃,各呈姿态,吊扇都转得呼呼的。在座诸君大都赤膊上阵,吃喝得大汗淋漓,叫人好不羡慕。

出了这一层,再往后走,又是一层。人从过道里走,左右两边装着雕花门,门上门下大红大绿,虽有些土气在里头,但也反映出不少民间文化意趣,颇吸引人的眼目。各门的门楣上都挂着一块横匾。上头各书着:杏花厅、桃花厅、榴花厅、梨花厅、桂花厅、牡丹厅、鸳鸯厅、猛士厅等等。众人都驻足观望,嗟叹不已。那带路的年轻人道:"人各有喜好,结婚新禧的爱挑鸳鸯厅,谈朋友聚会的爱挑牡丹厅,哥们义气的爱挑猛士厅,春暖花开时杏花厅、桃花厅日日都爆满,预订房间有时得提前三五天。"各位听了,更加叹息不止。看了一时,议了一时,便又往后一层去了。

后一层便是最后一层,原来是个偌大的院落,院落里头,错落有致地散建着一些仿古建筑和现代建筑,规模都不大。院中空地上挖了些小池,拿水泥抹上,各池间都有人工的弯曲小水道通连。池中大多植了荷,也有放了鱼的,并不是观赏鱼,都是些鲤、鲫之类,浮上游下,别有情趣。进来的人立时散到各处,去看新鲜,原来那些零散的建筑,也各有名堂,中国式的,叫北京厅;日本式的,叫东京厅;巴黎厅、香港厅和纽约厅倒分不出彼此来。这当然都只有大概的区别,不能严格对待。众人赞不绝口,纷纷落座四方乱看。院中还有些竹丛树影,甚是雅静。风扇也都开了,风来风去,也挺凉快。众人都道:"好去处,好去处,想不到夏城这巷子深处还真有藏而不露的。"众人都拊掌大笑。

说笑间,有几个年轻的女孩子,便摆上香茶,端上脸盆毛巾。女孩子虽都不出众,却也干干净净,望见了叫人心里清爽。洗了脸,呷了茶,凉菜便上来了,这时大家才觉出肚里的饿来。

午间休息了两个小时,起床后他们便按照预定计划,驱车到离城二十华里左右的一个叫重镇的镇子去参观、听汇报和介绍。

天在这时已是极热,一行人分上了三辆面包车,江部长仍和李中他们坐一车。坐好了,门关上了,空调已开起来,凉气渐出,感觉好多了。车在骄阳高照的柏油路面上吱吱地高速行驶。路两边先是楼房,后是平房,再后来就只有零零星星的房子了。路两边树木渐多,庄稼也渐多,红麻成林,黄豆绿秧铺成一片,真个是一派乡村景象。

路边田地里的沟沟塘塘,鹅鸭甚多,这里一片,那里一片,白云飘浮,甚是动人。满车人都不讲半句话,只是看窗外这种景象。如此这般的景象,若在大城市里,恐怕十年八载也难见一回。众人因此便噤了声,陷在窗外的境界中。

车到重镇,下了车,热浪扑面而来,大家这才又回到现实中来,便各自寻了树下阴凉处站定,等候组织者安排,在车上的那种心境自然就全没了。地原来是沙土地,老汪摇着折扇,喘着牛气道:"也怪,这样的沙土,盖房子怎样能立得稳?"另一人接上道:"怕是地基打得深。"老汪又道:"地基打得深,不仍是打在沙土里吗?"那人便语塞了,嗳嚅道:"那可就讲不清啦。"正说着,镇上的干部都迎过来了。见大家都立在树荫下,满脸是汗,心里便不安起来,慌忙接着众人进了镇政府办公室,吃瓜、喝茶、洗脸、消暑,慢慢地安顿了心绪。

这日下午安排甚紧,听完汇报,看完企业、镇容,已近日暮。镇上留住吃饭,市里的几位负责人考虑来考虑去还是谢绝了,一来宾馆那边已经安排了晚饭,讲好回去吃的;二来归途中还有个项目,就是去看一个村的植树,这都是事先安排好,列在日程里的,不能轻易漏了。李中他们倒无所谓,市里怎么安排他们就怎么动。大家就上了车,往来时的路上去了。

车在柏油路上开了一小会儿,便转到一条土公路上,路面也是沙土路面,倒平展得很。路两边的庄稼离路很近,在车上看,就觉得那些绿庄稼都正在涌过来,包围着车,叫人觉着轻松、凉爽些。

树也多起来,泡桐都植在庄稼地里,成行成排,很是可看。渐渐车头前又现出一道缓坡堤影。打稍远处看去,那堤影上树林极浓密,绿匝匝的,如大地的一道极浓黑的眉毛。这时天已近暮晚,夏日的暮晚夕晖绚烂,不会轻易褪去。车到林边,大家下了车,便往堤上林里去。

将近林子,各位心情都莫名地有些兴奋,许是天近暮晚,暑气渐退,气温较为宜人的缘故;又许是城里人难得上大自然里来走一遭的缘故;又许是出差开会,这就是工作,无其他牵挂的缘故。大家先先后后都入了林子。林子里果然厉害,群雀在这里那里地哄吵。不过因着地势广大,不似城市里那般狭小,所以雀子再叫也显不出烦人的味道来。

林子里稍暗些,却凉爽多了。人中有雀跃的,道:"不如晚上我们就在这里过一夜。"另一个道:"那你吃什么?"第一个道:"派两辆面包车回宾馆,把那几桌晚餐拉来。"听者都开怀大笑,江部长道:"能在这里盖几间茅草房,开个避暑山庄,倒真是不错。"大家都点头称是。

村里的干部早已候在这里,此时便带着他们乱看。也有提些问题的,村干部便一一作答。双方都很轻松。

林子全是刺槐组成的,每棵都长有大碗口粗细,直上云天。在树下仰头往上看,枝枝丫丫交错,望不见梢头和太多的天空。众人

362

在林子里,竟有些得意忘形,有昂头看树上的老鸦窝的,有站在树后开怀泄包袱的,有对着树上的雀子吁声大叫的,有倚在树干上抽烟喝茶的——茶杯自然举了一路,或装在包里,或捧在手上,这都叫习惯。

逛玩了一时,不知不觉间天色暗淡下来,江部长便招呼各位上车,说再晚回去吃饭就来不及了,宾馆不能老候着。大家依恋不舍地出了林子上了车。这时天竟要全黑了,一瞅表,已近8时半了。车便相跟着开足了马力往城里赶。

上了柏油路,黑影就上来了。车上的人兴奋过了,这时都哑着,盼望着到宾馆,好好吃一顿,洗个热水澡,躺在空调房间里看着电视、睡个好觉。正走着,前头那辆车突地往左一拐,后面的两辆车也就跟上去,车上的人都摸不着头脑,车便在路畔的一排房子前停住。原来墙上有块牌子,上头写着几个字道:城郊乡乡政府。

李中他们摸不着头脑,日程上也没安排这个项目,所以都待在车上没下车,等着有人来打招呼,来安排。这时市里来的几位同志都在车下忙,这屋出那屋进。李中他们在车上,就觉着市里的几位同志真是辛苦,心里真过意不去,却又帮不上他们什么忙。

大约过了十分钟,乡政府的两位负责人来请大家下车,上会议室里休息、喝茶。大家就下了车,到会议室里,擦了脸,找了椅子坐下,喝茶、抽烟、吹风扇、休息。

大家都坐定了,江部长开口说道:"刘乡长,这些同志都是领导机关来的,你汇报汇报乡里养鹅鸭的情况吧。"刘乡长就是刚才招呼大家下车的两个人中的一个。他长得较黑,却有精神。听了江部长的话,刘乡长说:"好。"就开始介绍乡里的基本情况和养鹅鸭的情况,也不用笔记本,信手拈来,很是熟练。李中他们便拿出笔记本来记,虽然心中还是摸不清多少头绪。

刘乡长介绍说,他们乡有养鹅鸭的传统,在明太祖时就有鹅鸭如云的记载。当地新产鹅鸭,绒厚、肉细嫩、个头大。其中鹅鸭绒是做羽绒服装的上等原料,现出口二十多个国家和地区,可换取大量外汇云云。大家开始还有些疲惫的感觉,听进去之后都深受鼓舞,会议室里也静下来,众人都听得万众一心。那刘乡长也是深明事理之人,既讲得抓人,又短小精悍,讲着讲着戛然而止,转脸对江部长说:"俺们乡是小乡,也没有太多的东西汇报。各位领导忙了一天,也累得够呛,不如先去吃饭,吃了饭后各位领导也可早早休息。"江部长说:"那也好,以后时间从容了,我们再来好好看,城郊乡可看的东西不少哩。"刘乡长说:"还请各位领导批评、指导。"说着,便站起来,请大家跟他走,吃晚饭去。大家也说不出什么来,便站起来跟他走,上了车。车开到柏油路上,在一家饭馆前停住,大家便下车了。

公路边的饭馆自然有许多。李中他们下了车,便打量这个饭馆。这个饭馆也有名目,名字叫菜根香饭馆,是拿红颜料写在饭馆门楣上的白石灰墙上的,被一盏电灯照得清楚。这名字怕也有个讲究。众人便问刘乡长。刘乡长道:"菜根都能做出好饭菜来,可想这家饭馆的价廉物美了。"众人都说:"有道理,有道理。"其中一人又问道:"莫不是菜类全拿菜根之类的物件做成,那倒也有特色。"刘乡长沉吟了一下道:"有倒有菜根这道菜,却不能全拿菜根做成一桌酒宴,这到底也还是乡间的一个饭馆,比不得城里。"众人听说,又都连连点头说:"有道理,很有道理,很有道理。"一行人便鱼贯而入馆内,在方桌边坐定了等吃。

饭馆确如刘乡长所说,是乡间的饭馆,雅座也只是拿秫秸隔起来的,方桌上油油腻腻的,要是习惯了或饿狠了,也就不觉着什么了。雅座四壁悬挂着些横匾,有上书开业志禧的,有上书感激热情服务的,花花绿绿,也能渲染起不少气氛。正看着,凉菜热炒轰轰隆隆地上来了,上了一桌子。刘乡长道:"招待不周,请各位随便吃点。"大家都饿了,客气一声,便纷纷猛扫。吃了几口,刘乡长又道:"各位随便吃点。江部长交代了,四菜一汤,不超过标准,我们自然不能突破。不过羽绒厂的沈厂长听讲了,就觉得过意不去,从自己的承包奖金里拿出几个钱来,给各位加几个菜。所以请大家放心吃饱,决不要有任何负担。"众人听罢都哈哈大笑,有的问:"沈厂长来了没有?"刘乡长说:"他事情多,托我给各位领导捎个话,带问个好、抱个歉,他来不了了。"众人里有七嘴八舌的声音说:"谢谢,我们也不客气了。"桌上有几个盘子很快就吃空了,大家确实是饿到劲了。

正说着,又上来一轮菜,有没有菜根谁也没顾上注意。残盘子撤了下去,新盘子端上来,大家都奋不顾身地吃,吃着吃着,速度便慢下来。李中腾出嘴来,问刘乡长道:"刘乡长,你就是本地人吧?"刘乡长道:"祖宗八代都吃这里的土。"李中道:"现在乡镇企业怕也难。"刘乡长道:"说句不中听的粗话,蛋都努掉了。"众人听见都开怀大笑,觉着刘乡长这人真不错,拿得起放得下,可以,可以。

这一天都累坏了,一夜无话。第二天上午大家起得都不早。起来后吃了早饭,江部长跟到李中房内,对李中和老汪说:"按照日程安排,今天该分散到各区县去了,可老夏还没到,真叫人发急。"李中道:"电话也没来吗?"江部长说:"电话倒是来了,是他办公室的人打来的,讲老夏来是一定要来的,但什么时候来,现在还说不定。老夏确是太忙了。"老汪讲:"老夏来了一切事情都好办了。"江部长说:"一点不错。老夏来了我们能轻松很多。他动脑子、动口,我们动动手,就行了,一切事情都能办得有条有理,而且绝不会办错。"李中说:"就像有了依靠一样。"江部长说:"那可是。"

这样闲谈了一时,江部长被人喊走了,急急忙忙的。李中和老汪都替他急,天这样热,担子都压给他,也够他受的。李中、老汪两个在空调房里喝喝茶、抽抽烟,歇息着。快到 11 点的时候,江部长急急忙忙又来了,进屋坐下,道:"老汪,按照老夏原来的安排,请你和老张到河东县去,吃过午饭就走,车子都安排好了。你看这样可行?"老汪讲:"行行,没问题,没问题。"江部长说:"那就辛苦你了,天这么热。"老汪说:"没什么,行。"江部长又说:"李中同志,我们还想征求一下你的意见。按照老夏原先的安排,老夏和你两个应该到金雀镇去的,可老夏偏又日理万机,到现在也没能抽身,所以我们想听听你的意见,怎么办?"李中想了想道:"老夏不去,心中还真没有底,不过他是肯定要来的,不如先就我一个人去,你看怎样?"江部长说:"我们尊重你们的意见。你们都是领导机关来的,我们的任务就是安排好各位的生活,给大家的工作提供方便。那就辛苦你先去一趟,待老夏来了,就好办了。"李中说:"好的,我自己先去。"江部长说:"下午也有车送你,我再派办公室的小蔡陪你去,给你安排好了,再回来。"李中说:"这几日也把你们忙坏了。"江部长说:"我们没什么,能叫各位满意就好。"

  午餐自然较丰盛,但也不是最丰盛,因为会议尚未结束。各位只是先到各区县去,三天后还要回来集中,才告结束。吃罢饭,各人都串着讲讲话,问问去向,打点打点行装。老汪望着窗外焦干的水泥路面,面带忧愁地说:"这样热的天,也真要命啦。"李中也很同情他,因为老汪太胖,在酷暑盛夏里工作,是真不容易。

  下午 1 点半之后,小车陆续来了,把人接走。后来来了一辆上海——这种车在这里也是中等水平的车——从车上下来一个年轻人,不到三十岁,胖乎乎的,戴着一副眼镜,进了宾馆把李中接出来。上了车,车就启动,往城外开去了。

  上了车,李中就感觉到已经开始了另外一个档次的生活了。因为这辆上海轿车里,只有一台顶不管用的空调,且噪声又大,司机索性将它关上,而把车窗都摇下来,叫风吹着。自然的空气温热灼人,李中便觉着身上的衣服都受了感染,都温热灼人起来,脸上也叫那热风吹得发烫。但这样竟也很快适应了。小蔡便和李中讲着话,随口谈些事情。

小蔡道:"草场区确也是个好去处,同高原没有多少两样,只是规模略小些。"李中道:"既然那里的海拔较高,像这样的季节,气温怕也能低一些。"小蔡道:"那可不。能低个两三度,况且晚上更凉快些。因为那里到处都是草,都是植物,又有一条河打镇子边上穿过去。"李中问:"那条河叫什么河?"小蔡道:"那条河叫金雀河,河滩老宽。你晚上在那里走走,真棒极啦。"李中说:"那可太好了。"

小蔡又说:"江部长老家就是金雀镇那附近的。"李中噢了一声,说:"江部长这人干事情踏实,很难得,这样的年纪了。"小蔡说:"那可是,江部长的爱人这段时间还生病住院,他忙得连去医院看看的工夫都没有。况且他自己的身体也不好,有好几样病,办公室的抽屉里摆了一抽屉药。"李中又噢了一声,有些感叹的意味。小蔡说:"只可惜老夏没来,我们就跟没有主心骨似的。"李中说:"就是。不过他肯定要来的,迟早的问题。"小蔡说:"是的。"小蔡又说:"我还没见过老夏,还不认识他。"李中噢了一声。

上海轿子驶在平原上,一眼望去青葱一片。车驶到田野里,风也软了许多,车上的人都觉得舒服些。车走得很快,在田野里有一种徜徉的味道——当然是远看的感觉——车就像是一种天蓝色的什么橇,滑得好开心、好潇洒,味道好极了。到了一处地方,前不巴村,后不巴店,车便停住,车上的人都下车来撒尿。然后他们又上车,司机说:"前面就快入草场区了。"

地势果然渐渐高了,公路是往上去的,虽然坡度很缓,但到底是慢慢往上头去了。庄子看上去逐渐减少了,树也减少了些,草地、田地却多起来,天地更开阔。李中望着窗外,便有些感慨,道:"这真是一处好地方。"小蔡道:"也有些奇怪,在内地还能有这样的地方,又不是在高原上。"李中道:"确是好地方,名不虚传。"

车越上越高,甩在车子后头的树啦什么的,逐渐就只剩着树梢了。再往车外头望,就觉着是到了圆球上,草场外头的东西,都慢慢地转到下头去了。果然也有些雀子,飞得甚是灵巧,一上一下的、忽上忽下的、忽高忽低的、忽左忽右的、忽快忽慢的,在草场子上头飞动。李中指点着道:"那怕就是叫金雀的雀子。"小蔡道:"就是金雀,叫起来好听。"李中道:"叫起来是什么样子?"小蔡撮着嘴学了一学,道:"学不好,不如我们停住车,站在车外头听听。"李中说:"好。"车就在路边停住,两个人下了车,往路边的草里走去,竖起耳朵听那雀子的叫声。

那雀子的叫声果然好听,如软金碎玉敲在一起,响得撩人春心。听了一阵,两人便感叹着上了车,车便直往金雀镇去了。

车在路上磨磨蹭蹭,这站站,那看看,到金雀镇时大约在5点。兴许市里和县里已经打电话来了,他们赶到镇委、镇政府时,镇委书记、镇长以及副书记、副镇长一干人,都已在镇政府办公室等他们了。

镇上自然热烈欢迎他们的来到,办公室里坐了一屋子人,先洗了脸,然后便开西瓜吃。镇委书记姓金,镇长姓马,因此闲话的时候,李中便说:"金书记怕是本地人吧,这姓就好。"金书记笑道:"错了,错了,我是淮河边上正阳关的。马镇长倒是本地人,在这里生活了四五十年。"李中也觉有趣,随口又问道:"那金书记跟王市长是老乡啦。"金书记道:"不错,我跟王市长是老乡,有一阵子打正阳关出来好些干部。"李中说:"是对调吧?"金书记说:"也有调配,也有提拔。"李中道:"好地方。"

说说讲讲便到了6点多钟,金书记出去一趟,回来便征求李中的意见道:"老李(其实李中并不老),我们是不是早些开饭?小车还要回去。"李中说:"请你安排吧。"金书记说:"我们想早点开了饭。小车走了,你也好早些休息,跑了老远的路,也该累了。"李中说:"还好。"

镇上把李中的房间安排在镇委、镇政府大院的后排,比较安静,人来人往也少。后院还有个后门通外头。到吃晚饭的时候,天还大亮,大圆桌围坐了一桌人,很是热烈。书记和镇长都动手拎啤酒,开啤酒瓶盖、倒酒、摆菜盘子。菜肴虽都不雅,却丰盛、实惠。转眼一桌人就干掉了二十多瓶啤酒。

上海轿子走后,镇里安置了李中,便一一散去,不来打扰他。李中略躺一躺,并不想睡觉,便打水擦擦身子,换了干净衣服,锁了门,从大院的后门出去,往外头逛去了。

镇子到底是镇子,逛不出多少花样来。倒是镇子外头颇有些看头。李中是在城里住惯了的,于这闷热之中,乍一走到大草场上,眼前顿觉一亮。阵风不时袭来,便感到凉爽了许多,心里也放开了许多。眼望着前头不远处像有一道宽河,便信步走去,也不过五七十步,便到了河滩的边缘处。果然是一条好样的河。河滩老宽,中间淌着清凌凌的水,野草在河滩上这里一片、那里一片地往水边上延伸。夕阳西下,水流缓缓。李中站在河滩上,便觉出了这高高草场的韵味来,脚下一时半时也动不了。

太阳正往西天边上沉下去。河滩上有不少女人正洗衣裳。打李中站的地方望过去,那些女人的腰身都如韧草一般,苗条且有力,裸露的地方也都一律地发白、饱满。李中暗自惊奇,站了一时,便回房里睡觉去了。

第二天早上,李中刚洗漱完毕,昨天晚宴上在一块喝酒的马镇长就匆匆忙忙赶来了,见了李中道:"金书记今天上县里开会,这几日怕回不来了,我就陪着你。"李中说:"哎呀,太麻烦你了,我们今天就抓紧时间搞吧。"马镇长说:"好。现在咱们先去吃个早饭,吃完早饭咱们就走。"李中说:"行。"马镇长便领着李中往街里去了。

街里的早市正在兴隆之时,车来人往十分热闹。马镇长说:"这金雀镇是草场区的交通要道,又是古集镇,每日人来人往,少说也在五六万人次之上。"李中道:"这里怕也是物资集散地,不然哪来这样多人。"马镇长道:"是物资集散地,主要经营山货、大米、牛羊之类。这里又是山上到平原、平原到山区的必经之路,所以就繁荣一些。"李中问说:"镇南的那条河叫什么河?"马镇长说:"叫金雀河。"李中说:"是打哪流来,又流到哪里去的?"马镇长说:"是打山的深里流下来,又流到淮河里去的。"李中说:"有这条河,镇子就水灵了不少。我早上一路走来,望见这里的女的,皮肤都细嫩红白,怕就是得了这水的滋润。"马镇长说:"那可是。传说明清之前这里都设过县,在这里的女人身上丢了官的,可不少。"两人说着听着都放声地笑起来。

这时到了一处地方,是一座古式砖木结构的茶楼。门楣上一块紫木横匾,题作"春水茶楼"的,字体甚是飘逸、飞腾、潦草,足见题者的艺术功底。李中便站住了问道:"马镇长,这字是什么人题的?很有功力的。"马镇长答道:"不可考了。有传说是明清年代一个贬官的学人,漂流到金雀镇,每日来这茶楼上吃茶解闷,久而久之便生了感情,露出一手的好字。茶楼老板见了,就请他随意题一块招牌,就是这几个字。当然这是传言,不一定可信。"李中说:"好字。"说着,又端详了一时,又退到对面街边端详了一时——这街也是老街,青石条路,街宽不过五七米,所以从街这边到街那边,并不是遥不可及的——只望见整个茶楼的门面,都由黑漆漆成,三五个门柱子,是拿条棒制成的,看上去虽显苗条了些,却顶事,能吃住劲。望了一时,李中嘴里仍说着"好字",二人便进去了。

才一进去,里面忙着的一干人,其中便有两个来跟马镇长打招呼道:"镇长来啦,楼上坐吧。"来打招呼的两个人,一个是年龄大些的长者,有五十来岁,腰前围着个白围裙,瘦精精,上唇处有几根软须,口唇锋利,是个精明能干的人,看上去却不给人多少奸刁的感觉。他在一只手里拎着个长嘴的铁皮壶,这样就显出了茶楼的味道来。另一个却是个二十三四岁的小女子,红唇皓齿,面皮细嫩,白里透着红晕,体态也姣好,不胖不瘦,不高不矮。那不长不短的乌发随便地束成一把,斜搭在脑后,竟也能看出存着信心的自然功夫。她张口说话时,做不快不慢、不大不小的发音,落落大方,又不轻浮。李中心里便咯噔一声,暗暗惊叹这金雀河水喂养出了这等佳人,实在叫人吃惊。马镇长便答道:"我陪上头来的这位李同志来吃早茶,我们就上楼啦。"

马镇长的这段话,也颇得体,既略做了介绍,又因为自个儿能陪着有大身份的人来吃茶,沾着点自豪,各家都高兴。讲完了,便引着李中往楼上去。那长者道:"小玲,你就陪马镇长他们上去,茶这边就到。"那叫小玲的姑娘便金雀一般地答应了一声,走到他们前头,引他们往楼上去了。

楼梯自然也是木板制成的,较陡立。打那前面的制作间里出来,走到天井里,便上这楼梯,一步一步地上,也能上出几颗汗珠来。那小玲便在前头道:"今儿个天怕还热。俺爸说了,说打老远之前到现在,也还没遇上这样的热天。"马镇长说:"那倒是。"李中说:"我昨天晚上睡得还好,想必是这大草场区天爽凉些。在夏城那里,天简直热得受不住。"马镇长说:"下边比这里要高三四度。不过夏城也有个乘凉的好地方。"李中说:"是不是那湖边上?"小玲接上说:"湖边也可以,但比不上金雀河边,金雀河边可是爽快多了。因水是打山里流出去的,路程又不是太远,凉气还没有散尽。"李中说:"难道这金雀河也从夏城里流过?"马镇长说:"那是,一直能流到淮河里。"

说着也就上了楼。楼上的茶座是围着天井形成的,打眼望去,总也有二三十张桌子,能容下一二百人,可以想见这里生意的兴隆了。楼上的窗户门极多,又全敞着,所以呼呼地有风吹来,叫人精神为之一振。方桌边零零星星坐了三五十人,三五十人在这样的地方也不显得多,倒有零零散散的感觉。小玲便引着他们挑了南墙一处近窗的方桌,三人走过去。李中这才发现茶楼外头不远,便是那金雀河。河面老宽,河水倒不甚深,却清凌凌的一片,在窗里望得甚是清亮。河滩水里,打眼望过去,竟有无数的女人在濯洗衣物,棒槌声嘭嘭地响成一连片,一时满眼都是绿水、花衣、白腿。李中望见了,禁不住叫出一声来。马镇长走过来望了一眼说:"金雀镇也就这样,日日都如此。"李中摇头笑道:"大开眼界,大开眼界。那明清时的传说,我真的信了。"马镇长说:"信了吧?"两人相视而笑。三个人便落了座等茶来。

第二日早晨李中仍由马镇长陪着,来春水茶楼吃早茶。来到春水茶楼,小玲仍来陪他们两个,仍坐在昨日的位子上。那小玲便说:"昨日师傅有急事没到,今天到了,能吃上正宗的煎米饺了。"李中说:"昨日就听你们说过,我还从没见过,更谈不上吃了,不知是什么样子呢。"小玲说:"煎米饺是金雀镇的特产,不过后来分成了两支,一支在金雀镇,传着传着就失传了;另一支到了肥西县三河镇,却传了下来。我们现在请的师傅,就是从三河来的。"李中道:"哟,这两支分得挺远的,一个在淮河这边,一个在淮河那边。想必是两兄弟分家吧?"马镇长说:"虽都是这样传,却考不出个真假来。"李中说:"遗憾了。"

他们才一坐下,便有个小伙计,二十多岁,也在腰间围了一块白围裙,一手拎着大铁皮壶,一手捧着几个粗瓷的盖碗,大着步子过来,把那几个盖碗在李中、马镇长、小玲的面前摆下,另一只手便提起来,要往盖碗里冲茶。

李中低眼望去,那盖碗中物件与昨日没有不同,仍是茶叶、榴叶、甘草等几样,都是提神醒脑败火的物件。看时开水便直冲入去,碗里霎时便腾起一股清甜的香气来,桌上、别处,却不洒着一星水滴。冲完了,那小伙计就离去,往别的方桌边去了。马镇长道:"盛暑夏日来喝早茶,依我们这地方的习惯,得粗一些才好。"李中说:"怎么叫粗一些?"马镇长说:"清早起来了,脸也不洗,只刷刷牙,就上茶楼来喝早茶。因夏日天热,茶又是滚水冲泡,这时就尽兴去喝,喝出一身汗来,这就叫粗喝,和冬日全不一样。"李中说:"夏天早上就喝出一身汗来,那不是浑身难受死了。"马镇长说:"喝出一身汗来之后,就回家去冲个澡,把一夜里的脏物都冲得干干净净,身子在一天里都舒坦。"李中说:"这真是好习惯,这就是养生之道吧。"小玲说:"不然我们金雀镇的女子哪来这样好的颜色。"李中说:"不过女的又不喝早茶。"小玲说:"女人都在家里喝。早上起来,也不干别的事,先就冲了一碗茶喝,冲个澡,再干一天的活路。"李中说:"想不到,想不到,真是想不到。"

说着、讲着,煎米饺便上来了。原来是米面做成的饺皮,内里有虾仁、鸡蛋等物,在油锅里煎熟了的。喝了这一气早茶,肚里正喝空了,几个人便吃起来。抬头时,又恰恰能望见窗外的一河滩女子。茶楼的生意也正在旺时。

李中到金雀镇的第二天,喝过早茶,吃过早点之后,便由马镇长陪着,坐个体户的柴油三轮车上大门朝西去看张金河的综合企业体。

这是原来就安排好的项目。关于张金河的情况,李中在市里也看了一些材料,这次实地去看,就能多一层认识。

开三轮车的是个叫大三的小伙子,头发老长、老乱,倒也显出了一些时髦来。初看他时,觉着这人靠不住,是个打家劫舍的角色,其实不然。对了几句话,便知道他仍是个本分农村青年的坯子,不大能干出什么坏事来。

马镇长解释了好几次,讲镇上的那辆吉普车,前些日子跟人家撞了架,现时还在大门朝西张金河的维修厂修理着,因而只好委屈李中坐"嘭嘭嘭"了。李中说:"没关系,没关系,怎么着都行,又不是来享受的。"三轮车摇起来,开到大公路上,便一直往南开去了。

三轮车的篷都已扯了去,只留着顶上的一块,夏日里坐着凉快。李中就问:"为什么叫大门朝西?这地名倒挺怪的。"马镇长说:"也没多少讲究,开始在那块地方安家的一户人,因搞错了方向,把大门开在西边了,慢慢就这样叫着了。"李中说:"有意思。"

到了大门朝西,那张金河许是得了镇长的电话,已在公路边候着了。三轮远远地望见大门朝西的那块零散房屋,马镇长对李中说:"我对张金河帮助很大,所以他最听我的。"说着他在车上拿手指点点候在路边的张金河,又道,"他也不容易,遇到许多阻碍,差点搞得倾家荡产。要不是镇委、镇政府的支持,他早给人家打残了。"

下车后,由张金河接着,便往一家饭店的门里走。李中环顾四周,发现这大门朝西也就是公路边一个松松散散的聚住点,规格却不低,都是瓦房,也还有三五幢两层甚至三层的小楼在其中。马镇长见李中四处看,便也停了脚步,指点着对李中说:"这个大院子,上头挂牌子的,是他办的汽车、拖拉机维修厂;这幢三层的小楼,叫金河旅社,这五六间门面,是他的商场,叫金河综合商场;这一家饭店,也是他办的,叫金河饭店,在这附近,数他的规模最大了。"李中听了马镇长的介绍,总有些吃惊的感觉,便啊了一声,说:"这固定资产怕也有几十万。"马镇长便问张金河道:"五六十万总有吧?"张金河说:"哪有那么多,二三十万吧。"又说,"请领导到楼上坐。

外头天也太热了。"李中说:"好。"他们便相跟着从金河饭店的店面进去,往后面的楼上去了。

到了三楼上,风扇和西瓜都准备好了。张金河打个招呼,便有个服务员模样的女孩子,水色姣好,走进来开了瓜。那瓜是黄沙瓤,鲜灵灵地撩人眼目。在座的几个人,擦了脸,便坐下来吃西瓜,其时李中瞟见墙角还放着三个大西瓜。吃了几口,张金河淡然地问了一句道:"听说老夏要跟老李一道来的,老夏怕不来了。"李中说:"老夏现在还没到。但他说过了,迟早要来的,也许就在这一两天。"马镇长说:"老李你看我们这里的西瓜甜吧。这瓜在我们当地,叫金瓜,颜色鲜黄,肉厚汁多,来草场区的人都喜欢吃。"李中说:"这是好瓜,要是搞到大城市,能卖到三毛钱一斤。"张金河说:"那倒是,只是产量高不起来,没有法子大量生产。"李中说:"可惜了。"

吃了一肚皮瓜,他们便洗了手、洗了脸,坐下来谈。从他们坐的地方,能瞅见老远的大草场子。李中便问道:"老张,你先前做什么工作?怎么想起来办这些企业的?"张金河四十五岁左右,面孔微黑,从表面上看不出他是个什么性格。听了李中的问话,张金河回道:"我以前在夏城县拖拉机修理厂工作。干到大前年,不想干了,人事关系复杂,还有人老卡着我,就留职停薪来家乡办个小维修部。办了一年,生意不错,我讲究的就是个信誉、质量,维修站就扩大成个小厂,又添了人。我自己带的几个徒弟也能顶简单的活了,就交给他们干去。"

"这年月干什么都不容易,不使出浑身的招数,那真对付不了。厂子扩大了之后,我又想干点别的。这公路上人来车往,车坏了,到咱这修,人住哪里?上哪吃去?四面八方来的人、公路上走的人、骑车的人、坐车的人,想买块肥皂,都得上金雀镇去。所以我就想再开个旅社、开个饭店、办个综合门市部,给大家点方便。这自然就有人从中使坏,这些情况马镇长都清楚。"

马镇长说:"到哪里都这样。开放改革的年代,免不了泥沙俱下。"

张金河说:"就是这个理。要不是镇委、镇政府支持,要不是马镇长给撑着,我哪能有这些玩意儿?"

马镇长说:"这都是你一滴汗一滴汗垒起来的。"

李中说:"你这确实不容易。"

张金河说:"那可真不容易。我跟马镇长倒是经常拉。有一段时间,我左想右想,我就悟出来一个道理,你想干点小事情,就得有一帮朋友;你想干点大事情,就得有一帮敌人,我咋想也是这个道理。"

李中听了很感兴趣,接问道:"这话有些什么理呢?"

张金河说:"你想吧,你干的事越多、越大,叫你损害了的人就越多,眼红的人也越多。话又反过来讲啦,敌人多了动力也就大了,这就逼着你把事情给办大了。"

李中说:"有点道理,有点道理。"又问道,"这些企业是合资的呢,是集体的呢,还是你个人的?"张金河说:"也合过股,进来的人开始都带了钱进来的。"马镇长接上说:"后来企业生利了,他又把钱还给人家了,所以这些企业基本上就是他独资的企业。"张金河补充说:"不过我也跟大家一样,每月拿工资,只是工资比他们高些。"李中问:"大约在多少上?"张金河说:"我给自己定的是二百四,职工最低的也能拿到一百块钱。"

李中想,既然整个企业都是他的,他拿多少工资也就无关紧要了。又问道:"大约有多少职工?"张金河答道:"总共五十七个半。"李中笑问道:"怎么五十七个半?那半个怎么算的?"张金河也咧开嘴笑道:"我老婆半天上班,半天在家里。家里碎事也多,实在忙不过来。所以叫五十七个半。"在座的人便一齐都笑了。

谈谈看看到中午,张金河便设了午宴来招待李中和马镇长。张金河道:"吃个便饭,也不讲排场了。"马镇长说:"大家都不是外人,随便吃点。"张金河便打招呼,叫人把酒菜端到三楼办公室来吃。从桌面上看,花样确实不多,却都是特色好货。其中一大盘子,叫金雀争春,李中在市里吃过的,不过在这里吃起来更泼辣。因为这一大盘子数量多,少说也得四五十只金雀才能制成。另有一大盘子,叫乳龙的,马镇长介绍说,是拿当地草场上一种草蛇制成。草蛇破壳后五七天,捉了来,掐头去皮,再配上作料淡烹而成,都是难得的佳肴,在夏城里都难以吃到。李中问:"假如在饭馆里出售,大约能卖到多少钱一盘子?"张金河说:"有一回我在夏城请人,寻到一家卖乳龙的。那一盘子稀松,也不过两三条小龙,配着平常的香菇、木耳之类,也开价到五十元一盘子,就那还抢手。"李中说:"真不得了。"

吃到大出汗时,又上来一大花瓷盆稠汤。马镇长说:"这叫龙雀和春,是拿乳龙跟金雀制成的,壮阳大补。来,老李,吃,吃。"李中答应着,未及伸手,张金河已抄起一把大汤勺,从盆里舀了一大汤勺倒在李中面前的碗里。李中谦让着,嘴里吃着,心里想,这一盆没有一二十条乳龙,没有二三十只雀脯,怕做不成。

结果他们怎么也没能吃完,张金河便打招呼叫人端下去了。

午饭过后,马镇长对李中说:"大三已在下头吃过饭了,我叫他开上车到岗子地去找周文虎,你就洗了澡睡个午觉。"李中说:"我们是不是去实地看看?"马镇长说:"先找他来这里谈谈,再叫他带我们去看,更保险些。他在岗子上到处跑,一时半会儿能不能找到,还真说不准。"李中说:"那好。"

洗了澡,张金河就安排他们两个午睡,又喊人抱来两架台扇,给他们一人一台。安排完了,他就出去忙了。

一觉睡醒,马镇长出去一趟,回来说:"老李,周文虎来了,在下边等着。"李中说:"这么快。"忙就起来,洗了脸,跟马镇长一块到了张金河的办公室。这会儿周文虎也被张金河引到上面来了。原来是个老实巴交的农民,大约五十岁,脸上皱纹甚多,是风吹雨打熬出来的样子。见过面之后,服务员又已经把西瓜切开了,几个人便推推让让地吃起来。吃完第二块,周文虎再也不愿意吃,顾自吸着烟袋去了。张金河递给他一支带哨的好烟,他就接过来夹在耳朵根子上,仍吃自个儿的烟袋。

这时大家都抹了嘴,马镇长便说:"老周,这位老李同志是上级领导机关来的,想会会你,你给介绍点子情况。"周文虎有些拘谨,说:"没啥好讲的哩。"马镇长对李中说:"那些岗子地,已接近南边的丘陵区了,在草场区的最南头,有一部分也属金雀镇管,老周就在那里。"又对周文虎说,"就讲讲你承包岗子地的事。"周文虎仍说:"俺比老张可差远啦,真没啥好讲的。"李中说:"老周,你承包了多少岗子地?"周文虎说:"二三百亩吧。"李中说:"种树?"周文虎说:"种了些松、杉、栗、桐。"李中说:"你一个怕也忙不过来。"周文虎说:"请了十来个帮手干,技术活还是俺的。"李中说:"几年了?"周文虎说:"四五年了吧。"

马镇长接上来说:"老周还是党员。前些年那些岗子地撂荒,他就想承包下来,都植上树。跟村上说了,又跟镇上说了,都同意了,签了合同,他就没日没夜地扑在岗子上。老周原来有些文化,念到高小,也算是有学问的人了,二十世纪五十年代还到县里学过园艺。后来入了党,又在县里的农科所干过一段,时间不长,大约有半年吧,就回来了。回来后在公社团委干过些时候,也不长,年把时间,就回了村里。听人家讲,老周在县里的时候,每日扑在园林上,跟书呆子没有两样。他一个亲戚看他老大不小啦,就张罗着给他说亲,带了个大姑娘上县城里看他,说是要给了他的。他就堵在门口,问:可识字?说不会。那时候的大姑娘,有几个念过书的?又问:可知道啥叫灌木,啥叫乔木,啥叫草本,啥叫木本?人家自然没听说过。老周道:那我跟她怎样在一块过?就给回绝了。"

李中望望周文虎,发现他咧着嘴,歪着头,傻傻地笑,跟听人家的故事一样。马镇长说:"这自然是传说,不过老周也没否认过。再后来,遇上'文化大革命',老周有劲也使不出来,干望着荒草土岗发愣。党的十一届三中全会以后,他才如虎添翼,焕发出青春来。"

李中笑问道:"老周后来结婚了吧?"周文虎笑眯眯地说:"两个儿子都竖起来啦,都跟俺在地里干。"李中说:"那我们不如上老周的地里去看看,不太远吧?"马镇长说:"好,我们去看看。远倒不远,十七八里地,三轮也快。"李中说:"那我们就去看看。"

告别张金河,三轮车沿着公路往南开去。开了不到十分钟,往左手现出一条土大路,一直伸到草场的深里去。三轮车偏了头,上了土大路,颠颠簸簸地往西南开。这时一眼望过去,到处都是庄稼、草地,绵绵无边。雀鸟在草丛里起伏上下,大地浑厚诚恳,风也略显旷荡一些,吹在人身上很是利索。

车走了一时,地势的起伏更大了,岗子开始形成了,长着树的土包子也多起来。过了一个庄子,车就开到一个小山沟里停住,沟边的坡坡上有两间土房。马镇长说:"到了,咱们下去吧。"

果然四处都是树。树都还不算大,周文虎说:"先上房里坐一时,喝口水。"马镇长说:"好。"他们三个便有前有后地往坡坡上的土房里走。土房门前有一块空地,门半敞着,听见里面有个收音机正哇哇乱唱。三个人走进去,却没碰见一个人。周文虎说:"这是俺儿开的,他走不远。"便拿了板凳,让李中和马镇长两个坐下。

李中环顾四周,发现这是两大间房子,面积虽很大,却是旧土墙,里面也没什么东西,有三张用木棍搭起来的床,上面胡乱地扔着些脏被单。地上有几个小板凳。靠左手墙边砌着一个灶。一张小方桌上放着些碗筷和半小袋粮食。李中说:"老周,你在庄子里还有家吧?"周文虎说:"还有个家,那也就两间土房,比这小点。"李中说:"你栽这些树、管这些树,花去不少钱吧?"周文虎说:"确数也算不出来,总得花去个一万两万吧。"李中说:"那你从哪里去搞这万把两万块钱? 你以前有存款吧?"周文虎说:"哪有什么存款,都是从农行里贷的款,是马镇长他们的支持,才干起来的。"马镇长说:"各方面都支持他一些。"李中又说:"这树要成商品材,得多长时间?"周文虎说:"打第十年开始吧。"李中说:"那这还有五六年,怕还得不少钱花。"周文虎说:"怕还得万儿八千的。"李中说:"林子成材之后,你能收回来多少钱?"周文虎说:"陆陆续续,怕能收回来十几万。"李中说:"一二十年也过去了。"周文虎说:"十年造林,百年育人,要想钱就干不下去了。"李中说:"那可真是。"

他们又在岗地上转了转,到6点来钟,谢绝了周文虎的挽留,三轮车又顺原路开回去,一路奔了金雀镇。车过大门西的时候,他们没在路边见着张金河,车也就没停,"嘭嘭嘭"一直开到金雀镇。

到金雀镇时间也还早,不过7点来钟。下了车,李中回镇政府里洗了把脸,马镇长就从外边进来了,说:"老李,咱们吃晚饭去吧,今天一天也够你辛苦的了,早吃了饭你好早休息。"李中说:"还好,还好。"便跟着马镇长往街上去了。

街上这时人不算太多。夕阳正在往树梢的方向坠去,雀鸟们感觉到了暑气的消退,便这里那里地唱起来。他们走到一家饭馆前,李中抬头一看,见有块招牌,写作"小月楼饭庄"的;门上还有块横匾,道:民以食为天。马镇长说:"这也是一家老饭馆,明清时就有了店号。"李中说："那些丢官的人,怕不是在这里吃喝取乐中惹下祸根的吧?"马镇长说："也有在这里丢官的,不过那时店铺多,又都干那种买卖,丢官的到底是少数。"李中说："店面倒真是老店面了,也有特色菜吧?"马镇长说："就是清炖鳖爪。"李中说："怎么叫清炖鳖爪?"马镇长说："把五七只马蹄鳖杀了,只取鳖爪,加了中药、作料,配少许牛鞭、狗鞭和红枣银耳,微火细炖,味道非常好,也是壮阳大补之物。"李中说："金雀镇对吃、喝还真有讲究,这也是学问。"马镇长说："平时也是稀松家常,只是来了客人,才讲究一些。"

说着上了二楼雅座。凭窗望去,外头还是那条金雀河,河滩上洗衣濯菜的女人又渐多起来。两人坐下之后,又从外头进来几个人,是昨天见过的镇上的几位副职领导。见了面,略一寒暄,各自入座,菜就上来了。

两杯啤酒下去,李中说："金雀镇这老街,能留着就好了。我走过一些地方,那里的老街慢慢都搞掉了,很可惜。"马镇长说："镇里开过几次会,也做了决定,以后要发展,就往西发展,不动老街。"李中说："老街搞掉就再也搞不起来了。"座中一人道："那可是。再过些年,老街就成文物了。"说着,便站起来举杯要敬李中。李中说："不行了,我酒量不行。"那人道："没有事的,啤酒,没有度数。"李中讲不出有力的托词,只好与他干了一杯。满桌喝遍,马镇长出面说："大家都不要再敬了,今天老李也真辛苦了。我们就吃饭,吃了饭老李也好早早休息。"众人都响应,便解了李中的围。吃过饭,送李中回住处,镇上的人便都散去了。

众人都走了之后,李中拿热水洗了澡,换了衣服,却不想就睡,便打后门出去,仍到金雀河边走走。这时夕阳已隐去,只留着半天的红锦儿,把大草场子烧得通红,煞是好看。河水里和河水边的女人,有直立的,有弯腰的,有蹲着的,各取姿态,并不单调划一,都在捶捶打打、搓搓揉揉,无有定形。金雀河的对岸,现着一群白羊、黑羊,那群羊大半数是纯白,小半数是纯黑,黑白相杂,格外醒目。有两个半大的牧童,跟着羊逛,一边飘然地逛,一边看河里濯洗的女人,半大才拖长了腔号一声道:"嗬——嗬嗬——嗬——"也不知是喝羊呢,还是自娱。

那两个伢子乱喝着的时候,西天上也就起了一阵骚动。原来是一群金雀,如弹丸样小,在天空里都是黑点子,扑扑噜噜地打草丛里升到半天云里去了。不知是有人惊着它们了,还是有动物惊着它们了,还是它们自个儿的游戏。扑噜噜的一大阵,怕有好几百只,都胡乱地升在半天云里之后,便慢慢地飞升,见不着半点浮躁。这时西天的红云锦儿,把些金红色映在雀子面西的那半边翅上,映得甚亮,发着金红色;另半边面着东的,就显暗些,是傍晚时分的那种宁静颜色。那阵金雀便驮着这样两种东西,慢慢地飞升,又慢慢地落入草的原野上去了。

水边的女子便有立起身来看雀子的,看了一时,又弯下腰去了。想必这是司空见惯的物件,对她们来说都不是新鲜玩意,因此她们才显得更淑静。李中踩着沙滩上的卵石,缓缓地走了一段,看了一时。西天的红锦儿快收尽的时候,他才回去睡觉。

第二天吃过早茶后,李中对马镇长说:"马镇长,我来金雀镇已是第三天了,老夏还没有消息,事情也差不多办完了。是否请你打个电话,跟江部长他们联系联系?如果老夏一时来不了,我也该回市里集中了。"马镇长说:"好,我马上就去打电话,请你随便走走吧。"李中说:"好的。"

跟马镇长分手之后,李中便沿街漫步而去。出了老街,便是新街。新街就是路宽些、硬些,两边的新房、楼房较多些。老街并不长,半分钟也就走尽了。出了新街,便是田地跟野草。

这一日太阳虽也厉害,却有风。风一阵阵地扑在身上,自然去了不少暑气。野地里有一条路,不甚宽,土路。路两边植着两行大白杨。大白杨都有小盆口粗细,直钻入天上。李中便走在树影子里头,一路往野地的深里走。

愈走得离了镇子,愈觉得野地里的那种安静,只除了呼呼的风吹在叶子和枝丫上的声音,旁的就听不见太多的东西了。李中信步走去,也没多想着点什么。走着走着,便觉着自个儿入了另一种境界,身子里松快了许多。走了一气,便找了一处树影,在地上坐下来,望着无边无际的草场子发愣。

李中赶回到镇上的时候,马镇长已派了几个人四处去找他了。见他回来,马镇长忙迎上前去说:"老李,电话已经打通了。江部长接了电话,指示我们,一定要安排好你的工作和生活,天热,要注意防暑降温。"李中说:"镇上安排得很周到,很周到。"马镇长说:"江部长还说,老夏大概不能上金雀镇来了,但是很可能参加会议的闭幕式。"李中说:"太可惜了,老夏没来太可惜了。江部长可说我什么时间回去?"马镇长说:"江部长说请你自己定,最好在明天以前,后天会就结束了。"李中说:"我在这里的事情也大致办完了,就今天下午回去吧。"马镇长说:"不能再住一晚上吗?"李中说:"给你们添了不少麻烦了。"马镇长说:"我们这小地方,条件太差,还请你多包涵着点。"李中说:"你们很辛苦了,以后有机会再来。"马镇长说:"有机会请老李一定再来走走。"李中说:"一定来。"

午宴自然又是丰盛。李中与各位陪客一一对干,也算道了别。饭后,镇上的那辆吉普恰巧也修好开回来了,便送李中回夏城去。吉普边上围了一窝子人,都与李中握手话别。纠缠了一时,李中关了车门,吉普叫了一声,便起步直往公路上去了。两边风光不断,到夏城时间还早,只3点多钟。吉普车把李中送到宾馆,掉头回去了,李中这边自然有人接着,住下之后洗了个澡,便上床去睡个好觉。

到傍晚的时候,在下面的各路人马,已经回来了三分之二。老汪也回来了,仍和李中睡一个房间。李中说:"老汪,你这几日晒黑啦。"老汪拍拍肚子说:"也健康不少吧。"李中说:"结实不少。"

晚上吃饭时,江部长等人都来陪,十分热闹。席间,大家一边喝着啤酒,一边吃菜,一边闲谈,气氛显然比离开夏城前要热烈得多。其中一人说:"十几年没到乡下来了,这次到乡下一看,跟脑袋里的印象完全不同。我这一身可是显得土气多了,老掉牙的货啦。"另一个道:"我也是十多年以前到这里来过的。那时到湖上,还在人家渔船上过了一夜,忘都忘不掉。"老汪说:"我去的那个县、区,大家对江部长的看法都挺好,提起来就讲江部长办事公道,没有私心,都还惦记着江部长。"江部长说:"我以前在那里干过,也没干出多少名堂来。可说句心里话,也没干过几件对不住人民的事。"老汪问:"江部长以前在那里干过几年?"江部长说:"干过八年。先在区里干,后来又换了个区,又换了个区,又到县里,主持工作。"老汪说:"全省第一个大型养鹅场就是江部长在那里搞起来的,后来就在全市推广了。"江部长说:"那时候水面比现在多,现在有许多水面被淤塞、填平了。但那时候的水面浪费也很大,基本上利用不起来。那时候人也穷些,脑袋瓜子跟现在比,就是灵不起来。当时县里的一班子人,团结好,就想着法子怎么能叫县里的人民富裕一些,能多挣点钱,一方面国家收入多了,一方面群众收入也多了。后来我出差上江西的一个地方去,从报纸上看到关于养鹅的一则报道,脑袋里一亮。回来跟大家一讲,就通过了。咬咬牙,县财政拿出七八万,办了良种鹅场,推广到全县去,当年就见效。鹅一身都是宝,浪费不了一点,又能出口换取外汇。人工催生的肥鹅肝,在外国人眼里是上等佳品。光养鹅这一项,当年全县国民经济总产值就增加九十多万,民间还有许多统计不上来的数字呢。还有一个镇因此成了全国最大的鹅市场,在旺季,一天里进入市场交易的生鹅可达三十万只,那真是盛况空前,难以想象。"江部长说得感染人,听者也都听得起劲,不觉间饭就吃完了。

晚饭后,李中和老汪才回到房间没几分钟,江部长就兴冲冲地来了,对他们说:"刚才部里接到老夏办公室的电话,讲老夏明天中午前后能到,来参加会议的闭幕式。"李中和老汪听了都很高兴。江部长又说:"那明天上午的会就推迟到明天下午开吧,明天上午还请各位好好休息休息,随便转转。"老汪说:"这城里还有什么好去处?"李中说:"听讲金雀河从市里流过去,不知是在哪个地方。"江部长说:"那倒真是个好去处,就在老街的西边,现在也热闹起来了,新建了一些商场什么的,值得一看。"李中说:"我们明天上午不如到金雀河边去走走。"老汪说:"行,我随便的。"话这样说着,江部长又到别的房间去,把老夏会来的好消息告诉给其他人。

江部长走了以后,李中道:"老汪,我下午睡了一觉,现在也不太累了,想出去散散步。你怕走不动了。"老汪说:"还真累了。不过一回到宾馆来,就不想出去了,你说奇怪不奇怪。在下面区里的时候,在屋里也坐不住,不如出去走走,找人谈谈,了解点情况;现在有空调了,就真觉着外头的热浪受不了。你自个儿去吧。"李中说:"那好,我就在近处走走,散散步。明天下午开了会,也就该回去了。"老汪说:"回去没有空调,还不如在这里住着,住过了盛夏,再回家。"李中说:"不过还是家好,虽说家里边没有空调,但到底也是家。老婆孩子在一块过惯了,办什么事都顺,都习惯。"老汪说:"你家庭观念倒挺重的,你这样一说,我还真有点想家了。"李中说:"民以家为乐嘛。"老汪说:"这话没听讲过,没听讲过。"两人一阵笑。笑过了,李中便出去散步了。

李中自然是记着那湖畔夜曲的余韵。出了宾馆大门,顺着路上了大街,便径自往湖的方向去了。

盛暑酷热,仍没有半丝的消退。街边树下的一些人,要么是坐在门外的小凳上拿扇子扑扑扇的,要么是漫无目地四处晃荡,寻找可避暑气的地方的,要么是在冷饮摊边上灌冷饮。李中缓缓而行,全无半点急躁。因事情差不多要完了,会差不离要散了,也无须急躁了。李中慢慢走着,到了十字街口,便往右手去。走了五七十步,那湖边的护栏便出来了,乘凉的人也渐多了。李中在人留出的路上慢慢往深里去,眼里、耳边渐就涌来那些烟头光亮、路灯光亮和讲话声、耳语声、咳嗽声、扑扇声、收音机的音乐声等等等等,一片嘈杂。

李中也不计较,寻了一处护栏,过去靠在上头,叫心静下来。那些嘈杂声果然渐就退去,渐就打耳膜里退去,愈退愈远。终于就有那丝弦决然一响,在心里响得好清亮,跟空谷足音样的。李中眼前便现出一个女子来。这女子水色绝好,容貌清秀,一眼望去就知道定是吃金雀河水长大的。她的纤手拨动那铮铮透明的丝弦,小嘴红唇,眉眼含情,望去又似是那金雀镇春水茶楼的小玲。此刻李中眼里并无半丝杂念,倒觉着这世界有情留他,他也不能负了这世界。

这样磕磕绊绊地想了一气,李中便回宾馆睡觉去了。洗了澡躺在床上,李中想,这暑气一时半会儿怕还退不掉。想着,就睡去了。一夜无话。

新观察五题

圆形房

原野上有一幢圆形房,灰白的颜色。这种形状的房子在这一带的原野上是很不容易看到的。

我想,这是什么人的房子呢?这是什么人住的房子呢?为什么要盖成圆形的呢?

圆形房是蹲在大原野上的。圆形房的周围有五七棵水桶粗细的大柳树,在春末、夏天和秋初,柳树一直是郁郁葱葱的。

圆形房里一定很凉爽,在夏天——我不断地这么想。

于是在夏日的黎明,我背着粪箕儿,粪箕里放着一把短柄镰刀,快步地走到能眺望圆形房的沟堤上,坐下来,开始了我的观察。

从沟堤上望下去,原野宽广而静谧。在黎明和早晨,我看见三个女人、两个男人和两个孩子走出了圆形房。他们不是一齐出来的,他们是分别从圆形房里走出来的。我可以看得很清楚。我想,他们是什么样的人呢?是什么类型的人呢?

一个男人走出来了。门吱扭响了一声,门的响声在空旷、平坦、毫无遮拦的黎明的原野上响得很远。这是一个五十多岁的男人,剃着光头,眼睑有些垂肿,面容黑里透红,但皮肤有些松弛了。他赶着一条牛,牛的身后拉着个橇。他嘴里含着个烟袋,烟袋里不时冒出缕缕青烟,他的鼻子里也时而冒出两股青烟。他和牛走得很安详,走得不快不慢的。他的肩上还挂着一柄长鞭,鞭梢在他身后拖了有两三米长,但我一直没看见他使用那支鞭。他们不慌不忙地越走越远,走进更远处的雾气里去了。

一个女人走出来了。大约有五十岁,但显得更老点。她出来时两只手端了个鸡筐。鸡筐是那种杞柳条编成的,中间是大肚子,口较小。她端着它出来时,鸡筐里乱晃荡,看上去里面有什么东西在骚动。她穿着黑布褂子、黑裤子、黑布鞋,头后挽成个老婆婆髻。她走到圆形房外头的一大片平坦的空地上,把鸡筐放下。这时打门里走出来两只像母鸡那样咯咯叫的公鸡。它们昂首阔步地走出来后,就逗留在鸡筐边,焦急地叫着,等待着什么。五十岁左右的女人嘴里干骂了一句什么,就伸手把筐盖拿下来,扔到一边去,然后用一只脚把鸡筐蹬倒,就像用手把一只桶放倒,让脏水倒出来一样。轰的一声,有几十个花花哨哨的小玩意儿在鸡筐口炸开来。定睛细看,原来是几十只小鸡,喳喳地叫着,分成两群,分别跟着两只抱窝的母鸡,往两个方向的地里去了。那女人也回到圆形房的门里去了。

又一个男人出来了。大约三十岁,也剃着光头,穿着蓝布小褂,下身穿着蓝布裤头,脚上穿一双黄球鞋。他是撅着腚出来的,因为他推着一辆独轮车。车上看来是重载,车挡两边都捆扎着白粗布大口袋,口袋里不是粮食,就是别的东西。他的屁股扭得真厉害,左一下右一下,左左右右,正应了平原乡间的一句俚语:推小车,不用学,只要屁股磨得活。他把车推出圆形房后,在空场上转了个大弯,就转到圆形房的后面去了。看来那里有一条路通到什么地方去。或许是通到泗水镇上去的,我这么想。但我看不见他了。

又出来一个女人。也是三十岁左右,头发乱蓬蓬的,衣服也穿得凌乱,斜襟的褂子也没扣上扣子。看到这种情形,就知道夜晚她的男人没放过她,这是精力旺盛的表现。我注视着她。她手里端着个大的黄颜色的尿罐,里面满满的都是尿。她出了门,走到圆形房的一侧,那里是一片稀疏的桑苗。她把尿罐推倒在地上,发黄的尿液哗的一声倾泻在地上,我仿佛听到了土地吸收的吱吱声。倒完之后,她把尿罐扔在地上,迅速地脱下裤子,迅速地蹲下去。她一边尿着一边抬头向原野里看。尿完之后,她站起来,提起裤子,挽上裤腰,拎起尿罐,走进圆形房里去了。

又出来一个女人。大约二十岁,穿着一件红花小凉褂,梳着两根不长的小辫子。圆形脸,脸上胖乎乎的,身上和脸上看起来也该是胖乎乎、肉乎乎的。她趿拉着一双布鞋,也就是用脚后跟把鞋后跟踩下去了。她出了圆形房,趿拉着鞋往桑苗地里走。这时一只母鸡领着一群小鸡从黄豆地里钻出来了,母鸡咯咯地叫着,歪着头看着她。她对它嘘了一声。她走到桑苗地里,不快不慢地脱下裤子,蹲下去了。她并不特意选择桑叶能挡住的地方,所以她的很肥大的白色屁股我居高临下看得就很清楚。我惊诧于这种对比:纯粹的绿色原野里有一个那样白的肉屁股。她慢条斯理地尿完之后,又趿拉着鞋走进了圆形房。

圆形房后面竖着的烟囱冒烟了,灰白色的烟按捺不住急躁的情绪,滚滚而升。太阳出来了,晨雾渐逝。太阳升高了,天气渐热了。有两个农村孩子从圆形房里跑了出来,他们各自只围了一个红围兜。红围兜可能脏了,也可能是旧了,所以颜色并不鲜亮。但一眼望过去,仍可立即判断出那围兜是红颜色的,没有疑问。他们跑出来,跑到空场子上。他们是一男一女两个农村小孩,四五岁,除去一个头发长些,一个光头(脑勺后留着一撮头毛),再不能根据眼睛所能见的来判断他们的性别了。他们跑到空场子上,就坐到地上玩。他们的身上、脸上、腿上、胳膊上都被太阳晒成黑色,看上去他们健康、结实、天然。他们玩着。那个五十左右的女人从圆形房里走出来,对他们喊了一句什么,他们就一齐从地上爬起来。

这时正好能看见他们的光屁股,上面有在地上坐上的发白的灰。他们就一齐跑进了圆形房,那个五十岁左右的女人也就跟进去了。门仍然大敞着,烟囱里的烟却消失了。

过了四五袋烟的工夫,圆形房里似乎起了一阵嘈杂与骚动。那两个孩子又跑出来了,每个人的手里都还捧着一块发黑的饼子,不时地拿嘴去啃咬下一块来。他们出来后,就撒丫子奔第一个男人去的那条道上去了。他们仍都赤着脚,敞着头,只围着个围兜。

继而那二十岁左右的女人扛着一柄锄出来了。她的头梳得齐整,布鞋也穿得很规正,一眼就看出是个没破瓜的大闺女。她出了圆形房就站住了,手里也拿着一块发黑的饼子啃。饼子上好像还堆了一堆黑咸菜之类的东西,那堆咸菜堆成了一座小黑坟。她站着等了只有放个响屁的工夫,那三十岁左右的女人也扛着一柄锄出来了。三十岁左右的女人现在收拾得利利索索,完全没有了晚间被男人搓揉捣弄的痕迹。紧跟在她的后面,那个五十岁上下的女人,提了个小篮子,小篮子上拿一块白毛巾盖着,想必是饭食之类的东西。她出了门,就转身把两扇黑漆门拉到一块,然后拿一把锁锁住。三个女人就前后地走着,往第一个男人和两个小孩走的那条道上去了。

太阳开始毒热起来,从我坐的那个地方俯视着原野,我不知道在这无边无际的大原野上,在那些庄稼地里头,在草地和庄稼地底下,还有多少我们所不知道、所未曾谋面的动物以及其他生命体,它们是怎样在按照自己的生活规律和程序在生活着,在每一分每一秒切切实实明确地生活着。太阳更毒热起来,空气也热闷了。我想,今天就到这里吧。我就站起来,顺着原路走回村里去了。

割草的小芹

我看见小芹在黎明尚未到来的时候,就背着草箕,草箕里放了三把短柄镰刀,放着一块中间凹两头翘的磨刀石,放着一个小布包,往西湖洼荒地去了。

天还暗得很哪。小芹呵斥着两条咬着的狗。狗听见她的声音,就停止了咬叫,摇着尾巴迎她,凑着近乎。于是小芹在发暗的黎明前的那一瞬间,走出了村子,顺着村外的路,往西湖洼荒地去了。

到处都是露水。刺槐树的卵形的树叶上,黄豆棵子上长着绒毛的叶片上,剑一样的草的梢梢上,到处都是露水。鸟雀还没有叫唤。一只黄狼子往路边的野草棵子里一钻,做着梦的乡野又寂静起来。这时路上就只有一个人去西湖洼荒地割草的小芹了。

走了好远,过了月亮河,小芹就走进了荒草萋萋的西湖洼荒地了。这时黎明已经打着呵欠来了,东方有些微的曙色。四野里都是这么安静。毛谷谷草垂着让露水打湿的沉甸甸的穗子。一只红蜻蜓停在毛谷谷草的叶片上,它动了一下它的湿漉漉的翅膀。西湖洼荒地也还没有醒来呀,小芹哟。

我停在月亮河的河堤上。我学着鸟叫,叽叽喳喳地吹着口哨。于是鸟都叫起来,它们肯定认为天早已亮了,同伴都起来了,正唱着青春摇滚乐,所以整个村子里的鸟雀都嘈杂起来。我在嘴边说:听见啦,小芹?一个人去西湖洼荒地割草的小芹哟。

天还只是朦朦胧胧的。水汽好大,吸在肺里又凉爽又湿润。小芹到了西湖洼荒地,就挽起裤腿,往荒地的里头走。西湖洼荒地好大好大,瞧不见边的都是草,都是半人高的草,都是又矮又小的灌木。这一片那一片的也有些跟土地的原色相吻合的朴素的花。

洼荒地有些地方高了些,有些地方低了些,有些地方就积着水,有些地方就开着花。小芹一个人,背着草箕子,径直地走进了洼荒地,一直走到洼荒地的好里头,才在一块平坦些的高露些的地方停住。

曙色更显眼了些,东边露出了一些其他颜色,怕是太阳想要出来了。小芹已经蹲在地上,握着手里的短柄镰刀,割着草了。用柳条编的草箕就放在最高的那个地方,它静静地蹲着。太阳出来前的最后的露水还是把它给打湿了,把里边放着的东西也给打湿了,把蹲着割草的小芹也给打湿了。小芹的头发梢往下滴着水,小芹更像个成熟了的乡村姑娘了。

太阳突然跳出来了,像有人从后边对着它的屁股踢了一脚。太阳开始明亮了无边际的高高低低的西湖洼荒地,阳光开始驱逐洼荒地和平原上的水湿气。这是最振奋人心的时刻。毛谷谷的沉甸甸的头失去了露水的重量,渐渐昂起来了。红蜻蜓也展开了双翅,让太阳晒干它的翅膀。于是成百上千只红蜻蜓、绿蜻蜓和黄蜻蜓都从毛谷谷草的叶梢上飞起来,它们空前绝后地在草梢上和平坦的空地上以及水洼子上飞行。蝉也欢呼太阳对水汽的驱逐。它们此呼彼应地在草洼子里,在月亮河河堤的树林里,在一切有汁水和绿颜色的地方,吹嘘着,但并不怎么幽默。

我忧虑地扶着树,远远地望着一个人蹲在西湖洼荒地里割草的小芹。她一秒钟也不停歇地割着,草很快堆积起来。在她挪过去的地方,草都倒下去了,露出了大地本来的大致的样子。这种大地本来的大致的样子逐渐地扩大着,于是小芹停下来了,撩起小褂子抹掉脸上的汗水。然后她扔了镰刀,四下里望一望,就踏开荒草,走到一个低洼些的地方去了。

太阳已经升到了四十五度角的那个位置上去了。露水都散尽了,微风从草洼子地吹掠过来了。这时我闻到一股淡淡的鲜粪的臭气，我知道这是小芹在草洼子里拉屎了。我转身走到石桥上去看桥下的流水。我瞧见那个老农民还立在桥边，嘴里衔着烟袋，上身略微前倾着，肩上背着粪箕，全神贯注地瞅着水里的什么。我想起在城市里男人们到厕所里去的时候都点燃一支烟吸着！不知是为了驱走屎臭气，还是为了更好地吸进屎臭气。我想向老农民的烟袋借点火，但他的烟袋是灭着的。我又想告诉他在西湖洼荒地里有个割草的农村女孩子叫小芹的，刚刚拉了一泡屎，他可以去把那堆鲜粪钩到粪箕子里去，但我也没告诉他。当我回到堤上去的时候。我看见小芹正在一个水洼子里掬水洗着手和脸。她洗好后就一屁股坐到草箕边，打草箕里的小布包里拿出一个窝窝头和几根咸菜，干啃着。

我看见她啃得好香。她一边啃着，一边呆呆地望着洼荒地上摇曳着的草梢。蜻蜓都飞散了，太阳已经升高了，鲜屎的臭气也都让太阳吸去了。她啃完了就到另一个水洼子边，拿手在水面上拨拨，然后就掬起一捧水，凑在嘴边吸溜着。她换了一柄镰刀，又蹲在地上割起来了。我感觉我的胃疼起来了，有许多硬的东西在硌着我的胃壁。我捂着胃蹲下去了。

太阳很猛。风已经被烤焦了。我脑海里有一个影像，那就是小芹。她仿佛一个没有情感程序的电脑人，但我立即否定了自己这种玩世不恭的想法。我从地上站起来，我靠在树干上，我看见小芹不断地往前挪动，草在她屁股后面堆起来了。她一刻也不停。她又换了一柄镰刀。她身后割下来的草铺了好大好大一片。她又啃了一个窝窝头和几根咸菜。她几乎就没停下来歇过。我的眼睛和脖子都发酸了，这时太阳就快要从小芹的身后落下去了。风有些降温了。小芹割下来的草也都晒蔫了。

这时节，一个四十来岁的男人，赶着一头水牛，拉着一个木橇，打桥面上过来了。过了桥，牛跟人跟橇就一头扎进草洼子里头去了,歪歪倒倒地走。一直走到小芹割草的地方,牛跟人跟橇才都停下来。

远远地听不见他们在说些什么,也许什么都没说。四十来岁的男人就把牛跟橇掉了个头,小芹也扔了镰刀,两个人就把草搂到一堆,捆成草捆子,垒到橇上去。这会儿太阳肿起来,就在他们的身后,肿得通红。他们在太阳前面,就显得小,但清晰,一下一下地抱着草,把草垒到牛橇上去。牛橇上有个耙,就可以垒更多的草。草垒起来,就像个小草丘子了。

太阳由肿到瘫地慢慢地稠稠地稀瘫下去。草梢都不动,感觉到了太阳正稀瘫下去,夜就要来了,草们或许有些怕的念头,所以纹丝儿不动。蜻蜓都飞回来,落到草梢上去,也不动;水也不动;只有牛橇在动,男人在动,小芹疲疲地跟在牛橇后面,拖着两根软软的大腿,在动。

他们挣扎出了高高低低不平不坦的洼荒地,挣扎到桥上的时候,太阳就完全稀瘫下去,只留着一点残余在好远好远的那块地面上。光线就渐暗下去了,太阳怕是冷了,凝冻上了。牛跟草跟男人跟女孩子,都有些挣扎的味道。不知是哪里吱咯地响着,一直挣扎地响着,响到往村里去的路上去了。远了,但还是挣扎地响着,响个不歇。

嘴　唇

晚霞已经像塑料装饰花那样假模假样地烧红了。不管怎么讲,这是一天里最舒服的时候,真正的农民开始在地头考虑归村的问题了,而那些割草的孩子或者妇女则已经将归家付诸行动了。有许多条路。快进村子的时候,有两个苇塘夹了它一下,于是它突然一瘦,然后像反抗似的不情愿地拐了个小弯儿,进村了。

我同一个老头在这条路拐弯儿的地方站着,有一句没半句地讲闲话。老头的耳朵有点背,我跟他讲话有些费劲,但他很慈祥地头发花白地站在路边上,我也心情很好地站在路边上。

这时,有一连串割草的孩子从这条路进村了。这一连串孩子都有十四五岁的样子,有男孩,也有女孩。他们是一个接一个地过来的,第一个拐过弯儿我们才瞧见,于是我们的眼光就被他们吸引了。

第一个过来的是个女孩,她背着一草箕青草,走得很有训练,但显然草很沉重。她一拐弯儿突然看见了我们,吃了一惊,立刻抬起头来看我们,努力地笑了一下,就过去了。我看见她的脸蛋黝黑,嘴唇很明显地饱满,略微外翻,是那种典型的充满柔感的嘴唇。当然我这样感觉,并不带有什么不恭的意味,而她的嘴唇又给人很强的视觉印象。

我想起以前记住的一句话:嘴唇较厚的女孩更为性感。

孩子们一个接一个地走过来。走过来,走过去。他们都像第一个女孩子那样,略为吃惊地发现了我们,抬起头努力地笑一笑,就走过去了。我注意了他们的嘴唇,我不敢说以上那句话百分之百正确,但那句话所指明的现象的确是存在的。

孩子们的脸上都是汗尘和草屑,显然他们十辈子也不可能想到我现在正在想的这个问题,他们的肩上还有个沉重的世界哪。我赶紧对老头说:"我得走啦,他们在等我。"我就走了,离开了那个独特的尴尬的地理位置。

晚霞确实是假模假样地烧着了。

宽广的河滩上　那个孩子是在玩耍吗

月亮河拐弯的那一段河滩上,冲出了好些砂姜,白苍苍的,疙疙瘩瘩的。当七月份的毒热的太阳照着河滩的时候,宽广的砂姜河滩蒸腾起了干热,河堤在这个地方鼓着个大肚子,所以砂姜河滩更显宽广、惨白和疙疙瘩瘩。

堤很远,因此树就很远;树很远,因此绿荫就很远。绿荫看起来很遥远,惨白的砂姜河滩看起来就更宽广。砂姜河滩没有一棵草芽,草芽在砂姜河滩显然是不能生长的。

太阳快升到午时的时候,我注意到砂姜河滩上有一个黑孩子,六七岁,光裸着身子,一丝儿不挂,头戴着一个只剩几圈的破草帽。他明显是个农村孩子,身上脸上包括腚上都晒成黝黑,小小的黑鸡鸡弯成个小钩钩。他手里提着个破竹篮子,竹篮子里有一柄小铁铲,篮子里胡乱放着几把草。显然这是个六七岁的出来铲草的农村男孩子。我立刻被他吸引住了。

我一直待在堤下的树荫下面,我怎么没看见他是从哪里冒出来的?因为是白茫茫的大片砂姜滩,所以他的光滑的黑身子竟被反衬得十分醒目。近于炽白的阳光毫无遮拦地刺中他,我估计他要向水边走了,或者要折身子往河堤的某一处走了,但是他没有。他突然很嫩地吹起了口哨。他稳稳当当地站住了,瞧着前面不远处的河水。他是站在砂姜河滩的中间的,他还赤着脚,也不怕砂姜烫或者硌他的光脚丫子。他手一松就把竹篮子丢在砂姜地上了,真是妙不可言,极其潇洒的。而后他弯下腰,撅起屁股,打地上抠起一块砂姜,一扬胳膊,把砂姜在空中抛圆了,直向河水里掉去。

砂姜河滩本来被晒得很热,空气也稳定,于是砂姜在空气中飞行的时候,就发出吱吱啦啦的撕破空气和凉水掉到火炭上的声音。那块砂姜在空气中痛苦地飞行了一小段距离之后,在地球引力的作用下,嘭的一声掉进水里,起了几圈涟漪。但因为河水是流动的,所以涟漪即刻就被抹平了。砂姜河滩上的一切又都恢复了原状。

那个六七岁出来铲草的男孩子被这种情景搞了一下,闹得一愣怔。他显然不很满意,那结局也显然出乎他的意料。他有几分恼怒,这从他的行动中能看出来。我想不到只有六七岁的孩子也有毫不逊色的攻击性。他迅速地弯下腰去,我能看见他撅着的腚和后背以及后腿。他用右手抠砂姜,抠出来后就放到左手里去,一直到把左手里的砂姜垒起来。最后他又抠了一块,拿在右手里,抡圆了。砂姜毫不犹豫地又在空气中发出被灼伤的哗哗声,飞行了一小段,就嘭的一声落到水里去了。那男孩听见那嘭的一声。于是,他一鼓作气接二连三把左手里的砂姜都通过右手扔到河里去了。空气中和河水中的声音有些混乱,空气中的声音更像什么膜被撕破的声音。但一个六七岁的孩子能有意识地通过这种象征性的声音来获取快感吗?我想不能。

河水中和空气中的声音顷刻间又全消失了,这显然还没有出现那孩子所预料要达到的效果。他迷惑不解地歪了一下头,瞧着河水,愣怔着百思不解地呆立了一大会儿。然后他就有些泄气,迷惘地向四周看了几眼。

也许他以为有谁在暗中跟他捣蛋吧?他显然又没有发现跟他捣蛋的人或物。他就无可奈何无精打采地弯下腰,从砂姜河滩上拎起小竹篮子,转过身,焉耷耷地往河堤的某一处去了。砂姜滩地显然又烫脚又硌脚,他有些夸张起来,小心翼翼地走,还扭着小黑屁股。结果他就走掉了,消失在河堤上的树荫里了。

忽然传来一声很嫩的口哨声,那肯定是那个小男孩吹的。嫩巴巴细条条的。又是一声。

午　　宴

七月显然是最热的时节。雨水少的七月,那种干热更是达到了顶峰。12点过后,太阳毒晒着,最后一条狗也从田野的黄豆地里溜回到树荫下,伸着舌头喘去了。许多人家都忙着做饭吃,整个村庄都干热不堪,大汗淋漓。近旁又没有大河或大塘,小水塘里的水差不多全干了,人只能在干热里煎熬着。

一个男人,四十五岁的样子,长得结实,担了两大筲水,从村里的井边回来。他赤着脚,只穿一个裤头,胳膊腿都晒得黢黑,结实有力,肌肉突起。太阳晒得他浑身冒油,他看上去像刚从蒸汽室里出来的。他的头顶了条湿毛巾,走到村子中间。他一拐,拐进一个门里去了。

这是个四合院,后面一排三间正房,中间一个大院,前面是三间前房,前后通,两道门一开,还有点风。三间前房没有隔墙,所以就显得很宽大,左边堆着柴草,放着案板,砌着锅灶,是做饭、吃饭的地方;右边砌着一盘石磨,现时正有一头驴,被蒙了眼睛,围着磨转。一个近二十岁的大丫头,赤着脚,穿着一个花裤头,上身是一个自家缝制的短袖衫,手里拿着小刷帚,跟着驴转,一手往磨眼里倒小麦,一手拿小刷帚扫磨眼四周的粮食。她身上暴露出来的地方,也让毒太阳给晒成了黑红。但这黑红跟四十左右的男人的黑红不一样,这黑红较细嫩,较鲜亮,是年轻女人身上的那种黑红。这黑红要是穿上衣裤捂上十天半月,就又会变成年轻女人身上特有的那种肉色,香喷喷的。前屋里冲着前后门的那片空场子,坐着、蹲着、站着、睡着十几个小孩子。男孩一律光着腚,围在一块拿坷垃头下堵棋,还有几个男孩睡在泥地上看画片。女孩一律穿着裤头,有的呆坐着望冒着蒸汽的锅,有的呆望着案板上的鱼呀肉呀,有的叽叽地讲些没头没脑的屁话。因为这地方前后有门,串风,所以孩子们都聚在这块,看热闹,也瞅瞅那些好吃的东西,心里头馋哩。

那个四十五岁左右的男人,担着两大筲水进来了。先进来一只筲,见孩子们挡着,就站住,粗声粗气地吼:"闪开闪开,尽跟着操蛋!"孩子们就让一条路让他进来。他进来了,把两筲水放到地上。

屋里不管怎么讲,也带来一股凉气,因为水是刚打地底下打上来的。地下水凉,叫井拔凉水。孩子们见了,就有几个围上去,喳喳着,你推我挤的,趴到筲里饮起来。男人骂了一句,就把头顶上的毛巾扯下来,扔在盆里,拧了一把,拿起来在身上擦拭着。

灶前有个小丫头在烧锅,十五六岁,光着脚,穿着裤头和短衫子。短衫子过短了些,她坐在那里,肚皮和腰那一圈就露出来。她一手往灶里塞柴草,一手拉风箱。她身上让火烤得大汗淋漓,头发梢子都往下滴溜水。她一下子一下子地拉,看上去是干惯了的,不然她受不了。

在案桌前还有个女人,大约四十五岁,也光着脚,穿着个蓝布裤头,上身穿着短衫子。她用劲地切一大块肥多瘦少的猪肉。因为她是略弯着腰的,她的短衫子也短——这可能是为了凉快的缘故——她的腰也露在外头。她的短衫子没有袖头,当她抬起手臂抹汗或抬手拿什么东西的时候,她的腋窝里很暴的一蓬黑腋毛就非常显眼地暴露出来。她瞧见担水的男人抹了把脸,就对他说:"大桌搬出去呗,菜好了。"

四十五岁左右的男人答应了一声,就把湿毛巾搭到肩上,出了前房的后门,穿过院子里的毒太阳地,到后房里去了。

后房的格局与前房不一样,三间房中间都有秫秸箔子隔开。两边两间是睡觉的地方,放着床和箱子什么的;中间是堂屋,里头放着大方桌和长条凳。堂屋里也有两个门,前门通院子,后门通屋后的空地。四十五岁的结实男人就使劲把大方桌搬起来,从后门搬出去,放到屋后的树荫下头去了。

屋后是一大片空地,空地上长着一些树。树都半大了,有泡桐,有白杨和刺槐,树荫也基本上把空地给遮挡上了。空地的后头,有两个麦秸垛子,麦秸垛子不怎么大,离得又远些,所以也不怎么挡风,不怎么碍眼。麦秸垛子外面就是大庄稼地,一扑眼的都是矮趴趴的黄豆地,望不到边。树上有三五只蝉,隔三岔五地叫上一气。因为天正当晌午,又没半丝云彩,也没有什么风,故而蝉的嘶声都跟喘不上气来似的,叫一刻歇两刻,叫两刻歇四刻,让人的身子跟扎了芒刺一样。

男人摆好桌子和长条凳,又走回前屋里去,讲:"摆成啦。"四十五岁左右的女人听到他的话,就抬起胳膊抹抹额头上的汗珠子,讲:"请呗。"男人听她讲话的时候,眼睛就瞅见了她腋窝里暴旺的黑腋毛。听她讲完了,就答应一声,出了前门,往村西的干部家去了。太阳烤着他的皮和肉,他把湿毛巾顶在头上。村路上也见不到半个活动的东西。

一拉溜来了七八条汉子,都只穿了布鞋、裤头,个别人穿着背心子。一晃眼黑些的白些的男人的肉体,打毒太阳底下移过来,进了前门。四十五岁的女人扎巴着两手,忙迎着讲:"来啦来啦,上后头坐呗,后头凉哩。"那十几个孩子,早已都立了起来,无形中立成了两排,中间留成一条道。那七八条汉子就打留成的那条道上走过去,一边走过去,一边东张西望的,还心不在焉地点头哼哈,与那四十五岁的女人应酬。在灶前烧锅的那个女孩子停了手,张着嘴,呆呆地望着这些人,她头发梢上的汗珠子还吧嗒吧嗒地往自个儿的光腿上滴。那队男人就穿屋而过,一拉溜地到了院子里。

到了院子里,毒太阳烤得他们停不住,他们直奔后屋,又穿后屋而过,到了屋后的树荫下。那个磨面的女孩子已经把水盆和菜都摆好了。七八条汉子忙不迭地在盆里拧毛巾,擦脸擦背擦胳膊腿。那盆水也即刻就变成了浊黑,主人也不倒去,就让它摆在那里。七八条汉子就在桌边坐定了。

坐了不到撒泡尿的工夫,那七八条汉子的身上都只剩下一条裤头了。都不动,动动就出大汗,受不住,就都木呆着。

在他们穿屋穿院而过的时候,那十几个孩子都自发地跟在他们后头走、看,这会就聚在后屋的后门旁,呆瞅着他们,都有些傻愣气。近二十岁的丫头这会儿从前屋端了菜过来,就吆喝一声:"瞧哈哩,都滚啦。"就挤过来,把菜端放到桌上,而后又迅疾地返回屋里,抱出两领凉席,扔在地上,讲:"都睡着去呗。"那群孩子就轰的一声抢席上的一块地方。闹哄了一会儿,每人都占住了一块地方,就重新都昂起脑袋,往方桌这边呆瞅。

方桌上就喝起来了。

酒喝得闷,跟这毒太阳天一样。也搞不清喝酒的这七八条汉子是什么人。太阳晒得更毒,天更干热,人怕都受不住。风是没有一丝的,村子里人声也没有一丝了,怕都找了个能喘气的地方昏睡了。那十几个孩子也都横七竖八在席子上和地上睡着了,都睡出一身汗来。前房里烧锅的那个丫头拿了领破席,扔在前屋的案桌下边,也睡了。她手里拿着一块饼,怕是太热太乏啦,汗也淌得太多了。二十岁的那个丫头,靠在磨上睡,她的短衫遮不住肚皮的那个地方,一鼓一鼓的。这时在后头喝酒的那些汉子,有一个钻在桌子底下睡,有两个趴在桌子上头睡,余下的都胡乱地睡在地上,鼾声隆隆,都睡出一身汗来。

四十五岁的男人讲:"俺们也睡呗,都吃足啦。"四十五岁的女人讲:"好歹是过去啦。"都松了口气,倦倦的,兴趣倒来了,相继进了堂屋,进了左手有床的那间屋子。女人讲:"就在地上呗,凉快。"

不出三分钟,男人办完事出来拿了一领席头,扔在树荫下,放倒身子睡了。一时间天地里都是鼻息声。好像上帝也在睡。我的眼也瞅酸、瞅乏了,我也去睡了。

死天,真热。

那 个 人

那个人略带着点优雅的忧郁和沉默,从大都市豪华而喧嚣的候车室里检票出来,跳上一辆二十世纪六十年代出品的客车,客车便往都市外的大野地里驰去了。

大野地里现在是一种什么样的风景呢?大野地里现在洋溢着什么样的气息呢?大野地现在已经处在春天的鸟语花香的边缘了,冬季的围剿的寒流正融化在返青的麦苗的根须里,这是春节以来连续三十多天的寒流阴雨冷雪天气后的第一个艳阳天,暖和的太阳照在大野地里,那个人,便默默地在怀里抱住了旅行包,望定了车窗外的大野地,由着车往前驶去。

也许只有一支烟的工夫,客车便在一个县城的站上停住。那个人便下了车,往县城的中心走去,看来他对这县城也熟悉,他不熟悉的话他就不能走得那样利索,那样不开口问人家一句话,跟逮着了理一样的,只顾往城中心的一个地方去。城中心的那个地方原来是个空广场,广场的一角停住了十几辆车,是大大小小的客车,只是没有新的。扛着包袱、抱着箱子的一些农民都往那些车跟前去,在那周围形成了一个小小的热点。那个人便也往那地方去,上了一辆小客车,坐下便不动了。

客车原来是私人搞运输的,那气氛便有如到了自个儿的家,一家人都坐在车厢的四边,中间放着些小木板凳,由后来的人去坐。车上已是挤得差不多了,那个人只能挤在一个小媳妇的旁边。车上的人都互相憨厚地笑,还有些年轻猴子讲着不伤人的俏皮话。他便觉得真是到了自个儿的家,在自个儿的窝里喘着气了,他的心便突然间回了原来的地方,好舒坦,这舒坦也是老长时间都没来了,他的心便如一叶归港的小舟那样顿时轻松下来了。现时正在上午九十点钟的样子,在车厢里竟是连一丝丝凉风也捉不到了。车窗外的日头还亮亮地照着呢!

说笑间小客车便驶出了县城,往更大的野地里驶去了。那更大的野地也真是望不见边的邈邈远远。那个人挤在小媳妇的身旁,仍是带着他那种优雅的沉默,望着车厢里摇晃着、说笑着、五花八门的父老乡亲,便似有一丝丝满足感和安全感打他的眼里、身上渗溢出来,使他成为客车上的一个好处的随和的顾客。客车拐到一条乡间的土公路上去了。土公路上的泥泥坑坑可真是要命,那个人便不时地嗅到晃在他眼皮子底下的那个乡间小媳妇头上的头皮味。那头皮怕是个把两个月也没顾上洗一次的,那头皮味便如一股略略呛人的野诗,在他的眼皮和鼻子底下展读开来,展读开一面田野的粗糙的雄性化了的诗卷,那野诗便在冬日灶头秫秸火光里向他噼啪地响着,一直响到床头,响到被窝枕上那略略呛人的头皮味摇摆挥发开来。那个人想这些的时候,眼光并没有丝毫的移动,那目光更是带着些优雅的忧郁和沉默了。车窗外的冬麦地也真是一片青灿呢。俺的娘哟。

车窗外冬麦地的青灿在车窗里的眼光的盯视下,愈加显出了鲜嫩的青灿来,从那青灿里便渐生出一些丁丁点点的雀子,弹溅在春雨初晴的蓝空里做最早的演唱——至暮春初夏时,那歌声便会如歌星样声誉鹊起,成熟而得意。路畔的车铺、烟酒小店都开始了它们淫雨后的最初的生意,货车驶过时溅起的泥星还留在土墙和别的什物的表面上,那些东西——车铺、烟酒小店、土墙、一棵矮树、水泥板的桌面、猪圈的"人"字形的小顶、星星点点的溅泥、天空中初升的歌星、几个穿棉袄的人、田野小路上一个穿胶靴踏泥的孩子、刺槐树上黑乎乎的老鸹窝——都或多或少地注视着慢慢驶过的小客车。小客车到了一些房子附近,那个人便下了车,站住了定定神,便往集子外的大河埂上去了。

原来是一地的沙土。沙土地在淫雨里也并不稀烂。那个人注意到了这一点。那个人便顺着大河埂,往集子外头去了。大河埂上有老多人来来去去——来的是赶集来的,去的就是赶过了集的。

渐就离远了集子。沙土河埂因此而更纯,更无半星泥浆。太阳升在正当顶,温暖如火炉,天地都明丽绚烂。大河埂高高地走,在极大的野地里高高地走成了一些弯曲;河埂上的人也都弯弯曲曲地高高地走,走得妖娆。河埂里的水滩,也便是沙土水滩,平平整整的,极为宽阔,只中间有小半里宽的清清流水,抒情地往下游缓行,那节奏也便如现时整个的大野地的节奏一样,是抒情的慢板,并无半丝杂音败笔,来破坏这远离那都市的野地深处的和谐与明媚。

几个年轻猴子正在河埂的曲弯处放线玩风筝。那风筝是城里绝见不上的漂亮的野味的蝴蝶风筝。线在年轻猴子们的手里,放得慢了些,且又不够长,那野味的蝴蝶风筝,便在瘙痒难耐撩人的春风里,摇晃挣扎,要脱了线而全身地扑入野春风的怀里去。捉住线的几个年轻猴子——有两个自然是黄花大闺女,都穿着红皮鞋——便都咯咯地疯笑,也就把线放得长了,叫那野俏的蝴蝶飞得高远些,去让那春风扭摆调理去。那个人望见这一幕,便立住脚,打衣袋里摸出一根烟来,点上,吸了一口。立了一时,那个人就扔了烟头,又走,打那几个年轻猴子的身边走过去,一直沿着沙土河埂往野地的深里走下去了。

往野地的深里走下去,阳光却更灿烂,春风更和煦,大地更旷荡一些。河埂两边的地方,便陆续立起来一些沙土房屋和小片小片的水竹。那些沙土房屋,都一家家独立盖着,都是沙土抹墙,麦秸苫顶,房前房后或大或小都有些空场子,平整洁净,并无半点污杂。那些水竹,都一片片地长在略高些的土堆上,那些青青的水竹,便都细竿苗条地簇拥在一堆,显出了一堆的青绿,也煞是有味。

那个人,走到这种地步,心便热了起来,脸面上却仍是那种优雅的沉默,并不留恋半步,只是一味地往前走,往野地的更深里走。

瞅见他那种走法,便怎样想也觉着他是没有去头的,他的路也只能是走不尽的,他也只能是这样子走进去,一直走进春光明媚的野地的最深里去的。想不到他竟走到了。他走到一处地方,河埂下面那两间沙土房子,与一路上过去的无数的沙土房子,并无什么两样,也显不出来特别的标记,那个人便下了河埂,下到沙土房门前的平地上,而后便进到屋里去了。

阳光还是充沛。这世界仍如一刻钟前、两刻钟前、十刻钟前、五十刻钟前、两百刻钟前……一样,并不起半点涟漪,也如什么事都没发生过的一样。都市到县城的那些车,县城下集镇的那些车,大河埂上走的人,小媳妇的头皮味,放风筝的年轻猴子……想必都照常驶着、走着、散发着、玩着……也没再见到那个人打关上了的沙土房的门里走出来过,想必他是不存在的。这样就到了第二日上午,过去的一切的痕迹,都叫时间给抹平了。

第二日上午仍是阳光灿烂,春风煦暖。大河埂上便又有许多人走了来,走了去。走了去的便是去赶集的,都在曲弯的沙埂上走得扭摆且妖娆;走了来的便是赶过了集往家里去的,也都在曲弯的沙埂上走得扭摆且妖娆。那些面孔来了,又去了,近了,又远了,这样日复一日地延续下去,那你说谁又能记住哪一日哪一时有哪十个人打这沙河埂上走了又来了,来了又走了?谁也记不住的。

现在仍是第二日的上午,阳光灿烂,春风煦暖,便有一个小媳妇,二十六七岁的样子,山口百惠式的发型,略长些的脸,脸皮细嫩,两颊潮红,脸上有一些不很显眼的雀斑,小嘴薄唇,着一件带黑人造绒领口的灰衣服,身子苗条柔软,开了门出来,在沙土平地的压水井边压了一盆水,便蹲下来搓洗着衣服了。

看上去她就是个不甚说话却得体而能干的软女人。她搓洗衣物时便有一个三四岁的农村小男孩,叫了一声"娘",从打开着的门里跑出来,去趴到她的背上。他们便讲了几句什么话,那不外是些孩子话,那小男孩便离了她的背,歪歪倒倒地往沙土房的后边跑,消失在土墙拐角处。

仅一刻的工夫,沙土平场子边上的两棵刺槐树之间,便晾起了一小串衣服,那些往下滴着水的衣服里,有男人的裤头、女人的裤头、小孩的外衣和别的一些零碎物件。那二十六七岁的软女人,便倒了盆里的水,进到屋里去了。

进到屋里去,也不过一眨眼的工夫,她便又出来,手里拎着几串咸腊肉,走到沙土墙边,往墙上的木橛子上挂那些咸腊肉。咸腊肉是这一带的女人永远吃不够的拿手好菜。那软女人挂好了拿手好菜,便拃了个细篾的竹篮子,打屋里出来,小心地关住了门扇,往屋后的什么地方寻见了儿子,厮讲了一些什么——她儿子已是同几个一般大的孩子在玩着了——而后她便拃着那细篾的竹篮子,往大河埂下边一个人烟较密的庄子里去了。

她往那人烟较密的大庄子里去,是去做什么的呢?那个身段软软、脸上有着不甚多的几个雀斑的女人,她不像是去走什么亲戚,也不像是去赶什么集子的。那她是去做什么的呢?那个话语不甚多却得体能干的软女人,她到底是去做什么呢?说讲着也便到了午时,阳光是更明媚、更温暖了,大河滩里的大雁都飞在晴空里翱翔呱叫着了,那软女人也便打人烟较密的大庄子里回来了,她胳膊弯里的竹篮子里,已是装了一瓶酒和一大块什么动物的精肉了——原来她是去买这些东西了。

她跑得脸蛋红扑扑的,脸上的那种细皮嫩肉跟两颊的潮红便越发显现出来。她开了门,进了沙土屋,来来去去地进出了两回,便有一个男人——正是那个人——趿拉着鞋,穿着毛线衣,打着最后一个哈欠,来压水井边刷牙。阳光也真是明丽,春风怡人。那个人懒散舒适地刷着牙,那软女人忙活着进出时,望见那个人,便拿一种热切的、心疼的、巴结的目光多望他几眼,在他刷牙的时候,那软女人已是把热水跟洗脸毛巾整好,端在压水井边上了。

这时正在盛午,来来回回打大河埂上走着的人,都半解着袄扣子了。熏风打河滩上、野地里缓缓掠过,春野的诗句正在麦田里、枯草根上和柳树的梢梢上萌芽。那些远行的人却正在自个儿住惯了的屋子里,收拾行装,掖好钱票,打算往春风拂面的大路上去。私人的三轮机动车在乡间的土路上跑动的次数多起来了,那些出去的人和回来的人,坐在三轮车的篷子下边,都怀着一种说不清楚的春情的热灼目光,望着熏风万里的苏醒了的野地。就这样一日、两日、三日……那个人醒来了,他睁开眼看见屋里的一切,一时间摸不准自个儿现在是在哪里。也许仍在都市里?便有一丝的笑意浮现在他的嘴角上。就是,在大河埂旁边我没有亲朋,我又怎么会在那里?!——没错,他是这么想着的。他穿衣起床,走到窗前。天仍阴得厉害,阵阵的烂雨又开始飘落了。那个人在窗前立了一气,心情便又忧郁起来,心情潮湿而且稀烂。他回到床边,重新钻到被窝里去。都市的车笛声在窗外烦躁地响着,淫雨正在沤烂这座城市,没有人能把握住一个好的情绪。那个人翻了个身,那床被便裹住了他。风雨都在窗外了。

飘荡的人儿

这一天,刘康来到泗水边上的小镇泗水,在泗水镇一家唤作客来香的小旅店登记住下。洗漱完毕,便往临着街面的登记室来,跟老板闲聊。

那老板五十来岁,姓张,皮肤细白,唇尖舌利,浑身的骨骼却粗大结实,给人一种明显的错觉。刘康来到登记室,张老板忙起身请坐,两人便坐下了,望着门外的街市。刘康道:"听说这泗水镇以前是个水旱码头,上迎三省五县的来水,下接淮河跟洪泽湖,人来车往,商贾遍地,十分了得。"张老板道:"这倒是实情,俺那会儿也才十来岁的样子,记不很清爽,只记着人车成天不断,店里的布捆子都垒得比人还高。那阵子吃食店、住店也多,哪晚上不闹热到鸡叫?"刘康说:"现在为什么就衰落了呢?"张老板道:"现时水道比不得旱道啦,打宿州城里往泗州城里去,亮堂的黑油马路,汽车跟虫样的。这泗水镇、枯河头、灰古集、隐贤集、迎河集、梅花集,都临着泗水,原先都是水旱码头,闹热一时;现时因离着大马路远了,就都衰啦。"

刘康听见这话,便听出了别一样心情,要不是本地方的乡土人,就理不透这心情的味道。又坐谈了一时,这时天色尚早,只在下午三五点钟的时候。刘康想:吃晚饭还早了点,不如先到街面上转转去,也去看看原先盛昌的水道码头。便说:"张老板,你坐着,我上街转达转达,也许能碰上个热闹地方,看看新鲜。"张老板说:"热闹地方还真有一个,在三步两桥那块,昨才来了个野杂耍班子,三五个人的样子,恐怕就在那里挣钱。"刘康站起来道:"那我就去转转。张老板,你坐。"张老板也立起来道:"那你就去转转,你走好。"两人分了手,刘康便出了旅店,踏上青石板街面,一路往三步两桥找了去。

泗水镇果然是老街,青石条子路,街面窄狭。街两边都是铺面,卖烟酒杂食、布匹鞋帽、锅碗桶罐之类。刘康散漫走去,左右观望,见一般店面之外,还有些铁匠炉、柴火店、鱼铺、饭庄等。这时在下午时分,人正在逐渐少去。刘康信马由缰,随着人走,不觉走入一条窄巷,两边高墙陡立,爬墙虎正四面八方地发芽攀缘,使窄巷有了些窄窄的寒意。巷内两边来人,须侧身交会而过。刘康略感惊讶,因为侧身交会而过者,多为年轻女子,都在风华年岁,便想,那巷头外必定是个什么好去处,想着,就加快脚步,往巷头走去。

出了窄巷,眼前豁然开朗,原来是个很大的空场子。空场子周围都是店铺,正冲着窄巷是一个影剧院,上头的红字已经斑斑驳驳的了,叫作泗水影剧院。影剧院的左手和右手,也都有巷子相通,人出人进的,很是繁忙。往影剧院的门里走,须得上十几级水泥台阶,就在水泥台阶的上下,有五七十人,以男女青年居多,杂乱相拥地围成了一个圆圈,并且不时地爆出一些噢——嘀——好哇——的叫声来。刘康四面一看,便就近往一个摆小摊卖瓜子汽水的老头跟前去,到了跟前,道:"请问大爷,这里可是三步两桥?"那卖瓜子汽水的老头,是一张精瘦干净的脸面,上唇处有几根长须的,听见刘康问了,便答道:"不错,这里正是三步两桥。"眯眼瞅了刘康一眼,又道,"这位大哥敢是来瞧杂耍的?"刘康道:"随意转转。"又道,"大爷,既然这里叫作三步两桥,我怎么连一桥也没见上?"那老头听见他说,便笑起来道:"四十年前来,你就正立在桥上头。"刘康往脚下看了看,见脚下也就是跟别处没两样的泥地,也笑起来,道:"那真是生晚了,没眼福,没眼福。"谢过老头,便在大空场子上转看。

这大空场子怕就是泗水镇上人公共活动的场所。正想着,身后又传来一声暴喝,转身望去,那围挤着的人,骚骚动动,嘈嘈杂杂,像是见着了什么了不起的玩意儿。这边刘康心里就一动,想,不如去看看,这也算是一种野味。要是在平日,在泗州城里,刘康上班下班,见上这一类的热闹,倒难得挑起什么兴趣;出差在外,情绪到底是不一样。想着,便挤进人堆,去看那里边的热闹玩意儿。

原来真是个野杂耍班子,五六个男女,有老有少,衣衫并不讲究,大约都是乡土之人,正在影剧院下边的一个略高些的水泥平地上演出。那长者,五十来岁,黑红面皮,瘦筋筋的,显出了一身的沉稳来。他坐在一张小板凳上——那板凳也小,怕是考虑带着走得方便,那板凳只巴掌大小,巴掌高矮;大概是好木料,又大概是跟屁股接触多了,那板凳竟呈着紫红色,亮铮铮的,似是一件古宝——微闭着眼,敲一面小锣。他敲小锣时,也不声张,也不动容,只是有当无地有一下没一下地敲,竟也能赶上节拍,合了场上的气氛。因着他那种神态,又微闭着眼,似睡非睡、似醒非醒,似动非动、似静非静,观众便得了一种感染,得了一种安详,得了一种陶醉。所以说敲锣这人似有一种功夫,一种催眠的法术,能叫观众来了不走,想走而走不动。这观众里头,自然有各色人等,望见他那种神态,信佛的人便觉着他是在修行,学气功的人便觉着他是在意守丹田,有学问的人便觉着他是在冥想,为生计操劳的人便觉着他是在打瞌睡⋯⋯随着他手里那小锣有一下没一下地瞎敲,便有一个小男孩,十二三岁,也是黑红面皮,瘦筋筋的,扒了上身的厚衣服,腰间捆了一条宽宽的黑色板带,只一个筋斗,便翻到场子当间来。那小孩翻到场子当间来时,人群里便有些年轻猴子,半真半假地嘘声尖叫,叫道:"好哇!好哇!好哇!"叫声了时,便见那小男孩,已做了个亮相,单腿定在场子中间。定虽是定住了,那单立的腿却是左右乱动,立不甚稳——这自然也不能讲究,咋样说这也是个乡镇上的野杂耍班子,地面又有些坑坑洼洼的不甚平整。况且乡野间围观的人,要的就是这种粗糙味道,觉着跟自个儿离着近乎。待那小男孩立住之后,刘康定睛看去,见那小男孩只着了一条肥肥的长裤和一件甚是油脏的花格子衫褂,腰肢叫那条板带束住,只有碗口粗细。须臾间,那小男孩已是大叫了一声,迈着急碎的步子,打着场子走了一圈;走到了头,又是一个筋斗翻在场子中间,待立住了足,又是一声大叫,这一声叫便唤出了一个大闺女。

大闺女也只在十八九岁之间,也是黑红面皮,细条个子。只因她正在青春的年岁,又是个女孩子,便多了几分新鲜,多了几分吸引力。她面皮虽有些黑红,却生就一双讲话的大眼和一只传神的嘴儿。那嘴皮儿略厚了些,倒更平添了不少野调乡味,令人动情。跟着那男孩儿的一声大叫,她便上了场。她上场时,只走着花步,嘀——嗒——嗒——嘀——地打场子边走了一遭。走过一遭,便在场子里的一个地方立住了,亮了一个相。亮着相的时候,她那张小脸上,也是一种朴实的样子,也不强做什么笑容,也不强做什么愁容,只是一种纯情状,就能叫人望得眼花缭乱。

观者里又有叫好的,叫道:"好哇!好哇!好哇!"也不知是真是假,只觉着跟上一回叫好,味道总有些不同,有着点别的味道。叫声才灭了,那女孩子却就下了场,去敲锣的长者身边,摸出一根铁条来——铁条老粗,也不知是多少号的,总之是老粗——返身又上了场。观者见了,都道有玩意儿看了,霎时便都噤了声,真是个鸦雀无声。这也不是谁的要求、谁的命令,只是那场面使然。

那女孩子上了场,手里拿了那根老粗的铁条,做舞蹈状,将那铁条舞给观众看。也在这同时,又有个大闺女,胖头胖脑的,面孔黑红健康,一望便知是种田人家的后代,年龄在二十二三,身段虽不甚灵活,模样也有些好笑,却是一脸的严肃认真,也扭着花步上了场,在场边上笨拙地扭个不停,引着人的视线。此时那小男孩已扒了油脏的衫褂,扔在场边,露着了一身排骨,在场子里运气,肚皮一鼓一瘪的。又拿手往瘦胸脯上拍,拍得嘿嘿嗨嗨的,把个黑瘦的胸脯拍得发红。

天候这时在阳历四月初,凉气还重,围观的人都还着毛线衣、厚褂子,见那小孩这样,免不住心里头就一紧、一凉,嘴里便发一声喊,齐齐地喊道:"好哇!好哇!"刘康便也跟着喊,也讲不清是中了什么魔法,是喊什么事好。喊声了了,那长者身边,蹲着个憨头憨脑的敲竹梆子的年轻人,已立了起来,拿带着上腔的普通话,喊道:"俺谢过大爷大娘、大哥大姐啦,下头这个节目,叫作——"这时声调忽地便往上去了,手也往上头一顶,道,"金蟒锁蛟!"

话音落了,他也就蹲了下去,仍是敲他的竹梆子。这事便有些笑人。刘康想,怎么叫作金蟒锁蛟?那根铁条便唤作什么金蟒不成?便往下看,看这几个人往下玩,玩什么新招来。这时便看见那瘦排骨的男孩子,拿两只手抓住铁条——铁条的另一头抓在那十八九岁的大闺女手里。那二十来岁的女孩子在一边扭摆,做着衬托——运了气,发一声猛喊,便把那粗铁条箍了两圈在身上,把那几根细排骨都给箍弯了。

这倒也算绝活。观众心都缩在肚子里,都鼓突着眼看。再看时,那小男孩已是叫那根铁条箍得略弓着腰了,肚皮鼓成老大,眼瞅着地下,嘴里兀自嗨嗨哈哈的。瞧那样子真怕是不行了,瞧那样子,真怕是那长者没能把他调教好,这次怕能叫他给弄砸锅了。都正这样想着,那十八九岁的大闺女,手里已松了铁条,叫那铁条半悬在空中——却在长者身边取了个粗瓷大黑碗来,那碗里已有了几张零票子。

围观的人见了这种举动,便起了骚动,都自觉不自觉地往后趣。也有走的,是少数,多数人没走,看这事怎么往下弄。那十八九岁的女孩子,此刻已咧开她的那张小肉嘴,带甜带咸地喊起来道:"各位大爷大娘、叔叔婶婶、大哥大姐,多了您就多给,少了您就少给,没带您就不给,好歹俺走完一圈,才能放了俺这位兄弟……"她这么一喊,那些没走的人,到底是心肠软的好人居多,便有想的:这玩意儿也不容易,捆着扎着,弄不好也就把肠子肚子给弄坏了。又想再往下看,又怕再往下看。这么想着,手便有意无意地往兜里掏出钱来,有一毛、两毛的,有五毛、一块的,自然以一毛、两毛居多。一分、五分拿不出手,拿出来能叫人笑话一辈子;五毛、一块的又心疼了些,因此总是以一毛、两毛居多。

刘康便打兜里掏了张两毛的,丢在那粗瓷大碗里。那女孩子嘴里头不断气地"谢谢",腔调刘康便觉着有些杂,不像是纯的本地口音。那女孩子便走过去,走到一处,便有一个汉子,长成张飞的模样,抿住嘴,做成老子天下第一的架势,打兜里摸出一张大票子——众人定睛看时,却是一张十块的——悬在粗瓷碗上。

粗瓷大碗里此时怕十几块钱没有问题。那票子悬在碗上,女孩子便低了头,连着说:"谢谢大哥,谢谢大哥。"那大哥却只把票子悬着。众人便都发笑,那汉子便也发笑,咧咧嘴,转着头,对着众人愣笑。刘康偏头看去,见那长者仍眯着眼,有一下没一下地敲着小锣,将小锣敲得铿锵有声;那小男孩弓着腰,鼓着肚皮,嘴里嘿嘿哈哈的,在场子里来回地走——便觉着失了胃口,就折身出了人圈,向卖瓜子汽水的老头打听了,往水道码头找了去。

这时天已近落红,是短暂春天里的好时光。刘康打窄窄的镇街里走出来,眼前豁然一亮,原来已将镇街走完,走到了堤坡下面。

堤坡是十二分地广阔,打刘康站着的地方——他站着的地方已是在坡底了——一直往前方缓升了去。满满的一坡草芽儿都显出了嫩绿,因此整个望不尽的堤坡便都显了一种柔肠寸断的亲情。刘康咂了咂舌,便往这亲情上走过去。走过去之后,便觉出了那种泥土的真感情,正打脚底板下往上传,传在了血脉里,有些温温的暖意。

刘康便一步一步地往缓坡的高处走。走了几步,又停住脚,立住了。他心里有种想法,是不愿把这嫩绒样的缓堤慢坡一下子就走完,所以就立住了,一只腿在前,一只腿在后,拿手撑住那只在前的腿,半昂着脸往那缓堤慢坡的高处看。

那缓堤慢坡到底也有个最高处,那最高处也就是一道线,呈在刘康跟天处的落红之间。线上有些人的影像、动物的影像和静物的影像。那些人的影像——都如剪影或背影一般,正合着乡野暮晚的氛围——有直立着的,便如一首浅诗,浅到底了也便澄澈了;有坐着或蹲着的,便有几分泥土的厚实在里面,也便跟乡野土原融在一体了,两者便互相厚实了;有在那线上慢吞吞走的,便有一种宇宙的和谐力量在里边,觉着是受了一种庇荫,心里头有了一种踏实的感觉;有在那线上跑跳的,便呈了一种春天的韵律来,心间便有了些冰雪泅解的滋润,倒讲不出个所以然来。那些动物的影像,无非就是些狗呀羊呀的。狗呀羊呀的,现时都呈着闲适的影像,有直立不动的,有缓慢而行的,有低头侧望的,不一而足,却都显了滩浍平原这泗水边的平衡来。那些静物的影像——如个别的树、单独的一间矮房等——都是彻底的安静的状态。这彻底的安静的状态,与有风时风吹动树梢、树叶,与有风时风吹得矮房檐下的干芦管吟唱的状态不一样。现时也有着些不猛的风,这风却打不破静物的平衡及安静状态,这或许是望见影像的人的一种感觉,是当不得真的事情。倒还有另一些影像,便是淡蓝颜色的天底下,有无数的风筝在飘着。刘康霎时便被这一种影像惊住了,心想,这泗水边确有一种不寻常的东西,能叫人心里激动一阵子。想着,便走起来,一直往缓堤慢坡的顶高线上走,也只是几百步的样子,便到了堤坡的最高处。

到了堤坡的最高处,刘康又给惊住了,那感受又不一样。刘康便觉着眼顾不过来,不知该先细瞧哪里的好。便先往泗水的河滩上看。河滩竟是宽可跑马的一个所在,打刘康的脚下往水边去,也是远远的缓坡,只是这缓坡更缓更远。到了老远处,才见着那一线流水,那便是很有些名气的泗水。照这样往水滩缓坡上看,便看出了极开阔的一种境界。这一种境界像是只存在于敏慧的人心底的一种境界,跟宇宙似有暗脉相通相连。缓坡和河滩上都是连绵不绝的新萌的草地,便有相当数量的人儿——多是少男少女、青年男女——或躺着或坐着或蹲着或站着或半倚着,散在广大的地方。他们中有放风筝的,有看风筝的,有看放风筝的人的,有看风的,有看天上的颜色的,有看那些微春风带来的韵味的,花色各样,无所不包。还有些忙着生活事务的人,多是少妇和妇女,又多是带了孩子洗衣服的。她们挎了篮子,或用自行车推了篮子,有往那一线流水处去的,有打那一线流水处来的,来来去去,就给这广大的缓坡河滩增加了不少动感。

打河滩上往堤坡的最高处来,来到堤坡的顶上,也都是放风筝和看风筝、看天的人,也大都是少男少女、青年男女。放风筝的都拿着柳木拐子,有的已放出了三拐子线,有的放出了两拐子线,顶少的也放出了一拐子线。现时天已在黄昏处,放风筝的男女,都不再往外头放线,只蹲着、坐着,或站着,往天上看,任由那些东西在天上荡。

天上的风筝,便有了半点超脱的味道。那些风筝,本来是各式各样的,有花蝴蝶,有小金龙,有大鹞子,有尿罐,有蜈蚣,有平头梯子,有三角帆,有光棍……因为升得高了——都升得老高,升在春日的暮晚的天空里——所以一笼统地往天上望去,那些风筝除去大小不一,别的区别倒也不甚明显——这是一笼统望的结果。要是细了心了,凝眸细望,便望出那些半天云里的风筝,都做飘忽不定状,做要走未走、要离难离、优柔寡断状。这便是空中的那些小春风,与连在地上的线的作用。风筝们因了这种作用,便犹疑在半空中,那形态却很动人,叫人觉着比不了。

刘康望了一时,便起步往河滩里去。愈往河滩里去,便愈觉天的高远和美妙。脚下全是嫩草,因而走起来便渐入佳境,心间更能静下来,把一切往事都失掉了,把时间也失掉了。便就这样走,走成一种境界,自成一种境界。一路上眼界中所见到的人,也都是自成境界,有躺,有坐,有蹲,有放风筝的,有看风筝或其他的,有成双成三的,有独自一个的,互不相扰,这便又组成了个大境界。

刘康走了一时,渐就走得很在下边了,离那一脉流水,也不是太远了。这时的脚下,沙石逐渐增多,嫩草逐渐减少,是处于沙石带和嫩草带的过渡区,便住了脚,往四下里细看看。细看时,猛觉着自个儿与缓堤慢坡的最顶上,已有了不小的距离。再往那里看时,须得仰着脸看了,跟刚才自个儿在上头时的感受,竟完全是两样。霎时就有了感觉,觉得在那缓堤慢坡的最顶上,虽能俯视一切,却又受着众人的仰望,也把自个儿的一切袒露在了众人的眼里,想藏都藏不住。现时下了堤坡,入了众人的混混沌沌,却也自成了一种境界,又把自个儿的境界贡献给众人的大境界,也是一种自然的力量。想着,不禁唏嘘了几声。

待刘康离了堤坡,往镇子里来的时候,天已是朦胧得有些黑影了。进了镇子,便觉出了肚里的饥饿来,恍惚记得客来香左近有一家小饭馆,便直奔那饭馆去了。

镇街甚是窄狭,在略宽处,便有卖熟菜、做馄饨之类的生意摊子。街两边的铺面也大多没关门,都亮着灯火。又有若轻若重的泗州戏拉魂腔的曲调,打那些灯火处飘溢出来。那些曲调便拖着长腔,来在镇街里,经久了也不散。

刘康便踩着拉魂腔的调,一步步来在客来香的左近。那饭馆果然也正开着张,里头似有了三五个客人,匣子里也轻声慢语地唱着拉魂腔。刘康便入店里来,却见着是下午看见的野杂耍班子那一班男女,都坐在里边,坐成两桌。外一桌是年轻些的两男两女;里一桌却只那年长的一人,桌上摆了一只白瓷酒盅、一只上绛色的酒壶、一碟千张素菜、一碟卤猪耳朵,有一下没一下地喝,有半下没半下地吃菜,做飘逸状。刘康便在他桌边坐了,道:"两个馍、一碗羊肉汤、一个咸鸭蛋。"店里的人应声便去做了。

饭店的对面,却是个新潮发廊,里头的灯火也不一样,红红绿绿,又仗着镜子多,往外就反射着绚烂的色彩。里头有些新潮男女,翻翘式的发型,时装衫,放的是地打滚的曲子,在里头动动静静,动静不止。刘康一边看了,一边饭菜就上来了。

正吃着,刘康手头一碰,在方桌上把咸鸭蛋磕破。那鸭蛋却有一半是空的,没有货色。刘康便自顾笑起来,道:"这鸭蛋也真空出水平来啦。"那长者都看在眼里,便在桌上放了酒盅,接上道:"这就叫空头,多了能空出一大半来。"刘康说:"怎么叫空头?鸭子下蛋的时候,难道就下的这个样子?"长者道:"那倒不是,清明前腌的,没一个空头;清明后腌的,就都是空头。"刘康说:"这也怪事了,难道清明前一天腌的,就都是不空头的;清明后一天腌的,就都空头了?"长者道:"这个错不了,俺们乡里人,没有不知道的。"

刘康笑着摇摇头,表示相信了,又道:"听你口音,也就是这附近的。"长者说:"俺就是梅花乡大营庄人。"刘康说:"那也就近了,还有百十里地。"长者说:"那可是,还有百十里地。"刘康说:"你那几个徒弟,怕也都是你亲戚乡邻的。你领他们几个出来,挣钱怕也是不易。"长者道:"这个你倒是没看准。那几个里边,那憨头憨脑的,人是头号厚道。他与那矮胖些的闺女,原是初中同学,都是枯河头左近的人。后头两人便有些好,好了便生出许多事道来,便一对儿私逃出来,这里那里地晃荡。俺们在泗州城里遇见时,他们两个也没个主意,也没个饭碗。俺便带了他们,做个帮手,一块往家乡这块来。"刘康听了,颇觉惊讶,问道:"他们原来是私逃出去的。现时回来了,又打算往什么地方去?难道回家不成?"长者道:"老话说啦,落叶都往根上去哩。他们年纪轻轻的人,虽说跑出来两年啦,到底也是思着家上,思着爷娘哩。"刘康说:"这倒是真话。"

长者又道:"那十八九岁的大闺女,却是打四川来的,来的时候才只有十五六岁。"刘康道:"怎么的才只有十五六岁?又怎么是打四川来的?"长者道:"俺倒想慢慢跟你说来,俺觉着你是公家的人,又透着吉相,俺也就不觉着有啥瞒你的。那十八九岁的大闺女,原本是四川人,叫小蔡的,大前年叫人贩子打四川贩来,拿两千块钱卖给了枯河头乡刘洼村的一户人家。那一户人家倒也是老实巴交的好人家,待她不薄。哭也是哭了,喊也是喊了,闹也是闹了,死也是死了,到头来,便跟着男人过了。"刘康道:"像她这样的,也有不少。还有一种,是叫骗来的,来路上又叫人贩子给糟蹋了。卖给男人之后,男人又待她野,说打就打了,说骂就骂了,说那个就那个了,这种情况的妇女,没有不想跑的。"长者说:"这倒是真话。俺跟你说白了吧,俺们枯河头乡,梅花乡左近,打四川、云南、贵州来的,都不在少数,有是叫人贩子骗来的,就变着法子跑,那买家就变着法子防;有叫人贩子卖来的将了小的,在这里过住了,也就变成俺们泗水这左近的人啦,根也就往俺们这块地里扎啦。要真是这个样子,讲到底啦,俺也不觉着是咋样了不得的孬事。讲到底了,也都是俺们中国种,也杂不到哪块去。"刘康说:"这话也不假。"

那长者接着道:"这小蔡给卖到刘洼村,因着她小,哭也哭了,喊也喊了,闹也闹了,死也死了,到头来,那男人家待她不薄,她也就过住了,成了个开花的小媳妇。每日里只做洗衣烧饭的活计,打总也没往地里去过一回,也没叫日头晒过一回,跟庄里的老少爷们倒也熟了,这才知道她那老家不在四川,也就在俺们这左近,是归仁这边蔡集的。"

讲到这里,那外一桌上的几个年轻人,怕是吃饱喝足了,闲坐了片刻,便立起来。那十八九岁唤作小蔡的女孩子,操着杂腔,大声往里一桌道:"俺大(爸),俺们先去歇啦。"长者道:"先去歇呗。"那几个年轻些的,又盯住刘康看了一眼——怕是想看出刘康的来龙去脉——便相跟着出了馆子,往隔壁间的旅社去了。

这边刘康拿眼光跟着他们走出去,又弯过话题来,道:"那小蔡怎么倒是归仁这边蔡集的?"

长者道:"也就是老辈人的话啦,讲八国联军那会儿,也是有个一男一女,打庄上私跑了的,往西跑到四川,将了小的,也就在那块过住了。辈分也都不乱,到现时也是好几辈啦,因之叙起来,便知那小蔡是归仁这边蔡集人。她家的老祖坟,也就在这块地方。"

刘康道:"这也真显出了天下的巧事来。话又回过来讲,那小蔡叫人贩子给卖过来,便也算落叶归根了,人家待她不薄,她也就过住啦,却怎么又跟你出来的哪?"

长者道:"过了一年半载,小蔡的肚子也没显,不显山不见水的。到了这会儿,那男家才知道,小蔡原是不能将的,态度便不一样了。"

刘康说:"不显山不见水的,那态度怎么又不一样了?"

长者道:"这便是不能生了。那家里态度便不一样,也就是不想要小蔡了,怕小蔡给祖宗绝了后。俺们这块地方的人,讲到底了,多数也都是这样子想,怨不得哪一个人。"

刘康道:"这倒是实情,也真怨不得哪半个人,这想法怕一时半会儿也全改不了。那小蔡便跟你出来了?"

长者道:"那小蔡到底也还是个女人,不管她是大了点还是小了点。那家不想要,一时半会儿又不放了她去,因那家钱已是出去了,想再卖她一回,把原来买的钱收回来,再拿这钱去买个能生的。"

刘康讲:"这事也真不能听了。乡里头怕多多少少也管着点。"

长者道:"乡里头倒管不了这许多,这又都是讲不清亮的事。这种事又跟地里的草样的,这块薅了,那块长了,薅薅长长,到底了也薅不净。"

刘康道:"这事也真是了。"

隔了一气,那长者又道:"话讲到小蔡身上,她也就难啦。人家再急着买,也不买她这样不能生的。她又是没有脸面往四川去,这就叫她活不了啦。"

长者呷了口酒,把头低住,哑了半天,又道:"小蔡也就真难啦,这也真叫她往下头去不好活啦。俺那会儿也是因着一个人过活,又搁外头混挣过一段时日,包里还能有几个钱防着老了病了,便打俺那个庄——俺那庄叫东大营——往她那庄去,拿一千块钱买了她来。俺们也就认了干闺女啦,俺觉着这也就算放了小蔡一条生路啦。"

刘康道:"这也算是做了件大好事哩。打那以后,小蔡就跟上你学这门手艺啦?"

长者道:"手艺不手艺的倒也讲不准,俺们也就变着法子糊碗饭吃,俺们肚子混饱啦,也才能想着办别的事儿。"

刘康说:"那倒是。"说着,面前的饭也吃得差不多了,便又问道,"跟你学徒的,还有个顶小的,嘴里断不了嘿嘿哈哈的那个,他怕是你亲戚了?"

420

长者说:"顶小的那个男孩子,也不是俺亲戚,也不是俺庄邻,倒是俺搁泗州城里,见着的一个哑巴野孩子,整日里脏头脏脸,睡搁汽车站地上,问人家要口粮食吃。俺就听人家讲啦,讲那个哑巴孩子,自打他娘将他生下来,也就没见有人心疼过他一回,他就跟老菜市里头一个叫五婶的老婆子过活。过了几年,那老婆子撒手去了,他便落成个孤丁一人啦。"

刘康说:"也真是可怜的样子。"

长者道:"俺进出那泗州城几回,俺便瞧见他几次。俺瞧见他一对眼里头,还能有不少光亮,俺便把他收了,叫他能过上几天正经日子。俺觉着俺们这日子再不像样子,到底也还是人过的日子,到底也能搁一块照应着,热啦冷啦,也能有个贴着心的。"

刘康听说,感慨良久,道:"不容易,不容易,这班子也就全靠你撑着啦。"

长者慢吃慢呷道:"这也是实话。俺觉着你是公家人,又像个能帮着俺们的,俺们也就不想有啥事能瞒住你。俺也就全跟你讲白了吧。"刘康便正经了听他讲。那长者道:"俺打这几年里,俺年岁也一日比一日大着些啦。俺每回打外头往泗水这块地方来,俺心里头就疙疙瘩瘩的,如有几块坷垃堵着,俺就知道俺来家一回,保不住这辈子就再不想出去啦,俺也再不想去踩外头的土啦。俺觉着俺们这块的人,也都是一样想哩。"

刘康讲:"那倒是。"

长者道:"俺打老早那时候起,俺就攒着钱啦,俺就知道这能有个用场。话倒讲回来啦,俺们现今往哪块去挣钱,也都不容易。公家来收税,街面上来收钱,吃吃住住,七七八八,落不下多些,俺也都咬住牙根子挺住啦。俺是有想头哩。"

刘康道:"有什么想头?"

长者道:"有啥想头?……俺也就跟你直说了吧。俺们爷几个,打出了年关,俺们就马不住蹄,往淮水两边,村村集集地跑,挣两个血汗钱。俺们现时也玩累啦,兜里也装上两个啦,俺们便往泗水这块回啦。俺们打往后起,怕就不想着出去玩玩,俺也是往狠里下着决定啦。"

刘康问:"怎么往狠里下着决定啦?"

长者道:"俺怕你也就是这就近的人,又是公家的人,俺想问你知还是不知俺们这泗水枯河头北边,有老大一块荒岗子废滩地。俺怕你公家人跑动多,能知道有地方。"

刘康道:"我是知道有那块地方,也是荒了几百年啦,也没人去住,也没人去种,那地又都是砂姜地。"

长者道:"这就齐啦,俺就跟你讲呗。俺们这趟家来,兜里也省下了两个,俺家里也还存了两个;俺们在这泗水集、枯河集,再撑着精神挣两个。俺们爷几个也累啦,也爬不动啦,俺们也都想往自个儿的土里扎牢靠些啦,俺们就不想往外头逛荡啦。俺们也真是累肿啦,讲垮就垮啦。"

刘康说:"不想逛荡了又怎么样?"

长者道:"俺们就想往政府里请求啦。俺们就想搁那荒岗子废滩地上,垒几间泥窝,成个庄子,把就近的荒地开了,能长树的长树,能长庄稼的就长庄稼,俺们能有口饭吃,俺们心也就沉着啦。俺们要是打听得俺们这泗水就近的地方,有那叫人贩子拐来的,又没个去处,叫人胡糟践的,俺们就出几个钱买来,在俺们庄子里过上好日子;俺们要是碰上相好的往外头私逃,又没个去处的,俺们就让他们上俺们庄来,垒间把泥屋,成个夫妻,成个恩爱;俺们要是撞见叫大娘扔了的,俺们也就领了来,搁俺们庄里住,叫他往大里长喽。俺认准这个理,俺这回往家里来,俺们就不出去啦,俺们就这样子办啦。"

刘康讲:"这倒不是坏事。"

长者道:"俺们讲到这块,俺们倒想求着你啦。俺们知道你是公家的人,俺们又知道你是报社里的记者,俺们又看出你不像个凡人,俺们这回就指望你几分啦。"

刘康讲:"怎么着指望我几分啦?"

长者讲:"俺们这回家去,俺们要是在乡里办不成,俺们就得往泗州报社里找你,俺们咋样也得把事给办成啦。"

刘康听他讲完,便笑起来道:"你要往泗州城里找我,那就没有不知道的。"

第二日是个响晴天。刘康打床上起来,洗漱完毕,简便吃了,与杂耍班子那长者打了招呼,便往镇政府找镇长去了。

泗水镇是个大集,到这会儿,集上已是人头乱动,人来车往,十分热闹了。刘康到镇政府大院,请镇政府办公室的秘书带着,找见了镇长,拿出证件,略一介绍。那镇长自然热情接待,平起平坐,如同亲朋好友一般。刘康也不客气,便在镇长办公室里坐了,道:"高镇长,近日可忙?"那高镇长四十来岁,长相较结实,个头也不算矮,看上去又朴实又能干的样子,听见刘康问了,便答:"镇里的事就这个样子,闲不下来。"刘康又道:"这两日镇上来了杂耍班子,倒是有些来头,有些看头,不知高镇长去看过没有。"那高镇长不知刘康这话的深浅,略一沉吟,道:"我昨日打三步两桥走过,望见一堆人,伸头望了半刻,想必就是那个杂耍班子。"刘康道:"就是那个杂耍班子,那班子还真有些来头,想法也与一般的杂耍班子两样。"那高镇长仍未摸出刘康话间的深浅,又沉吟片刻,道:"怎么不一样?"

刘康道:"其间有一对青年男女,原本就是这泗水乡间的人。上学时他们两个便是同学,下学后两人又都喜欢文学创作,同时便报名参加了合肥《未来作家》文学院的函授学习,写了不少小说、诗歌、散文,在这乡间也算是自学成才的人物。"高镇长说:"那是。"刘康道:"这期间两人便有了感情,自由恋爱,想要结百年之好,也为了共同的事业奋斗一番。"

喝了口水,刘康又道:"不想两人的好事遭了父母的反对,这两人便结伙私奔,往外头闯世界去了。两年下来,历了数不清的艰难,也没在哪里立住个脚,又思着乡土、恋着乡人,便跟了本地一位高手的杂耍班子,往泗水乡间来,打算今个在泗水镇再演一次,明个上午赶枯河头的那个集演半天,挣足了钱,拿到乡间去,一班人开个炉灶,奔着新前程去。"

听到这里,那高镇长咧开嘴便笑起来——原来也是个好心人——笑道:"刘记者,我已明了你的意思。你有什么打算,就讲出来,我能办的,也不推辞,咱们都算办件好事。"

刘康听了高镇长的表态,一拍大腿道:"好,好,高镇长也真是爽快人,不如请你先安排了,我们再去三步两桥,观赏观赏,也算个娱乐。"

那高镇长便喊了秘书来,做了交代,那秘书便去了。他们又闲扯了一时,喝了两杯茶,便起身往街上去了。

街上更是熙熙攘攘。卖布的、卖衣服的、卖老鼠药的、卖米粉肉大馍的、卖瓢盆瓦罐的,各色人流,纷纷扰扰。待他们走在街上时,那街边电线杆上的广播喇叭——隔上几百米便有一个的——已响着了声音。那声音便是一个女播音员的声音,字字清亮。喇叭声音又大,铺天盖地,便把喧嚣市声给压下去。那播音员起始反复讲了几遍,道:"各位听众请注意,各位听众请注意,各位听众请注意。"市场上川流不息的人,闹不清名堂,又不知是哪样事,便都竖了耳朵,去听广播。

那广播便道:

> 各位听众请注意,镇文化部门特邀的杂技队,今天在三步两桥进行最后一天的演出。该队两天来的精彩表演,吸引了

424

大批观众,请各位勿失良机!该杂技队的演出面向群众,收费低廉,不收门票,循环演出,可以随到随看。

市场上的人听了,便有不少交头接耳的,也就有年轻些的,成单成双地往三步两桥去了。如是播了几遍,效果看起来不错。待广播暂停了时,刘康与那高镇长,已到了三步两桥的地段。

这里便有些不一样,与昨日的情形便是完全不同。打那几条斜巷子往三步两桥的空场子里去,已是十分不易,人挤人,人挨人,都往前、往上伸着头,想瞧清楚那里头的玩意儿。刘康顿然觉着有了点意思,便对高镇长道:"高镇长,这也真得谢你啦。"高镇长说:"这倒算不上啥,也就算是我私人帮的一个忙、做的一件好事,算不上了不起的事情。"

挤了一气,高镇长说:"刘记者,要真想看清亮啦,咱们就不如往影剧院门口的台子上去。那上头高不少,能瞧得清亮。"刘康说:"那自然好。"两人便往影剧院门前的台子上挤去。挤了一时,还真挤上了台子,在人堆里占了个好位置,这时再往下一看,便把一切都瞧得清亮了。

老大的一个场子,现时叫各种各样的人,挤成个水泄不通。那长者带的野杂耍班子,正居了那略高于平地的水泥台子,做杂耍之类的演出。刘康与高镇长立住了,便沉下心来看。

此时正在暮春时节,天晴得好,各人的心情也好,挤在一堆,又是个热闹,又算开了一年的福气之门。因之这三步两桥,便叫这种暖洋洋的好气氛给裹住了,甚是难得。那杂耍班子,在这种气氛的围裹下,也玩得卖力,玩出了种种好水平,观者也爆出阵阵的喝彩声。这样看了一时,便突地又现了昨日下午的那一幕,却是那十八九岁的女孩子,在玩到紧要处,便拿了只粗瓷大黑碗来,张开肉嘟嘟的小嘴,往各处收钱去。钱来得倒是比昨日多——因着今日人多——还有打人堆里稍后头的地方往圈子里传钱的,有传一毛的,有传两毛的。起始的时候,传一个过来,圈子靠里头站着的人,便扭头找看出钱的人。传了几次,便起了一种效果,待再传一个过来,众人便哄的一声喝彩,传一个,众人暴喝一声彩。人堆里出钱的人,便不好出那种一毛、两毛了,便出五毛、一块;五毛、一块出过了,便出两块、三块。出到三块时,众人暴一声持续的喝彩,喝彩声灭了之后,便没有再敢出钱的了,这样便哑了场。哑了或许只在五七秒钟,众人突地又喝一声彩,是鼓励的意思,这声彩更为响亮。这彩落下去时,仍是无人敢往外出钱,便又暴喝一声彩,震得街都动。待喝彩声落时,便有个年轻些的,大红脸,掏了一张票子,五块的,传到圈里头来。钱传着时,人堆里便起了大骚动,都昂头伸脖欠脚,去看那出钱的是什么人。待钱传到圈里时,众人发一声暴喝,震得地都动,便是对那出钱人的最大的奖评了。这一声暴喝喊了不短的时间,这暴喝才要灭下去,便有个靠圈里立着的,年轻猴子,也蛮结实,也蛮沉着,烫着一头卷发的,把一张五十块的票子,夹在两指头里,悬在半空间,眼却是盯着那十八九岁收钱的女孩子,做了财大气粗状。

众人霎时便给惊住了,哑了有二十秒钟,才回过神来,突地暴了一声喝彩,把天跟地都震动了。待那暴喝渐灭下去时,那卷毛的年轻猴子,并不把那张五十块的票子丢下,却拿泗水这地方的土话,开口道:"俺也没觉着你这几个玩出啥子来,俺这泗水街上也不是没有人了,你这几个弄啥子?玩人?"

这一番话便叫全场子都哑下来了,众人都不讲话,只拿眼光挖那收钱的女孩子。挖了一眼,便又齐齐地把眼光挖在场边端坐的长者脸上,看那长者能拿出什么高招来,堵了卷毛猴子的火气。

那长者果然了得,他端坐于那巴掌小凳上,仍是昨日的模样,做半醒半睡、似醒似睡状。众人便觉出了那种气韵来,都噤了声,出不来半丝杂音。那长者便拿一种和风细雨的腔调,开口道:"这位晚辈也算个有肝有胆的。这么着吧,俺便拿出一种丑技来,俺要是玩好了,各位乡亲乡邻给俺口饭吃;俺要是玩孬了,各位乡亲乡邻,俺伸了脸叫你呼巴掌。"

讲完了,众人都不作声。那长者便又闭了眼,轻了吞吐,似要发出什么功来。也就在须臾间,那功已发了出来,众人恍若见到有一大股丝丝曲弯的流体,直奔那卷毛猴子而去。那卷毛猴子霎时便僵住了,悬在半空里的手和膀子,也定着了。只那张票子,打他两指间跌落下来,飘在空里,由那十八九岁的女孩子,持黑粗瓷碗接了去。

众人便有些发笑,都瞧他动作。那卷毛猴子已是僵住,连面上的神态也都僵住,此时便整个儿摇摆起来,做木偶状,先左右摇摆,愈摆愈厉害,似是要摆躺到地上去,却又躺不到地上去。而后便后仰前合,往后仰的时候,他似是要练个折腰的功夫,尽力地往后仰去,叫人琢磨他不透;往前合的时候,他又似要尽力钻入自个儿的裤裆里去,又似要尽力地贴近了去闻裤裆里的气味。他这样折腾的时候,在三步两桥那个大场子里,便现了一种古怪的景象:黑压压的一大片人,都纹丝儿不动;只这一个人,做着莫名其妙的大动作,便有些奇怪。

怕也只有两分钟,那卷毛猴子便又复了原状,众人便转而看定了长者。那长者仍做半醒半睡状。众人便把身子往左去,似要看清楚长者左边的东西。刘康暗想,那左边必是有什么暗器,能叫那卷毛猴子摆动。看了一时,也没见着特别的物件。众人便又把身子往右去,那暗器必就在右边什么地方藏着,或者就是那小锣之类。又看了一时,也没见着特别的物件。

刘康暗想,这也就怪了,难道在地下不成?众人便又想到一起去了,都低了头弓了腰往地上找,却只见着地上的烟头、纸皮,这都不像能玩出什么大名堂的物件。那能玩出大名堂的物件,必是众人平日见不着的,或又是打哪个国外进口来的。众人便想到天上去了,便齐齐地昂头往天上看。

天上也真是好好的春天,连半丝云彩都见不着,只那太阳有些晃眼。众人看了一时,眼便受不住,便收了眼光,却在心间想,这必是他几个事先安排了的,先叫自个儿的人插在人堆里,做个呼应。这样想时,便先疑心身边的人,都转脸看身边的人,成两个两个对看的架势,却也看不出什么可疑的地方。这才觉出是自个儿想得多了,面子上有些过不去,便笑笑打个掩饰。不想这笑声打众人嘴里一齐出来,便显了一片嘈杂。各色人等的声音,杂在一块,倒是破了刚才的规整,整个三步两桥的大场子,便被这笑声淹了。

众人这才知道那长者果然好身手,由不得自个儿了,都敬佩不已,便有掏三毛、五毛、三块、两块的,众人都议成一团。

到小下午,那杂耍班子已收入可观,便收了场,回到客来香旅馆,来谢过刘康。刘康道:"我实在没做什么事,要谢倒该谢谢高镇长。"那长者道:"高镇长在哪里?"刘康道:"已回镇政府了。"长者道:"那只好下回再来谢他。"刘康道:"也好。"

讲谈了一时,那长者道:"天也不早了,俺们爷几个,在这泗水镇也玩了两日了。俺们想今个晚上,赶个夜路,上枯河集去,明早上就能玩个露水集。"刘康道:"怎么叫露水集?"长者道:"那集赶得早,日头没出来,就买啦卖啦;赶日头一出来,露水一干,集上的人便散了。"刘康道:"原来这样。我也正打算往枯河集去,不知你们愿不愿我跟你们一块去。"长者道:"那俺们是一百个愿意。"又道,"不如俺们现在就去饭馆里吃个便饭,饭后俺们收拾了,趁早就赶路去。"刘康:"那好,那俺们就去吃个便饭。"又道,"那枯河头离这泗水镇,有多少里路?"长者道:"怕有三四十里地。"刘康道:"这三四十里地怎样走?"长者道:"拿脚走,晚间又爽凉。"刘康道:"拿脚走? 得走到哪时哪刻?"长者道:"这三四十里不卡,不快不慢地逛,也就几个钟头。"刘康道:"那也不算什么。"说讲着,一帮人便往隔壁饭馆里吃饭去了。

到馆子里坐下,六个人便围成一桌。那长者道:"来几斤口条、两斤牛肉、两盘素菜、两个耳朵、两盘热炒、两只炖鸡。"刘康道:"不必太破费。"长者道:"俺们自个儿也得吃。"又道,"来四斤馍、半斤酒、五六碗汤。"刘康道:"六个人怎么是五六碗汤?"长者道:"俺吃了酒,便不甚想吃汤,吃也可,不吃也行,因此便要五六碗汤。"

凉菜眨眼便上来了,众人都一鼓作气地吃,只长者跟刘康两个喝着酒。他们两个慢吃慢饮,刘康本也就是二三两的量,又知晚上还有几十里的夜路,因此并不多喝,只陪那长者慢慢呷。

酒吃到妙处,天已在了薄暮时分。六个人便离了饭馆,往旅社里取了行李,与那张老板道了再见,便相跟着往镇子外去了。

此时既已是薄暮时分,那晚春暮晚的景致就正在巅峰上,清风徐来,天净地明,空气爽凉。一行人出了镇街,便直奔泗水的缓堤慢坡上去。

泗水的缓堤慢坡上,此刻又有了许多人、许多的风筝。一行人上了堤顶,极目四望,只望见天也大,地也大,天地都极大无边,只人跟风筝小,且飘荡不定,显出没有什么根的样子。刘康一行人立在堤顶,四下里望了。那长者跟那几个徒弟,便显不出什么表情来,只呆望了,似要把泗水这左近的景致,都望进眼里去,不再还给天地。刘康见了这模样,便轻声道:"虽来了几日,但终日忙活,怕没能来这堤埂上走过。"那长者道:"俺们便是闭了眼,也能打这块摸到家去。"刘康道:"这也是实话。"

又望了一时,一行人便转了身,沿着泗水的堤埂子,往西去了。

因那枯河集也在泗水边上,所以只要打堤埂上一路走去,早晚也便到了。

再走时众人都无话,只扯成一根线往前走呗。薄暮短暂,落日性急,倏忽间天地里便只留着一片淡青了。那淡青却全然是一片纯情,明亮在天地间,迟迟地也不褪去。四处里牧童的俚曲也是唱着了,小四轮拖拉机也是唱着了,醒春的虫子也是唱着了,树叶间的雀儿也是唱着了,庄里的人声也如唱着般了——却都像在远些的地方,并不嘈杂叫人心烦。这许多的声响汇在一起,又经了暮晚的渲染,便生出不少家园的温情来。

刘康一行人便走在这乡间温情的丰厚里。暮声渐远渐近,若远若近,若近又若远,几无定势。一个庄子近了,屋后的干土地显出了一片杂沓来。那是落雨之后,人、牛、狗、羊乱踩而成的。村庄远了渐近,近了又退远,在这一行人的身后蹲伏着了。这都是一些了不起的东西,因为不管有没有这一行人走过,不管这一行人在什么时间走过,这个庄子都一如既往地蹲伏在这里,由小到大,由新到旧,再由旧换新。

一个怀孕的女人坐在靠路的房子的门口,她的怀孕的身子太粗,便把门堵住了。柳树已经差不多把叶子长齐了,在眼睛能望见的堤上堤下,这里那里的,便是些嫩绿的好颜色。这些颜色随着天光的暗淡而逐渐暗淡下去,渐与天地混成一体,无可拆辨。一头花猪在村前的烂泥塘边蹭着;一个光头的孩子匆匆往庄里去;一条大黄狗立在泗水的水线边,一动不动地凝视将夜的地平线;一棵老大老粗的泡桐树孤独地立在广袤无边的野地里;三两只小船泊在水边,两三缕烟便在水面上荡了开去;一条小土路突地拐进了青麦地里;一条野河到土路边蓦地就断了;一片蓝色野花在堤埂上开成了弧线……这时刻也正是生长的季节,野地里的那些东西,都在自个儿的那地方,有耐心地顺势生长着。这也便是春天了。

天光全暗下去,天黑了有半点钟的样子,刘康一行人脚下更紧了些。春风骏马紧加鞭。正走着,天边却又呈了些光亮,那便是月亮现着了。

月亮现出来时,那二十来岁的农家闺女,便拿当地的土话道:"月老娘出来啦。"那十八九岁的闺女接上道:"已是残了哩。"

月亮果真是残了。月亮出来后,天地间便蒙着一层朦胧了,天地万物都能见着个轮廓。泗水在老远的堤埂子下头,时不时地闪着些光亮。更远处的树林,呈着一些浓深的颜色。脚下的路也白了许多,走起来好走,因此这一行人的脚底下更快。走出约两个钟点的时候,长者对刘康道:"俺们慢走几步,落在后头,到埂子下方便方便。"两人便慢了几步,在埂子下方便了。

方便了以后,两人便快步往前头赶。走出二三百米,便听见有人在路边啜泣。两人相视一眼,紧忙赶到那人身边,却是那十八九岁的闺女,正坐在路边,面往着河北,掩面而泣。刘康忙道:"小蔡,你这是怎的了?你怕是走累了,走不动了吧?"

那小蔡一边抽泣,一边道:"俺们打泗水镇出来,俺们就一路上闻见庄里的气味,俺们憋不住就喊啦。"

刘康跟长者听见,便一齐笑道:"真是个大孩子。"便拉她起来,一路往前赶了去。

凉风习习,人心里好舒畅,脚底下也更快。三个人走出三五百米,又听见有人在前方抽泣。紧忙赶到那人身边,却是那二十来岁的闺女,坐在路边,面往着河北,掩面而泣。那憨头愣脑的农村青年和那个小哑巴,都在她身边,却也不劝她半句,任由她哭去。

刘康道:"这又是怎的了?该不是也耍孩子脾气吧?"那闺女听见,一边哭抹,一边道:"俺们打泗水镇出来,俺们一路上尽闻见庄子的气味,俺肚里便翻个不止。"

刘康与长者听见,便又都笑起来,便拉她起来,一同往前赶路。

这后边的路却就难走,一行人沉默寡言,只走出一二里地,便再也走不动了。在堤埂上坐下,那长者道:"俺们这几日怕已把气力用尽啦。枯河头的露水集,俺们怕玩不动啦。"刘康道:"此地离枯河集还有多远?"长者道:"还有小十里地。"刘康道:"此地离荒岗子废滩地,离东大营,离归仁、梅花各有多远?"那长者道:"此地离荒岗废滩地二十里,离东大营三十五里,离梅花集五十里,离归仁集六十五里。"刘康又道:"那枯河集离荒岗废滩地、东大营、梅花、归仁又各有多少里?"长者道:"枯河集离荒岗废滩地三十里,离东大营四十五里,离梅花集六十里,离归仁集七十五里。"刘康道:"既是打这里走得近,不如你们就打这里过了泗水,往北乡去了。枯河头的露水集,怕也上不了几个人。"那长者道:"你一个人半夜三更地往集上去,俺们也放心不下。"刘康道:"这个倒不算什么,我一个大男人,包里又没个三两百的,我只作闲逛,便到了。"

几个人辞谢说道了一阵子。那长者一行人,便立起来,几遍谢过刘康,返身下了堤埂,往泗水边渡河去了。这时正在春日枯水季节,这里河滩又宽,便没有深水。

刘康立在堤埂上,目送他们往远处去,心中便不知道他们这一去是吉是凶,是顺当还是折断。又想了,好歹他们还有个手艺,能在外头挣两个,也能在外头避一阵子。想着,便听见一阵水给戳伤了的哭喊声叫夜风给送来了。便不想听下去,转身便顺着堤埂上的路,往枯河头去了。

来在枯河头时,已是半夜三更,四野里黑灯瞎火,见不上半个人影。刘康也是倦了些,便在集外的堤埂子近处,寻到一个陈年的麦秸垛子,略扒了扒,做成个狗窝,倒在里头,把衣服裹紧了,眯眼睡去。

刘康醒转来时,堤上已有人走动了——是乡间来赶早集的,都挎着大的小的竹篮子。太阳也就出来了,射在脚上,脚便先暖起来。刘康想:这露水集怕也要散了,不如先去看看,也买几根油条做早饭。想着,他便打狗窝里爬起来,往集里去了。

来在集头上,迎面便撞见一个油条摊子。刘康买了几根油条在嘴里啃着,不经意地便问:"老先生,这枯河头为什么便叫这个名字?"那炸油条的老头随口道:"怕先前这地方有些心伤的事,便叫哭活头了。"

刘康听了,心头一紧,忙谢过老者,往堤埂上阳光充足的地方去了。

这时露水集也快要散了,太阳已经升爬上来了。

向周文王致敬

在一个小城市的一条街道上,有许多车开过去。车开过去时就扬起阵阵浓尘。街边有不少建筑材料,砖石水泥板都有,街两边就是建筑工地。

这条街是新辟成的,一头连着汽车站,一头连着城市,旅客上下都从这里走,所以这里虽然脏,却仍然热闹。

街边的砖石附近,有不少看相抽签算命的,一拉溜排开,各在地上铺张白纸,上书测字、看相、算命、卜卦之类的文字。多数摊子前都围着一帮人,多则一二十,少则三两个,那些人有算命的,有看热闹的,也都还虔诚,虽然汽车过来过去一身灰,却都不在意。

一拉溜摊子最外头的一个,颇不时兴,没有人算命,更没有人看算命。那摊主是个什么样的人呢?他蹲着,吸不带嘴的纸烟,那烟显而易见是便宜货。他穿一件脏棉袄,领口很油,油又很厚,因此领口就显得厚,也许这样更保暖些。他的手粗糙,像个干农活人的手,手的颜色也黑,这似乎更确定他为农民无疑了。他四十多岁,奇怪的是,跟他的年龄、衣着和皮肤面相不协调的是,他的脚上穿了一双煞白的新白球鞋,大约是刚买的,也可能是早买了但没舍得穿的,也可能是穿过一两回又拿增白剂刷白了的,说不准,但他的脚与他的其他方面的极不协调,却是客观存在,是明摆着的,使人望而惊奇。

他蹲在那里,吸着不带嘴的纸烟,脸上是一种难以说明的表情。他摊子跟前一个顾客都没有,这很扫兴,也使一般的看客对他敬而远之,因为没有算命的,看算命的就无法单独存在了。但,恰在这时,有两位大约是刚下汽车的农村青年模样的人,各拎着一个很过时的黑塑料包——跟摊主放在脚边的那个一模一样,只在新旧上有差别——来到摊子跟前,停住了。

立刻就有一两个专门看热闹的闲人往那边移动——想看个新鲜的。

那两个农村青年模样的人,在摊子跟前停下来时,摊主望着他们,试探性地讲出了一句话:"看看手相,算算命运,预测未来,把握吉凶。"

那两个年轻人,看上去也老实,也本分,听了他的话,两人互相看看说,"你算一个","你算一个"。推让了几句,其中一个,年岁看起来大些的,咬实了说:"你算吧,俺前天才算过的,今天不算了。"听了这话,那年轻点的才把脸对准算命的摊主,没头没脑地问了一句:"算命有啥用处?"

这真叫人笑出声来。这愿打愿挨的事,如何能够捅破。这也是叫那摊主难看,他也真是屋漏偏逢连阴雨,遇上这不明事理的两个人。

那蹲着的先生却能够回了,回道:"有啥用?不管你吃,不管你喝,起个精神作用。"

这遥远了点,但很精彩。那两个年轻人,犹豫了片刻,又觉得对不住那蹲着的眼巴巴看着他们的先生,但到底还是走了。走时,聚拢来的几个闲人,才刚到跟前,也留不住,便也要往回走。往回走时,好歹也扫一眼,既然来了。扫一眼时,却就见他铺在地上的白纸,与别人的不一样,上头只写了一句话,道:

向周文王致敬!

花园·少女·狗

在一个不大不小的城市里,有一天,深秋里的一天,一个少女,牵着一条狗,在街上闲遛。

那少女,十七八岁(或者像十七八岁),浓妆,头戴一顶小红帽,手上戴一双黑羊皮手套,上身是立领红夹克,下身是米黄弹力裤,脚蹬一双红白双色羔皮鞋。

那狗,卷毛叭儿狗,毛深黄色,眼是蓝眼,双眼皮,四个白蹄子。

街上的人都看她和狗。男青年,有吹口哨的,有放眼风的。车都减速慢行。少女与狗并不在意,于人行道上昂首碎步地前行。

她和狗走。

行人看。伴着男青年的口哨。

她们进了街心花园,在一张椅子上坐下。椅背后是个宣传栏,宣传栏里有一行大字:保护妇女儿童的合法权益。但离远了就看不清楚。

那狗很活跃,精神好,娇巴巴叫两声,围住少女小腿转。

街上的人都看。行人行着看,街对面的人立住看,车上的人侧脸看,自行车摇晃不定。无人不看。不看就不正常了。所以是人都看。

那少女松了狗绳,拿一块花手帕引它。

手帕高了。

狗也高,前两蹄离地,后两腿立起。

手帕左了。

狗也左。扑左。

手帕右了。

狗也右。扑右。

手帕低了。

狗生气。汪汪叫两声,说少女侮辱它,意思是它扑不了难的。转脸面向行人,汪汪叫两声,请观众评理。

观众都茫然。观众有看狗的,有看少女的。多数都看少女。也看狗。

口哨很婉转。艺术口哨。

突然堵车了。——不因为她和狗,是自然堵车;这地方交通梗塞,经常堵车。乘客都伸头看。驾驶员鸣喇叭。喇叭声响成一片。气氛热烈。

少女拍狗头,表示道歉。重新开始。

手帕高。

狗也高:前肢屈,后肢挺立离地。

手帕右。

狗也右。扑右。右行。

手帕左。

狗也左。扑左。左行。

手帕低。

狗又生气。自尊心受伤害。汪汪叫两声,说少女侮辱它,再请观众评理。

众哄笑。司机按喇叭。口哨声四起。

少女弯腰拍狗头,表示歉意。叭儿甜、欢,拼命甩尾巴,蹭少女腿。

少女又拿手帕引狗。

手帕高。手帕左。手帕右。手帕低——

狗汪汪叫,汪汪叫。

车上人讲:这人真闲无事。

行人讲:崇洋媚外,可惜是黄种。

都仍盯住花园看:有看少女的。有看狗的。有看少女同时看狗的。多数都看少女。也看狗。

狗汪汪叫。叭儿甜。

少女仍玩花手帕。

人、车各行其道。

叭儿腻。

我的父亲叫禹

这一年,夏季雨水很大,据报道是因为地球污染日趋严重,温室效应加剧,从而导致全球气候异常的缘故。

县城位于两条河的夹流处,雨水大了,县城里的人都很紧张,都跑到城外的堤上去看。

水势确大,水浪滔天,无有尽处。全城的人都惶惶不可终日;在堤上看的人,都讲这水怕治不止,都议论迁家的事,气氛很不妙。

这时人忽然聚到一堆去了——原来人堆中间有一个人,其貌不扬,正讲着一些无头无尾的话。他说道:"我的父亲叫禹,那会儿他治水时,住在那个包上。"他转身用手指着大水对岸的一座山包,围听的人一齐都转头去看。"他三十天不吃粮食,后来在城东画了一条线,线底下现出一条河,水就退了。"

众人一齐哑着嗓子,惊惊地"嗬"了一声。

那人又说:"我的父亲叫禹。他包治天下的水。"

众人又齐齐地都点头相信。那人再一次宣布道:"我的父亲,叫禹。"

讲完了,他就走了。众人陆续地走了。水渐就退了。

但众人都忘不掉他的话。因为他说:"我的父亲叫禹。"

地球上的隆隆声

地球上到处都是隆隆声,隆隆声响彻五大洲四大洋,千山万水。

有各种声音。有一个长眠于地下的人,被吵得睡不着觉,就问邻近的另一个,问道:"什么声音? 没听见过,他妈的真吵人。"

那个人——也是长眠于地下的一个人——听见问了,便有点睡眼惺忪、半眠不醒地说:"听不出来吗? 打仗的声音。"

"打什么仗? 打仗怎么是这种声音? 怪事!"第一个很诧异,嘟囔了两声。

第二个道:"怎么不是这种声音? 这叫现代战争,用的是巡航导弹,叫什么'战斧'式的。"

第一个更诧异:"战斧式的? 一把斧头,砍在哪里,就能发出这样的声音? 这世界更不可知了!"

第二个似有点疲倦,低声咕噜道:"你也真是闲操心。你还真关心世界大事,看你是睡多喽。"

片刻,第一个突然惊慌起来,吸了吸鼻翅,慌乱道:"什么气味? 刺鼻得很,不是你身上的味道吧?"

第二个冷笑一声,道:"你真是太闭塞,连这都不知道,这是毒气弹,又称化学武器,人碰上就死,跑都跑不掉,叫五步倒。"讲完,再冷笑一声,拿看不起的声调,压低了讲,"哼,还有脸讲人家,你自己身上是什么味!"

第一个只听见第二个的前半部分发言,听了后更有点惊慌,道:"那怎么办? 赶紧躲一躲吧!"

第二个冷笑了第三声道:"你在这里是最安全的了。再说你也无所谓。"

第一个有点明白过来,听了第二个的话,心里很不痛快。自语道:"常言说,打人不打脸,骂人不揭短,算了,跟这种没心没肺的做邻居,也算是报应了!"

地球上的隆隆声更响亮起来。

鱼 的 结 局

春节快到了,也就是说快要过年了,东明每天仍"游手好闲",没有一点紧迫感。他妻子白慧说了他好几回了:"东明,去买点年货吧,多少买点,我又抽不出时间。"

是的,东明的妻子白慧,确实不怎么能抽出时间来,她在商业部门工作,站柜台,越过年越抽不出时间。但东明怎么说?东明说:"没必要,过年咱们全回爷爷奶奶家。再说,咱们又不准备请人来吃饭,买了东西,放着,也是放坏,何必去凑热闹。"

白慧说:"多少得买点,过年过年,再怎么也不能跟平时一样过,过年总得有点过年的气氛,我们那柜组的哪一个不是大包小包地往家拎。"

东明说:"不急不急,到时候再说,需要什么买什么,过年的东西都比平时贵得多,要么你看着顺手捎一点就是。"

东明仍是"游手好闲"地过,除了上班,不是找熟人聊天,就是跟朋友在一起"玩玩",甚至有时还帮朋友、同事搞点优惠的年货,比如烟啦,酒啦,小包装啦,等等。

过了几天。……又过了几天。……外头零零星星有了些鞭炮的声音。往南往北的各次列车的车票也早已售光,据说已经售到大年三十了。街上的人也突然茂盛起来,拥挤不动,比平时多了好几倍。都是从哪儿冒出来的?奇怪!

东明也突然改变了主意,对白慧说:"看来还真得去买点年货,过年到底得有点过年的样子。多少买点呗,明天我上菜市去一趟。"白慧说:"你喜欢吃鱼,就买几条鱼来。买新鲜点的。"东明说:"知道了。"

东明的妻子白慧,下班了回家跟东明讲闲话,说:"商场里都是办年货的,这就是热门话题。我跟她们说你这几天也忙着办哪,她们说你改邪归正了。她们是什么都买,哪来那么多钱?"

东明说:"肯定不是偷的。但也不是上班时间赚的。"

白慧说:"你上菜市了没有?"

东明说:"我明天去。"

白慧说:"早去早了。"

东明说:"知道知道。"

第二天上午,东明真的"全副武装"去了菜市。他返回的时候,菜篮子果然充盈。最惹人眼目的,自然是几条红尾鲤鱼。那几条红尾鲤鱼,其惹人眼目的要点在于:第一,它们每条都大约有一斤重,颜色鲜亮,体态饱满,显出了营养良好的模样;第二,它们全都透活,张鳃扭尾,灵动非凡。在春节前的市场上,这样透活的红尾鲤鱼,要价到九块钱一斤。

鱼买回来了,东明心情很好,想道:不如我就把它们制作出来,放进冰箱,也算把一件事给做圆满了。这么想着,就动了手。这对平时不怎么在厨房里动手的东明,确属难得。放了水,脱去外衣,把刀、板都准备停当,这时只听得楼下的小街里,一声声传来吆喝卖糯米面、卖油炸豆泡的声音。新春过年的气氛竟是这样浓烈了。

到底是没怎么做过的。东明一手捏了刀,一边看盆里的鱼,那些鱼都还透活可爱,不知先宰哪个好。犹豫了半刻,抄手捞上来一条,心想,就打这里开始吧。于是开膛、去鳞、清肚、除鳃、冲洗。待这几个工序都做完了后,再定眼看手中的鱼,仍翕合两鳃,做从容不迫地呼吸。东明心里有些惊奇,想:这鱼怎么这样耐活?想着,就捧了鱼,凑近厨房的窗前,去看个仔细。

那鱼还真耐活！到了窗前亮光里时,东明没有一点防备,猝不及防,鱼一挺劲,就从他手里挣脱,跌在窗台上,然后又直弹出去,在空中划成一道弧线,往楼下坠落。

东明家这是在七楼,离地有二十多米。一刹那,东明暗想:这鱼准摔碎了。但那鱼却十分叫人费解,它跌在窗台上时,不像失手跌上去的,倒像是准备好了跳上去的,是三级跳的那种架势。这边东明惊呼了一声,忙俯身窗台往下看。那鱼落下去时成了慢镜头,在无限的地面上的天空中,呈抛物线形状往地球的引力方向慢浮而去,飘游而下,美不胜收。东明一时有些心急,楼下人来人往,再怎么说,斤把重的东西,从二十米高处落下,在坠地前的速度也很快了。东明提着心往下看。那鱼却一点都不着急,仍是优雅地翱翔、浮游、潜飘,越飘越轻。越飘越小,最后在空气里消失了。

半晌,楼下没有半丝骚动。东明松了一口气,觉得腋窝里的冷汗都湿淋淋冒出来了。

中午白慧回家,见他买了这么多年货,包括美丽可爱的红尾鲤鱼,便很实在地夸奖了他一通,说:"不错！真不错！一切顺利吧？"

东明还正有点发愣,听了白慧的话,心里又是咯噔一声:她怎么知道我不顺利？便把上午的事细细跟她叙说一遍。白慧的注意力却不在这上头,她只顾兴冲冲地说:"上班我就跟她们说去,买东西就得像这样子买,花钱买个痛快。"

过后又说:"把这些放冰箱里吧,过了年再回来吃,不会坏的。"

东明说:"大概不会坏,天气还冷。"白慧说:"肯定不会坏。"

东明说:"不会坏。"

白慧说:"绝不会！"

——那就不会！有两个人说了,就不会。